THE AGE OF INNOCENCE

純真年代

EDITH WHARTON

伊迪絲 · 華頓

"Nothing is more perplexing to a man than
the mental process of a woman who reasons
her emotions."
—Edith Wharton

對一個男人來說，再也沒有比女人推敲內心
情感的心路歷程更複雜費解的事了。
——伊迪絲・華頓

關於本書

伊迪絲・華頓（Edith Wharton）從小就生長在極為富裕的家庭，在這本《純真年代》中，她描寫出的一段上流社會的浪漫愛情。華頓鉅細靡遺描述那個社會的嚴格常規，例如當歌劇進行到哪一幕時，是禁止走動和說話，年輕男女訂婚後，訂婚期不可太短，也要一一拜訪家族的親戚。華頓用她所屬權貴階級的生活記憶，構築了她童年時間的紐約，這個如今看來神祕的世界，在華頓的小說中鮮明活躍了起來，重新體會到那個黃金年代的生活，充滿講究的華服、佳餚、美酒，以及上流社交界最在意的「禮面」和「禮教」。

在華麗場景掩映下，華頓讓人見識到上流家庭如何事事小心謹慎，念茲在茲的都是合乎體面的道德觀。五十多年前的紐約，在這位文學界貴婦的筆下，變得迷人、神祕，這些權貴眼中的世界總是美好、無暇，善惡之間有著非常清楚的劃分界線，只要稍有不慎就會被標註「惡棍」、「蕩婦」的標籤。這些上流人士的世界非常狹小，這些人不會談論戰爭、社會貧窮問題，他們的對話總是有固定模式，在這些穿著講究華服的身影包圍下，呈現出一個無憂無慮童年般的時代氛圍。

華頓用大量篇幅鋪陳上流社會的生活細節，敘述小說主角紐蘭‧亞徹年輕靈魂被束縛在這個小世界。他厭倦這個世界總是喜歡假裝一切都很美好，他的妻子是上流社會教養出來的樣板妻子，無論說什麼話，做什麼事，都是那麼刻意，彷彿一切都有標準答案。在這個平靜的華麗世界，華頓情感豐富、細膩筆觸，讓我們看出來她對上流模範夫妻生活的厭惡、追求真愛的渴望。

文學批評家說華頓用自身失敗婚姻的經歷描繪這本小說奧蘭絲卡夫人的處境，或許如此，所以當奧蘭絲卡夫人說出過往痛苦婚姻時說出的話，才那麼令人印象深刻：「蛇髮女妖並不會害人瞎了眼，只會吸乾人的眼淚。」婚姻帶給她的痛苦是那麼的深刻、絕望。這種似真還無的情感，令這本小說迷人且夢幻，道出浪漫又真摯的情話，揪住世上每個有情人的真心：「總是這樣，每次妳出現在我眼前，都讓我再重新認識妳一次。」

《純真年代》經典之處，正是在於這些人物情感的藝術美感憾動人心。

第一部
Book One

1

七〇年代初某個一月時的夜晚，克莉絲汀・妮爾森[1]在紐約音樂院演唱歌劇《浮士德》。雖然當時已有議論浮上檯面，說要在距離「四十街以北」的遠處郊區蓋一座新的歌劇院，可以與歐洲那些著名的首都歌劇院在浮華、絢麗上媲美，可是上流社會仍然滿足於老舊的學會劇場，每年冬季在此舉行社交聚會，倚坐在金紅兩色的包廂中重聚。保守派的紐約人珍惜它小巧、需要遷就的地方，如此一來就可以藉此摒除一些「新式人物」；因為紐約社交圈開始懼怕那些人，卻又深受這些人的吸引。多愁善感的人戀戀不捨這座音樂院，因為它富有歷史意味，醉心音樂的人著迷於它細緻的音響效果。在專門為欣賞音樂而建造的音樂廳中，音響效果的品質總是一椿棘手問題。

1　克莉絲汀・妮爾森（Christine Nilsson, 1843－1921）瑞典歌劇歌手，以《浮士德》（*Faust*）中的美麗少女瑪格麗特（Marguerite）角色聞名。

這場歌劇是妮爾森夫人那年冬天的首次登臺演出，那些被日報評為「品味最為超凡脫俗的聽眾」已經聚集在此準備聆聽她的演唱會。他們乘坐私人馬車、寬敞的家庭雙篷馬車，或者較不講究卻更為輕便的「布朗四輪馬車」，穿過覆蓋著白雪的濕滑街道來到了這裡。搭乘布朗馬車抵達歌劇院幾乎就像坐私家馬車一樣體面，況且還可以在散場時享有極佳優勢（隱約對民主作風開了個玩笑）：你可以搶先一步登上最先駛來的第一輛馬車，也無須苦苦等候那喝了烈酒又頂著凍僵紅鼻子的自家馬車夫，緩緩出現在音樂院的門廊下。了不起的馬車店主憑藉絕妙的敏銳直覺而發現一個有趣的現象：美國人想離開娛樂場所的念頭甚至比他們動身前去時更加熱切。

當紐蘭·亞徹開啟劇院包廂後面的門扉，花園那場戲的帷幕正冉冉升起。本來，這位年輕人可以早一點到達劇院，因為他晚間七點鐘時就和母親、妹妹一起享用了晚餐，之後又踱步到哥德式書房裡，悠哉悠哉消磨了一支雪茄；這間書房擺設著黑得發亮的胡桃木書櫃和葉尖飾椅。在這棟屋子裡，這間書房是唯一一間被亞徹夫人准許抽煙的地方。但是紐蘭·亞徹沒有早一點出門的原因在於：紐約是一座大都會，他非常清楚在大都會裡聽歌劇，「不宜」提前抵達歌劇院，而且在這個年代的紐約社會，「合不合宜」這類事情彷彿數千年前神祕莫測、支配他祖先命運的圖騰恐懼一樣重要。

他遲到的另一項因素則純屬私人理由。他之所以悠閒抽著雪茄，其實是因為他骨子裡有著愛好藝術的傾向，悠然地吞雲吐霧，細細品嘗即將到來的愉悅，遠比快樂真正來臨時，更能讓他感受那股細膩又暢意的滿足，尤其當這種樂趣是這麼的微妙又雅緻時，如同他日常時的消遣。這次，他期盼的時刻非常珍貴難得又如此美妙雅緻──呃，倘若他的時間掌握得恰到好處，便能趕上舞臺總監替首席女演員編排的時間，他踏進劇場時就能合上首席女演員的拍子，正巧趕上最美妙的時刻：她一面以露水般清澈的高音唱著「他愛我──他不愛我──**他愛我！**」、一面拋灑飄落的雛菊花瓣。

當然，她唱的是義大利語的「他愛我」，而不是英文的「他愛我」，因為音樂界那則不容更改、質疑的鐵律，所以每當瑞典藝術家演唱德文版本的法國歌劇時，歌詞就必須翻譯成義大利文，如此才能讓英語系聽眾聆聽起來更容易瞭解劇情。這樣的鐵律對紐蘭・亞徹而言，就像他生活中遵循的所有慣例一樣理所當然：譬如，在社交場合露面之前，應該用兩把鍍銀背梳子分梳頭髮，而且梳子上面必須用藍色搪瓷漆上他的姓名縮寫，還要在鈕釦眼裡插上一朵鮮花（最好是梔子花）。

首席女演員唱著「他愛我……他不愛我……」，她贏得愛情後，最後飆唱出一聲高音「**他愛我！**」一面將那束淩亂的雛菊按在唇間，並抬起一雙大眼睛望向表情做作的矮小浮士德[2]，目光停留在演員卡鮑爾的臉上；他身著一件紫色絲絨緊身上衣，頭戴一頂羽飾帽，正白費工夫的裝模作樣，表現出一副純潔真摯的模樣，彷彿他就像主角一樣是天真無邪的受害者。

紐蘭・亞徹倚靠在劇院包廂後面的牆壁上，目光從舞臺上游移出來，去細看劇場另一端，對面剛好就是曼森・明格老太太的包廂。老太太因為可怕的過度肥胖，早已經不能來歌劇院了，但是在社交聚會的璀璨夜晚，總是由家族的年輕成員代表她出席。今晚，她的媳婦洛弗爾・明格夫人和她的外孫女韋蘭夫人就坐在包廂前排，而坐在這兩位穿著綢緞華服的夫人後面的貴客，是一位身穿白衣裳的年輕女子，她正凝神注視舞臺上的那對戀人。當妮爾森夫人那一聲「我愛你」劃破寂靜的劇院上空時（每當〈雛菊之歌〉響起時，包廂內聽眾的交談聲總是嘎然而止）[3]，那名年輕女孩的臉頰上就泛起一片溫暖的潮紅，一直從前額漫延至髮根，她美麗的髮辮則垂至青春的胸峰前，落在繫著一朵梔子花的薄紗

2　此處指維克多・卡鮑爾（Victor Capoul, 1839－1924），十九世紀中葉至二十世紀初最重要的抒情男高音之一，首演數部法國歌劇，最常出演的角色是浮士德。

3　《浮士德》歌劇中知名的詠嘆調。

領巾邊緣。她垂下眼睛看著自己膝上那一大束鈴蘭花。紐蘭・亞徹看見她戴著白手套的指尖輕撫花朵，他不禁滿懷虛幻的滿足感，深吸了一口氣，才又將目光飄回舞臺。

劇院可說是不惜血本製作舞臺佈景，即使是那些熟悉巴黎和維也納歌劇院的人也都讚嘆它的美麗。從舞臺前景到腳燈都覆蓋著一塊翡翠綠的畫布。中央佈景鋪了一層對稱的毛茸茸青苔，又接壤著槌球的拱門，青苔上面的灌木叢長得像桔子樹一般，樹叢間卻點綴大朵大朵粉紅色和紅色玫瑰。而比這些玫瑰還要大朵的紫羅蘭，像極了教區女信徒製作給上流社會牧師的花飾拭筆具[4]，從玫瑰樹下的青苔中竄出；一朵朵雛菊嫁接在繁花盛開的玫瑰枝椏上，似乎預言了園藝大師盧瑟・伯班克先生[5]未來的奇蹟。

妮爾森夫人站在這座施了魔法的花園中央，身穿鑲有淡藍色緞飾的雪白喀什米爾外套，藍色腰帶上鉤著一只輕晃的手提包，一綹黃色的寬大流蘇悉心垂落在那件薄紗緊身搭兩側。她正低垂眼瞼傾聽卡鮑爾熱烈的求愛，每當他用文字或眼神暗示她走到那座從右翼

4　用來清潔筆尖墨水的工具，多以布料製成。

5　盧瑟・伯班克（Luther Burbank, 1849－1926），美國植物學家、園藝家，農業科學的先驅，曾培養出超過八百種植物品種，包括蔬果、花草、穀物。

斜伸出來、齊整的磚造別墅二樓窗口時，她總是裝出一副茫然的天真模樣，假裝不懂他心懷不軌的企圖。

「可人兒！」紐蘭・亞徹心想，目光回到那位握著鈴蘭花的少女，「她根本看不懂這幕戲啊。」他凝視她全神貫注的稚嫩臉龐，心中莫名湧起一股占有的悸動，一半出自於驕傲的男子氣概，一半出自於溫柔呵護她那無瑕的純潔。他心裡想著：「我們會一起在義大利湖畔……讀《浮士德》……」朧朧朦朦將心中幻想的蜜月場景與文學名著混淆在一起，覺得向自己的新娘描述這部名著似乎是作丈夫的特權。恰巧那天下午，梅・韋蘭才讓他猜想她「中意」自己（紐約未婚少女特有的聖潔措詞），足以使他的想像力跳躍訂婚戒指、定情之吻和羅亨格林歌劇6的婚禮進行曲，幻想他們依偎在歐洲某個古老、令人心醉神馳的場景裡頭。

他決不希望未來的紐蘭・亞徹太太是個頭腦簡單的人。他殷切期盼由於他陪伴左右，而啟蒙她可以養成一種嫻熟得體的社交能力及敏捷機智的口才，以便能夠從容應對那些

6 德國作曲家華格納（Richard Wagner, 1813－1883）創作的一部浪漫歌劇，第三幕的進行曲常被用於婚禮中演奏。

「年輕一代」的名媛，與她們平起平坐。而這個小圈子公認的慣例是：既要風情萬千地媚惑男人、挑撥他們的熱情，一面又要巧妙打斷他們得寸進尺的念頭。他若認真深入探索自己的虛榮心（有時候，他幾乎就要做到了），他會發現自己心底潛藏了一個願望；他希望自己的妻子像他兩年前迷戀的那位有夫之婦一樣世故、一樣懂得取悅人。當然，絕不能出現一丁點過失，像兩年前那段春光險些摧毀那位不幸佳人的一生，也攪亂他一整個冬季的計畫。

但是，他從來沒有費時去思索：這種冰與火的奇蹟是如何去創造出來、又如何能在這個殘酷無情的世界支撐下去。他只是心滿意足地堅持自己的想法，所以不去詳加分析自己的看法，因為他明白這也是許多紳士們的想法；這些紳士精心梳理頭髮、穿著白色背心，在胸前別上鮮花，他們魚貫走進劇院包廂，跟他友善地含暄致意，然後帶著批評的眼光，拿起小望遠鏡去對準那社交制度下的產物——一群淑女——品頭論足。顯然就學識及藝術涵養層面而言，紐蘭・亞徹自認為略勝一籌，他比這些老紐約上流社會菁英還要優越；他讀過的書比這群人都還要淵博，或許也比他們還要深思熟慮，甚至比他們更見多識廣。單獨去看他們，他們都不是流露出優秀的人，但聚在一起時，他們卻代表了「紐約」，而男士們團結一致的習例，讓他接受了所有他們所謂的道德信條。出於直覺，他知道自己若是標新立異、打破這些信條，那將會引起麻煩——也有失體面。

「唉呀，我的天啊，憑良心說！」勞倫斯・萊弗茲喊道，突然把小望遠鏡從舞臺那邊移開。大致而言，勞倫斯・萊弗茲堪稱是紐約「禮儀」學問方面的最高權威。在鑽研這個錯綜複雜又令人著迷的問題上，他投注的時間簡直是無人可比。然而，單單只是研究不足以讓他駕輕就熟的解決問題。人們只須看一眼他修長優雅的身材、從他旁分頭髮而露出的光亮前額及俊秀的八字鬍鬚弧線，便會覺得一個人既然懂得隨性穿搭一身華服，並隨時隨地保持閑逸優雅的風度，他在舉止方面的修養必定是與生俱來。就像一位年輕的仰慕者曾經談起他時說：「假如某個人可以告訴你哪時候該繫上黑領結、搭配晚禮服，在哪個場合又不適宜這麼做，這個人一定非勞倫斯・萊弗茲莫屬。」至於談到何時該套上休閒便鞋或與漆皮「牛津鞋」的爭議，從來沒人質疑過他的權威。

他說了一句「上帝啊！」，接著安靜地將望遠鏡遞給了老希勒頓・傑克森。

紐蘭・亞徹隨著萊弗茲的目光望過去，驚訝地發現萊弗茲的驚嘆聲來自於眼前的一道陌生身影：一位身材纖細的年輕女子走進明格夫人的包廂，她比梅・韋蘭稍微矮一些，濃密的棕色鬈髮垂落在鬢角邊，並用一條鑲鑽的細邊髮帶箍住髮絲，這個裝扮當時稱之為「約瑟芬風格」7，她身上那件暗藍色絲絨晚禮服的款式詮釋出這種風格；胸前一枚

7　約瑟芬指拿破崙第一任妻子約瑟芬・博阿爾內（Joséphine de Beauharnais）。「約瑟芬風格」是法蘭

復古大扣環的腰飾挽釦住這件晚禮服。然而她穿著這一身不尋常的禮服，卻似乎不曉得自己的奇特裝扮十分引人注目。她在包廂中間站了片刻，與韋蘭夫人討論後到的人是否適宜坐在前排右邊角落的座位，然後她順從地微微一笑，便與坐在對面角落的洛弗爾・明格夫人坐在同一排座位，也就是說，與韋蘭夫人的弟媳相鄰而坐。

希勒頓・傑克森先生遞還小望遠鏡給勞倫斯・萊弗茲，整座劇院裡的男士們全都回過頭來，等著聽這位老紳士說些甚麼，因為老傑克森先生在「家族史」話題方面的權威，正如同勞倫斯・萊弗茲在「禮儀」權威方面的份量。他對於紐約那些堂表親戚所有家族支系瞭若指掌，不僅可以說清楚一些複雜關係，例如像是明格家族（透過索利家族）與南卡羅萊納州達拉斯家族之間的關係，以及費城索利上一代家族支系和奧爾班尼・奇弗斯家族（可別和大學城的曼森・奇弗斯家族混為一談）之間的血緣關係，而且還能列舉各個家族的主要特點，譬如萊弗茲家族的年輕一代（長島上的那些人）無比吝嗇，而拉許沃斯家族的人總是在婚配方面犯下最致命的錯誤決定，而愚蠢無比；還有，奧爾班尼家族每隔一代就會出現一個精神病患，他們紐約的遠房親戚一向拒絕與之聯姻──唯獨可憐的梅

西第一帝國的一種禮服樣式，附有短背心、低胸胸衣、飄逸的裙子和短蓬袖。

朵拉．曼森是個悲慘的例外，正如同眾人所知，她的命運……，不過話又說回來，她母親本來就是拉許沃斯家族的人。

除了掌握這些錯綜複雜的家族系譜以外，在希勒頓．傑克森先生狹窄又凹陷的兩鬢之間、柔軟濃密的銀白髮絲之下，猶然保存著過去五十年間的醜聞及祕辛，這些內幕就隱藏在看似平靜無風波的紐約社交界中。他的情報確實涉及廣泛，記憶力也敏銳精確，所以唯有他能夠告訴你銀行家朱利斯．貝爾福究竟是何許人也，以及曼森．明格老夫人的父親——英俊的鮑伯．史派瑟在結婚後未滿一年的某一天，他突然帶著一筆鉅額的信託金搭輪船前往古巴，身邊跟著一名曾經在貝特瑞老歌劇院轟動一時、擁有大批舞迷的西班牙美麗舞孃．兩人神祕失蹤後，最後的結局究竟怎麼樣了。但是這些祕聞以及許多不為人所知的事情，都嚴密深鎖在傑克森先生的心裡；這不僅是因為他強烈的道德感不允許自己說出別人私下透露給他的隱私，也因為他清楚明白自己謹慎嚴密的作風能夠吸引更多機會，以便可以打聽更多他想知道的消息。

於是，當傑克森先生將小望遠鏡遞還給勞倫斯．萊弗茲先生的時候，整座劇院包廂裡的人們無不屏息等待，聽他接下來會說些甚麼。那一片刻的時間裡，他那雙蒼老眼瞼下的灰藍眼睛，默默審視那一群洗耳恭聽的人，接著他若有所思地搓捻自己的鬍鬚，簡短說了一句：「沒想到明格家族的人竟然會這麼鹵莽。」

2

在這段短暫的插曲中，紐蘭・亞徹陷入某種奇特的尷尬處境。

令人心煩的是，吸引紐約男士們全副目光的包廂，竟是他那位未婚妻身處的包廂，她就坐在她母親和舅媽的中間。一時半刻，他認不出那位穿著拿破崙帝國樣式禮服的女士是誰，也不明白為何這些初次見到她的人看到她出現，會造成一股騷動。最後，他才終於漸漸明白過來，隨之剎那間感到一陣憤慨。的確，沒人想到明格家族的人竟會這麼鹵莽。

但是，他們真的這麼做了，而且毫無疑問，一直以來都是這樣。亞徹背後的低語聲讓他清楚明白：這位年輕女子就是梅・韋蘭的表姊，這位表姊一直被家人稱作「可憐的愛倫・奧蘭絲卡」。亞徹知道她一、兩天前才剛從歐洲回來，他甚至從韋蘭小姐那兒聽說（沒有不以為然的樣子），她已經探訪過可憐的愛倫了；愛倫目前寄居在明格老夫人的宅邸。亞徹非常欣賞家族的團結，而明格家族最令他推崇的一項特質，就是即使家族中出現幾位不肖的害群之馬，他們仍會在背後全力支持。這位年輕人的心胸並不狹窄，也不刻薄，他很高興未來的妻子沒有受到虛假的道德影響，還能友善對待這位不幸的表姊——儘管是在私底下而已。然而，在家族圈裡接待奧蘭絲卡伯爵夫人是一回事，讓她到公共場合露面，尤其是歌劇院這樣的地方，又是截然不同的事。況且，那位與他——紐蘭．亞徹訂婚的年輕女子也在那個包廂裡，再過幾週，他們就要宣布訂婚消息了。沒錯，他完全可以理解老希勒頓．傑克森的感受，他沒想到明格家族竟會這麼鹵莽！

他當然知道，任何男人敢做的事（在第五大道的範圍之內），曼森．明格老夫人這位家族長輩都膽敢去嘗試。他一向欽佩這位高大而且個性剛毅的老太太，儘管她原本只是史坦頓島的凱瑟琳．史派瑟，還有個神祕且聲名狼藉的父親，無論是金錢或是社會地位，這件事皆難以讓人們忘懷。但是，她竟有本事嫁給富有的明格家族上人，並將兩個女兒嫁給外國人（她們分別嫁給義大利侯爵及英國銀行家），而且在中央公園附近一塊隱密的荒地上蓋了一棟乳白色石塊砌成的大宅邸（當時，棕色砂岩就像男士們午後的雙排釦長禮服1一樣蔚為主流），讓人們再次見識到她大膽獨特的行事風格。

明格老夫人的外籍女兒成為了傳奇。她們從未返家探望母親，而這位老夫人就像許多

1 十九世紀中期至二十世紀初期流行的一種正式禮服。二十世紀初期後，晨禮服取代長外衣，成為男士正裝。

心思靈活又強勢的人那樣，況且她身材肥胖又不喜歡走動，總是寧願待在家裡。那幢乳白色宅邸聳立在那兒（據說仿造自巴黎貴族的私人別館），就是她無懼一切的精神象徵。她在這座宅邸裡儼然是位女王，悠然生活在法國革命前的傢俱以及從路易・拿破崙杜樂麗宮帶回家的紀念品之間（她中年時曾在這裡展現熠耀風采），就像三十四街以北的宅邸——用像大門般敞開的法式落地窗取代拉式窗扇，她在宅邸的寶座上泰然自若。

所有人都一致認同（包括希勒頓・傑克森先生在內）老凱瑟琳從來就不是美女；在紐約人的眼中，美貌是見證成功的天賦，也可以作為失敗的藉口。心地尖酸刻薄的人會說，就像她那與女皇同名的姓氏一樣，她靠著堅強的意志力和鐵石心腸獲得成功，而私生活中的極端正派和高尚作風，都讓她稍微遭受到傲慢的非議。曼森・明格先生逝世的時候，她才二十八歲，出於不信任史派瑟家族的緣故，他生前用一條附加條款「凍結」了自己的財產；但他那位大膽的年輕遺孀毫不畏懼地闖出一番天下，活躍於外國的社交圈中，將兩個女兒嫁進那個天曉得有多麼墮落的上流社會，而且她還與公爵、大使們密切來往，周旋於天主教政治圈中，款待歌劇演員，並且成為芭蕾名伶塔格里奧夫人2的摯友。一直以來

2 即瑪麗亞・塔格里奧（Maria Taglioni, 1804－1884），知名義大利芭蕾女伶。她的父親是菲利波・

（如同希勒頓・傑克森先前的言論），從未出現抨擊她聲譽的耳語，但他總是再加上一句話：這是她唯一不同於先前那位凱瑟琳的地方。

曼森・明格老夫人早就已經解凍亡夫的財產，度過了半世紀的優渥生活。但是早年歲月裡經濟拮据的記憶使她過度節儉，雖然她在選購衣服或添置傢俱時，總會格外花心思去挑選上等貨，卻在餐桌上轉瞬即逝的口腹之欲，捨不得耗費太多錢財。所以，雖然基於完全不同的理由，她家餐桌上的料理就像亞徹夫人家的菜餚一樣寒酸，就算有美酒也不足以為挽救幾分聲譽。親戚們認為她在餐桌上的吝嗇損害了明格家族的名聲，畢竟明格家族向來以講究生活品味聞名；但是，人們依然持續造訪她的這座宅邸，不顧那些「拼盤雜燴」與淡而無味的香檳。面對她兒子洛弗爾的建議（他曾試圖雇用紐約最頂級的廚師，來挽救家族名聲）。她總是笑著說：「既然我的女兒們都已經出嫁了，而我又不能享用添加醬料的料理，一個家庭又何必需要動用兩位廚師？」

紐蘭・亞徹沉思這些事情時，又再次將目光轉向明格家的包廂。他看見韋蘭夫人和

塔格里奧（Filippo Taglioni, 1804－1884）是她的舞蹈教師，他曾為瑪麗亞・塔格里奧編寫浪漫芭蕾舞劇《仙女》（*La Sylphide*, 1832），並為了彌補女兒天生長相不佳的缺陷，設計一襲別緻的芭蕾服飾。

她的嫂嫂以明格家族特有的泰然自若，去面對那自成半個圈子的批評者，這種態度正是凱瑟琳一向對家人的諄諄教誨。唯有梅・韋蘭沒流露出這樣的姿態，也許是因為察覺到亞徹正看著她，並瞭解到事態的嚴重性，因而滿臉通紅。至於那位引起騷動的可人兒，依然優雅坐在包廂角落，注視著舞臺，當她向前傾時，坦露出來的肩膀及胸部比紐約社會習慣看到的部分稍微多了一點；至少在那些有理由不願意引人注目的仕女眼中，看來如此。

紐蘭・亞徹認為很少有甚麼事情比缺乏「品味」更糟糕了。品味是種飄渺的神韻，隱藏在看得見的「禮儀」背後，而「禮儀」僅僅是看得見的表象。依照他的眼光，奧蘭絲卡夫人蒼白嚴肅的臉龐，相當適合這種場合與她不幸的處境，但是她那套從削瘦肩膀上流瀉下來的無褶領的禮服款式[3]，卻令他感到驚訝和不安。他不希望梅・韋蘭受到如此不顧品味的年輕女子所影響。

「究竟，」他聽到背後的一位年輕男子說（在梅菲斯托菲勒斯和瑪塔[4]那一幕戲上演

---

3 即第一章註7的約瑟芬風格服飾。

4 歌劇《浮士德》中的第三幕，梅菲斯托菲勒斯（Mephistopheles）是魔鬼，誘惑浮士德為愛情出賣靈魂的，浮士德愛戀少女瑪格麗特，瑪塔則是瑪格麗特的鄰居。魔鬼梅菲斯托菲勒斯為了讓浮士德和

時，大家依然喋喋不休的談論）：「究竟發生了甚麼事？」

「哎，她離開了他，誰也不想否認。」

「他是個可怕的禽獸，對吧？」開口問話的年輕人接著說，他來自索利家族，為人直率，顯然已經準備加入那位女士的護花使者行列。

「是個糟糕透頂的傢伙。我在尼斯見過他，」勞倫斯．萊弗茲以不容質疑的口吻說：「他是個總是醉醺醺的傢伙，蒼白的臉上帶著輕蔑的表情……臉蛋倒是長得還算端正，不過就是睫毛太濃密了。啊，他就是那副德行！不是跟女人廝混在一起，就是四處搜集瓷器。據我所知，他會為了這兩件嗜好，願意付出任何代價。」

這段話引起一陣哄堂大笑。那位年輕的護花使者緊接著追問：「哦，那麼後來呢？」

「後來啊，她跟他的祕書私奔了。」

「噢，我明白了。」年輕護花使者的臉色頓時沉了下來。

「不過，那段關係沒有持續太久，我聽說幾個月以後，她就獨自一人住在威尼斯。我想洛弗爾．明格先前出國的目的就是去找她，他曾說她過得很不快樂。現在沒事了……

瑪格麗特獨處，施計圈套，誘騙瑪塔離開。

但是她這麼高調地出現在歌劇院裡，卻又另當別論。」

「也許，」年輕的索利大膽說出：「她一個人留在家裡，實在太可憐了。」

這句話說完後，立刻引起一陣訕笑，那位年輕人滿臉通紅，努力裝出一副打算巧妙說出聰明人口中的「雙關語」的模樣。

「嗯……無論如何，與韋蘭小姐同行未免太匪夷所思了。」有人悄聲說話，一面斜眼瞄了亞徹一眼。

「噢，這是家族同盟作戰的一部分啊，無疑是老夫人的命令。」萊弗茲笑了起來，「當老夫人決定做一件事時，她就會做得徹徹底底。」

那一幕戲進入尾聲了，包廂裡依舊騷動。紐蘭・亞徹突然覺得自己必須採取果斷的行動，他希望自己是第一個走進明格家包廂的人，向期待中的社交界人士宣布自己與梅・韋蘭訂婚的消息，幫助她度過由她表姊的特殊處境而陷入的窘境；這股衝動突然間使所有顧慮和遲疑消失無蹤，讓他迅速走過一道道紅色走廊，進入歌劇院較遠的另一側。

他走進包廂的那一刻，正好與韋蘭小姐的目光交會，他看出她立刻明白了自己的動機，儘管家族的尊嚴不允許她明講他的來意─兩人一致認為這是很崇高的美德。他們這個圈子裡的人都活在一種含蓄蘊藉、矜持謹慎的氛圍中，他和她都覺得無需任何言語就能瞭解彼此的處境；這位年輕人感覺這份理解拉近兩人的距離，任何隻字片語都無法相比。

一切盡在不言中，她的眼睛正在傾訴：「你明白媽媽為甚麼帶我來這兒。」他的眼神回答她：「我決不願意讓妳離開這兒。」

「你應該認識我姪女奧蘭絲卡伯爵夫人吧？」韋蘭夫人與未來女婿握手時問道。按照引見給女士的禮節，亞徹欠身致意，沒有伸出手；愛倫・奧蘭絲卡則輕輕頷首回禮，那雙戴著淺色手套的手緊握那把大大的鷹羽扇，相形之下，洛弗爾・明格夫人是位身形壯碩的金髮女性，身穿窸窣作響的褶緞禮服；他向明格夫人打了聲招呼後，就在未婚妻身旁坐下，低聲說道：「我想妳應該已經告訴奧蘭絲卡夫人我們訂婚的事吧？我想讓在場的每個人都知道這件事。希望妳允許我在今晚的舞會上宣布此事。」

韋蘭小姐的雙頰變得像朝霞般嫣紅，雙眼綻放出光芒注視著他。「如果你能夠說服媽媽。」她說：「但是我們為甚麼要改變原先已經決定好的計畫呢？」他沒有回答，而是以眼神回答一切，她帶著自信的微笑說：「你自己去跟我表姊說吧，我允許你這麼做。她說你們童年的時候常常在一起玩耍。」

她挪開自己的椅子，讓他走過去。亞徹立刻用一種宣示的舉動坐到奧蘭絲卡伯爵夫人身邊，彷彿迫切地想要整間歌劇院的人都看見自己的舉動。

「我們從前的確常在一起玩，難道不是嗎？」她問道，那雙憂鬱的雙眸注視著他，「你當時是個討厭的小男孩，有一次還躲在門後面吻了我。但我當時喜歡上你的堂兄范迪・

紐蘭，他卻從不看我一眼。」她的目光掃視著那些馬蹄形包廂。「啊，這情景讓我回想起從前的一切……我發現這裡的人還穿著燈籠褲和內搭長褲呢。[5]」她用略微外國的口音拖長語調說話，目光又飄回到他的臉上。

雖然是頗為愉快的一番話，那一刻，亞徹的眼前卻浮現出嚴肅法庭的情景，這位年輕人感到驚訝萬分；她的案件正在畫面中進行審判。沒有比不合時宜的輕率言行更有傷大雅的事了，所以他以略微僵硬的語氣回答：「是啊，妳離開很長一段時間了。」

「噢，好像有好幾個世紀、又好幾個世紀那麼長了，」她說，「日子久到我覺得自己都已經死去，被埋葬地底了，而這個親切的故鄉就是我死後的天堂。」

基於一些他自己也說不明白的理由，紐蘭・亞徹覺得她形容紐約社交界的方式更顯得自己失禮了。

5　燈籠褲是十九世紀美國流行的男士長褲。內搭長褲起源於法國，後流行於十九世紀早期至中期的美國與英國，是女性和年幼男孩穿著的貼身長褲。

3

事情依舊如常進行，一成不變。

朱利斯・貝爾福太太在舉辦一年一度舞會時，決不會忘記那天晚上要到歌劇院露個面。真的，她總是挑選在歌劇上演的夜晚舉辦舞會，讓人見識她掌管家務的卓越能力，即使自己不在場，她的一班僕人也能安排好款待賓客的所有細節。

貝爾福家的宅邸是紐約少數幾棟擁有舞廳的住宅之一（甚至早於曼森・明格老夫人家，以及赫德利・奇弗斯家）。正當人們開始覺得在客廳地板鋪上「粗布」、將傢俱搬往樓上這樣的行逕是件「俗氣」的事時，擁有一間一年三百六十五天都拉上窗簾的專屬舞廳，鍍金椅堆疊在角落、任由華麗的吊燈收納在袋子裡，絕對是一種優越感，它似乎足以補償貝爾福往日曾發生過的任何遺憾。

亞徹太太喜歡將社交哲學編纂成格言。她曾經這麼說：「我們全都有自己偏愛的平庸之輩……」雖然這句話說得相當大膽，許多權勢者卻暗地裡地認同這個真相。但是嚴格說來，貝爾福夫婦不是平凡人，有些人甚至認為他們遠比平庸還要差勁。貝爾福太太確實出身於美國最有名望的家族之一，她原本是可愛的瑞吉娜・達拉斯（屬於南卡羅萊納的一個家族），這位默默無名的美人經由她的表姊引薦，進入紐約社交界。她的表姊就是那輕率鹵莽的梅朵拉・曼森，這位表姊總是出於善意地鑄下錯事。而任何人若是與曼森家族或拉許沃斯家族結為親戚，就可以在紐約上流社會取得「公民權」（昔日頻繁出入杜樂麗宮的希勒頓・傑克森先生也曾經這麼說過）。但是難道有人可以嫁給朱利斯・貝爾福，還不會喪失這種權利嗎？

問題的癥結點在於：貝爾福究竟是何許人也？人們眼中的他是位英國人，彬彬有禮、相貌英俊、脾氣暴躁、待客熱忱而且機智幽默。由於曼森・明格老夫人的英國銀行家女婿為他寫了封推薦信，他來到美國，而且旋即就讓自己在社交界占得一席之地，但他始終放浪形骸、沉迷於酒色，說話尖酸刻薄，他過往的經歷又非常神祕；所以當梅朵拉・曼森宣布她的表妹與他訂婚的消息時，大家都不禁覺得可憐梅朵拉那冗長的鹵莽歷史，又增添了一樁蠢事。

但是傻人有傻福，往往也會帶來好的結果。年輕的貝爾福太太才結婚兩年，大家就一致公認她擁有全紐約最令人羨慕的宅邸。沒有人確切知道貝爾福家的奇蹟如何實現。貝爾福太太性情懶散又消極，刻薄的人甚至說她愚鈍。但是她在穿著打扮上像個金髮碧眼的洋娃娃，珠光寶氣，一年比一年貌美年輕且白皙。她可以安穩坐在貝爾福先生深棕色石砌宮殿裡的寶座，不必抬起她戴著珠寶首飾的小指頭，就能吸引社交界名流前來。知道內幕的人士說：貝爾福先生親自訓練僕人，提點廚師烹調新式料理，吩咐園丁在溫室裡栽種適宜佈置於餐桌和客廳的花卉，還親自挑選賓客、釀造餐後酒，他甚至還讓妻子聽從他的口述，撰寫給朋友的信箋。倘若他果真主導了這些家務事，那麼也是在私下進行而成，因為他露面的時候，總是一副漫不經心又殷勤好客的百萬富豪的模樣，像應邀來訪的賓客一樣悠哉漫步，走進自家客廳，然後說道：「我妻子的大岩桐真是嘆為觀止，你說是嗎？我相信她是從倫敦皇家植物園那兒搬來的。」

人們一致認同貝爾福先生的祕訣在於巧妙安排事情的方法。縱然傳言鬧得沸沸揚揚，說他靠著過去任職的國際銀行「協助」之下而離開英國，但他本人對待這則謠言的態度，就跟他輕鬆應對其餘流言一樣，他巧妙應付了過去；儘管紐約的商業良知如同它的道德標準一樣薄弱，他還是排除萬難，移開阻擋在眼前的一切障礙，而且讓全紐約的人踏進自己的廳堂。二十多年以來，如今人們說起要去「貝爾福家赴宴」的時候，說話的語調就像他們前去曼森．明格太太家赴約一樣理所當然，更因為知道即將享受到熱騰騰的灰背野鴨和葡萄美酒，而非鑲造年份不足的凱歌香檳及費城的油炸丸子，所以感到心滿意足。

於是，一如往常，貝爾福太太在〈珠寶之歌〉[1]演唱以前準時出現在包廂，又像往常一樣，在第三幕戲結束時起身，將晚宴斗篷披上她美麗的肩膀上，方才離席。紐約人都明白，這意味半小時後，舞會即將開場。

貝爾福家是紐約人津津樂道、想向外國人炫耀的宅邸，尤其是這一年一度的舞會夜晚來臨時。貝爾福夫婦率先在紐約擁有自家專屬的紅絲絨地毯，讓自己的男僕站在屋棚底下鋪置紅毯，絲絨地毯隨一節節階梯滾落而下，而不是像預訂晚餐、租用舞廳的椅子一般從外面租借地毯。他們還開創讓女士們在玄關脫下斗篷，而不是趁隙將斗篷堆放在樓上女主人的臥房裡，再藉由煤氣噴燈重新整理髮鬈。據悉貝爾福曾經說過，他認為妻子的所有朋友在出門前，全都已經讓侍女幫她們梳妝好了。

此外，這棟宅邸建造時就將舞廳設計得十分氣派，所以賓客們無須擠身穿過狹窄的通道（像奇弗斯家那樣），而是悠然從容地經過兩側海碧色、猩紅色和金黃色調的會客廳，

1 〈珠寶之歌〉（*Jewel Song*）是《浮士德》（*Faust*）第三幕時，少女瑪格麗特唱的詠嘆調；浮士德遇見美麗的瑪格麗特，魔鬼在瑪格麗特的花園裡放了一箱珠寶，純潔的少女情懷也抵擋不住誘惑，失身於浮士德，並懷了身孕。

走進舞廳。而且，遠遠就可看見點點搖曳的燭光映照在晶亮的鑲木拼花地板上，再往前眺望，還可以看到溫室深處，山茶花和蕨類植物在黑金色相間的竹椅上築成一道拱形的穹頂。

稍晚的時候，紐蘭・亞徹才漫步而來；像他這樣的年輕人，這麼做才符合於他的身分。他把大衣遞給穿著長絲襪的侍者（長絲襪是貝爾福家少數幾件的蠢事之一），走到懸掛著西班牙皮革裝飾、擺設布爾式[2]及孔雀石鑲嵌傢俱的書房裡磨蹭了片刻，跟書房裡的幾位男士一面閒談、一面戴上跳舞用的手套，最後才走到貝爾福太太迎接賓客的深紅色會客廳門口，加入賓客的行列。

亞徹顯然焦躁不安。歌劇終場後他並未回到俱樂部（一般年輕紈袴子弟照例習慣去喝杯酒），而是趁著美好夜色，沿第五大道[3]走了一段路，然後才回過頭往貝爾福家的方向走去。他當然是在擔心明格家可能會行事過於離譜；事實上，他們或許會依明格老夫人的

2　源自法國製傢俱的細木工匠之名。木材、金屬、龜甲、象牙等的精細鑲嵌工作。

3　貫穿美國紐約市曼哈頓島（Manhattan）的繁華街道。

吩咐，帶奧蘭絲卡伯爵夫人來參加舞會。

從俱樂部的氣氛來看，他已經察覺到倘若真的這麼做，那將會是多麼嚴重的錯誤，而且，雖然他這次下定決心要「堅持到底」，但他想保護未婚妻表姊的騎士情操，已經不若在歌劇院與她短暫交談之前強烈了。

亞徹緩慢走進那間金黃色會客廳（貝爾福大膽的在此懸掛一幅引起不少爭議的裸體畫〈勝利的愛神〉4），看到韋蘭夫人她女兒站在舞廳門口。一對對舞伴已經在舞池翩翩起舞：燭光灑落在旋轉的薄紗裙、少女頭戴的別緻花環上，灑落在少婦髮髻間華麗的鷺鷥羽飾及首飾，燭光輕拂少婦燦爛亮麗的襯衣前襟與光滑的絲綢手套上。

韋蘭小姐顯然正準備加入舞池中的人群，她站在門口，手中挽著鈴蘭花（沒帶其他花束），臉色稍微蒼白，眼睛灼灼發亮，閃耀著率真的興奮光彩。一群年輕男女簇擁在她身旁，熱烈與她握手、微笑寒暄，歡笑聲不絕如縷，站在稍遠處的韋蘭夫人流露出讚許的笑容。顯然，韋蘭小姐正宣布自己訂婚的消息；在這種場合，她母親理應表露出為人父母的

---

4 威廉–阿道夫・布格羅（William-Adolphe Bouguereau, 1825－1905），十九世紀末法國學院派畫家的作品。

不捨之情。

亞徹躊躇了片刻。訂婚消息按照他自己的意思宣布了，然而他心底其實不願以這樣的方式宣告自己的喜訊。在擁擠嘈雜的舞廳裡公開喜訊，好像剝奪原本應該綻放在心靈深處的美好祕密。但是他的喜悅如此深刻強烈，所以這麼一點缺失瑕不掩瑜，絲毫不影響這份喜悅的滋味，然而，他仍然希望外表也像內心一樣單純。他發覺梅・韋蘭也有相同感受，所以頗感欣慰；她懇求的目光飄向他，眼神彷彿在說：「記住，我們這麼做是因為我們正在做對的事。」

在亞徹心底，再也沒有其他懇求會瞬間觸動他的感情，但他也希望可以基於更美好的理由去宣布兩人訂婚的消息，而不僅是為了可憐的愛倫・奧蘭絲卡。韋蘭小姐身邊的那群人面帶意味深長的微笑，為他讓出一條路來；亞徹接受了眾人的祝福後，牽著未婚妻步入舞池，手臂輕輕摟在她的腰際。

「現在我們總算不必再說些甚麼了。」他看著她率真的眼眸，微笑著說，乘著〈藍色多瑙河〉柔和的波浪，翩翩旋轉而過。

她沒有回答任何話，雙唇綻放出一抹微笑，唯有眼神依然淡漠而莊重，像在凝神某種難以言喻的畫面。「親愛的」，亞徹輕聲低語，一面將她拉向自己。他深信即使在舞會中度過剛訂婚的這幾個小時，對他們來說依然是莊嚴和神聖的時刻。畢竟，身邊有這麼一位純潔、漂亮又善良的人，未來將會迎接多麼美好的嶄新生活啊！

舞曲結束後，他們兩人已經成為一對未婚佳偶，於是便一起走到溫室。這對儷人坐在一片蕨類植物和山茶花牆後面，紐蘭將她戴緞面手套的手按在自己唇上。

「你知道，我都按照你說的去做了。」她說。

「是的，我一刻也不能等了。」他微笑回答。過了片刻又說：「只不過我希望不是在舞會上宣布這件事。」

「是呀，我明白你的意思。」她和他心靈相犀地對望，「但是畢竟……即使是在這兒，我們也可以單獨相處，不是嗎？」

「噢，我最親愛的，永遠不變！」亞徹喊道。

看來她將永遠理解他的想法，永遠都會說出得體的話；亞徹覺得自己真是幸福無比，他愉快地接著說：「最糟糕的是我想吻妳，卻又不行。」當他這麼說時，一面迅速瞥向溫室四周，確定他們擁有短暫的私密空間後，他摟她入懷，瞬間輕吻她的唇。為了緩和這大膽的舉動，他牽著她走到溫室裡較不隱密的竹製沙發椅邊，然後在她身旁坐下，不經意折斷她手上的一朵鈴蘭。她靜靜坐著，這個世界彷彿是一片陽光燦爛的溪谷，依偎在他們腳下。

「你跟我表姊愛倫說過了嗎？」過了片刻她問道，說話的語氣彷彿置身夢境中。

他驚醒過來，想起自己還沒有告訴她表姊；想到要向一位陌生的外國女子談起這樣的事，就油然升起一股反感，無法說出浮在嘴邊的話。

「沒有……我還沒有找到機會說。」他匆匆扯了個小謊。

「哦，」她似乎有些失望，但仍再次溫和提出自己的看法，「那麼，你一定要說哦，因為我也還沒跟她說，我不希望她誤會……」

「當然，只不過……是不是由妳開口會比較合適呢？」

她考慮了一下，「如果先前有適當的時機，由我去說確實比較恰當，但是現在為時已晚，我想你一定要向她解釋，在歌劇院的時候我曾經請你去告訴她這件事；我們早在向大家公開喜訊之前就想跟她說了，否則她會以為我忽略了她。你也知道，她是我們家族的一份子，又離開很久了，所以她變得有點……敏感。」

亞徹洋溢著熱情看她，「我摯愛又美妙的天使！我當然會跟她說。」他略微憂慮的神情瞟向擁擠的舞廳，「但我還沒有看見她，她來了嗎？」

「沒有，最後一刻她還是決定不來了。」

「最後一刻？」他重複道，流露出驚訝的表情──她竟然以為可以不顧世俗的眼光。

「是啊，她最喜歡跳舞了，」年輕女孩率真回答，「但是她突然覺得自己的服裝不太適合出席舞會，儘管我們都覺得那件衣服很美。所以舅媽只好送她回家了。」

「噢，那麼……」亞徹漫不經心地說。他發現自己的未婚妻他決定徹底實行他們從小被教導的原則：「漠視眼前的不愉快事件」；這比任何事都令他感到高興。

「她跟我一樣清楚明白，」他心裡如此想道，「她表姊不想參加舞會的真正原因。但我絕對不會讓她看出一點跡象，不能讓她察覺我知道可憐的愛倫・奧蘭絲卡名譽上的污點。」

4

次日，締結婚約雙方進行了第一次例行的互訪。在這類事情上的禮節習俗，紐約人非常一絲不苟，而且沒有通融的餘地。因此，紐蘭・亞徹先偕母親、妹妹前去拜訪韋蘭夫人，然後再與韋蘭夫人和梅一同驅車拜訪曼森・明格老夫人宅邸，接受這位可敬長輩的祝福。

對這位年輕人而言，拜訪曼森・明格老夫人向來非常有趣。那棟豪宅本身就堪稱為一件歷史文物，即使它固然不會像大學城和第五大道下城區的古老世族宅邸那珍貴。那一帶的住宅皆是一八三〇年的建築，整體風格嚴謹且和諧，裝飾著洋薔薇花飾地毯、黃花梨木渦形托腳桌几、黑色大理石面的圓拱形壁爐，以及桃花心木玻璃片書櫃。然而明格老夫人的宅邸是較遲才建造的房子，她大膽捨棄年輕時代的厚重傢俱，將明格家族的祖傳寶物和法蘭西第二帝國時代的輕巧傢俱融合成一體。她習慣坐在一樓起居室窗前，彷彿寧靜看著社交人物和上流社會潮流迤邐北上，流曳到她孤寂的門檻。她似乎不急於讓他們湧進，因為她擁有無比的耐心與信心。她確定那些廣告看板、採石場及單層酒館、荒蕪花園裡的木造溫室，還有山羊踏臨的那些石塊，將在新宅邸佔據下漸漸消失，不久，那些新房子就會像自己的宅邸一樣富麗堂皇—或許甚至更為壯觀（因為她是個公正且無偏見的女人）；而且，那些老式公共馬車喀噠喀噠顛簸馳駕於鵝卵石路上，這樣的鵝卵石路也很快會被平滑的柏油路取代，就像傳聞說許多人在巴黎瞧見的一般。此時，由於她樂於接見的人都會來到這裡拜訪她（她就像貝爾福夫婦一樣，輕而易舉地讓客廳都擠滿賓客，甚至無須在晚餐菜單上添加任何一道菜），她從不會因為居住偏僻地區而與世隔絕。

到了中年時，她突然遭逢體重劇增的襲擊，如同火山流出的熔岩氾濫湧向一座將被淹沒的城市，她因而從一位豐滿活潑、腳步輕盈的小婦人轉變成自然奇景中的龐然大物；她冷靜接受這倏忽而至的巨大災難，就像接受她一生中的其餘考驗。如今，她年事無高，才知道中年發福也有益處；攬鏡自照，肌膚白裡透紅，幾乎沒有一絲皺紋，年輕時的那張纖巧小臉輪廓依稀可辨，似乎正等待人們瞧見。光滑的雙下巴接連那令人眩目的雪白胸膛，已逝明格先生肖像製成的別針扣在胸前的雪白絹紗上，目光迤邐而下，是一波又一波的黑色絲綢，垂落到寬大的扶手椅上。她那雙柔荑般的白皙小手猶如巨浪上的一對海鷗。

曼森・明格老夫人由於肥胖身軀的沉重負擔，早已經無法上下樓梯，於是她特立獨行的把接待廳設置在樓上，而且一反紐約禮俗，將自己的居所設置在一樓。因此，如果當你和她一起坐在起居室窗口時，總可以透過經常敞開的一扇門以及捲起的黃色花緞門簾，不期然的瞥見她臥室裡頭的低矮大床，擺墊得像沙發一樣，以及飾有繁複蕾絲花樣荷葉邊桌布、鍍金框鏡子的梳妝檯。

到她家拜訪的賓客對於這種充滿異國風情的布置總是感到詫異又著迷，令人聯想到法國小說中的場景，以及單純的美國人作夢也想不到的誘人犯罪的建築動機：舊時代腐敗社會中，女子與情人偷情幽會的地方——所有房間都設置在同一樓層，以便進行小說中所描繪的那些陳倉暗渡的親暱行為。紐蘭·亞徹曾經暗地把明格老夫人的臥室想像為《卡穆斯先生》[1]中的愛情場景放進，每當想到她在通姦場景中過著清白無瑕的生活，總令他覺得有趣極了；不過他又暗自在心中揣測，如果她遇見喜歡的人，這位堅毅不拔的女人也不會拒絕與他同居。他這麼想的同時，其實是帶著一份敬意。

這對未婚夫妻拜訪明格宅邸的時候，奧蘭絲卡伯爵夫人沒有出現在她祖母的客廳，這倒讓大家慶幸地鬆了一口氣。明格老夫人說她出門去了；在一個陽光燦爛的日子，又恰值「購物時分」，像她這樣一位名譽不佳的女子，選在這個時間出門非常不恰當。然而，無

1 法國作家佛葉（Octave Feuillet, 1821－1890）撰寫的愛情故事，經常描寫不貞及家庭義務等題材，呼應伊迪絲·華頓的寫作主題。

論如何，她不在場也避免大家見面時的尷尬、侷促不安，而且，她不幸的過往可能會讓他們光明的前程蒙上陰影。這次造訪一如預期相當順利，明格老夫人非常滿意這件婚事，熱心的親戚們早已看好這對情侶，也在家庭會議中謹慎討論且一致同意了。明格老夫人同樣很喜歡梅．韋蘭的訂婚戒指，大顆藍寶石鑲嵌在暗嵌在戒臺上的戒爪。

韋蘭太太眨了眨柔和的眼睛，安撫未來的女婿，「這是時興的新設計款式。當然，它在保守的審美眼光中或許稍嫌單調了。」

「保守的審美觀？親愛的，我希望妳不是在說我啊！我喜歡所有新鮮事物。」老祖母這麼說的同時，一面將藍寶石戒指拿到自己從來不需要戴上眼鏡、明亮的一雙小眼睛前，「真是漂亮啊。」她遞還那只戒指時又說：「很大方貴重哪。我年輕的時候，鑲嵌幾顆珍珠的珊瑚浮雕訂婚戒也就足夠了。不過戒指是靠手來襯托，你說是不是？親愛的亞徹先生？」她揮揮蓄留尖細指甲的小手，手腕上一圈圈老年肥肉的脂肪，彷彿箍著象牙鐲子一般。「我的戒指是請羅馬頂尖大師費瑞加尼設計的，孩子，你也該讓他幫梅訂做一只戒指。他當然會做得很完美，不過她的手很大……都怪這些現代運動撐大了手部關節……不過她的皮膚很白皙。哦……婚期預訂在甚麼時候呢？」說到這裡她突然打住，雙眼盯著亞徹的臉。

「嗯……」韋蘭太太低聲支支吾吾。

年輕人微笑看著未婚妻回答：「只要您願意支持我，越快越好，明格老夫人。」

「媽媽，我們應該多給他們一些時間，讓他們瞭解彼此。」韋蘭夫人插口說道，擺出一副應有的不捨模樣。老祖母針對這點回答：「多瞭解彼此？胡說！紐約人一向彼此熟識。讓年輕人自己決定吧，親愛的女兒，別等到酒都走味了。最好讓他們在四旬齋[2]以前結婚吧，誰也說不準我會在哪年冬天染上肺炎，我還想幫他們籌辦婚宴呢。」

聽了這些話後，他用恰如其分的欣喜、難以置信的感激之情，接受老夫人釋出的善意。正當歡樂愉悅的氣氛時，奧蘭絲卡伯爵夫人卻推門而入，打斷了愉快的氣氛。她披戴小圓帽和斗篷走進門，後面跟著令人意想不到的人物——朱利斯．貝爾福。

兩位女士快樂說起表姊妹間的悄悄話，明格老太太則伸出戴著費瑞加尼大師戒指的手，歡迎這位銀行家，「啊，貝爾福，真是稀客！」（她有個特別的外國習慣，總是直呼男士的姓。）

「謝謝，我希望常有機會來到這兒。」這位訪客以傲慢自大的口氣說道：「我常常忙

2　四旬齋（Lent）是基督教重要節日，也稱作大齋期，基督教徒將復活節的前四十天（為了紀念耶穌在這四十天中禁食）視作禁食、為復活節做準備的懺悔季節。

得不可開交，但是今天碰巧在麥迪遜廣場遇見愛倫伯爵夫人，她好心讓我送她回家。」

「啊，現在愛倫回來了，我希望家裡會更加熱鬧！」明格老夫人自顧自的說話，「請坐，貝爾福，把那張黃色扶手椅拉過來，我好不容易才見到你，一定要好好聊聊。聽說你的舞會很成功，還聽說你邀請了勒繆．史卓特斯太太？啊，我一直很想親自會見她。」

她說著說著，已經將自己家人拋諸腦後。愛倫．奧蘭絲卡帶領他們慢慢走到玄關。明格老夫人一向頗為讚賞朱利斯．貝爾福，而他們二人冷酷專橫的處事風格及不依照傳統繁文縟節的作風，倒也頗有相似之處。此刻，她急於知道貝爾福夫婦為甚麼想邀請（這是初次邀請）勒繆．史卓特斯太太──史卓特斯牌「鞋油」大亨的寡婦。這位女士去年才剛從歐洲旅居回來，攻佔紐約這座堅固的小城堡。「當然，如果你和瑞吉娜已經邀請她，那麼應該就沒有問題。我們的確需要新血和新財富……而且我聽說她現在依然非常漂亮。」這位掠食性強烈的老夫人說出這番話來。

韋蘭太太和梅在玄關穿毛大衣時，亞徹注意到奧蘭絲卡伯爵夫人帶著一絲微笑看著他，似乎正等待著他回答。

他靦腆微笑，回應她的眼神：「想必妳已經知道我和梅的婚事。梅指責我昨晚沒有在歌劇院告訴妳這個消息。她希望我告訴妳這項消息，但是在那個擁擠的場合，我沒辦法說出口。」

奧蘭絲卡伯爵夫人的笑意從雙眼綿延到唇間，她看起來更年輕了，像他小時候看到的那個大膽的棕髮女孩愛倫・明格。「沒錯，我當然知道了。我也很高興。這樣的事本來是不會在人庭廣眾下說出來。」兩位女士已經走到了門口，她伸出手說，「再見，改天再來看我。」同時依然注視著亞徹。

馬車行馳過第五大道時，他們熱烈談論明格老夫人，包括她的年紀、性格和她非比尋常的特質。沒有人提及愛倫・奧蘭絲卡，但亞徹知道韋蘭夫人心裡正想著：「愛倫剛回來的第二天就出現在街上，還在最繁忙的時段讓人看見她和朱利斯・貝爾福走在第五大道上，真是個錯誤。」而這位年輕人又在心裡評論：「她應該知道一個剛訂婚的男士通常不會花時間去拜訪已婚子女。但是我敢說，她以前生活的圈子裡，那些男士是會這麼做的──他們一定是這副德性。」雖然他自認為有國際觀，仍然慶幸自已是紐約人，並且即將與同類人締結婚姻了。

5

第二天夜晚，老希勒頓・傑克森先生到亞徹家享用晚餐。

亞徹夫人是位生性不喜歡社交活動的害羞女士，但也喜歡瞭解社交界的一切是非。她的老友希勒頓・傑克森一向以收藏家的耐性、博物學家的科學精神尋訪朋友的隱私。至於那些無法接觸到廣受歡迎的老希勒頓・傑克森先生的人們，與傑克森先生同住的妹妹蘇菲・傑克森小姐，便負責與這些人來往，她捎回各種小道消息，正好填補他探查事實的完整性。

因此，每當發生了亞徹夫人想知道的事情，她便會邀請傑克森先生到府用餐。由於她很少邀請人到家中作客，再加上她和女兒珍妮都是最佳聽眾，傑克森先生總是會親自赴宴，而不是派妹妹蘇菲代為出席。如果他能挑選日子的話，便會選擇紐蘭・亞徹不在家的夜晚赴約。並不是因為他與這位年輕人意氣不相投（他們倆在俱樂部相處得非常融洽），而是這位蒐集逸事趣聞的老先生有時覺得紐蘭喜歡掂量他話裡的證據，而亞徹家的女士們卻絕對不會有這種想法。

如果可以要求更完美的境界，傑克森先生便會要求亞徹夫人的菜餚料理得更美味一點。可是自從紐約人有記憶以來，紐約社交界已區分為兩大派主要家族：明格和曼森家族，他們注重吃、穿和財富；以及亞徹、紐蘭和范德路登家族，這三大家族注重旅行、園藝及傑出的小說作品，對於粗鄙的娛樂不屑一顧。

畢竟，人總是無法擁有一切好處。如果你前往洛弗爾・明格家用餐，你會享受到灰背野鴨、甲魚及陳年葡萄美酒；如果在艾德琳・亞徹家吃飯，你可以暢談阿爾卑斯山風光和小說《大理石人像》[1]，幸運的話，還有機會品嘗亞徹家遠近馳名的馬德拉白葡萄酒。因此，每當亞徹夫人邀請他來家中吃飯時，傑克森先生這位務實的中道主義者便會跟妹妹說：「自從上次在明格家用餐後，我的痛風病症就發作了……到艾德琳・亞徹家節食倒也不錯。」

亞徹夫人孀居多年，跟兒子、女兒同住在西二十八街。房子的二樓歸紐蘭一個人使

---

1 納撒尼爾・霍桑（Nathaniel Hawthorne, 1804－1864）創作的小說《大理石人像》（*The Marble Faun*, 1860），寫作背景設定在義大利。

用，她們二個女人則擠在樓下小房間裡。母女倆擁有相同品味和嗜好，喜歡在沃德箱[2]中栽培羊齒蕨、鉤織流蘇蕾絲，以及在亞麻布上刺羊毛繡花、收藏美國獨立戰爭時的上釉陶器、訂閱英國《錦言》雜誌，並因為喜好義大利情調而閱讀韋達的小說。（她們喜歡讀那些描繪田園景致的小說，是因為那些小說描寫愜意愉悅的生活，否則她們通常還是偏好描述上流社會人士的小說；因為這些人的行為動機和習性較為容易理解。她們批評狄更斯，說他「從未描述過一位紳士」，還認為薩克萊不如鮑沃爾熟知貴族社會，但是鮑沃爾已經開始退流行了。）[3]

亞徹夫人和亞徹小姐都熱愛優美風景，難得前往憧憬的海外旅行時，她們便會盡情飽

2 沃德箱（Wardian cass）是十九世紀的重大發明，是培育蕨類植物的玻璃溫室。為植物學者提供有效的運送植物方式。

3 薩克萊（William Makepeace Thackeray, 1811－1863）、鮑沃爾（Henry Bulwer, 1801－1872）寫作題材多為上流社會故事。狄更斯（Charles Dickens, 1839－1908）的作品反映生活現實、批判社會。韋達（Quida, 1839－1908）則以田園羅曼史為主軸。

覽美好的景致。她們認為建築與繪畫專屬於男性的嗜好，尤其是那些閱讀過羅斯金作品[4]的學識之士。亞徹夫人天生就是「紐蘭家」的人，亞徹母女倆長得像姊妹一樣，而且大家都說她們是「真正的紐蘭人」，都是高䠷、白皙、肩膀圓潤、鼻子纖長、笑容甜美，還帶有雷諾茲[5]褪色肖像畫人物那種目光低垂的神情；若不是亞徹夫人身上的黑色錦緞因中年「體態豐腴」而撐得變形，亞徹小姐處女體態上的棕紫色絲綢衫沒有一年比一年寬鬆的話，她們的體態就會更加相似了。

紐蘭・亞徹明白他的母親和妹妹在精神層面上，並不像她們在日常生活中行為舉止的表現那麼一致。她們長期相依為命地生活，所以彼此擁有共用的詞彙和口頭禪，無論是誰想要表達自己的意見時，開頭總是習慣說「母親認為」或「珍妮認為」。但事實上，亞徹夫人不擅於想像，容易對周圍熟悉的事物感到心滿意足；珍妮則經常從壓抑的浪漫泉源

4 約翰・羅斯金（John Ruskin, 1819－1900），英國維多利亞時代散文家，專門研究藝術和社會關係的評論家。

5 約翰・雷諾茲（Joshua Reynolds, 1723－1792），英國畫家，一七六九年受封為騎士，公認為十八世紀最偉大的肖像畫家。

迸發出幻想，出現衝動、脫軌的行為。

母親和女兒感情融洽，而且又分別都尊敬自己的兒子及兄長。亞徹也溫柔愛著她們，縱然她們對自己的過度崇拜常使他不安或失去判斷力，但是心裡卻祕密獲得滿足，畢竟，他覺得男人的權威能夠在家裡受到尊重是件好事，儘管他的幽默感偶爾令他懷疑自己的權威是否存在。

這一次，紐蘭十分明白傑克森先生應該希望自己外出不在家，但他有想留在家的理由。老傑克森當然想談論愛倫・奧蘭絲卡的事，而亞徹夫人和珍妮肯也希望聽聽他怎麼說。這三個人全都因為紐蘭在場而覺得侷促不安，畢竟現在大家都知道紐蘭未來與明格家的關係了，這位年輕人卻覺得非常有趣，等著看他們如何化解這道難題。

他們開始迂迴談起勒繆・史卓特斯太太。

「可惜貝爾福家竟然邀請了她，」亞徹夫人溫和說話，「不過話說回來，瑞吉娜總是按照丈夫的吩咐，而貝爾福……」

「貝爾福當然沒注意到這些小細節。」傑克森先生接話，一面仔細端詳盤子裡的烤鯡魚，像往日一樣納悶亞徹夫人的廚師為何總是把魚卵燒成灰炭（紐蘭也常有相同的疑惑，而且總是可以從老先生不敢苟同的表情中窺探出這一點）。

「噢，當然是這樣，貝爾福是個粗俗的人。」亞徹夫人說：「我的外公紐蘭總跟我母親說：『無論如何都不要把貝爾福那個人介紹給女孩們認識。』但至少他在結交紳士這方面還算是個優點，聽說他在英國也是這樣。所有事情都很神祕……」她瞥了珍妮一眼然後停止這個話題。她和珍妮都相當瞭解貝爾福的所有祕密，唯有在公開場合，亞徹夫人仍然假裝這類話題不適合未婚女子聆聽的樣子。

「可是這位史卓特斯太太，」亞徹夫人繼續說道：「希勒頓，你說她是甚麼出身啊？」

「她來自礦區，或者應該說她來自於礦坑的一間酒館，後來跟著『活蠟像』劇團來到新英格蘭巡迴表演。當警察查獲劇團以後，聽說她住在……」這次換傑克森先生瞥了珍妮一眼，這時珍妮正睜大在下眼瞼突起的雙眼傾聽，顯然她仍然對史卓特斯太太的過往不太清楚。

此刻亞徹留意到傑克森先生正納悶為何沒人告訴侍者絕對不可用鋼刀切小黃瓜。「後來勒繆．史卓特斯來到這裡，」傑克森先生繼續說：「據說給他的廣告商用了這位女孩的臉，印在鞋油廣告的海報上。你們也知道她有一頭烏黑秀髮，像埃及人那樣。總之他啊，最後還是……娶了她。」他一個字一個字說出「最後還是」，每個字之間留下諷刺意味十足的停頓，每個音節均用重音強調。

「哦，該怎麼說呢……人都有過去，這也沒甚麼。」亞徹夫人淡淡說道。這對母女倆真正有興趣的話題並不是史卓特斯太太，因為愛倫．奧蘭絲卡的話題實在太新鮮、太有吸引力了。事實上，史卓特斯太太的名字之所以被提及，完全只是為了讓亞徹夫人順著話題接著說：「那麼紐蘭的新親戚奧蘭絲卡伯爵夫人呢？她也參加了舞會嗎？」

當她提到自己的兒子時，略帶一點兒挖苦意味。亞徹早就知道會這樣，正等著這話題的出現。雖然亞徹夫人凡事苛求，但對兒子的婚事也很滿意。（她曾經對珍妮說：「特別是在他與拉許沃斯夫人的那件蠢事以後。」她指的這件事──一樁悲劇，曾經一度讓紐蘭以為會是他心靈永遠的傷痛。）無論從哪個角度來看，怎麼也無法在紐約找到比梅・韋蘭更適合的對象了，當然也唯有紐蘭才配得上這門親事；偏偏年輕人總是非常愚蠢、心思不牢靠，而有些女人又擅於工心計、寡廉鮮恥，因此，能看到自己的獨生子安然通過賽蓮女妖的島嶼6，進入無可挑剔的家庭避風港，簡直是個奇蹟。

這些都是亞徹夫人的感覺，她兒子也知道這些感受，但他知道訂婚消息提前被宣布令母親感到不安，或者應該說他過早宣布訂婚消息的原因令她心煩意亂，這也是為甚麼他今

---

6 希臘神話裡的島嶼，海妖賽蓮（Siren）常在此誘惑水手們。在荷馬史詩《奧德賽》（*Odyssey*）中，則化身為「瑟茜」（Circe），史詩敘述特洛伊戰爭英雄奧迪西厄斯在戰後返家路途中，通過瑟茜海域的片段故事。

天晚上沒有外出，畢竟他是位極為溫和且心胸寬大的人。亞徹太太曾經對珍妮發牢騷：「我不是不贊同明格家族的團結精神，但我不明白為何紐蘭的婚事非得和奧蘭絲卡那個女人來來去去的事情牽扯在一起。」只有珍妮才看得到她難得不親切的一面。

拜訪韋蘭夫人的時候，她一直表現得十分優雅，她向來在這方面無懈可擊，但紐蘭知道（他未婚妻一定也猜到了）在整個拜訪過程中，她跟珍妮都惴惴不安地擔心奧蘭絲卡夫人會突然進門。在回程路途上，她這麼對兒子說：「幸好是奧格斯塔・韋蘭單獨接待我們。」

母親內心裡煩憂不安的情緒深深觸動亞徹的心，他也覺得明格家族真的做得稍嫌離譜了。但是依照平日裡的慣例，母子倆從不談真正的心事，於是他只簡單回答說：「哦，剛訂婚的人總要參加一場又一場家庭聚會，這段時間愈早過去愈好。」他母親聽了這段回答，只在葡萄織紋灰絲絨軟帽的面紗下噘了噘嘴唇而已。

他覺得她真正的報復手段，是要讓傑克森先生今晚說出奧蘭絲卡伯爵夫人的事情。身為明格家族未來的一份子，這位年輕人已經在公開場合盡了該盡的責任，所以並不反對人們私下議論那位女士——雖然他開始覺得這個話題很無聊了。

傑克森先生跟遞給他微溫菲力牛排的侍者一樣露出懷疑的表情，費力嚥下一口牛排之後，他用不讓人察覺的方式微微聞過味道，就謝絕了蘑菇醬。他看起來又飢餓又沮喪，亞徹心想，他可能得靠愛倫・奧蘭絲卡這個話題，撐過這頓晚餐了。

傑克森先生往後靠在椅背上，抬頭看到燭光下，各代亞徹家族、紐蘭家族以及范德路登家族的肖像畫掛在昏暗的牆面上。

「啊，親愛的紐蘭，你的祖父生前多麼熱愛美食啊！」傑克森先生雙眼注視一位胸膛厚實、一臉直率的年輕畫像，畫中人身穿藍色外套、戴著寬領帶，背景是一棟建有白色圓柱的鄉下別墅。「嗯，但是……我不知道他會怎麼看待這些異國婚姻！」

亞徹太太忽略他暗示祖先重視佳餚的話，於是傑克森先生繼續說：「不，她沒有參加舞會。」

亞徹太太輕聲低呼：「啊……」她的語調似乎在說：「總算她還懂一點規矩。」

「也許貝爾福夫婦不認識她。」珍妮毫不掩飾自己的惡意。

傑克森先生輕輕抿了一下嘴唇，彷彿他正在品嚐隱形的馬德拉葡萄酒。「貝爾福太太或許不認識她，但是貝爾福先生一定認識她，因為今天下午全紐約的人都看見他們並肩走在第五大道上。」

「哎呀，我的天哪！」亞徹夫人驚呼一聲，顯然無法試著把這些外國人的行為歸類於優雅。

珍妮心裡猜想著：「不知道她今天下午是戴圓帽，還是軟帽？我知道在歌劇院的時候她穿著一襲深藍色絲絨的禮服，非常淡雅，就像一件睡袍那樣。」

「珍妮！」她母親喊道。

亞徹小姐臉色羞紅，但又試著裝出鎮定、毫無顧忌的模樣。

「無論如何，她沒去舞會，還算是稍微懂得體統。」亞徹夫人繼續說。

亞徹感到一股倔強的情緒，他插嘴說道：「我認為這跟她是否識大體毫不相關。梅說她本來想去，但後來覺得自己的衣服不適合那種場合。」

亞徹夫人由於自己的推論又獲得證實，因而滿意地說：「可憐的愛倫。」她簡短回應，接著又同情地說：「我們也要記住，始作俑者是梅朵拉．曼森，梅朵拉用奇怪的方式去教養她。如果有人允許一個女孩子在初次加入社交界舞會時穿上黑色綢緞，你對這位姑娘還能有甚麼期望呢？」

「哦，我還記得她身上那套衣服！」傑克森先生附和著，又加上一句「可憐的女孩！」那語氣像是一個人回想起某段記憶時，恍然大悟當時的情況在預示些甚麼。

「奇怪的是，」珍妮說：「她竟然還一直使用『愛倫』這個難聽的名字。如果是我的話，早就把名字改成『伊蓮』了。」她看了大家一眼，想知道旁人的反應。

她哥哥笑著說：「為甚麼是『伊蓮』呢？」

「我也說不上來。伊蓮這個名字聽起來比較……有波蘭風情。」

「這個名字太招搖了，應該也不是她想要的。」亞徹夫人淡淡回應。

「為甚麼？」亞徹打斷他母親的話，空氣中突然出現爭論的意味，「如果她想，為甚麼不能引人注目？為甚麼她就應該躲躲藏藏，好像她自己做了甚麼丟人現眼的事，她的確是『可憐的愛倫』，因為她活該倒楣地遇上一樁悲慘婚姻，但我不認為她從此就一定要像罪犯一樣躲躲藏藏。」

「呃，我想，」傑克森先生沉吟片刻，「這應該就是明格家想採取的立場。」

年輕人臉紅了，「我不需要等候他們的指示，先生——如果這是您的意思。縱使奧蘭絲卡夫人有一段不幸的過去，也不表示她就應該被上流社會唾棄。」

傑克森先生瞥了珍妮一眼，「外界盛傳一些謠言。」

「哦，我知道，是關於那位祕書。」年輕人接話說道：「母親，沒關係的，珍妮已經是成人了。」他繼續說下去，「傳言不是說那位祕書幫她逃離那位禽獸不如的丈夫？他當時簡直把她當成囚犯般對待，難道不是嗎？如果他真的那麼對待她呢？我相信，身為男人的我們遇到這種事情，一定會出手相助的。」

傑克森先生回頭瞄了一眼那位愁容滿面的男僕，開口說：「麻煩……那個蘑菇醬……還是給我一點，一點點就好……」他嚐了一口醬汁後又說：「我聽說她在找房子，打算在這裡定居下來。」

「我聽說她想離婚。」珍妮忽然說道。

「我希望她會這麼做！」亞徹大聲喊道。

這句話就像一顆炸彈落到亞徹家寧靜和祥的用餐氣氛中。亞徹太人聳聳她那優雅的眉毛，蹙成一道怪異的弧線，暗示大家：「有男僕在……」年輕人意識到自己在公開場合談論這麼私密的事有失體統，於是急忙岔開話題，談起拜訪明格老夫人的事情。

晚餐過後，按照慣例，亞徹夫人和珍妮必須拖著長長的絲綢裙，走到樓上客廳；當紳士們在樓下吸菸時，她們要面對坐在花梨木桌前，罩著鏤空燈罩的法式卡索燈下照著一只綠色絲袋，她們一人編織罩毯的一端。這條繡著花海的織錦罩毯預備用作裝飾未來紐蘭．亞徹太太客廳裡的椅子，一張「偶爾」才會派上用場的椅子。

這道儀式在客廳進行的同時，亞徹請傑克森先生坐在哥德式書房火爐旁的扶手椅，遞給他一根雪茄。傑克森先生舒服沉入椅中，安然嫺熟地點燃雪茄（菸是紐蘭買的），接著腳朝向火爐伸伸自己年邁削瘦的腳踝，說道：「我親愛的朋友，你說那位祕書只是幫她逃走嗎？呃，可是一年後他仍持續幫助她喔，因為有人看到他們一起住在瑞士的洛桑。」

紐蘭臉紅了起來，「住在一起？喔，有何不可？如果一個人想繼續自己的人生，又有誰能阻止呢？我痛恨那種純粹為了偽善的理由，活活葬送像她這樣的年輕女子，而且只是為了她丈夫喜歡跟娼妓一起廝混。」

他止住話題，氣憤地轉過頭去點雪茄菸，「女人應該享有自由，就像我們一樣。」他斬釘截鐵地說，在激動情緒下，他根本不能靜下心評估這句話的可怕後果。

希勒頓・傑克森伸伸腳踝，更靠近了煤火堆，吹了聲嘲諷的口哨。

「嗯，」他停了一會兒，又說道：「看來奧蘭絲卡伯爵的看法跟你一樣，因為我從未聽說他做過任何努力去把妻子找回來。」

6

那天晚上傑克森先生告辭以後，女士們也回到印花布裝飾的臥室裡，紐蘭・亞徹一面沉思，一面走回自己的書房。像往常一樣，盡職的僕人已點燃爐火、調好燈光。這間書房裡擺放著一排排書本，壁爐臺上擺置著青銅製的「擊劍者」小雕像，以及一幅幅名畫，感覺整間書房格外溫馨宜人。

他坐進靠近爐火旁的扶手椅，目光凝視著梅・韋蘭的一張巨幅相片上；這是他們約會不久後梅送給他的，現在已讓桌上其他照片相形失色。他以一種全新肅穆的眼光注視她那坦率的前額、莊重的眼神和純真浪漫的雙唇，心想他就要成為這個靈魂的守護者了。他隸屬在某種社會制度中，並信奉這個制度裡的一切，而這位年輕女孩就是這個社會誕生出的可怕產物，她一無所知卻又期盼著一切，相片中的她像個陌生人，透過梅・韋蘭熟悉的容貌回視著他，他再次瞭解到：婚姻不像是人們諄諄教誨的安全港灣，而是在無邊無際大海上的一段航程。

奧蘭絲卡伯爵夫人擾亂了那些根深柢固的信念，他心中充滿了危險與不安的感覺。他自己聲稱「女人應該享有跟我們一樣的自由」這句話，直指一個問題的根源，而這個問題恰巧是他的世界一直視而不見的問題。「良家婦女」無論遭受到何種待遇，決不會嚷嚷著他口中的那種自由。因此像他這般大器、宅心仁厚的男性，會在激烈爭辯中行俠仗義，為她們爭取自由。但是這種口頭上的慷慨之詞，事實上只是欺騙的幌子，人們在窠臼之中被教條緊緊勒住，你也無法改變這些教條。他現在信誓旦旦為未婚妻的表姊義憤填膺，替她辯護，但如果事情發生在自己妻子身上，他可以理直氣壯要求教會及有關當局嚴懲。當然，這種進退兩難的情況純屬假設；他到底不是卑劣的波蘭貴族，現在在此假設他是卑劣之徒，然後測他的妻子將享有何種權利，未免過於荒謬。可是紐蘭・亞徹的想像力實在太豐富了，他不由自主聯想到自己與梅有可能由於更加荒謬的緣故，而受到的傷害。身為一位正人君子，向她隱瞞自己的過去，是自己的義務，但是一位適婚女子卻不能夠隱瞞自己的過往。在這種情況下，他們倆又怎麼能真正瞭解彼此呢？如果他們是因為某種微妙的因素而互相厭倦、誤解，或彼此怨懟，那又該怎麼辦呢？他想起朋友們的婚姻，那些大家公認的「幸福美滿的婚姻」，沒有任何一件婚姻——哪怕只有一點點也好——能讓他看見自己在婚姻中嚮往的關係，他期盼跟梅・韋蘭結為永恆、熱情且溫柔的伴侶。他也發現想要達到自己盼望的境界，前提是她必須擁有豐富歷練、多才多藝、獨立判斷的自由——但是，她已經被精心教養過，喪失這些條件了。察覺到這點後，他不禁打了個冷顫，看到自己的婚姻將會變得像周遭的婚姻那樣，只是物質與社會利益結合而成的無趣關係，一方愚昧無知，另一方虛偽應付。他想到勞倫斯・萊弗茲，覺得萊弗茲徹底實現了這人人稱羨的丈夫形象；由於這號人物已經成為理想丈夫的典型，塑造了一個可給予自己最大方便的妻子——當他一再與有夫之婦發生婚外情醜聞時，她仍然可以笑臉迎人，一副不以為意的模樣，逢人便說：「勞倫斯是最潔身自愛的人。」如果有人在她面前稍微提到朱利斯・貝爾福——被全紐約人公認有「另一個家」時，她總是憤慨無比、面紅耳赤並且轉移目光。

紐蘭・亞徹安慰自己，他並不像勞倫斯・萊弗茲那麼糟糕，梅也不像可憐的葛楚那樣愚昧。但畢竟這兩位女士的之間的差異只在於智慧，而非社會規範。在真實世界裡，他們都生活在一個隱晦難懂的偽善世界，他們從來不說出真相、不做實際的事情，甚至也不去想這些實際真相，只用一套變幻莫測的象徵符號表現出來。例如韋蘭太太，她完全瞭解為甚麼紐蘭・亞徹要求她在貝爾福家舞會上宣布女兒訂婚的消息（事實上，她也期待他會這麼做），卻仍認為自己應該裝出一副不情願、勉為其難接受的樣子；就像前衛人士開始朗讀原始人書籍內容所描繪的情景：野蠻部落的新娘在尖叫中，硬生生被人從父母的帳篷中拽走。

身處在精心設計的神祕體制中心，這位年輕女子依然能保持坦誠又自信的樣子，當然更令人到不可置信。可憐的孩子——她之所以能夠如此坦誠，是因為她沒有甚麼需要隱瞞的事；她洋溢著自信，是因為沒有甚麼需要防衛的事。她在還沒做出更妥善的準備之前，一夜之間就栽進大家口中的「人生中的殘酷現實」。

這位年輕人由衷沉浸在愛情中，但又保持冷靜的理智。他喜歡未婚妻耀眼的美貌、她的健康、她的騎馬術，喜歡她遊戲時優雅又靈敏的反應，也喜歡在他指導下，開始培養出閱讀書籍及思考的興趣。（她已進步到可以跟他一起譏諷《亞瑟王牧歌》，但仍然不能領略《尤里西斯》和《食蓮人》的美妙之處。）[1]她直率、忠誠而且勇敢，也具有幽默感（主要是因為她聽他說笑話時總會發笑）。而且他猜想，在她純真又專心一意的靈魂深處，隱藏一種熱情，讓人情不自禁想要喚醒她的這份熱情。但是當他再次徹底觀察她之後，一想到這些坦誠和純真都是人為塑造而來，頓時就陷入沮喪。未受過教化的人並不坦誠或純真，而是具備與生俱來的狡猾防衛及扭曲。他發現自己對於這種人工的純真產物感到鬱悶，這份純真經由母親、姑姨、祖母與已逝祖先們共同謀策、精心塑造出來；只要他想、他有權利

1 《亞瑟王牧歌》（*Idyllso of the King*, 1833－1874）、《尤里西斯》（*Ulysses*, 1833）、《食蓮人》（*The Lotus Eaters*, 1833）皆為英國詩人阿弗烈．丁尼生（Alfred, Loord Tennyson, 1809－1892）的詩作。

去做，他便能像擊碎雪人般，隨心所欲行使自己高貴的自由意志。

這些思緒的確流於陳腔濫調，尤其是快要結婚的年輕人總會有這些想法，通常隨著這些想法之後，也會感到歉疚與自卑。不過紐蘭．亞徹絲毫沒有這些感覺。他不想由於自己無法給自己的新娘一段清白的過去，以回報她奉獻他的純潔無瑕，而感到悲傷（薩克萊筆下的主角常出現這種讓他惱怒的行徑）。他不得不承認下列事實：如果自己像她一樣接受同樣的教養方式長大成人，只會變成一個軟弱的人，他們彼此將不再適合成為伴侶。而且，無論自己再怎麼苦苦思索，也想不出任何理由：為何他的新娘不能像自己一樣擁有同樣的自由體驗——自己不是一時興起，也無關男子氣概的虛榮心。

在這個時刻，諸如此類的這些問題必然會浮現在他的腦海裡，他也意識到這徘徊不去又直指問題核心的疑問，全都因為奧蘭絲卡伯爵夫人出現得不是時候。偏偏在他訂婚的時刻，一個原本應該洋溢純淨思想和希望的時刻，突然捲入了醜聞風暴，致使他寧可永遠都不去正視的問題一一浮現出來。他一面脫衣準備就寢，「該死的愛倫．奧蘭絲卡！」他一面喃喃抱怨，一面蓋熄爐火、開始更衣。他實在想不明白為甚麼自己會和她的命運牽扯在一起。另外，他也隱約感覺到，自己才剛開始要瞭解訂結婚約賦予給他的角色是捍衛者，從此他必須承擔隨之而來的風險。

幾天以後，發生了一件晴天霹靂的事情。

洛弗爾・明格家發出「正式晚宴」的邀請函（即另增三位侍者、每道菜準備兩份、宴會中還會端上羅馬潘趣酒），依照美國人熱情好客的方式，視外國賓客為王公貴族或至少視為大使般禮遇，並且在邀請函上鄭重寫著「拜見奧蘭絲卡伯爵夫人」這類措辭。

明格家這次挑選賓客的眼光既大膽又有見識，從中可看出這份賓客名單出自偉大凱瑟琳鐵腕般的手筆。固定受邀的賓客包括塞爾福里奇・馬利夫婦，因為大家總是會邀請這對夫妻，所以他們必定會列在賓客名單上；以及大家都想攀上關係的貝爾福夫婦；還有傑克森先生兄妹——哥哥要她去哪兒，蘇菲小姐就去哪兒。這些賓客都是上流社會的中流砥柱，另外還有幾對最時髦、最無可挑剔的「年輕夫妻」，包括勞倫斯・萊弗茲夫婦、迷人的寡婦萊弗茲・拉許沃斯、哈瑞・索利夫婦、瑞吉・奇弗斯夫婦、和年輕的摩里斯・達戈列夫婦（達戈列夫人來自范德路登家族）。這份名單堪稱為最完美的搭配組合，因為他們都是紐約漫長社交季中的核心人物，聚在一起日夜笙歌。

四十八小時之後，竟然發生一件不可思議的事情：除了貝爾福夫婦及老傑克森兄妹，其餘賓客都拒絕了明格家的邀請。眾人聯合起來杯葛的事實顯而易見，甚至連明格家族中的瑞吉・奇弗斯也參與其中，而且，所有人的回函措辭如出一轍，直接寫著：「遺憾無法接受邀請。」甚至省略「另有邀約」這種慣常使用的禮貌性託辭。

當時紐約的上流社交圈實在太小了，也極少娛樂休閒活動，因此社交界中的每個人（包括馬車行老闆、男僕和廚師）都非常清楚哪些人有空出席。正因為如此，收到洛弗爾・明格太太請柬的人才會殘酷且明確表現出「不願意見到奧蘭絲卡伯爵夫人」的決心。

這樣的衝擊可真是始料未及，明格家一如往常沉穩勇敢地面對問題。洛弗爾・明格太太悄悄告訴韋蘭太太這個情況，韋蘭太太又偷偷轉告紐蘭・亞徹，他聽聞了之後，義憤填膺、激動又大聲向母親描述情況。亞徹夫人聽完之後，儘管心裡百般不願意，表面上仍然必須安撫兒子。經過一番痛苦掙扎後，這位母親還是像平時一樣答應兒子的要求，採納他的意見，並且由於自己先前猶豫不決立即加快腳步，戴上她的灰色絲絨帽，說道：「我這就去見露意莎・范德路登。」

在紐蘭・亞徹的時代，紐約是一座又小又陡峭的金字塔，人們很難在上面鑿出裂痕，也很難找到立足點。這個金字塔的底座是由亞徹夫人口中的「平民」構築而成，基礎堅實；大多數都是高尚但缺乏名望的家族，以及那些與可幫助提升地位的家族締姻之後，突然崛起的家族（譬如史派瑟家、萊弗茲家或傑克森家）。亞徹夫人總是說「現在的人已不像從前那麼講究了。而且老凱瑟琳・史派瑟統治第五大道的其中一端，另一端由朱利斯・貝爾福統治，所以無法期望這些舊傳統還能長長久久延續下去。

這個富裕卻不引人注目的堅固底層向上凝聚成一個緊密聯繫、具主導性的團體，也就是明格、紐蘭、奇弗斯和曼森等這些代表性家族。大部分都認為他們就是這座金字塔的頂端，但他們本身（至少是亞徹夫人這一輩的人）清楚知道在專業系譜學家眼中，僅有少數幾個家族才享有這般顯赫的光環。

亞徹夫人經常對孩子們說：「千萬別在我面前提報紙上那些關於『紐約貴族』的無聊報導。如果真有所謂的貴族，絕不是明格家族或曼森家族，更別提紐蘭家和奇弗斯家。我們的祖父和曾祖父只不過是有名聲的英國或荷蘭商人，他們來到美洲殖民地經商，因為經商成功才定居在這兒。有一位曾祖父簽署過《獨立宣言》，另一位則是華盛頓參謀麾下的將軍，他在薩拉托嘉戰役後接受博蓋恩將軍的投降。這些都是值得引以為榮的事蹟，但是跟身分或階級無關。紐約一直是個商業社會，其中找不到三個真正稱得上貴族出身的家族。」

亞徹夫人及其兒女就像所有紐約人一樣，都知道哪些人才享有這等殊榮，例如華盛頓廣場的達戈列家，他們出身於古老的英國郡族世家，與皮特家族、福克斯家族聯姻；以及蘭寧家族，他們與葛拉斯伯爵後代近親聯姻；還有范德路登家族，他們是曼哈頓首任荷蘭總督的直系子孫，而且在獨立戰爭前與幾位法國、英國貴族聯姻。

蘭寧家族目前只剩下兩位年邁卻非常活躍的蘭寧小姐，愉悅生活在家族畫像和英國齊本德爾式傢俱之間，懷緬舊日時光。達戈列是相當有名望的家族，與巴爾的摩、費城最知名的人物聯姻。而雖然范德路登家族的地位比前面幾個家族都還要高，卻漸漸家道中落，僅殘留了一點餘暉，家族中較知名的人物就只有亨利・范德路登夫婦。

亨利・范德路登夫人原名露意莎・達戈列。她的母親是杜拉克上校的曾孫女，來自英吉利海峽島上的一個古老家族，祖父杜拉克上校曾在康沃利斯麾下作戰，戰爭結束後，這位上校與他的新婚妻子安潔麗卡・特維納（聖奧斯特伯爵的第五個女兒）在馬里蘭州定居。他們與英國康瓦耳郡的親戚「特維納家」一直保持相當密切友好的關係。范德路登夫婦曾多次長期拜訪特維納家目前的主人——聖奧斯特公爵——在康瓦耳郡及格勞斯特郡的莊園。這位公爵也經常表示將找個時間可以回訪（公爵夫人不會隨行，因為她懼怕橫渡大西洋）。

范德路登夫婦有時候住在馬里蘭州的特維納宅邸，其餘時間則居住在哈德遜河上的斯庫特克利夫莊園（這筆產業原先是荷蘭政府賜予那位知名首位總督的宅邸，范德路登夫婦至今仍為「莊主」）。他們那座位於麥迪遜大道上的壯麗豪宅很少對外界開放。當他們進城時，只在宅邸裡面接待最親密的朋友。

亞徹夫人突然停在馬車前，「我希望你能跟我去一趟，紐蘭。」接著說：「露意莎很喜歡你。當然，我是為了親愛的梅才這麼做……但也是因為如果我們不團結一致，上流社會就不復存在了。」

7

范德路登夫人靜靜傾聽表妹亞徹夫人詳細敘述事情經過。先來說說范德路登夫人，她一向沉默寡言，雖然由於天性及後天教養的緣故，她不會輕易許下承諾，但她總是對自己真心喜歡的人很親切。即使早已有心理準備，當你置身於麥迪遜大道上這座白牆挑高穹頂的客廳時，依然會抵擋不住陣陣寒意。明顯可看出為了這次會客，才取下客廳裡淺色緞織錦扶手椅上的遮塵布。鍍金的壁爐紋飾及庚斯博羅繪製的「安吉利嘉・杜拉克夫人」[1]精美古董雕刻畫框上，仍然罩著一層薄紗。杭亭頓[2]繪畫的范德路登夫人肖像，畫中人身穿威尼斯刺繡的黑絲絨服飾，面對著歷

---

1 推測可能是指英國畫家托馬斯・庚斯博羅（Thomas Gains-borough, 1727－1788）的家族肖像。

2 美國肖像畫家丹尼爾・杭亭頓（Daniel Huntington, 1816－1906）。

代那些迷人的女主人們。這張畫像公認為「像卡巴內爾[3]的畫作一樣精緻」，雖然這幅畫作完成於二十年前，仍然栩栩如生；坐在那幅畫下傾聽亞徹夫人說話的范德路登夫人，確實跟依靠在綠色稜紋窗簾前鍍金扶手椅上的畫中年輕美女，看起來像是孿生姊妹。范德路登夫人出席社交場合時仍穿著威尼斯刺繡黑絲絨服飾，不過因為她從不在外面用餐，或許應該說她「在家接待客人時候」比較貼切。她的秀髮雖然已經褪色但還未轉為灰白，依然在前額梳著瀏海，而她那雙淡藍色眼睛之間的高挺鼻樑，僅有鼻翼比畫中人多增添了幾道皺紋。事實上，紐蘭・亞徹總覺得她就像那些長久凍結在冰河裡的屍體，一直被保存在密不透風的可怕環境裡，看起來卻依然相當紅潤。

紐蘭・亞徹跟家中其他成員一樣，非常敬重范德路登夫人，只是這位夫人略帶點權威的和善態度讓紐蘭覺得——她還不如母親那幾位嚴厲的老姑媽容易親近。那幾位老姑媽經常在還沒聽懂別人的請求時，就斷然說「不」，拒人於千里之外。從范德路登夫人的表情，無法判斷她的意思，但她總是擺出一副和善的模樣，直到她薄薄的雙唇露一抹微笑，說出一貫以來的答覆：「我必須先跟我丈夫商量才行。」

3 指法國畫家亞歷山大・卡巴內爾（Alexandre Cabanel, 1823－1889）。

她和范德路登先生是如此相像，以致於亞徹經常在想：經過四十年的親密生活，這兩位緊密結合為夫妻的人對於任何爭議，難道還需要再區分你我而商量嗎？但是這對夫妻從未在祕密會談前，自己事先做出任何決定；因此亞徹母子提出自己的問題後，也只能認命靜待這句熟悉的回應措辭。

但是此刻出乎意料之外，鮮少做出意外舉動的范德路登夫人竟然讓他們母子驚訝萬分，她居然伸出纖纖手指，拉拉鈴繩。

「我想，」她說：「我想讓亨利親耳聽聽你們剛才告訴我的事情。」

她嚴肅吩咐應聲而出現的男僕：「如果范德路登先生已經讀完報紙，麻煩請他到這兒來。」

她說「讀報」時的語調，彷彿首相夫人說「主持內閣會議」的語氣，但她並非出於傲慢心態，而是長久以來的習慣、親友們的態度使然，讓她覺得范德路登先生任何舉動都幾乎像掌管聖職般重要。

她立即採取行動，表示她跟亞徹夫人的看法一樣，認為這件事情十分急迫。但又唯恐大家會誤解，認為她還沒跟丈夫商量就事先表態，於是用最親切的表情說：「親愛的艾德琳，亨利一向非常樂意見到妳。而且他也想向紐蘭道賀。」

那道雙扇門再度莊嚴地敞開，亨利．范德路登先生出現在兩扇門之間。他的身材高瘦、一頭銀髮，穿著一件長禮服，除了一雙淡灰色的眼睛不像妻子的淡藍色眼眸，他跟妻子一樣長著高挺的鼻子、眼神中帶著一絲淡淡的溫和。

范德路登先生用親戚間的和藹可親態度，向亞徹太太問候，低聲說著與妻子相似的措辭，向紐蘭道賀。接著以君王般的姿態，理所當然的坐進一張織錦緞扶手椅裡。

「我才剛讀完《泰晤士報》。」他一面交疊修長的指尖，一面說：「在城裡的時候，早晨總是非常忙碌，我發覺午餐過後比較適宜讀報。」

「啊，這樣的安排很有道理。我記得艾格蒙舅舅常以前常說，他發覺晚餐過後再讀報紙，比較不會焦慮。」亞徹夫人附和說道。

「是啊，我親愛的父親最討厭匆匆忙忙的。但現在我們經常生活在忙碌的時刻。」范德路登先生語調慎重地說道，一面愉快環顧這個四處籠罩著布幕的房間。亞徹覺得眼前的房間完全透露主人的性情。

「不過，我希望你已經讀完報紙了。亨利，是嗎？」他妻子插嘴道。

「差不多了，差不多看完了。」范德路登先生再次跟妻子確認。

「那麼，我想讓艾德琳跟你說說……」

「喔，其實是紐蘭的事。」亞徹夫人微笑回應，再次敘述一遍洛弗爾・明格太太公然遭受侮辱的可怕事件。

「當然，」她最後說：「奧格斯塔・韋蘭和瑪麗・明格都覺得……尤其是考量到紐蘭的婚事，妳和亨利理應知道這樣的情況。」

「啊！」范德路登先生深深吸了一口氣。

接下來的沉默時光裡，白色大理石壁爐上那座巨大鍍金銅鐘的滴達聲變得愈來愈響亮，彷彿葬禮上的禮砲聲響。亞徹感到敬畏，注視這兩個瘦弱的軀體如同總督般莊嚴併肩而坐；命運迫使他們擔任祖先的代言人，縱然他們比較想離群索居，在斯庫特克利夫莊園完美的草坪上芟除雜草、夜晚時一塊兒玩玩紙牌遊戲。

范德路登先生開口打破沉默。

「你真的認為這是勞倫斯・萊弗茲某種……某種蓄意的行為嗎？」他轉向亞徹問道。

「先生，我非常確定。勞倫斯最近變本加厲——希望露意莎表舅媽不介意我提起這件事——他和郵局局長夫人或類似人物的風流韻事……每當可憐的葛楚・萊弗茲開始起疑心，他擔心會有麻煩，便惹出這些事端，向大家宣示他是個重視道德的謙謙君子，而且還大聲嚷嚷說，邀請他妻子去認識自己不贊同的人，是多麼不宜的事。他只不過把奧蘭絲卡夫人看作避雷針而已。他以前就用過好幾次這種伎倆。」

「萊弗茲這家人！」范德路登夫人低聲喊道。

「萊弗茲這家人！」亞徹夫人附和道：「如果艾格蒙舅舅聽到勞倫斯・萊弗茲對任何

人的社會地位發表評論，他會怎麼說呢？上流社會已經淪落到甚麼樣的地步啊。」

「我們希望還不至於到那個地步。」范德路登先生堅定回應。

「嗯，如果你和露意莎能多出門走走，就不會如此了！」亞徹夫人感嘆道。但她隨即意識到自己說錯話了；范德路登夫妻對於任何批評他們離群索居的話都十分敏感。他們是上流社會的仲裁者、最後定讞的法庭，他們瞭解這一點，也低頭接受命運的安排，但他們都是生性靦腆的人，沒有執行份內職責的熱忱，因此盡可能隱居在斯庫特克利夫寂靜的林園中，即使進城，也以范德路登夫人的健康為由，謝絕所有邀約。

紐蘭‧亞徹趕緊幫母親解圍，「紐約人都知道您與露意莎舅媽的身分地位，所以明格太太才覺得應該徵詢您的意見，不能就這麼讓人輕蔑奧蘭絲卡伯爵夫人。」

范德路登太太瞄了丈夫一眼，他也回看她一眼。

「我不欣賞這類行徑，」范德路登先生說：「任何出身名望家族的人，都理應受到家族後盾的全力支持，這是一個『不變的道理』。」

「我也這麼認為。」他妻子說話的語調，彷彿剛剛才有這種想法。

「我不知道事情已發展成這個地步。」范德路登先生停頓了一下，又看看妻子。「親愛的，我想由於梅朵拉‧曼森第一任丈夫的關係，奧蘭絲卡伯爵夫人應該可以算是我們的親戚。而且無論如何，紐蘭結婚後她還是我們的親戚。」他轉身朝向那位年輕人，「紐蘭，今天早晨的《泰晤士報》，你看過了嗎？」

「啊，看過了，先生。」亞徹答道，他通常在早晨喝咖啡時，一口氣讀完一大疊報紙。

這對夫婦再次凝視彼此，他們淺色眼睛彼此對望，像是在進行一場漫長嚴肅的討論，然後范德路登夫人的臉上泛起一絲微笑，顯然她已經猜測到丈夫的意思，並且也同意了。

范德路登先生轉向亞徹太太說：「如果露意莎的健康狀況允許她出門用餐，我希望妳能轉告洛弗爾・明格太太，說我們很樂意，呃……去填補勞倫斯・萊弗茲夫婦的空缺。」他停頓了一下，好讓大家充分領略話中的諷刺意味。

「但如你所知，這是不可能的事情。」亞徹夫人以同情的口吻說道。

「紐蘭說他看過今天早晨的《泰晤士報》，他也許已知道露意莎的親戚、聖奧斯特公爵下週將搭乘『俄羅斯號』抵達紐約。為了新帆船『吉妮維爾號』註冊參加明年夏天的國際盃競賽，公爵同時也會到特維納狩獵場，去獵野鴨。」范德路登先生又停頓了一下，接著用更和藹的語氣說話：「送他去馬里蘭州之前，我們將邀請幾位朋友來這裡跟他見見面，只是個小餐宴。然後還會辦個歡迎會。我相信露意莎一定跟我一樣，希望奧蘭絲卡伯爵夫人也肯前來賞光。」

他站起身來，和善地微微前彎他修長的身軀，繼續向他的表妹說道：「我想，我可以代表露意莎說話，她願意立刻親自出門遞送邀請函，還有我們的名帖……當然一定要附上我們的名帖。」

亞徹夫人明白此刻五呎八吋高的栗色馬已在門口等候，這是敦請客人離開的暗示，於是他們立刻起身，並且低聲道謝。范德路登夫人看向亞徹夫人的微笑，如同以斯帖王后向亞哈隨魯王求情時的笑容。[4]但是她丈夫卻揮揮手。

「親愛的艾德琳，這沒甚麼好謝的。紐約本來就不該發生這樣的事情。只要我能力所及，就不會再有類似事件發生。」他一面送表親們走向門口，一面用王者的仁慈口吻說道。

兩個鐘頭之後，這項消息傳遍了全紐約：有人目睹范德路登夫人慣於搭乘的四輪彈簧馬車曾經停駛在明格老夫人家門口，而且還遞上了一紙方形大信封。那天晚上，希勒頓・傑克森先生會在歌劇院裡告訴大家：那信封裡有一張邀請奧蘭絲卡伯爵夫人赴宴的卡片，希望她出席范德路登夫婦下週為表弟聖奧斯特公爵籌辦的餐宴。

俱樂部裡的一些年輕人聽到這個消息時，彼此微笑著交換眼色，並且偷瞄了勞倫

4　舊約聖經《以斯帖記》（*Esther* 8:3）記載波斯王后以斯帖（Esther）傳奇。西元前四八六年，波斯大臣哈曼（Haman）與猶太人末底改（Mordecai）結怨，因而設謀陷害末底改，並且想要滅絕境內的所有猶太人，波斯王后以斯帖身為猶太人，不惜冒著生命危險，拯救猶太族人倖免於難。

斯・萊弗茲一眼。勞倫斯正毫不在乎的坐在前方座位，捻著金色的長鬍鬚，當女高音歌聲停歇時，還帶著不容質疑的口吻說道：「只有帕蒂才夠資格演唱艾米娜5這個角色。」

5 指義大利傳奇女高音艾德蓮娜・帕蒂（Adelina Patti, 1843－1919）。她曾居住在威爾斯的克雷格伊諾斯（Craig-y-nos）宅邸城堡，如今已是英國重要的百年文化古蹟遺產之一。一八六一年，她在倫敦花園劇院首演《夢游女》（*La Sonnambula*）艾米娜（Amina）一角，從此揚名於世。

8

紐約社交界普遍認為奧蘭絲卡伯爵夫人已經「容顏凋謝」。

紐蘭・亞徹童年時，她初次在紐約社交界露面，當時她只是個九歲或十歲的漂亮小女孩，許多人總說她美得應該「畫張肖像畫」。她的父母喜愛漫遊歐洲各國，她幼年時跟隨父母四處漂泊後，不久就失去了雙親。之後由姑媽梅朵拉・曼森撫養。而梅朵拉本身也喜歡四處遊歷，那時剛剛返回紐約「安頓定居」。

可憐的梅朵拉幾度成為寡婦，每次總得返回紐約定居，而且一次比一次住更加便宜的房子，也屢次帶回她的新丈夫或剛收養的孩子。但幾個月過後，總是會跟丈夫分手，或者與她養子女失和，於是賠本拋售房產，又繼續四處遊蕩。由於她母親出身自拉許沃斯家族，而且最後一次不愉快的婚姻又是與瘋狂的奇弗斯家族成員結合，紐約人一直相當寬容她的特立獨行。可是當她帶著孤兒小姪女回來時，大家都覺得這麼美麗的小女孩交給她撫養真是令人惋惜，因為小女孩的雙親除了那令人遺憾的旅遊嗜好之外，頗受紐約人歡迎。

大家都對小愛倫・明格很友善，雖然她略為黝黑的紅臉頰和鬈髮讓她散發出一種活潑神情，而一個仍在服喪的孩子身上不該流露出這種模樣。忽視美國人服喪期間那不容改變的規矩，恰好是梅朵拉許多偏差行徑的怪癖之一。她步下輪船時，家人們都非常震驚，因為她為自己兄長服喪時所戴的黑紗，竟比她嫂嫂們戴的還短了七吋，而小愛倫穿戴深紅色的麥利諾羊毛衣及琥珀色珠鍊，就像是個吉普賽小孩。

但是紐約人早已經不再關注梅朵拉的行為了，只有幾位老太太對愛倫的俗麗服飾搖搖頭，其他親戚則完全被小女孩紅潤氣色和快樂迷人的氣息所征服。她是個大膽又無拘無束的小女孩，總是喜歡問些令人驚訝的問題、發表一些早熟的言論，又會一些特殊才藝，例如跳西班牙披巾舞，或在吉他伴奏下唱著義大利拿坡里情歌。在她姑媽（她原名索利．奇弗斯太太，接受教皇授與的頭銜後，恢復她第一任丈夫的姓氏，自稱為曼森侯爵夫人，因為在義大利也可以稱呼她為「曼森尼」）的教導下，這個小女孩接受昂貴但毫無規劃的教育，包括作夢也想像不到的「人體素描課」或與專業音樂家一起彈奏鋼琴五重奏。

當然這些教育沒有甚麼益處。幾年之後，可憐的奇弗斯先生終於在精神病院逝世，他的孀婦（穿著奇怪的喪服）再次收拾行囊，帶著此時擁有迷人雙眸、已長成高瘦女孩的愛倫離開紐約。此後有好長一段時間都沒有聽聞她們的消息，後來聽說愛倫嫁給一位充滿傳奇色彩的波蘭貴族；他們在巴黎杜樂麗宮舞會上相遇，據說，這位貴族在巴黎、尼斯和佛羅倫斯都坐擁豪宅，在英國考斯也有遊艇，在匈牙利川斯凡尼亞還有數平方英里的狩獵場。在這沸沸揚揚的閒言閒語中，她突然銷聲匿跡。直到幾年之後，梅朵拉再度返回紐約，為第三任丈夫服喪，意志消沉又窮困潦倒，並尋找一間更小的房子居住。人們才突然想到她那位富裕的姪女怎麼沒有出手相助。然後傳來愛倫婚姻破碎的消息，她自己的婚姻亦成為了一場災難，她也正要回到親人的懷抱中休息、忘卻一切煩憂。

一個星期後，紐蘭參加那次在范德路登家進行的重要餐宴時，看著奧蘭絲卡伯爵夫人走進客廳時，心中浮想起這些事情。那是一個隆重的場合，所以他有些擔心她會如何應付。她稍稍來遲了，一隻手仍然未戴上手套，正扣著手腕上的一只手鐲。但是她走進這間聚集紐約尊貴菁英的客廳時，卻從容不迫，絲毫沒有流露出尷尬或匆忙的神態。

她走到客廳中央時停頓了下來，嚴肅地抿著嘴唇、雙眼含笑著環顧四周。就在那一瞬間，紐蘭・亞徹不再認同大家評論她容貌的說法。她確實不再擁有昔日光彩，曾經紅潤的雙頰也已變得蒼白，她既清瘦又憔悴，看起來比實際年紀更老一些；她應該芳齡近三十歲了。但是她散發出一股神祕魅力，舉手投足間流露出淡定的自信，美目盼兮，絲毫不誇張做作，讓他覺得她應該接受過高度訓練，因而充滿了自我意識。而且，她的言行舉止顯然也比大多數女性簡單樸實，紐蘭事後聽珍妮說，許多人甚至對於她穿著不夠「時髦」而感到有些失望，畢竟紐約人講究時髦。亞徹心想，這或許是因為她早年的活潑已經消逝，如今她是那麼沉靜——她的一舉一動、低沉語調皆如此沉靜。紐約人原本還期待這位歷經風霜的女子，說話聲音應該會更加洪亮。

那頓晚餐其實一點都不輕鬆。僅僅是與范德路登夫婦共進晚餐，本來就不是件輕鬆的事，竟還要跟他們的公爵表親一同用餐，就幾乎等同於莊嚴的宗教儀式。亞徹興味盎然的想：對於上流社會而言，只有老紐約人才能分辨普通公爵和范德路登家公爵之間的細微差異。紐約人並不特別在意那些到處漂泊的貴族（史卓特斯夫婦除外）。但是，一旦他們能證明自己事實上具有貴族血統，便會受到舊紐約的熱忱接待。正是因為如此差別待遇，年輕人儘管會嘲笑舊紐約，但心裡仍然非常珍惜這個舊式紐約。

范德路登夫婦竭盡所能強調這次餐宴的重要性。甚至不惜拿出杜拉克家族法國賽弗勒斯皇家瓷器，以及特維納家族的英國喬治二世時代的皇家瓷器。還有范德路登家族的洛斯托夫特瓷器（東印度公司售出），及達戈列家的皇冠德比瓷器也都擺上餐桌，范德路登夫人比任何時刻都像卡班諾的畫像；亞徹夫人則戴著她祖母的米粒珍珠項鍊和翡翠首飾，亞徹不禁聯想到法國畫家伊莎貝的迷你畫像。在場的所有女士都戴上最精美的首飾，但偏偏這棟宅邸和場合的氛圍都「相當老派」。而被人勸服出席的老小姐蘭寧，其實戴了她母親的浮雕瑪瑙首飾搭配一條西班牙的亞麻披肩。

奧蘭絲卡夫人是這次晚宴唯一的年輕女子，然而亞徹認真端詳那一張張掩映在鑽石項飾、高聳鴕鳥羽毛間的富泰光滑的老臉後，感到訝異，這些人竟都不如伯爵夫人成熟。僅僅想到要付出多少代價才能造就出那樣的眼神時，他心中就悵然不已。

坐在女主人右邊的聖奧斯特公爵，自然是今晚的主角。但是，如果說奧蘭絲卡伯爵夫人不像人家期待的那麼出眾，那麼，公爵可說是毫不引人注目。身為一位教養很好的人，他沒有像最近來訪的另一位公爵那樣穿著獵裝赴宴，反而穿著寒酸鬆垮的晚宴服，配上他那副外表——彎腰駝背坐在那兒，又有一大把鬍子散落在胸前襯衫，以致於看起來更加襤褸，一點也看不出來是參加宴會的樣子。他身材矮小、駝背、膚色黝黑，臉上堆著肥厚的鼻子、小眼睛，總是掛著社交性質的微笑，但他很少開口說話。雖然每當他說話時，在座的人都會凝神靜聽，他的聲音卻非常低沉，只有鄰座的人才聽得見。

晚餐過後，男士加入女士談話的行列。公爵逕自走向奧蘭絲卡伯爵夫人。他們坐在角落熱切暢談。他們倆似乎都沒察覺到——公爵理應先向洛弗爾・明格太太及赫德利・奇弗斯太太致敬，而伯爵夫人也應該先向和藹可親的憂鬱症患者「華盛頓廣場的厄本・達戈列先生」問候。公爵為了跟她會面，可是打破自己一月到四月間不出門用餐的習慣。他們兩人進行了將近二十分鐘的談話，接著伯爵夫人獨自起身，穿過寬敞的客廳，坐到紐蘭・亞徹身邊。

在紐約社交界的客廳，不允許一位淑女站起來離開身旁的紳士，前去找另一位紳士聊天。按照禮節，她必須像一尊木偶娃娃一樣在原地等待，以便讓想跟她交談的男士一個接著一個走到她身邊來。伯爵夫人顯然沒有察覺到自己違背了規矩，怡然自若坐在亞徹身旁的沙發一角，親切的眼神注視著他。

「我想跟你談談梅。」她說道。

他沒有回答她的問題，反而問道：「妳從前就認識這位公爵嗎？」

「哦，我認識他。我們以前每年冬天都會在尼斯見到他。他很喜歡賭博，所以常到家裡來。」她直言不諱，彷彿在說「他很喜歡花草」一般。過了片刻，她又直率問道：「我想，他是我見過最無趣的男人。」

她的同伴聽了這句話感到很開心，竟忘記上一個問題帶來的錯愕。能遇見一位覺得范德路登家的公爵很乏味而且又敢明說的女士，的確是一件相當愉快的事。他很想再多問些問題、聽聽她的生活，因為她剛才輕描淡寫的話已讓他窺見一些端倪，但又害怕觸及她傷心的回憶。但是他還沒想到該說些甚麼之前，她就轉移到之前的話題了。

「梅非常討人喜愛，我在紐約還沒見過這麼美麗又聰慧的女孩。你很愛她吧？」

紐蘭・亞徹紅著臉笑道：「男人可以愛得多深，我就愛她多深。」

她繼續深思熟慮打量他，就像不願錯過他話中的任何含意。「那麼，你認為愛有極限嗎？」

「妳是指愛情裡的極限嗎？如果有的話，我還沒遇到這極限呢！」

她散發出感動的表情，說：「啊，這一定是真摯的愛情了。」
「愛情中最真摯的愛情！」
「真是好極了！那麼你們完全是自由戀愛——而不是聽從別人的安排吧？」亞儆不敢置信的看著她，「妳忘了嗎？」他向她微笑，「我們國家不容許任人擺佈自己的婚姻。」
她雙頰泛起一抹紅暈，他立刻後悔自己說出這番話。
「沒錯，」她回答：「我忘了，請原諒我有時會犯這樣的錯誤。我總是記不住這裡的人認為對的事情，卻在我原來生活的地方是……是不對的事情。」她低頭看著手中的維也納風格鷹羽扇，他看到她的雙唇正在顫抖。
「很抱歉，」他想都沒想就脫口而出，「但妳知道，現在這兒的人都是妳的朋友了。」
「是的……我知道。無論我走到哪兒都有這種感覺。這正是我回家的原因。我要忘記所有事情，重新再作一個道道地地的美國人，像明格家和韋蘭家的人、你和你親切的母親，以及今晚在此聚會的這些好人。啊，梅來了，趕快去找她吧。」她雖然這麼說，卻沒有進一步動作，她的目光再度從門口回到這位年輕人臉上。
客廳陸陸續續湧入晚餐後抵達的賓客。紐蘭跟隨著奧蘭絲卡夫人的目光，瞧見梅・韋蘭正和她母親走進來。她身穿一件白色和銀色相間的禮服，頭戴銀色花環。這位高䠷女孩看起來就像狩獵凱旋的戴安娜女神[1]。

「噢，」亞徹說：「我竟然有那麼多競爭對手。妳看她四周總是圍著一群人。他們現在正向她介紹那位公爵呢。」

「那就再多陪我坐一會兒吧。」奧蘭絲卡夫人低聲說，並且用羽毛扇輕輕觸碰他的膝蓋。雖然只是極輕微的碰觸，卻像愛撫般令他震顫。

「好，我留下來陪妳。」他用同樣的語調回應，幾乎不知道自己說了些甚麼。但是就在此時，范德路登先生走了過來，後面跟著達戈列老先生。伯爵夫人以最莊重的微笑迎接他們，亞徹察覺到這位主人責怪的眼神，便起身讓出他的座位。

奧蘭絲卡夫人伸出手來，彷彿在向他道別。

「那麼明天五點鐘以後……我等你。」她說道，隨後轉身挪出座位給達戈列先生。

「明天……」亞徹聽見自己重複這句話，儘管他們根本毫無約定，剛才的談話內容也沒有一絲「她想再見到他」的暗示。

他離開的時候，看見修長又容光煥發的勞倫斯・萊弗茲，他正攜妻子上前與伯爵夫

1 羅馬神話中的狩獵女神戴安娜（Diana）。

人會面，同時聽見葛楚・萊弗茲一臉茫然，笑著對爵夫人說：「我記得小時候我們曾一起上過舞蹈課……」。亞徹注意到伯爵夫人背後那些等著向她自我介紹的人，有好幾對夫婦曾經因為不願見到奧蘭絲卡伯爵夫人，而拒絕前去洛弗爾・明格家赴宴。正如亞徹夫人所說：如果范德路登夫婦有意，他們知道該如何教訓人。但奇怪的是，他們很少會這麼做。

年輕人覺得有人輕碰了自己的手臂，隨即看見身穿名貴黑絲絨禮服並佩戴家傳鑽石首飾的范德路登太太俯視他，說：「親愛的紐蘭，你人真好，願意無私為奧蘭絲卡夫人盡心盡力。我之前跟你說過，你表舅亨利一定會出手襄助。」

他察覺自己含糊微笑、面露羞赧，隱約聽見她對著自己說：「我從來沒見過梅像今天這麼惹人憐愛。公爵說今晚宴會中，她是最標緻的女孩。」

9

奧蘭絲卡伯爵夫人說「五點鐘以後」，因此五點三十分時，紐蘭・亞徹按了她家的門鈴。那是一棟灰泥斑駁的房子，一株碩大的紫藤攀附在搖搖欲墜的鑄鐵欄杆上。她向居無定所、四處飄泊的梅朵拉租賃這棟房子，位在西二十三街尾端。

她選擇定居在這一區地方，實在奇怪。她附近的鄰居是裁縫師、賣假貨的小販和「寫作」營生的傢伙。再從這條亂七八糟的街道走到更遠處，亞徹看到一段鋪砌石頭小路的盡頭，有一棟破舊不堪的木屋。是一位名叫溫瑟的作家及記者居住之處，他曾說過自己住在這裡。溫瑟從不邀請客人到家裡，但某一次兩人一同在夜間散步時，他曾經指出他家給亞徹看過。亞徹曾驚訝自問：「其他大城市的人，也住在如此簡陋的房屋嗎？」

奧蘭絲卡夫人的房屋幾乎別無二致，差別僅在於窗框上多塗了一層油漆。亞徹檢視這間房子簡樸的外觀時，心想：看來那位波蘭伯爵不僅剝奪了她的財產，還搶走了她的幻想。

亞徹一整天都過得不是很愉快。他和韋蘭家共進午餐，本想午餐過後可以帶梅一起到公園散步。他希望可以跟她獨處，告訴她昨天夜晚她多麼迷人、他又是多麼驕傲。並且想催促她盡快成婚。但是韋蘭夫人堅定提醒他：家族拜訪尚未完成一半呢。而且，當他暗示想提前婚禮的日子時，韋蘭夫人皺起眉頭，輕聲責備他：「十二打手工刺繡的婚禮用品都還沒完成……」

他們全部擠進家用四輪馬車，從這家趕到另一親戚家拜訪。那天下午的一輪拜訪結束時，亞徹與未婚妻分開的時候，覺得自己就像一頭困獸一樣被巧妙誘入陷阱，被人類帶著到處展示。他心想這可能是因為自己看讀了人類學的書，才讓他對這種簡單又自然流露的家族情感，有如此鄙夷的看法。但是當他想起韋蘭家希望明年秋天才舉行婚禮，在這之間，他的生活可能會產生的變化，頓時間彷彿有一桶冷水澆熄自己的熱情。

「明天，」韋蘭太太在他背後喊道：「我們要去奇弗斯家和達拉斯家拜訪。」他這才發覺她準備按照親戚姓氏的字母順序，逐一拜訪，目前他們才拜訪了四分之一而已。

他本想告訴梅關於奧蘭絲卡伯爵夫人的要求，或者應該說——那天下午他要去拜訪她的「命令」。但是在他們短暫的獨處時間，他有更多緊急的重要事情必須跟她說。而且，他隱約覺得為提起這件事也有點荒謬。他知道梅特別希望他能善待表姊，正是因為如此，他們才提早宣布訂婚消息。他突然萌生出奇怪的想法，如果伯爵夫人沒有出現，他現在可能還是個自由單身漢，至少無須陷入眼前無可挽回的處境。但這是梅的意思，他覺得心情輕鬆了些——所以如果他願意，拜訪她表姊純屬他的自由，無須特別告訴她。

當他站在奧蘭絲卡夫人家門口時，心裡只充滿了好奇。她要求他來的說話語調讓他困惑，最後得出一個結論：她不像表面上那麼簡單。

一名膚色黑黝黝、臉孔像是外國人的女僕前來應門，鮮艷領巾遮住她豐滿的胸部，他隱約覺得她是西西里島人。她露出滿口潔白牙齒歡迎他，但對他的問題搖頭表示困惑逕自，逕自帶他穿過狹窄的玄關，進入升著火的低矮客廳。客廳裡空無一人，女僕隨後離開，獨留他在那裡，時間久到他不禁猜測她去找女主人了，還是她不明白他到這兒來的目的，而以為他是來替停擺的鐘上發條，因為眼前這個唯一他觀察到的東西已經停擺了。他知道南歐人都是用手勢交談，很懊惱自己無法理解她聳肩及微笑的意思。最後，她終於帶著一盞燈回來了，此時亞徹才從但丁和佩脫拉克[1]的詩作中勉強拼湊出一句話，從她口中從到答案：「La signora è fuori; ma verà subito.」，他猜想這句話的意思是：「她不在家，但很快就回來了。」

---

1 皆為義大利詩人。但丁（Dante Alighieri, 1265－1321）以《神曲》（*Divina Commedia*）留名於世；佩脫拉克（Francesco Petrarca, 1304－1374）被譽為人文主義之父。

此時藉著那盞燈光，他也看到這房間朦朧透出一種淡雅迷人的氛圍，跟他之前看過的房間截然不同。他知道伯爵夫人從歐洲隨身帶回一些她自己的東西，她稱之為「一點點殘骸遺物」，這些物品，他想應該就是那幾張深色的雅致小木几、壁爐上那尊精緻小巧的希臘銅像、以及釘在褪色壁紙上的紅色緞布前、裝在古舊畫框中的那幾幅看似義大利風景畫作。

紐蘭・亞徹對於自己深諳義大利藝術，頗感自豪。他童年時曾受過羅斯金作品的薰陶，並且讀過所有新的著作，包括約翰・愛丁頓・西蒙茲的作品、薇儂・李的《尤弗里昂》、漢默敦的散文論著，以及華特・佩特一本傑出的新書《文藝復興》。他可以暢談波提伽利，說起安傑利科時則帶著一絲屈就的態度[2]。但這幾幅畫讓他毫無頭緒，因為這

2 約翰・愛丁頓・西蒙茲（John Addington Symonds, 1840－1893），英國詩人、文學評論家，專長寫作關於文藝復興的著述和許多藝術家、作家的傳記。薇儂・李（Vernon Lee, 1856－1935）為英國作家，以超自然小說聞名，被視為義大利文藝復興的權威，《尤弗里昂》（*Euphorion*）為其代表作。漢默敦（P. G. Hamerton, 1834－1894），英國作家、藝術評論家，有多本散文評論著作，曾創藝術月刊《代表作》（*The Portfolio*），擔任編輯與專題作家。華特・佩特（Walter Pater, 1839－1894），英

些畫完全不同於他在義大利旅行時所見的畫作（所以他才看不懂這些畫），或許由於置身這個陌生的空房間，而產生詭異感，致使自己的觀察力降低了──顯然沒人在此等候他拜訪。他後悔沒有事先告訴梅關於伯爵夫人的請求，而且一想到可能會在這裡遇見自己的未婚妻前來拜訪表姊，就感到忐忑不安。如果，她看到他獨自一人坐在昏暗壁爐等候某位夫人，會如何看待這種親密氣氛呢？

但是既來之則安之，他決定繼續等下去，於是他坐進一把椅子，腳伸向壁爐邊。伯爵夫人約他來，自己卻又忘了這件事，實在是太奇怪了。但是亞徹的好奇心勝過羞辱感。這間房間的氛圍跟他從前經歷過的完全不同，他的自尊心已全然淹沒在探險的感覺

國散文家、文藝評論家，曾提倡「為了藝術而藝術」，後成為唯美主義運動的基本主張。《文藝復興》（*The Renaissance*）是一本文藝復興時期藝術與詩歌的研究，其中包含歷史上第一篇關於波提伽利的英文文章。波提伽利（Sandro Botticelli, 1445－1510），歐洲文藝復興早期的藝術家，他最著名的畫作是〈維納斯的誕生〉（*La nascita di Venere*），後來成為佛羅倫斯畫派的代表作。安傑利科（Fra Angelico, 1395－1455），歐洲文藝復興時期的修士畫家，他是天主教道明會的成員，只創作宗教題材的畫作。

裡。他曾經見過掛著紅色錦緞及「義大利學院派」畫作的客廳，不過唯一令他驚訝的是透過枯萎的蒲葦草地、羅傑斯[3]小雕像，巧手布置這幾件裝飾後，承租梅朵拉・曼森這棟破舊房屋竟然轉變為溫暖宜人又有異國風味的空間，令人聯想到古老的浪漫場景與氣氛。他嘗試去分析其中的奧妙，想釐清桌椅是如何擺置、手肘旁邊的雅致花瓶只插上兩朵玫瑰（大家通常都會一次買一打），以及瀰漫空氣中的暗香不是灑在手帕上的那種香水味，而像是從遙遠市集飄來的香氛，混雜著土耳其咖啡、龍涎香與乾燥玫瑰的味道。

他的思緒飄蕩到梅未來的客廳，它會是甚麼樣子呢？他知道作風很慷慨的韋蘭先生已經看上東三十九街的一棟新房。大家都覺得那一區有點兒偏遠，而且房子是以蒼白的黃綠色石頭建造；新一代的建築師開始採用這種建材，用來壓制紐約房屋清一色如冰冷巧克力醬般的赤褐色砂石。不過房子內部的管道系統非常完善。亞徹想先外出旅行，沒有意願現在就解決住宅的問題。但是，雖然韋蘭夫婦贊成新婚夫婦延長歐洲蜜月旅行的時間（甚至可以在埃及度過一整個冬季），依然非常堅持他們蜜月回來時能有一棟房屋居住。年輕人覺得自己的命運已經被綁住了，從今以後，他餘生的每個夜晚都得走過黃綠色門階兩旁的

3 指美國雕塑家蘭道夫・羅傑斯（Randolph Rogers, 1825－1892），他曾經是廣受歡迎的家居裝潢師。

鑄鐵欄杆，穿越龐貝式的門廊，走進裝飾亮漆黃木壁板的廳堂。除此之外，他再也想不出其他布置了。他知道客廳會有扇凸窗，但想不出梅會如何擺置；她會欣然採用韋蘭家客廳的紫色緞布和黃色羽毛飾品，以及仿布爾式鑲木桌，並且擺滿現代薩克森風格[4]瓷器的鍍金玻璃櫥櫃。他無法聯想到她會對住宅做出別出心裁的布置。他唯一的安慰是：梅應該會讓他按照自己的喜好，隨心所欲布置書房；當然，書房裡可能會擺設「純正的」伊斯萊克傢俱[5]，以及沒有玻璃門的嶄新書櫃。

那位胸脯豐滿的女僕走了進來，拉上窗簾、將一根圓木柴推進火堆裡，接著安慰他說：「快回來了，她快回來了。」等她離開以後，亞徹站起來開始踱步。他應該繼續等下去嗎？他的處境已轉變得有些愚蠢。也許，他誤會奧蘭絲卡夫人的意思，也許她根本沒有

4 現代薩克森（Modern Saxe）風格瓷器仿制德國舊薩克森風格（Vieus Saxe）瓷器。

5 伊斯萊克傢俱（Eastlake furniture）指英國建築師查爾斯・洛克・伊斯萊克爵士（Charles Lock Eastlake，1836－1906）掀起的風潮，伊斯萊克爵士是位建築師及作家，在《家居品味須知》中批評維多利亞風格中的繁複誇張風格。伊斯萊克傢俱強調直方形造型，用深黑檀木再加上幾何圖案裝飾，流行至一八九〇年。

邀請自己。

寧靜街道傳來馬蹄奔馳在鵝卵石的聲音，馬車在門前停了下來，他聽見馬車門敞開的聲音。他撥開窗簾，向外看剛剛垂落的夜幕，對面正好有一盞街燈，燈光照映下，他看見一輛英式四輪馬車停在門口，那是朱利斯・貝爾福的高大雜色馬匹行駛的精巧馬車。這位銀行家躍下馬車，扶奧蘭絲卡夫人下車。

貝爾福手拿著帽子站在街上，說了幾句似乎被奧蘭絲卡夫人拒絕的話，然後他們握手道別，他隨即跳上馬車，接著她步上臺階。

她走進房門時看見亞徹，絲毫沒有露出驚訝的表情。她最不常表現出來的情緒似乎就是驚訝。

「你喜歡我這間有趣的房子嗎？」她問道，「對我來說，它可是間天堂。」她邊說話邊解開絲絨帽的繫帶，將帽子和斗篷扔到一旁，站在那兒，目光沉思地打量他。

「妳布置得非常舒適宜人。」他回答，意識到這句話平淡無奇，因為受限於禮俗，話只能說得簡潔，而顯得太過拘束。

「哦，這是個可憐的小地方。我的親戚們都鄙視它。但至少它不像范德路登家那麼陰沉。」

他如電掣般嚇了一跳，因為很少人敢毫無顧忌批評范德路登家那棟巍峨的府邸，還說它陰沉。每個有幸取得特權踏進這座府邸的人，無不戰戰兢兢，並且褒獎它「富麗堂皇」。但突然間，她說出這句紐約人不敢說出來的話，變得非常高興。

「妳的這棟房子很有趣呢，尤其是這裡的擺設。」他再次重述道。

「我喜歡小房子，」她坦然道，「但我想，我喜歡它的原因是它就在這兒，在我自己的國家及家鄉，而且是我獨自一個人住在這裡。」她說話的聲音很小聲，他幾乎聽不到最後那幾個字。不過，他卻在尷尬中聽清楚了。

「妳真的這麼喜歡獨自生活嗎？」

「對，只要與我的朋友來往，不覺得寂寞就沒問題。」她在火爐邊坐下，「娜塔莎馬上就會端茶過來。」她示意他坐回扶手椅，接著又說：「看來你已經挑選好你喜歡的位置了。」

她往後躺，雙手交叉在腦後，垂下眼瞼看著爐火。

「這是我一天當中最喜歡的時刻了，你不覺得嗎？」

他突然覺得應該為自尊心說點話，所以回答：「我還怕妳忘記時間呢，一定是因為貝爾福太風趣了吧。」

她莞爾一笑，「怎麼，你等很久了嗎？貝爾福先生帶我去看了好幾間房子，因為大家似乎都不希望我住在這裡。」她似乎把貝爾福和他都忘了，繼續說：「我從未遇見哪座城市的人會像這裡的人，覺得不宜住在偏僻地區，選擇住在哪兒有甚麼關係呢？我聽說這條街還算是高尚啊。」

「這裡不符合上流社會的時髦風格吧？」

「時髦風格！你們全都很重視這點嗎？為甚麼不去創造自己的風格呢？但我想我的生活太特立獨行了。可是無論如何，我像過著跟你們一樣的生活，我想得到關懷和安全感。」

他聽了受到感動，就像前一個夜晚時，聽她說需要得到指引一樣。

「妳的朋友們希望妳能如此感受。紐約可說是最安全的地方。」他帶著一絲挖苦的意味，補充說道。

「可不是嗎？我感覺得到，」她大聲說話，沒注意到話中的諷刺意味，「住在這裡就好像、好像……聽話做完功課的乖女孩，得到去度假的獎勵。」

這其實是一個善意的比喻，他聽了卻不是滋味。他自己可以挖苦紐約，但偏偏不喜歡別人用同樣的語氣形容紐約。他猜想她可能還沒有看出紐約是個強大的機器，而且差點擊垮了她。洛弗爾·明格家那次晚宴用盡各種社交手段，才終於平息了一番風波，應該足夠讓她領悟自己在危難中得救的處境。但是，她若非始終沒有意識到自己避開了一場災難，就是還沉浸在范德路登家餐宴的勝利之中。亞徹相信前面的推測應該比較有可能。他心裡清測，她眼中的紐約依然如故，他覺得被激怒了。

「昨晚夜晚，」他說，「紐約社交界向妳張開了雙臂，這全都仰仗范德路登夫婦幫忙。」

「沒錯，他們真是善良！那是一場多麼美妙的宴會，大家似乎都很敬重他們。」

這些話實在說得不夠適當，批評老小姐蘭寧家的茶會才應該說這些話。

「范德路登賢伉儷，」亞徹說這句話時，覺得格外驕傲，「在紐約社交界最具影響力，很遺憾，夫人的健康不允許……所以他們很少接待賓客。」

她放開撐在後腦勺的手臂，若有所思看著他。

「或許就是這個原因吧？」

「原因？」

「他們之所以很少露面，是因為他們很有影響力。」

他頓時領悟到她這句話的洞察力，臉頰微紅、瞪大眼睛看著她；她輕輕敲了一下，便擊倒了范德路登夫婦，他們應聲倒地。他顧不得范德路登夫婦，而縱聲笑了出來。

娜塔莎端來茶水，遞上無柄的日式茶杯及有蓋子的小茶碟，將茶盤放在茶几上。

「但你要跟我解釋這些事情——告訴我，所有我應該知道的事情，」奧蘭絲卡夫人繼續說，一面向前倚，遞了茶杯給他。

「是妳告訴我事情的真相，讓我睜開雙眼去看清楚，一直以來我不願意正視的事實。」

她從手鐲上取下一個小巧的金色菸盒，遞給他，自己也拿了一支香菸。壁爐上擺放了點菸的長火柴。

「啊，那麼我們可以互相幫助。但我比你更需要幫助，你得告訴我該怎麼做。」

他差點脫口而出：「別讓人看見妳和貝爾福搭車在街上閒逛……」但他深深被這間客廳的氣氛所吸引，那是屬於她的氣息，此刻若說出這番忠告，就像是跟一個正在撒馬爾罕6討價還價買玫瑰精油的人說「到紐約過冬時，應該準備防水靴」一樣。紐約似乎比撒馬爾罕更加遙遠，而且，如果他們真的想要互相幫助，那麼她讓自己客觀看清楚自己的城市，也許就是他們互助的第一步。即使就像是拿著顛倒的望遠境觀察紐約，不可思議的，紐約也會變得既渺小又遙遠；但是，從撒馬爾罕那兒瞭望紐約，的確是如此。

壁爐的柴火中迸出一道火花，她彎向爐火，纖細的雙手伸得跟火堆如此靠近，在火光映照下，她的橢圓形指甲邊緣泛出一圈上淡淡光暈。她髮辮上的幾綹黑髮在光線中暉映成黃褐色，她蒼白的臉龐更加慘白。

6　撒馬爾罕（Samarkand）為中亞地區最古老的城市，過去是絲路的重要中繼站，現今則是烏茲別克的第二大城。

「會有很多人告訴妳該怎麼做。」亞徹回答她，莫名嫉妒這群人。

「噢，你是指那些阿姨舅媽們？還有我親愛的老奶奶？」她客觀地想這一點，「她們全都責怪我獨自生活……尤其是我可憐的奶奶。她希望我能跟她住在一起，但我需要自由……」她用輕鬆的口吻談到那位令人敬畏的凱瑟琳，足以讓他印象深刻；即使是這般極為孤獨寂寞的自由，仍然讓奧蘭絲卡夫人如此渴望，想到箇中原因，他就深受感動。但是一想到她與貝爾福來往，依舊覺得煩憂不安。

「我想，我理解妳的感受，不過妳的家人可以給妳忠告，詳細解釋各種差異，並且告訴妳該怎麼做。」

她聳聳細細彎彎的黑眉毛，「紐約真的是一座迷宮嗎？我以為它相當方正，就像第五大道那樣，而且所有十字路都標上編號呢！」她似乎猜想到亞徹不是那麼同意這種說法，又繼續說下去，並露出難得的微笑，她整張臉看起來更有魅力了，「但願你明白我是多麼喜歡紐約──總是直來直往，每件事都貼著誠實的大標籤！」

他抓到話鋒，「也許每件事物都貼上了標籤──但不是每個人都是如此。」

「或許吧，我可能把事情看得太簡單了。但如果我這樣的話，請你提醒我。」她的目光從火堆那邊轉向他，「我覺得，紐約只有兩個人瞭解我的心思，並且可以跟我解釋一些事情；那就是你和貝爾福先生。」

亞徹聽到自己的名字跟貝爾福連接在一起時，退縮了一下，但很快就恢復神色，理解、同情和憐憫她的心情隨之而來。她過去的生活必定非常接近邪惡之數，她如今才仍然覺得跟他們交往的氣氛較為自在。但既然她也認為自己懂她，那麼當務之急就是立刻讓她明白貝爾福的真面目，以及有關這個人的一切，進而更加痛恨這個情況。

他溫和的回答：「我瞭解。但是首先，不要放開老朋友的手，我指的是那些長輩們；妳的奶奶明格老太太、韋蘭太太、范德路登太太。她們都喜歡妳、欣賞妳……想幫助妳。」

她搖搖頭，嘆口氣說：「哦，我知道、我知道！但她們都不願意聽到任何不愉快的事情。當我試著跟她們吐露心事，韋蘭姑姑就是這麼跟我說的……亞徹先生，難道這裡的人都不想知道事情真相嗎？真正的寂寞是——生活在這群只想要你假裝沒事的好人之間！」她抬起手來，掩面而泣，削瘦的肩膀因啜泣而顫抖。

「奧蘭絲卡夫人！噢，別哭，愛倫。」他驚跳起來，俯身向前靠近。他緊握她的手，像安慰孩子那樣撫摸、輕輕說些安慰的話。

但是過了一會兒，她掙脫開來，抬起噙著淚水的雙眼看著他。

「難道這裡的人也不哭嗎？我想，在這樣的天堂裡，應該沒人會哭吧。」說完，她噗哧笑出一聲，隨即整理她的髮辮，俯身去看茶壺。他驀然意識到自己竟叫她「愛倫」，還叫了兩次！但她沒有察覺到。從方向顛倒的望遠鏡看過去，他看到在遙遠的地方，梅・

韋蘭朦朧的白色身影——出現在紐約。

娜塔莎然探頭進來，用她濃重的義大利語說了些話。

奧蘭絲卡夫人再次整理頭髮，簡短說出「Già、Già」，表示同意。不久聖奧斯特公爵走了進來，身旁跟著一位身材高大的女士，這位夫人全身裹著皮草大衣，戴著黑色假髮及紅色羽飾帽。

「親愛的伯爵夫人，我帶了一位老朋友來看妳。這位是史卓特斯夫人。昨晚的宴會沒有邀請她，但是她非常想認識妳。」

公爵微笑看著大家，奧蘭絲卡夫人向這對奇怪的訪客輕聲說句歡迎的話。她似乎不清楚這兩位客人走在一起多麼突兀，也不明白公爵帶朋友前來拜訪是多麼的冒昧；但是客觀而論，亞徹認為公爵似乎也沒有察覺到這點。

「親愛的，我當然想認識妳。」史卓特斯太太以高亢刺耳的聲音說話，實在跟她那誇張放肆的羽毛及假髮非常相稱。「我想認識所有風趣又迷人的年輕人。公爵跟我說妳喜歡音樂，是吧，公爵閣下？我想妳本身也會彈鋼琴吧？哦，明晚妳想到我家聽薩拉沙提 7 的

7　薩拉沙提（Pablo Martín Melitón de Sarasate, 1844－1908），西班牙著名的小提琴家、作曲家，他是歷

演奏嗎？妳知道每個星期天我都會舉辦活動，因為紐約星期天的夜晚無所事事，所以我就說『到來我家享受片刻吧！』公爵認為，你應該會對薩拉沙提感到興趣，也可以順道認識許多朋友。」

奧蘭絲卡夫人的臉龐由於喜悅而變得明亮。「妳人真好！公爵竟然還想到我！」她推了一張椅子到茶几前，史卓特斯太太愉悅地坐下。「我當然非常願意去。」

「那好，親愛的。歡迎妳攜伴參加，這位年輕紳士也請一道過來。」史卓特斯太太伸出友好的手，向亞徹致意，「我想不起來你的名字，但我確定自己見過你——我見過紐約的每一個人，還是在巴黎、或是倫敦見過你？你是不是從事外交工作呢？所有外交官都到我家玩過。你也喜歡音樂吧？公爵，請你務必帶他過來。」

公爵從鬍子底下咕噥一聲「當然」。亞徹僵硬地鞠躬告辭，覺得自己像個怯生生的小學童，站在一群漫不經心的大人之間，渾身不自在。他對於這次造訪的收場方式並不遺憾，只希望能夠早點結束，省得浪費情感。走進冬夜時，紐約再度變得浩瀚和清晰，而梅・韋蘭這位最可愛的女人身在其中。

史上第一個演奏被錄音的小提琴家，被西班牙人視為民族榮耀。

他轉進花店，請他們送了一盒鈴蘭過去，發覺自己竟忘記這件每天早上該做的事，他感到羞愧。

他在卡片上寫了一些字，等待信封時，他環顧花店時看到一叢黃玫瑰，瞬間眼睛為之一亮。他從未看過如此陽光般的金黃色花朵，衝動之下，他想送這些玫瑰花給梅，以代替鈴蘭。但是黃玫瑰不適合她，它那豔麗的花瓣美得太過熾烈了。他突然心血來潮，幾乎下意識就請店家把黃玫瑰裝進另一個長盒子，並寫了一張卡片，裝入第二只信封裡，上面寫著奧蘭絲卡伯爵夫人的名字。正當他要身離去時，又把卡片抽出來，只留下一只空信封。

「立刻就送出些花嗎？」他指著玫瑰花問道。

店家向他保證會立即送過去。

10

翌日，他說服梅午餐結束後偷閒至公園散散步。依循紐約傳統聖公會教徒的慣例，週日下午她通常陪同父母上教堂，但是韋蘭太太允許她缺席，因為那天早上韋蘭太太才剛剛勸服她答應延長婚期，才有充分時間準備數量足夠的手工刺繡嫁妝。

那天天氣晴朗燦爛。林蔭大道兩旁枝椏光禿的樹梢上，是一片碧藍的天空，覆蓋地面的殘雪彷彿水晶碎片般閃耀。明媚的天氣讓梅看來更加耀眼動人，她就像霜雪中的小楓樹洋溢亮麗的朝氣。她吸引了路人的目光，亞徹因而感到自豪不已，擁有她這般單純的快樂，揮去他心中所有的糾結。

「每天早上醒來就能聞到房間裡鈴蘭的香氣，真是美好啊！」她說。

「昨天送得有點晚了。早上我沒空去買……」

「但是你記得每天送花給我，這比長期訂購更讓我高興，而且每天早晨的鮮花都按時送到，就像音樂老師那樣啊。例如，據我所知，葛楚・萊弗茲和勞倫斯訂婚時就是這樣。」

「啊，當然！」亞徹笑道，因為她的聰慧而雀躍。他側眼注視她甜美似蘋果的臉頰，想起昨晚送花的事情，雖然覺得荒謬卻又覺得安全無虞，可以告訴她這件事：「昨天下午我去訂鈴蘭花給妳時，看到一些美麗的黃玫瑰，便請花店送了些給奧蘭絲卡夫人，我這麼做對嗎？」

「你真貼心！她總是對這些事感到高興。但奇怪，她怎麼沒有提起這件事呢。我們今天一起享用午餐，談到貝爾福先生送給她美麗的蘭花，亨利・范德路登表親又從斯庫特克利夫送來一大籃康乃馨。她收到花時似乎感到很意外，歐洲人不送花嗎？她覺得送花是相當美好的習俗。」

「噢，難怪，跟貝爾福相比，我送的花肯定相形見絀了。」亞徹有點惱怒，然後想起自己當時並未附上自己的名片，便又懊惱提起這件事情。他本想說：「我昨天去拜訪妳表姊了。」卻欲言又止。既然奧蘭絲卡夫人沒提起這件事，那麼他現在說出口似乎稍嫌尷尬。但不說出來又讓這件事罩上一層神祕色彩，他不喜歡這種感覺。為了設法忘記這件事情，他改口談起他們自己的計畫、他們的未來，以及韋蘭太太堅持延長婚期的事情。

「你說訂婚期太長！伊莎貝爾・奇弗斯和瑞吉訂婚長達兩年半才結婚，而葛瑞絲和索利訂婚後將近一年半才結婚。我們這樣不是很好嗎？」

這是典型的少女式疑問，他發覺自己的行為格外幼稚而感到慚愧。她肯定只是重複別人告訴她的話，但她都已經快滿二十二歲了，他不清楚一個「好」女人到底要幾歲才能開始為自己說話。

「永遠不會，如果我們不讓她們這麼做的話。」他沉思的同時，驟然想起他對希勒頓・傑克森說的那句氣話：「女人應該跟我們一樣享有自由……」

現在，他的首要任務就是拆下蒙住這位年輕女子眼睛上的布條，讓她看清楚這個世界。但有多少代女人都像她這樣，一輩子蒙著眼睛走進家族墓地？他不禁顫抖了，想起他在科學書籍中讀到的某些新觀念，及肯塔基州這個地方最常引用的一個例子：據研究，肯塔基州有一種岩洞魚，因為這種魚不需要使用到眼睛，所以視力便退化了。如果，他幫梅睜開她的眼睛時，她只能茫然看到一片霧朦朦的景色，又該怎麼辦呢？

「我們應該早點結婚，可以天天朝夕相處……可以去旅行。」

她露出愉悅的表情，「那一定很美好。」她坦誠自己也很想去旅行，但她母親不會理解為何他們想做如此脫軌的事情。

「不僅僅是為了『脫軌』而已！」這位追求者堅持說道。

「紐蘭！你真獨特！」她興奮的說。

他的心不由得一沉，因為知道自己說的話是所有年輕男子在相同情況下，都會說的話，而她的回答也只是本能與傳統教給她的應對措辭——甚至是說他很「獨特」。

「獨特！我們每個人都像從同一個模子刻出來的玩偶，就像用模板印在牆上的圖樣。梅，難道妳和我就不能為自己而活嗎？」

他停了下來，沉浸在激動的討論中而轉向她，只見她雙眼滿溢著純粹堅定的傾慕之情。

「天啊，我們私奔吧？」她笑道。

「如果妳願意的話……」

「你真的很愛我，紐蘭！我好幸福啊！」

「那麼，為甚麼不可以更幸福呢？」

「我們終究不能像小說中的主角那麼做，不是嗎？」

「為甚麼不能、為甚麼不能──為甚麼不能呢？」

她似乎漸漸受不了他的堅持。她清楚明白他們不能這麼做，但是要說出一個理由又很難。「我不夠聰明，不能跟你爭辯。但那麼做不是有點……粗俗，不是嗎？」她含蓄的說，因為找到一個可以結束這個話題的詞彙，而鬆了一口氣。

「所以，妳就這麼害怕粗俗嗎？」

她明顯被這句話驚嚇到了，「我當然不喜歡──你應該也是。」她稍稍被亞徹惹惱了。

他靜靜站著一言不發，有點不安，用手杖敲打著皮靴的鞋尖，發覺她確實找到結束這話題的最好措辭。

她心情輕鬆，繼續說道：「哦，我跟你提過了嗎？我給愛倫看了戒指，她說那是她見過最美的設計呢，她說在巴黎貝斯大道[1]上也找不到這麼美的戒指。我好愛你，紐蘭，你真的太有藝術眼光了。」

翌日下午，亞徹晚餐前鬱鬱不樂地坐在書房裡抽悶菸的時候，珍妮踱步進來。今天他從法律事務所回家的路途中，沒有去俱樂部打發時間。他從事法律職業的散漫態度，實在跟那些與他同屬紐約富豪階層的人一樣，如出一轍的漫不經心。他心情低落，而且也有點心浮氣躁；每天同一時間都要做相同的事情，這種厭惡感充斥在他的腦海中，揮之不去。「一成不變、一成不變！」當他看到玻璃框後面那些戴高帽子的熟悉身影時，如此喃喃自語，這個字眼就像揮之不去的曲調，不停迴旋在他的腦海中。平常這個時候，他都會

1 貝斯大道（Rue de la Paix），又可稱作「和平街」，位在巴黎第二區，具有歷史外貌，卻是世界首屈指的時尚購物街，尤其以珠寶店著稱。一八九八年，卡地亞設立在和平街十三號，是第一間開設在此處的珠寶店。

逗留在俱樂部裡，今天卻回家了。他不僅猜得到大家現在可能在談論的話題，還知道每個人會站在哪一方。公爵當然會是他們談論的主題，但是他們也肯定會深入談論兩匹矮腳馬奔馳的淡黃色小馬車出現在第五大道上，以及搭乘這輛馬車的金髮女子（一般認為這件事與貝爾福有關）。在紐約，像這樣的「女人」（人們總是這麼稱呼她們）很少見，駕駛自用馬車就更加罕見。在這人聲鼎沸的繁忙時段，芬妮．琳小姐出現於第五大街上，更加使得上流社會一片譁然。就在前一天，當她的馬車從洛弗爾．明格太太的馬車旁駛過，明格太太立刻搖了身邊的小鈴鐺，命令車夫打道回府。「如果這樣的事情發生在范德路登夫人身上，又會怎麼樣呢？」人們驚恐地相互問道。此時此刻，亞徹彷彿可以聽見勞倫斯．萊弗茲口沫橫飛，針對上流社會的崩壞發表高見。

妹妹珍妮走進來的時候，他焦躁地抬起頭，接著又立刻低頭埋進書本中（斯威博恩[2]剛出版的《查斯特拉德》），假裝沒看見她。她看了一眼堆滿書本的寫字檯，打開《幽默故

2 斯威博恩（Algernon Charles Swinburne，1837－1909），英國詩人及評論家，一八六五年創作三部曲劇作之首的《查斯特拉德》（*Chastelard*），故事以蘇格蘭女王瑪麗．斯圖亞特為背景。

事》這本書[3]，對那些古老的法文露出苦惱的表情，嘆道：「你讀的東西好深奧啊！」

「嗯？」他看到珍妮，就像見到帶來壞消息的特洛伊公主卡珊德拉[4]站在他眼前。

「媽媽非常生氣呢。」

「生氣？跟誰生氣？為甚麼生氣？」

「蘇菲・傑克森小姐剛才來過，說她哥哥晚餐後會來我們家。她不能多說甚麼，因為她哥哥不讓她這麼做。他想親自告訴我們所有細節。他現在跟露意莎・范德路登表舅媽在一起。」

「我的好女孩，看在老天的份上，從頭說清楚吧，全能的上帝才知道妳在說甚麼。」

「紐蘭，現在可不是褻瀆聖靈的時候……你不上教堂這件事，母親已經夠生氣

3 法國小說家巴爾札克（Honoré de Balzac, 1799－1850）創作於一八三二年的作品《幽默故事》（*Contes Drolatiques*）。

4 古希臘神話中，卡珊德拉（Cassandra）是特洛伊（Troy）國王普里阿摩斯（Priamus）的女兒，美貌出眾，阿波羅（Apollo）深受其吸引，為了追求卡珊德拉，阿波羅應允賜予她預言能力，之後，卡珊德拉卻反悔，拒絕了阿波羅的追求，阿波羅因而對她施加詛咒，致使其預言未獲世人相信。

啦……」

他嘀咕了一聲，又埋頭讀他的書了。

「紐蘭，認真聽我說！昨晚你的朋友奧蘭絲卡夫人參加了勒繆・史卓特斯太太的宴會，她跟著公爵和貝爾福先生一起去的。」

聽到最後一句話時，一股無名火湧上這位年輕人的心頭。為了平息這股怒火，他笑著回應：「啊，那又怎樣？我早就知道她要去了。」

珍妮臉色剎時變白，並且瞪大了眼睛，「你早就知道她要去，卻沒有設法阻止她、警告她？」

「阻止她、警告她？」他又笑著說：「我又不是跟奧蘭絲卡伯爵夫人訂婚！」這些字眼聽在他自己耳裡，感覺很痛快。

「但你就要跟他們家族聯姻了。」

「哦，家族！家族！」他譏諷說道。

「紐蘭，難道你不在乎家族嗎？」

「我一點也不在乎。」

「難道也不在乎露意莎・范德路登表舅媽會作何感想？」

「一點也不！如果她想的是這種老處女的無聊事。」

「媽媽可不是老處女。」未出嫁的妹妹噘著嘴說。

他想大聲回話：「她是，她就是，范德路登夫婦也是，當一切被揭開真實面目後，我們大家都是。」但是看到妹妹皺著文靜的長臉快要哭了，不由得因為自己把無謂的痛苦加諸在她身上，而感到慚愧。

「去他的奧蘭絲卡伯爵夫人！珍妮，別像個小傻瓜，我可不是她的監護人。」

「沒錯，你不是。可是你確實要求韋蘭家提早宣布訂婚消息，要我們挺身支持她，再說若不是因為這樣，露意莎表舅媽才不會邀請她去參加為公爵舉辦的晚宴呢。」

「嗯，邀請她又有甚麼關係？她是那天最美麗的女人，因為有她在場，范德路登家的晚宴才不像平常那樣死氣沉沉。」

「你知道亨利表舅邀請她是為了讓你高興，是他說服露意莎表舅媽的。他們現在可是非常不高興，明天就要回斯庫特克利夫了。紐蘭，我覺得你最好還是下樓來，你好像不是很瞭解媽媽的心情。」

紐蘭在客廳找到他的母親。她停下手邊的針線活兒，抬起深鎖的眉頭，問道：「珍妮告訴你了嗎？」

「她告訴我了。」他盡量讓設法讓自已語調像她一樣平靜，「但我覺得事情沒有那麼嚴重。」

「得罪露意莎和亨利，還不夠嚴重嗎？」

「他們才不會為了這點小事生氣，奧蘭絲卡夫人只是去一個他們認為是平民的女人家裡。」

「他們認為？」

「嗯，她的確是普通平民。但她有良好的音樂素養，總會在整個紐約都非常沉悶的週日夜晚娛樂大家。」

「良好的音樂素養？據我所知，會有個女人跳上桌子，唱著你到巴黎那種地方才會唱的歌。他們還抽香菸、喝香檳呢。」

「嗯，在別的地方也會發生這種事情，這個世界還不是照樣運轉嘛！」

「親愛的，我想你該不會真的在為法式週日5辯護吧？」

「當我們在倫敦的時候，我也常聽到媽媽抱怨英式週日咧。」

「紐約不是巴黎，也不是倫敦。」

「噢，不是，它的確不是！」亞徹嘀咕道。

---

5 法國週日這一天，通常都無事可做，主要的活動是自在過慵懶生活，外出遊玩。

「我想，你的意思是說這裡的社交界不夠精采了？我敢說你是對的。但是我們屬於紐約，來到這裡跟我們住在一起的人，就應該尊重我們生活方式。尤其是愛倫・奧蘭絲卡。她回到紐約，原來不就是為了擺脫那種精彩萬分的社交生活嗎？」

紐蘭沒有回答。過了一會兒，他母親又試探著問：「我本來打算戴上帽子，請你在晚餐前陪我去露意莎家一趟。」他皺起眉頭，母親又繼續說：「我想你可以向她說說你剛才講的那番話，就解釋說外國社交界跟紐約不一樣……那裡的人不是那麼講究，奧蘭絲卡夫人可能還不瞭解我們對這種事情的感受。」她精明巧言的加以補充：「親愛的，你知道這麼做的話，對奧蘭絲卡夫人很有利。」

「親愛的媽媽，我實在看不出來，我們跟這件事有甚麼關連。是公爵帶奧蘭絲卡夫人去見史卓特斯太太——事實上，他陪著史卓特斯太太去拜訪奧蘭絲卡夫人的。他們去的時候，我剛好在那裡。如果范德路登夫婦真想找誰吵架，那麼真正的罪魁禍首就在他們自己家裡。」

「爭吵？紐蘭，你何曾見過亨利跟誰吵架？再說了，公爵是他的客人，又是個外國人。外國人不懂這些事，他們怎麼會懂呢？但奧蘭絲卡伯爵夫人倒底是紐約人，應該尊重紐約人的感受。」

「那麼，如果他們非要找個犧牲品，那麼我不反對妳把奧蘭絲卡夫人丟給他們！」亞徹氣憤喊道：「我看不出來為甚麼我自己、或是妳，有必要犧牲我們自己去為她贖罪。」

「哦，你當然只考慮到明格家那邊。」他母親答腔，說話的尖銳語調已幾近責備。

滿臉愁容的男僕拉開客廳門簾，通報道：「亨利．范德路登先生來訪。」

亞徹太太扔開手中的針線，驚慌失措地推開椅子。

「再點一盞燈來。」她向已經退下的男僕喊道。此時珍妮正彎腰戴好母親的便帽。

范德路登先生的身影已經出現在門口，紐蘭．亞徹迎上前去招呼。

「先生，我們正談到您呢。」他說。

范德路登先生聽到這句話似乎很感動，他脫下手套，和女士們握手寒暄，並且靦腆撫了撫頭上的高禮帽。同一時間，珍妮推過來一把扶手椅，亞徹則接著說：「我們也談到奧蘭絲卡伯爵夫人。」

亞徹太太的臉色煞時變得蒼白。

「啊，她是位迷人的女士，我剛才去拜訪過她。」范德路登先生回應道，從容的神情又回到他的臉上。他坐下來，按照老習慣把帽子和手套放在旁邊的地板上，繼續說下去：「她真的很有擺設花卉的天分。我曾送給她一些斯庫特克利夫當地的康乃馨，她處理的手法真是讓人驚豔。她不像園丁總是把花綁成一大束，而是隨意東一點、西一點插放花……我不知道她是怎麼做到的。公爵曾經跟我說：『去瞧瞧她如何巧妙布置她的客廳吧。』而且果真如此；如果不是那塊街坊那麼……讓人不愉快的話，我真想帶露意莎去拜訪她。」

范德路登先生難得暢所欲言，隨著這一大段話之後，是一片死寂。亞徹夫人抽出她剛才慌慌張張塞進籃子裡的刺繡，亞徹靠在壁爐邊搓揉蜂鳥羽毛簾子，剛好送上來的第二盞燈照亮了珍妮的臉，他清清楚楚看到珍妮驚訝的表情。

「事實上，」范德路登先生接著說話，那隻幾乎沒有血色又戴著莊園主人大圖章戒指的手，輕撫著他的灰色長褲，「事實上，我順道去拜訪她，是為了謝謝她在收到我贈送給她的康乃馨後，捎給我的那封美麗謝卡，另外——不過，當然，這件事我們自己知道就好——對於公爵帶她去參加宴會的事，我給予她一些友善的勸告。我不知道你們是否聽到了……」

亞徹夫人露出寬慰的微笑，「公爵帶她去參加宴會嗎？」

「你們也知道這些英國貴族的作風一向如此。露意莎和我都很喜歡這位表親，但是希望那些已經習慣歐洲宮廷作風的人，去注意我們這個小共和國的規矩，是絕對不可能的。哪兒好玩，公爵就往哪兒去。」范德路登先生停頓片刻，看見沒人接話，又說：「沒錯呢，看來他昨晚帶她去參加勒繆・史卓特斯太太家的宴會了。希勒娟・傑克森剛剛才來告訴我這件荒唐的事，所以露意莎有些擔心。我想最好的辦法是直接去找奧蘭絲卡夫人，向她說明——你們知道，只是暗示而已——我們紐約人對於某些事情的看法。我覺得可以這麼跟她說，也不會顯得太過唐突，因為我們一起用餐的那天晚上，她似乎曾經提到……讓我覺得她會感謝我們教導她的，而她也的確如此。」

范德路登先生以一種表情環顧房間四周，而這種神色如果是出現在庸俗之輩的臉上，可以稱得上是自鳴得意，但這種表情掛在他的臉上，就變成一種溫柔寬厚的善意，亞徹夫人看到了，也只好擺出相同的表情。

「你們夫婦真是好心，親愛的亨利，你們總是如此啊！你為梅和其他親戚所做的一切，紐蘭尤其會特別感謝。」

她用警告的眼神望向兒子，亞徹接著說：「先生，真是感激不盡。我早就知道您一定會喜歡奧蘭絲卡夫人。」

范德路登先生用一種極為溫和的眼神看著他，開口說道：「親愛的紐蘭，我從來不邀請任何自己不喜歡的人到家裡來，我剛才就是這麼跟希勒頓・傑克森說的。」他看了一眼時鐘就站起身來，接著又說：「露意莎應該在等我了。我們今晚要提早用餐，準備帶公爵去歌劇院。」

當門簾在訪客背後莊嚴闔上，亞徹家頓時陷入一片沉寂。

「真是高雅，太浪漫了！」珍妮突然嚷嚷喊道。沒有人知道她從哪裡歸納出這樣的評語，而她的家人也早就不再試著去瞭解她為甚麼會有這般評語。

亞徹夫人搖頭嘆息。「但願最後結果是好的，」她說話的口氣就像是明知最後結果絕非如此。「紐蘭，今天晚上希勒頓・傑克森會過來，你一定要待在家裡等他。我真的不知道該跟他說甚麼。」

「可憐的媽媽！他不會來的。」亞徹笑道，彎下身去吻她，解開她深鎖的眉頭。

約莫兩個星期後，某天紐蘭・亞徹在「萊特布爾、蘭森暨洛歐律師事務所」裡頭，正坐在他的專屬隔間中發呆，他的上司突然要召見他。

老萊特布爾先生是資深法律顧問，深受紐約上層階級三代人信賴。他一臉嚴肅坐在桃花心木桌後面，顯然正為某件事苦惱。他撫摸濃密的白鬍鬚後，再用手梳理糾結在眉毛上凌亂的白髮。而這位散漫的年輕合夥人在心裡想著：他簡直像是一位無法診斷出病人症狀的家庭醫師。

「親愛的先生……」他總是稱呼亞徹為「先生」，「我請你來是為了討論一件小事。不過目前我還不打算告訴史奇沃或雷德伍先生。」他提到的這兩位先生是事務所的資深合夥人。所有紐約城內歷史悠久的法律事務所大致都是如此：印刷在事務所信箋頭上的姓名，都是早已經逝世的合夥人，例如就像這位萊特布爾先生，認真說起來，他算是事務所創辦人的孫子輩。他皺起眉頭，往後靠著椅背坐，接著說：「因為家族因素……」

亞徹抬起頭看他。

「昨天明格家，」萊特布爾先生點著頭、微笑解釋說：「曼森．明格老夫人昨天找我過去，因為她的孫女奧蘭絲卡伯爵夫人想向丈夫提出離婚訴訟。她也已經給我一些相關文件。」他停頓一下，敲著桌子說：「想到你以後跟這個家族的關係，我想應該在採取任何行動之前，先諮詢你的意見，順便跟你商量這件案子。」

亞徹感到一股熱血衝上腦門。自從上次拜訪奧蘭絲卡夫人以來，他只再見過她一次，而且那次是在歌劇院中，明格家的包廂裡。在這段期間，梅．韋蘭已經回到他心中應有的位置，奧蘭絲卡夫人的身影逐漸消逝，不再那麼鮮明、揮之不去。他只聽過珍妮某一次隨口提到她離婚的事情，但他認為這只不過道聽塗說的緋聞，沒有把它當作一回事。理論上來說，他對於離婚這件事，就跟他母親一樣反感，所以他很氣萊特布爾先生（他應該是受到凱瑟琳．明格指使）顯然意圖將他捲入這灘渾水中。畢竟，明格家有許多人都能勝任這項工作，更何況他現在根本還沒結婚，不算是明格家的一份子。

他等這位資深合夥人繼續說下去。

萊特布爾先生打開某個抽屜，拿出一袋文件後說：「你可以看一下這些文件。」

亞徹皺起眉頭，「抱歉，先生，正因為我即將成為他們的親戚，我更希望您跟史奇沃先生、或是雷德伍先生商量這件案子。」

萊特布爾先生看起來很驚訝的樣子，也有略微被冒犯的感覺，畢竟鮮少有年輕合夥人拒絕這類機會。他點點頭，「先生，我尊重你的顧慮。但如果真的要處理這件事，我認為你還是要按照我說的來做這件案子。說實話，這不我提議的，而是曼森．明格老夫人和她公子的要求。我也跟洛弗爾．明格與韋蘭先生談過，他們都指名由你負責這件案子。」

亞徹怒火中燒，最近這兩個星期以來，因為梅的美貌和魅力，他忍受了明格家那些討厭的苛求，有點不由自主順著他們的意思過日子。但是明格老太太的這項吩咐讓他感覺到這家人自認為他們有權強迫未來女婿按照他們的意思辦事，他現在對於扮演這個角色感到非常憤怒。

「我想，應該由她的叔叔們出面處理這件事。」他說。

「他們曾經這麼想過，明格家也討論過這件事，他們全都反對伯爵夫人的想法。但伯爵夫人態度很堅決，她堅持要求聽聽律師的意見。」

這位年輕人默不作聲，他仍然沒有打開手中的文件袋。

「她想再婚嗎？」

「我想有人問過了，但她本人否認這點。」

「那麼……」

「亞徹先生，麻煩你先看看這些文件好嗎？然後我們再來討論這個案子，屆時我會提供我的意見。」

亞徹無奈拿著那些煩人的文件走了出來。自從上次跟奧蘭絲卡夫人會面之後，他一直不知不覺地參加各種社交活動，好讓自己擺脫關於奧蘭絲卡夫人的心事。那次聖奧斯特公爵與勒繆‧史卓特斯太太闖入之後，伯爵夫人愉快接待他們，就已經讓他們在壁爐邊短暫建立起的親密感消失殆盡。兩天後，亞徹從旁協助，讓伯爵夫人重獲范德路登伉儷的歡心；他心酸地告訴自己：當有權勢的老紳士用一束鮮花示好時，一位夫人會知道如何表達感激，根本不需要像他這種無權無勢的年輕人私下安慰或公開維護。這麼一想，反而讓他自己的問題更加簡單，而且還出乎意料地看清楚原本模不清的家庭美德；無論梅遇到任何緊急情況，他都無法想像她會毫無顧忌向陌生男子吐露自己的困難，並隨便依賴他們。隨後的一個星期，他覺得梅比以前更添優雅美麗了，他甚至對於梅延後婚期的要求讓步，因為她找到了使他不再催促結婚的理由。

「瞧，就是這樣，從妳小的時候，妳父母就任由妳去做想做的事。」他爭辯著說，她則用最誠摯的表情篤定回答：「沒錯，所以在父母眼裡我還是小女孩時，我實在很難拒絕他們對我提出的最後一個要求。」

這就是老紐約人的調調，他希望自己的妻子永遠都會說出這種答案。如果一個人已經習慣了呼吸紐約的空氣，有時候呼吸到一點點較不乾淨的空氣，似乎就會覺得自己快要窒息了。

他回到辦公座位後看的那些文件資料，無法讓他獲取太多實際狀況，反而讓他陷入一種窒息又紛亂的情緒。這些資料主要是奧蘭絲卡伯爵夫人的律師與一家法國律師事務所之間往來的信件（伯爵夫人曾委託這間律師事務所，釐清她的財務狀況），另外還有一封伯爵寫給妻子的短信。看完之後，紐蘭·亞徹站起來，把這些文件塞進信封內，再次走進萊特布爾先生的辦公室。

「先生，這些信件先還您。如果您希望我這麼做的話，我會去見奧蘭絲卡夫人。」他壓低聲音說。

「謝謝啊，謝謝，亞徹先生。如果你明天就想拜訪我們這位委託人，今晚有空的話，陪我享用一頓晚餐，餐後我們可以詳細討論這件案子。」

那天下午，紐蘭·亞徹又直接步行回家。那是個夜空清澈的冬季傍晚，一彎皎潔明月剛剛升上屋頂，他想讓靈魂吸滿這純潔的光輝，而在晚餐過後與萊特布爾先生關室密談之前，他不想跟任何人說一句話。不可能有其他更好的辦法了，他必須親自去見奧蘭絲卡夫人，不能讓任何人知曉她的祕密。一波巨大的憐憫心沖走了他的冷漠和厭煩：她像一個暴露在風雨中的可憐人站在他面前，在她抵抗命運狂流、受到更深的傷害前，他必須不惜一切代價去拯救她。

他想起她曾經說過，韋蘭太太要求她別提起自己生命中任何「不愉快」的過往。也許是這樣的心態才顯得紐約如此純淨，一想到這裡，他自己也不禁嚇一跳：「難道我們真的不過是一群偽善者？[1]」他困惑想著，無法瞭解自己竟為了平衡憎恨人類卑劣及同情人性脆弱的這兩種情感，費盡心力。

生平第一次，他感覺到自己信守的原則有多麼不成熟。他曾經是個無畏冒險的年輕人，而且他也知道自己跟那又可憐又傻的索利．拉許沃斯夫人之間，曾發生的私情，還不夠祕密到能讓他感受出一種冒險氛圍。但是拉許沃斯夫人屬於「那種女人」，愚蠢、虛榮又生性喜歡偷偷摸摸，她更著著迷於這件出軌情事的祕密和風險性，遠遠勝過他的魅力與優點。當他漸漸瞭解到這點時，幾乎心碎了，然而現在看來，那件事反而拯救了他。簡單來說，大多數像他這個年紀的年輕人都難免經歷過這種事，事過境遷，並不會有任何良心上的自責，而且絲毫不會動搖這樣的信念：自己愛戀、敬愛的女人跟那些玩樂與憐憫的女人之間，有著天壤之別。從這個角度來看，他們的母親、阿姨及其他年長女性親戚，都跟亞徹夫人的觀念如出一轍，深信「這樣的事情」，發生在男人身上當然是愚蠢的，但對女人而言卻是有罪的。亞徹認識的所有年長女士都認為：任何輕率與人相愛的女人，必定

1 原文為「法利賽人」（Pharisees），古代猶太教的一個派別，《聖經》中稱他們是言行不一的偽善者。

都是寡廉鮮恥、工於心計，只有愚蠢的男人才會牢牢被這樣的女人擄獲。唯一的辦法，就是勸他盡早和一位好女孩步入禮堂，託付她去照顧自己。

亞徹開始猜想，在複雜的老歐洲社會裡，愛情問題可能更不簡單、更不容易分類。富裕、閒逸又複雜的上流社會，這樣的情況一定更多，甚至可能發生：一位天性敏感的獨身女子會受到完全孤立無援的環境逼迫，進而捲入一般傳統不能容忍的關係之中。

一回到家，他就寫了封短信給奧蘭絲卡伯爵夫人，探問她隔天幾點鐘方便見他，派了信差送信過去。她也立刻回信，大致說她隔天一早將出發前往斯庫特克利夫，和范德路登夫婦共度週日時光，不過當天晚餐過後，她會獨自在家。那封回箋寫在一張不怎麼齊整的半張紙上，沒有寫上日期和地址，但筆跡有力且流暢。得知她將在與世隔絕的斯庫特克利夫度過週末，他很高興，但又旋即想到：那個地方最會讓她感到心寒，她將會感受到人們極度避免「不愉快」的冷漠心態。

七點鐘一到，他準時出現在萊特布爾家，很高興自己找到晚餐後立刻脫身的藉口。他閱讀那些文件後，已經整理出自己的看法，所以不太想跟他這位資深合夥人深入討論這件事。萊特布爾先生是位鰥夫，所以他們兩人在掛著泛黃複製畫《查塔姆侯爵之死》、《拿破崙加冕》[2]幽暗寒磣的餐室，慢條斯理享用豐富菜餚。餐具櫃上面，在謝拉頓餐刀盒之間的凹槽[3]之間，擺放著歐布里玻璃酒瓶[4]，另外還有一瓶客戶贈送的蘭寧陳年葡萄酒。那是放蕩子湯姆・蘭寧在舊金山神祕且不名譽地死前一、兩年，清倉出售的酒。不過，那件意外為蘭寧家族所帶來的公開羞辱，還遠不如出售酒窖這件事嚴重。

濃郁可口的牡蠣湯之後，端上來的是鯡魚佐小黃瓜，接著是烤小火雞佐炸玉米餅，然後是烤野鴨佐黑醋栗醬和芹菜美乃茲。萊特布爾先生今天午餐僅吃三明治配茶，晚餐吃得相當享受，還堅持他的客人也該好好吃上一頓。終於，佳餚儀式結束了，收拾餐巾、點燃雪茄，萊特布爾先生往後靠在椅背上，將葡萄甜酒推到一旁後打開言匣子，同時愜意地向背後的煤火舒展背部，「明格整個家族都反對離婚，我認為這個看法很正確。」

2 《查塔姆侯爵之死》是美國畫家約翰・辛格頓・科普利（John Singleton Copley, 1738－1815）的畫作。《拿破崙加冕》是法國畫家傑克－路易・大衛（Jacques-Louis David, 1748－1825）的作品。

3 出十八世紀知名英國傢俱設計師托瑪斯・謝拉頓（Thomas Sheraton, 1751－1806）設計的雅緻刀鞘。

4 知名紅酒歐布里（Haut Brion）產於法國波爾多。

亞徹立刻覺得自己站在抗辯的反方。「可是為甚麼反對呢，先生？如果這個案子真的成立了……」

「唉，成立訴訟案又有甚麼用？她在這裡，他們之間隔了大西洋呢！除非他自願給她錢，否則她絕對拿不走一分一毫，畢竟在他們那份該死的結婚協議書裡，寫得清清楚楚，若是依照那邊的規定走，奧蘭絲卡處理的方式顯然夠慷慨了，他根本可以分文不給就攆她走。」

這位年輕人也明白這個情形，因此沉默不語。

「但是我知道，」萊特布爾先生繼續說，「她根本不在乎錢。因此，誠如他們家族所說的，為甚麼不順其自然就好？」

晚餐之前的一個小時，亞徹原本完全同意萊特布爾先生的意見，但從這位自私冷漠、酒足飯飽的老人口中，一字一句說出這些話來，突然變成上流社會全力阻擋「不愉快」事情發生的偽善聲音。

「我想離婚這件事應該由她自己決定。」

「嗯，如果她決定離婚，你可曾考慮到後果？」

「您是指他丈夫的那封威脅信嗎？那有甚麼呢，不過只是一個發狂惡棍的含糊指控。」

「這話固然不錯，但如果他真的出庭抗辯，可能會造成一些不愉快的口實。」

「不愉快的……！」亞徹氣急敗壞地吼叫。

萊特布爾先生詫異地挑起眉毛注視他，而這位年輕人明白，即使向他解釋自己的想法也是徒勞無功，於是當他的老夥伴繼續說話時，他也只是默默點著頭，「離婚總歸是件不愉快的事。」

「你同意嗎？」萊特布爾先先沉默片刻後，再次問道。

「當然。」亞徹說。

「那麼，這件事就交給你辦了。明格家也要仰仗你，用你的影響力去打消伯爵夫人離婚的念頭。」

亞徹猶豫著，最後說：「我在見奧蘭絲卡伯爵夫人以前，不能保證任何事情。」

「亞徹先生，我不明白你在想甚麼。你真的願意跟一個延宕離婚訴訟醜聞的家族結合嗎？」

「呃，我不認為自己的事跟這件案子有關。」

萊特布爾先生放下酒杯，審慎又憂慮的目光注視眼前這位年輕人。

亞徹明白自己正冒著被收回任務的風險，而不知道為甚麼，他並不希望是這樣的結果。既然這項工作已經落到他身上，他不想就此放棄。為了避免萊特布爾先生收回成命，他覺得自己必須讓這位思想守舊的明格家法律顧問的老人放下心來。

「先生，您可以放心，在向您提出報告以前，我不會進行任何處置。我剛才的意思是說，在還沒聽到奧蘭絲卡夫人的想法之前，我不想事先發表任何意見。」

萊特布爾先生對這種過於謹慎的紐約優良傳統，讚許地點點頭。亞徹瞄了一眼手錶，藉口說自己還有約，便起身告辭。

12

紐約人的傳統習慣在七點鐘用餐，並在餐後進行拜訪，雖然受到亞徹這類人的嘲笑，這樣的習慣仍然相當風行。紐蘭從沃佛利廣場漫步到第五大道的時候，長長的街道上冷寂得空無一人，只有幾輛馬車停駛在瑞吉．奇弗斯家門口（奇弗斯家正在為公爵舉辦一場晚宴），偶爾會出現一位穿著厚重大衣、戴著手套的老紳士走上褐色石階，消失在點煤氣燈的門廊內。所以當亞徹穿過華盛頓廣場時，注意到杜拉克老先生正要去拜訪表親達戈列夫婦，轉過西十街的街角時，又看到他法律事務所的同事史奇沃先生，他顯然是要去拜訪蘭寧小姐。再往第五大道上步行一小段路，他看見貝爾福先生出現在自家門階前，火光照亮出一道黑暗身影，正走進私家的馬車，駛向一個神祕約莫也不宜道出的地方。這天晚上不是歌劇夜，也沒人舉辦宴會，因此貝爾福外出明顯帶點詭譎。亞徹在心裡聯想到一個畫面，貝爾福的身影與萊辛頓大道遠端的一幢小房子聯結在一起，那座方子最近才剛添置了緞飾窗簾和花盆，經常出現芬妮．琳的淡黃色馬車在它新上漆的門前等待。

在亞徹夫人小圈子內精巧滑溜的小金字塔外，有個幾乎不曾被標示出來的區塊，裡面住著一群藝術家、音樂家和「從事寫作的人」。這些游離飄盪的人們始終無意融入社會結構。儘管大家說他們的生活方式怪異，但大部分都還頗受人尊敬，只是他們比較喜歡保持自己的生活方式。在梅朵拉・曼森最活躍的時期，曾創立過「文學沙龍」，只是不久便因為文學家不願出席，最後無疾而終。

其他人也做過同樣的嘗試，曾有一戶姓布蘭克的家庭，成員包括個性積極又健談的母親、三個緊接著步其後塵的邋遢女兒。在他們家可看到資深演員艾德溫・布斯、帕蒂及劇評家威廉・溫特，以及幾位新出道的莎士比亞戲劇演員，像是喬治・瑞格諾德，以及一些雜誌編輯、音樂家與文學評論家。

亞徹夫人和她圈子裡的那群親友，對於這些文化人士懷有某種程度的恐懼感。他們既怪異又捉摸不定，而在這些人的生活和思想背景中有些不為人知的內涵。亞徹家向來極為看重文學和藝術。亞徹夫人也總是不厭其煩告訴子女：從前有華盛頓・歐文[1]、費茲格

1　華盛頓・歐文（Washington Irving, 1783－1859），美國短篇小說家，電影《斷頭臺》改編自其《沉睡谷傳奇》（*The Legend of Sleepy Hollow*）。

林‧哈勒克與〈犯罪的仙女〉[2]詩人，當時的社交界是多麼文雅得體。那時代的知名作家幾乎個個都是「紳士」，或許那些繼承他們事業的無名之輩也具備紳士風範，只是他們的出身、儀表、髮型，以及他們與舞臺和歌劇院的密切程度，都無法達到老紐約的標準。「我年輕的時候，」亞徹夫人經常這麼說：「我們清楚知道住在貝特利街和運河街一帶的每個人，而且只有我們認識的人才有馬車。那個時候實在很容易判斷出每個人的身分。現在可難說了，我連試試看都不願意。」

唯獨老凱瑟琳‧明格太太沒有道德上的偏見，她對於那些微小的差異幾乎毫不在意，所以可以跨越鴻溝；但她從未翻開過一本書或欣賞一幅畫，喜歡音樂純粹是因為可以讓她回憶起義大利的歡樂夜晚、她在杜樂麗宮的風光歲月。此外，也只有跟她一樣膽大無畏的貝爾福，可能促成某種程度的社會融合，但是他的豪宅和那些穿著絲襪的男僕是非正式社交的一大障礙。再者，他跟明格老夫人一樣是個文盲，還認為那些「寫作的傢伙」只是富豪僱來提供娛樂的一幫閒人罷了，而且沒有任何比他富裕的人質疑過這項看法。

---

2 〈犯罪的仙女〉（*The Culprit Fay*）美國浪漫詩人羅曼德瑞克（Joseph Rodman Drake, 1795－1820）的詩作。

自從紐蘭・亞徹懂事以來，就察覺到這些事情，並且視之為生活宇宙的一部分。他知道某些上流社會之士，對於畫家、詩人、小說家、科學家甚至於偉大的演員，趨之若鶩，就像他們追隨公爵一樣。他過去常想像自己置身於一個客廳，裡面的人熱絡談論著法梅里美（《致無名氏的信》是他愛不釋手的作品之一）、薩克萊、白朗寧或莫里斯[3]，但這樣的事情不可能發生在紐約，也無法想像。亞徹認識大部分所謂「寫作的傢伙」、音樂家和畫家。他在「世紀俱樂部」或一些新興的小音樂及戲劇俱樂部裡，跟他們碰面。他喜歡在那裡跟他們歡聚，可是在布蘭克家見到他們卻很無趣，因為他們在那裡總是跟熱情又俗豔的女人廝混，這些女人慣於裝出一副感興趣的樣子，像被捕獵的野獸般遊走在他們身旁。此外，即使他和奈德・溫瑟興高采烈的談話結束後，離開時也常會覺得他的世界很狹隘，不過他們的世界何嘗又不是如此？想讓任何一方的世界變得更廣闊，就是要促使雙方自然融合在一起。

3　梅里美（Prosper Méerimée）為法國現實主義作家，代表作為《卡門》（*Carmen*）；白朗寧（Robert Browning, 1812－1889）為英國詩人及劇作家；莫里斯（William Morris, 1834－1896），是英國小說家及詩人，也是知名傢俱、壁紙式樣的設計家。

他之所以想到這個，是因為他試圖描繪奧蘭絲卡伯爵夫人曾生活、忍受的那個社會——或許她也嘗過的神祕歡愉的社會。他記得她曾經樂不可支地提到，明格老夫人和韋蘭夫婦反對她住在「搞寫作的傢伙」寄居的「波希米亞」區域。她的家人不是討厭那兒的危險，而是那一區域的貧窮。但她沒有察覺這一點，誤以為他們覺得文學會損壞名聲。

她本人倒毫不顧慮這些，散放在她客廳中的書籍（一般認為客廳不是擺放書的地方），雖然主要是小說，不過像保羅．波傑、修斯曼和龔古爾兄弟等新作家的名字，都讓亞徹很感興趣。他一面沉思，一面走近她家大門，再度意識到她用某種奇特方式顛覆了他的價值觀，並想到自己若想幫忙解決她目前的困境，就必須讓自己進入一種情境，將會迥異於過往自己所熟知的一切。

娜塔莎前來應門，露出神祕微笑。走廊的長凳上放了一件貂皮內襯的大衣，上面擺一頂襯裡繡有金色「J．B．」字樣的深色絲質歌劇帽，以及一條白色絲質圍巾。這些昂貴行頭肯定屬於朱利斯．貝爾福的私人物品。

亞徹非常氣惱，差點就要在名片上潦草寫幾個字便一走了之，但接著想到自己在寫給奧蘭絲卡夫人的信箋中，基於謹慎，沒有說明希望私下見她，因此如果她敞開大門接待其他訪客，也只能責怪他自己。於是他昂首闊步地走進客廳，堅心想讓貝爾福覺得自己礙事，進而把對方攆走。

這位銀行家正倚靠在壁爐前，爐架邊緣上披掛一條古老的刺繡品，上面壓著兩根插著教堂黃蠟燭的銅製枝狀燭臺。他挺著胸膛，才能支撐倚靠在壁爐上的肩膀，身體的重心放在一隻穿著黑漆皮鞋的大腳上。亞徹進屋的時候，銀行家正低頭微笑看著女主人，而她坐在與煙囪成直角的沙發上，沙發後面有一張擺放鮮花的桌几，宛如一面屏風。亞徹認出那些蘭花和杜鵑花來自貝爾福家的溫室。奧蘭絲卡夫人半倚半坐著，一隻手托著腮，穿著寬袖的手臂一直露到整個手肘。

女士在晚間接待客人時，通常會穿著所謂的「簡易晚禮服」，那是種鯨魚骨色的緊身絲質禮服，領口微微敞開，邊緣飾以蕾絲褶邊，緊口的荷葉衣袖下剛好只露出手腕上的黃金手鐲或絲絨帶。但是奧蘭絲卡夫人一向無視於這種傳統，穿著一件紅絲絨長袍，從上而下鑲飾一條黑色光澤的裘毛。亞徹想起最後一次造訪巴黎時，看到一位新畫家卡羅勒斯·杜蘭繪畫的肖像畫，那幅作品在沙龍畫展引起轟動，畫中女子便穿著這種大膽貼身的長袍，下巴簇擁著柔軟皮毛。夜晚在溫暖的客廳裡穿著皮裘、頸部包得密密實實，再加上裸露的手臂，如此打扮給人一種邪惡的叛逆與挑逗感，但引起的效果卻令人著迷愉悅。

「哎呀，太好了，在斯庫特克利夫整整待上三天！」當亞徹進屋時，貝爾福正用他嘲笑的口吻大聲說：「妳最好帶上所有皮毛大衣和熱水瓶。」

「為甚麼呢?那棟屋子很冷嗎?」她問,同時向亞徹伸出左手,那神祕的樣子彷彿期待他親吻這隻手。

「房子不冷,是那位女主人很冷啊。」貝爾福說,漫不經心地向亞徹點點頭。

「但我覺得她很親切,她還親自來邀請我。奶奶說我當然一定要去。」

「妳奶奶當然會這麼說。但是我敢說,如果妳錯過下週日我在德蒙尼可家為妳籌備的生蠔大餐,那就太可惜了。坎班尼尼、斯卡吉以及許多風趣的人都會出席。」

她疑惑地看一眼銀行家,又看看亞徹。

「啊,真讓人心動!除了在史卓特斯太太家的那天晚上,我回到這裡後,還沒有見到一位藝術家呢。」

「妳想見甚麼樣的藝術家?我認識一、兩位畫家,都是很好的人。如果妳願意,我可以帶他們來見妳。」亞徹大膽地說。

「畫家?紐約有畫家嗎?」貝爾福問,那種口氣似乎在說:既然他沒買過那些「畫家」的作品,那些人就稱不上是畫家。

奧蘭絲卡夫人帶著莊重的微笑向亞徹說:「那真的是太好了。但我所說的是戲劇家、歌手、演員和音樂家。我丈夫的屋裡常擠滿這樣的人。」

當她說「我丈夫」這幾個字時,語調似乎沒有甚麼不悅的情緒,而且口吻幾乎就像是感嘆她失去的快樂婚姻生活。亞徹困惑地看著她，不知她是由於輕鬆或是故作鎮靜，而在她拿自身名譽冒險、想與過去決絕的當下，還能如此輕描淡寫地提及她的婚姻。

「我真的認為，」她看著兩位男士繼續說：「出乎意料外的事情最有趣。每天見同樣的一群人，或許是個錯誤。」

「總之就是乏味至極，紐約實在太沉悶了，都快悶死人了。」貝爾福抱怨說，「當我想幫妳解悶的時候，妳卻要離我而去。再好好想想吧！週日是妳最後的機會，因為坎帕尼尼下個星期便要去巴爾的摩和費城了，我在那裡有間私人包廂，還有一架史坦威鋼琴，他們會為我演唱一整個晚上。」

「真是太有趣了！讓我再好好想想，明天早上回覆你好嗎？」

她親切說著，聲音中卻帶有一絲逐客意味。貝爾福顯然感覺到了，但因為不習慣被下逐客令，而兀自站在那兒盯著她看，雙眼之間都瞪出一道固執的皺紋了。

「為甚麼不現在就決定呢？」

「現在天色已晚，不適合決定這麼重要的問題。」

「妳說現在時間太晚了嗎？」

她冷冷地回看他一眼，「對，因為我還得跟亞徹先生談些正事。」

「哦！」貝爾福應了一聲，忍住怒氣。她的口氣毫無商量的意思，於是他聳聳肩，恢復鎮定，托起她的手，用一種老練的方式親吻了一下，接著就轉身走了，又從門口喊說：「對了，紐蘭，如果你能說服伯爵夫人留在城裡，也歡迎你一道過來享用晚餐。」隨後踏著沉重的腳步離開。

亞徹原先以為萊特布爾先生已經知會她今晚自己會來拜訪，但是她接下來說了一句毫不相干的話，他覺得她事先並不知情。

「那麼，你認識一些畫家囉？你熟悉他們的生活圈嗎？」她問，眼神興致勃勃。

「噢，不算是。我不認為這兒的藝術家自成一個圈子，他們比較像是散居各地的邊緣人。」

「但是你喜歡這方面的活動？」

「非常喜歡。我每次去巴黎或倫敦時，都不會錯過任何展覽，總是盡力去瞭解。」

她低頭看長袍裙擺下露出的緞質靴尖，回說：「我也曾經非常喜愛，生活中充滿這些活動，但現在我想盡量迴避。」

「妳想盡量迴避這些活動？」

「沒錯。我想拋棄往日的生活，變得跟這裡的人一樣。」

亞徹臉色一紅，說：「妳永遠也不會跟這裡的每個人一樣。」

她微微揚起端正的眉毛，「啊，別這麼說，你不知道我多麼討厭跟別人不一樣！」

她的臉龐變得跟悲劇面具一樣憂鬱，身子向前傾，纖細的雙手緊抱著膝蓋，目光從他身上轉向昏暗的遠方。

「我真想完全擺脫過去的一切。」她堅定地說。

他停頓了片刻，清清喉嚨後才說：「我知道，萊特布爾先生已經告訴我了。」

「哦，是嗎？」

「我就是為了這件事來的。他要我……呃，妳也知道我在那間事務所工作。」

她似乎有點驚訝，然後眼睛亮了起來，「你的意思是說，你會幫我辦這件事？我可以直接跟你談，而不是和萊特布爾先生？噢，那就輕鬆多了！」

她說話的語調感動了他，自信心也隨之增加了。他現在明白，她跟貝爾福說要與自己談正事，只是為了打發走對方而已，攆走貝爾福可算是一項勝利。

「我來就是為了談這件事。」他再次重複來意。

她默默坐在那兒，擱在沙發背上的手臂依然托著頭，臉色看來略微蒼白黯淡，彷彿被那件豔紅色衣服掩蓋了光芒。亞徹突然覺得她是個悲哀、甚至可憐的人。

「現在該是面對殘酷現實的時刻了。」他心想，同時察覺到自己也有股「本能的畏縮情緒」，他時常用這個詞彙批評他母親及她那一輩的人，他此刻才瞭解到自己多麼缺乏處理特殊情況的經驗！他實在不知道該說些甚麼話，那些陌生的詞彙看似屬於小說和舞臺上。面對即將發生的情況，他覺得自己就像小男孩一樣笨扭又尷尬。

停頓了片刻，奧蘭絲卡夫人倏忽打破沉默，激昂地喊道：「我想要自由，我想擺脫過去的一切！」

「這個我瞭解。」他回應。

她的表情轉為熱切喜悅：「那麼你願意幫我囉？」

「首先……」他遲疑說，「也許我應該先多瞭解這個案子。」

她看來頗為驚訝，「你知道我丈夫的情況——我跟他在一起生活的情況吧？」

他做出表示瞭解的手勢。

「嗯，那麼……你還需要知道甚麼呢？這個國家能容忍這樣的事情嗎？我是新教徒，我們的教會在這個情況下，並不禁止離婚。」

「的確是不會禁止。」

他們又陷入沉默不語。亞徹覺得奧蘭絲卡伯爵那封信像極了鬼魂，在他們之間可怕獰笑。那封信只有半頁長，內容如同他對萊特布爾先生敘述的那樣，是一個憤怒惡棍的無謂指控。但這指控背後存在多少真實？也只有奧蘭絲卡伯爵的妻子清楚。

「我已看過妳拿給萊特布爾先生的文件。」最後他開口說。

「嗯，你認為還有比那更糟糕的事嗎？」

「沒有。」

她稍微移動一下姿勢，抬起手遮住雙眼。

「妳應該明白，」亞徹繼續說：「如果妳丈夫決定打這場官司——就如他所威脅的……」

「怎麼樣呢？」

「他可能會說出一些、一些不體面……可能會惹妳生氣的事。如果他公開說這些話，散布謠言，會傷害到妳，即使……」

「即使怎麼樣呢？」

「我的意思是……不論那些話多麼無憑無據，都會傷害到妳。」

她沉默了好久，久到他不想一直盯著她用一隻手遮住的臉，所以有時間注視她另一隻放在膝蓋上的手、那隻手的形狀、戴在無名指及小指上的三枚戒指的每個細節，全都精確刻印在腦海中。他注意到她沒戴結婚戒指。

「即使他將事情公諸於世，在這裡，那種指控又會對我造成甚麼樣的傷害？」

他差點脫口而出：「我可憐的孩子，在這裡，那樣的傷害比任何地方都還要嚴重！」但是，他的回答聽起來很像是萊特布爾先生的語調：「跟妳以前生活的圈子相比，紐約上流社會是個相當狹小的世界。即使表面上看不出來，事實上它是被少數一群……思想非常守舊的人所統治的世界。」

她沉默無語，於是他繼續說：「我們對婚姻和離婚的看法尤其保守。我們的法律贊成離婚，但我們的社會傳統卻不贊同。」

「絕對不會？」

「嗯，哪怕那個女人受到怎麼樣的傷害、多麼純潔無辜，只要外界對她有一點點不利的批評，或她本身做出任何不按照傳統行事的舉動，就會遭人非議……」

她的頭垂得更低了。他再次開始等待，盼望見到她爆發出一絲憤怒，或者至少抗議的叫喊。但甚麼也沒有。

一只小型的旅行鐘在她手肘邊低沉地滴答走著，火爐裡一根木柴燒裂成兩半，迸出一陣火花。整個籠罩在寂靜中的房間，似乎都陪著亞徹一起默默等待。

「沒錯，」她終於低聲說，「我的家人就是這麼告訴我的。」

他皺皺眉：「這很合乎情理……」

「我們的家人，」她修正自己的話，亞徹臉紅了起來。「因為你也即將成為我的表親了。」她輕聲添加了這句話。

「我希望如此。」

「那麼你也認同他們的看法嗎？」

聽到這句話，他站了起來，在房間裡踱步，茫然的眼神盯著掛在舊紅錦緞上的一幅畫，然後猶豫不決地走回她身邊。他怎麼能說出下面這句話：「沒錯，萬一妳丈夫的指控是事實，或者萬一妳無法反駁？」

「請說實話！」正當他要開口說話時，她插嘴說道。

他低頭注視壁爐的火焰，「那就說實話吧……妳從這場官司能夠得到甚麼，才可以彌補你可能……必定會……在官司中承受到的各種流言傷害？」

「但我的自由……難道這不重要嗎？」

就在那一剎那，他腦中掠過一個念頭：她丈夫那封信中的指控句句屬實，她想嫁給那個幫助她逃走的人。他該怎麼告訴她，如果她真有這個打算，國家法律絕對不會容許，僅僅懷疑她心中藏有這種意圖，就使他心生刻薄的反感。他回答：「但是妳現在已經很自由了，誰能干涉妳的生活呢？萊特布爾先生跟我說你們之間的財務問題已經解決了。」

「嗯，沒錯。」她冷淡回應。

「呃，那麼，這值得妳冒著風險，承受可能招致輿論和痛苦的後果嗎？想想報紙有多麼惡毒！全都是一些愚蠢、狹隘不公正的報導。這是誰也無法改變的社會。」

「你說的都對。」她勉強同意。說話語氣如此虛弱又絕望淒涼，以致於突然間他開始後悔說了那些冷酷的話。

「在這樣的情況下，個人幾乎難免被集體利益犧牲，畢竟大家總是墨守成規，才能維繫家族、保護孩子，如果有子女的話……」他繼續無邊無際的說下去，吐露出所有湧到他嘴邊的陳腔濫調，竭力想掩飾她的沉默所揭露的醜惡事實。既然她不肯、說不出任何可以澄清事實的證據，那麼他希望伯爵夫人不會覺得自己在挖掘她的祕密。依照老紐約人的保守作法，倘若無法治癒即將揭開的傷疤，那還不如讓它停留在表面結痂。

「妳也知道，我的職責是……」他接著說下去，「幫助妳從那些最愛妳的人的角度，去看清楚這些事情。明格家、韋蘭家、范德路登家，以及妳所有的親友。如果我不誠實說明他們對這些問題的看法，那就是我的失職了，不是嗎？」他繼續拚命固執地說，為了儘快打破這窒息的沉默，他幾乎像是在懇求她了。

她緩緩說道：「沒錯，的確不應該如此。」

爐火漸漸熄滅，轉成灰燼，一盞燭燈高調發出嗞嗞聲響，彷彿想引人注目。奧蘭絲卡夫人站起來，捻熄燭芯，又回到爐火前，但沒有坐回原本的椅子。

她繼續站著，似乎暗示他們已經無話可說，於是亞徹也站了起來。

「好吧，我會按照你的意思去做。」她突然開口說話，一股奔騰的血液湧上他的腦門，她竟然頃刻間就屈服了，讓他驚訝不已，笨拙地握住她的雙手。

「我……我真的很想幫妳。」他說。

「你的確幫了我。晚安，我的表弟。」

他欠身親吻她毫無生氣的冰冷雙手。她抽回雙手，他也踏步走向大門，在門廊昏黃的燈光下找到外套和帽子，然後走進了冬夜，想到剛才無法言喻的思緒，心中滔滔湧出遲來的話語。

13

華拉克劇院今夜高朋滿座。

上演的劇碼是《流浪漢》。由迪昂・波西考特[1]飾演主角，哈利・蒙塔格和艾達・黛絲飾演一對戀人。當時這個受人讚賞的英國劇團正值鼎盛時期，因此《流浪漢》這齣戲每次上演總是座無虛席。劇院樓上的觀眾熱情不減，正廳前排座位及包廂的觀眾對於陳腔濫調的情感、譁眾取寵的劇情，總不吝報以微笑，他們跟樓上的觀眾一樣喜愛這齣戲。

其中有一幕戲尤其緊抓住全場觀眾的目光，那一幕是哈利・蒙塔格和黛絲分手的時刻，傷心欲絕的哈利只能說出幾個字，他依依不捨地向她道別，然後轉身離去。女演員站在壁爐邊，低頭凝視爐火，她身穿毫無時髦裝飾與鑲邊的灰色喀什米爾羊毛裙，緊貼她修

1 迪昂・波西考特（Dion Boucicault, 1820－1890）是位通俗音樂劇作家，他創作的《流浪漢》（*The Shaughram*）在一八七四年首演後，就成為紐約當時最受歡迎的歌劇之一。

長的身材，裙襬流洩在她腳邊；她頸間繫著細細的黑絲絨緞帶，緞帶兩端飄垂在背後。

當她的情人轉身離去時，她的雙臂撐靠在壁爐架上，整張臉埋在手心裡。他走到門口時停下來，回頭看她一眼，又悄悄走回來，拾起她絲絨緞帶的末梢親吻了一下，然後悄然離去了。她完全沒有聽到他的動靜，也沒有改變姿勢。這場戲便在這寂然的別離中落幕。

紐蘭．亞徹總是為了這場戲觀看《流浪漢》。他認為，相較於他在巴黎看到的克羅賽和布列桑，或倫敦的梅傑．羅伯森和坎達爾這兩組情侶，蒙塔格和黛絲離別的這場戲毫不遜色。這場戲靜默無聲的哀傷，比其他知名戲劇的對白更加令他動容。

這天晚上，不知為何，那幕戲令他感受深刻，他想起自己——一個星期前或十天前，他與奧蘭絲卡夫人傾談後的別離情景。

其實要在這兩個情景中找出相似之處，就像要從這兩組演員的外貌中找出共同特徵一樣。無論如何，紐蘭．亞徹也不能裝扮出那位年輕英國演員的風流倜儻，而黛絲小姐是位高䠷的紅髮女子，她那張蒼白而又醜得可愛的臉龐，更是與愛倫．奧蘭絲卡活力洋溢的臉孔完全不相像。再說，亞徹和奧蘭絲卡夫人也不是在心碎沉默中分離的戀人，他們是委託人和律師的關係，在傾談以後，在律師覺得客戶的案情非常棘手的情況下分手。那麼，他們之間跟那齣戲到底有何相似之處？使這位年輕人因回想起來會如此怦然心動呢？也許奧蘭絲卡夫人與生俱來一股神祕力量，令人聯想到不同凡響的悲劇和動人情愫。她幾乎沒說過任何會引起他產生這種感覺的話語，但這就是她靈魂的一部分，可能來自於她那神祕的異國背景，或者由於她與生俱來的戲劇性、熱情、與眾不同的特質。亞徹總認為，相較於人類天生對於命運逆來順受，際遇與環境只能有微乎其微的影響。這種想法其實是從奧蘭絲卡夫人身上開始感受到。他認為這位沉靜到近似消極的年輕女子，無論如何費盡心思去迴避禍殃，該發生的不幸事件終究會發生。有趣的是她往昔那種充滿濃厚戲劇氛圍的生活，反而隱藏她本身挑起戲劇性的特質；正是這種淡然處之的奇異態度，讓他覺得這位女子曾經從命運漩渦中匍匐出來——她如今坦然面對的事情，足以說明她曾經奮力抵抗的經歷。

亞徹離開她家的時候，深信奧蘭絲卡伯爵的指控不是全然毫無根據。過去那位曾經以「祕書」身分出現在他妻子生活中的神祕人物，幫助她逃亡之後，可能得到了報償。她所逃離的生活是無法忍受的、難以啟齒、令人無法置信；當時她還很年輕，既害怕又絕望，所以她感激那位拯救她的人，難道不是理所當然？遺憾的是，就法律和世人的眼光來看，她的感謝之情跌入罪惡深淵，她變得跟她丈夫一樣惡劣。基於職責使然，亞徹已經讓她明白這個情形，也讓她瞭解，她全心全意相信紐約社會善良又寬宏慈悲，但事實上紐約是一個永遠無法給她一絲絲寬容的地方。

在她眼前殘酷地攤開這個事實，並眼睜睜看她認命接受，簡直是難以忍受的痛苦。他覺得自己有股隱晦不明的嫉妒和憐憫，深受她吸引，彷彿她默認自己的錯誤後，就落入他的保護範圍內，這麼做似乎貶低她的處境，卻又讓人憐憫她。他很高興她向自己吐露祕密，而不是面對萊特布爾先生的冷酷盤問，或者是面對家人的尷尬目光。隨後他立刻去傳遞訊息，向他們雙方保證伯爵夫人已經放棄離婚的念頭，因為她已明瞭這項法律訴訟徒勞無益。他們如釋重負，不想再談論那些可能會帶來「不愉快」的事件。

「我就知道紐蘭會辦妥這件事。」韋蘭太太驕傲地誇獎未來的女婿。而召他來密談的明格老夫人，也稱讚他的機敏伶俐，接著又氣惱加了一句：「那個傻女孩，我親自告訴過她那有多胡鬧。當她有幸結婚、成為伯爵夫人時，卻想當回老姑婆愛倫・明格！」

這些事情更加使亞徹覺得：他與奧蘭絲卡夫人最一次談話的回憶歷歷在目。因此當帷幕落在兩位演員別離的場景時，他的眼眶盈滿淚水，於是起身準備離開戲院。

恰巧在此時，他轉身面向劇院的另一側，看見他心裡念念不忘的那位女士正跟貝爾福夫婦、勞倫斯・萊弗茲以及另外幾位男士坐在包廂裡。自從那天夜晚之後，他就未曾與她單獨交談過，也盡量迴避她。如今，他們的目光相遇了，貝爾福太太也看到他了，緩緩做出她那慵懶的寒暄手勢邀請他過去，看來他非得進那個包廂不可。

貝爾福和萊弗茲騰出座位給他，由於貝爾福太太一向喜歡保持優美的神態，不願多說話，亞徹與她寒暄幾句後，便坐在奧蘭絲卡夫人後方。包廂中，希勒頓・傑克森正低聲跟貝爾福太太說話，向她描述上週日勒繆．史卓特斯太太舉辦的宴會（據說宴會中還有人跳舞），貝爾福太太帶著她完美的微笑聆聽這段詳盡的描述，她側著頭的角度剛好讓前排座位的人看到她的側面，奧蘭絲卡夫人則轉過身來輕聲細語。

「你覺得，」她問，朝向舞臺瞄了一眼，「他明天早上會送給她一束黃玫瑰嗎？」

亞徹心驚膽跳聽著，臉色頓時漲紅。他只拜訪過奧蘭絲卡夫人兩次，每次都會送給她一盒黃玫瑰，都未曾附上名片。她先前從未提過這些玫瑰花的事，所以他猜想她不會知道送花的主人。現在，她突然知道禮物是自己送的，並且把這件事與舞臺上依依不捨的離別情景聯結在一起，讓他充滿激動的雀躍之情。

「我剛剛也這麼想。我正打算帶著這一幕畫面的記憶，離開歌劇院呢。」

她的臉頰竟然泛起紅暈，亞徹感到非常驚訝。奧蘭絲卡夫人低頭看戴著緞面手套，她手上拿著珍珠貝小歌劇院望遠鏡，沉默片刻後，她問：「梅不在的時候，你都做些甚麼呢？」

「我專心工作。」他回答，但聽到這個問題略有不悅。

由於韋蘭先生容易感染支氣管炎，韋蘭一家人長期以來習慣驅車前往聖奧古斯丁[2]度過冬季，他們一週以前就已經離開了。韋蘭先生是位溫和寡言的人，凡事沒有甚麼意見，卻立下許多習慣，而且任誰也無法改變這些習慣；例如，他要求妻子和女兒每年都要陪他去南方，維持家庭歡樂美滿是他心靈平靜的寄託。此外，如果韋蘭太太不在他身邊，他就不知道梳子在哪兒、該如何在信封上貼郵票。

他們一家人相親相愛，而且韋蘭先生是家人最崇拜的人，所以他妻子和梅從未想過讓他單獨去聖奧古斯丁度假。他的兩個兒子都是律師，冬季無法離開紐約，所以都在復活節的時候去看他，再跟隨他一起回紐約。

梅是否該應陪同父親到南方度假這件事，亞徹根本不可能有討論的餘地。明格家的家庭醫生的盛名也來自於韋蘭先生從未罹患肺炎。因此，對於前往聖奧古斯丁度假這件事，根本毫無轉圜的餘地。原本，他們想等梅從佛羅里達回來後，再宣布訂婚的消息，但提早宣布，仍然不能指望韋蘭先生會改變度假計畫。亞徹本來也想跟他們一起去旅行，陪未婚妻享受幾個星期的陽光和海洋，但他也受到傳統習俗的束縛；他的工作職責雖然不繁重，

2　聖奧古斯丁（St. Augustine）位於佛羅里達東北角。

但倘若他提出想在嚴冬時請假，整個明格家都會認為他是個輕浮的人。所以他只好無奈接受梅離開紐約，也體會到這類將就的情況將是他日後婚姻生活的主調。

他察覺到奧蘭絲卡夫人正瞇眼看著他，「我照你說的意思做了、照你的建議行事。」她忽然開口說。

「啊……我很高興。」他回答，因為她突然提到這個話題，略微感到尷尬。

「我瞭解你是對的，」她的口氣顯得些急促，仍繼續說：「但是有時候生活很艱難……很糾結……」

「我知道。」

「我那時想跟你說，我真心認為你是正確的，而且也很感激你。」她說完後，迅速舉起她的歌劇望遠鏡，包廂的門此時開啟了，貝爾福洪亮的聲音傳了進來。

亞徹站了起來，離開包廂和歌劇院。

他前一天剛收到梅．韋蘭的信。她一貫真誠地請他在全家人不在紐約時，「善待愛倫」。她在信中說：

她很喜歡你也欽佩你。雖然她不明說，但你知道她依然很寂寞、很不快樂。我覺得祖母和洛弗爾．明格叔叔都不瞭解她。他們以為她非常世故和喜歡社交，但事實上並非如此。雖然家人不會承認，我瞭解紐約對她而言必然是單調乏味的。她習於許多我們所沒有的事情，如美妙的音樂、畫展、名流——藝術家、作家、以及所有你欣賞的聰明人。祖母不明白除了晚宴和衣服以外她還會想要些甚麼，但我知道在紐約你幾乎是唯一可以和她談論她真正喜歡的事情的人。

他聰明的梅——這封信讓自己更愛她啊！但他無意真的照信中說的去做。他太忙了，而且身為一個已經訂婚的男人，他不想引人注目、去扮演奧蘭絲卡夫人的護花使者。他認為她比聰慧的梅想像中，更懂得照顧自己。貝爾福就臣服在她腳下、范德路登先生像個守護神般圍著她轉，此外還有許多候選人（尤其是勞倫斯・萊弗茲）隨侍在旁，在不遠處等待著接近她的機會。但是他每次見到她或與她談一兩句話都能感受到梅所說的，都覺得梅的直率之言簡直像未卜先知。愛倫的確是又寂寞又憂傷。

14

亞徹走到劇院門口時，巧遇朋友奈德・溫瑟。這個人恰巧是珍妮口中的「聰明人」，也是聰明人當中他唯一想深入討論一些事情的對象；他們交談的話題至少比俱樂部及餐館那些戲謔之言更有深度。

他剛才在劇院中看到溫瑟駝背的寒酸背景，也留意到溫瑟注視著貝爾福的包廂。這兩位男士握手寒暄以後，溫瑟提議到轉角的德國小餐館喝一杯。亞徹對於他們可能會閒談的事情興致缺缺，於是藉口必須回家處理事情，婉拒邀約。溫瑟也說：「哦，我也是，今晚我也想當個『勤奮的學徒』[1]呢！。」

他們一起併肩向前走，不久後溫瑟說：「聽著，我真正關心的是你們高級包廂中那位黑髮夫人的芳名……她跟貝爾福夫婦在一起是嗎？你的朋友萊弗茲很迷戀的那位。」

1　英國藝術家侯加斯（William Hogarth, 1697－1764）蝕刻畫中的角色。

亞徹聽到這句話後竟有些生氣，自己也不明白為甚麼。奈德・溫瑟到底為何要問愛倫・奧蘭絲卡的名字？而且，他為甚麼要將她和萊弗茲的名字相提並論？溫瑟平常不會對這種事情表露興趣，亞徹隨即想起溫瑟畢竟是名新聞記者。

「我希望，這不是為了要採訪吧？」他笑著說。

「哦，不是為了報導，純粹是我自己想知道。」溫瑟回答：「她其實是我的鄰居，這位美人住在我們那一區，真是奇怪。而且她對我的小兒子很好。上次我兒子為了追他的小貓，在她家門口跌倒，割傷了自己。她連帽子也沒戴就急忙跑過來抱我兒子，又把我兒子膝蓋上的傷包紮好。她是那麼美麗又善良，我太太竟然忘了問她的名字。」

愉悅的情緒脹滿了亞徹的心。這件事其實沒甚麼特殊之處，任何女人都會為鄰居的孩子這麼做。但是他想這就是愛倫，她會不戴帽子便衝過去把那個小男孩摟在懷裡，而且把可憐的溫瑟太太迷惑到忘記問她是誰。

「她是奧蘭絲卡伯爵夫人，明格老夫人的孫女。」

「哇，一位伯爵夫人！」奈德・溫瑟讚嘆地吹了聲口哨，「哦，我不知道伯爵夫人原來這麼友善，明格那家人就不是這樣。」

「如果你給他們機會，他們也會友善的。」

「嗯，可是……」每次說到「聰明人」不願與上流社會來往的頑固習性，他們倆總是明白，這個老掉牙的爭論多說無益。

「我不懂，」溫瑟改變話題說：「堂堂伯爵夫人怎麼會住在我們那個貧民窟裡？」

「因為她根本不在乎住在哪裡，也不在乎我們微不足道的社會標籤。」亞徹回答，暗自為心目中的她感到自豪。

「嗯，我想，她應該待過更廣闊的地方吧。」溫瑟下了評論，「啊，我該在這裡轉轉彎了。」

他無精打采低頭穿越百老匯街。亞徹站在那裡看著他的背影，想著他最後說的那幾句話。

奈德・溫瑟擁有極佳的洞察力，這是他最有趣的特質，也常使亞徹納悶：為甚麼當他這個年紀的人大部分都在努力奮鬥時，他擁有這項能力卻默默接受失敗。

亞徹以前就知道溫瑟有妻子和孩子，但從未見過他們。他們這兩個男人總是在世紀俱樂部或新聞記者、戲劇演員聚會的地方碰面（像剛才溫瑟提議去喝一杯的餐館）。他曾跟亞徹提過：他的妻子是個病人，那位可憐的女士可能真的有病，或者他只是指妻子缺乏社交能力，或是沒有適合的禮服，也或許兩者皆是。溫瑟本人痛恨上流社會的社交禮儀。亞徹在夜晚總是換上晚宴服，是因為他覺得這樣比較乾淨舒適，但從未想過在窮人拮据的預算中，乾淨和舒適是最昂貴的兩項支出。他視溫瑟的這種態度為「波希米亞式文人」專屬的作風。這種態度往往讓上流社會的人——他們不會刻意提到自己添購的服飾，也不會總是在嘴邊掛著自己有幾個僕人——顯得單純自在多了。然而，溫瑟總是啟發他，每次只要看到這位記者瘦削、長滿臉鬍鬚的臉以及憂鬱的眼神，他就會把對方拉出去長談一番。

溫瑟本來不想當一名新聞記者。他是一位徹頭徹尾的文人，不幸生在一個不重視文學的時代。他曾出版過一部極短篇文學賞析，賣出了一百二十本、贈送出三十本，其餘的都被出版商按照合約銷毀了，以便騰出空間放置銷售較佳的出版品。之後，他便放棄了真正喜愛的職業，而擔任女性週刊的助理編輯，負責一些時尚報導、新英格蘭愛情故事與酒商廣告。

這份報刊的名稱叫《爐火》，跟溫瑟談起它來，總是能談出無窮樂趣、妙語如珠。但在他風趣的外表下潛伏著這個年輕人無奈放棄夢想的苦澀，其來自於他年紀輕輕卻已嘗試過而放棄的經歷。他談話的內容常使亞徹回頭檢視自己的人生，而察覺到自己的生活有多麼貧乏。可是畢竟，溫瑟的生活更加貧乏。雖然他們在知識方面有共同興趣，而讓他們的談話妙趣橫生，但是他們交流觀點時，總是淺談即止。

「事實上，我們的生活都不算愜意。」溫瑟曾這麼說：「我曾經努力過，但已經失敗無虞了，再怎麼努力都無法補救了。我只擅長一件事，這裡卻沒有它的市場。在我有生之年，應該再也不可能恰逢其時。但是你悠游自在又富有，為甚麼不放手一搏呢？唯一的途徑就是去參與政治！」

亞徹仰頭大笑。像溫瑟這樣的人跟亞徹這類人之間，存在著無法跨越的鴻溝。上流社會圈子的人都知道，在美國，「紳士是不可以從政的。」但是亞徹不太可能對溫瑟說這般話，只好托辭說：「看看當今美國政治界中正直人士的遭遇吧！他們不需要我們這樣的人！」

「你說的『他們』是指誰？你們為甚麼不團結在一起，讓自己成為『他們』？」

亞徹微笑以對，卻約略覺得自尊受損。繼續這個話題事也是徒勞無益，大家都知道少數幾位紳士甘冒清白身家的風險，而參與紐約市政或州政後的悲慘下場。那個時代已經過去了，國家命運已經掌控在大老闆及移民的手中，正派的人只能退居到體育或文化領域。

「文化！是啊，如果我們還有文化的話！事實上這裡僅剩少數幾畝田地，是你們祖先帶過來的歐洲傳統殘餘痕跡，如今也由於缺乏……嗯，耕耘和灌溉，正逐漸乾枯。但你們只是可憐的少數族群，既沒有靈魂中心、沒有競爭，也缺乏觀眾。你們就像荒廢宅邸牆上所掛的『紳士的肖像畫』，永遠也沒有成就，直到你捲起袖子，願意走進田裡耕作。唯有如此，否則乾脆移民……上帝啊！如果我能移民的話……」

亞徹暗地裡聳聳肩，接著又把話題轉回書本上。儘管溫瑟有時候反覆無常，但他的見解總是很有趣。移民！簡直是在說一個紳士可以拋棄自己的國家一樣！一位紳士既不可能移民，也不能捲起袖子踩進田裡的爛泥。紳士只能待在家裡做好自己，偏偏你無法讓溫瑟這樣的人瞭解這一點。正因為如此，紐約那些文學俱樂部及充滿異國風情的餐館，乍看如萬花筒繽紛，實際上組合起來只是一個小匣子，比第五大道的小包廂還要單調無趣。

隔天早晨，亞徹找遍全城也找不到黃玫瑰，因此遲到辦公室一些。他意識到自己來遲其實對任何人都絲毫沒有影響，突然對自己的人生憤慨不已。為甚麼這一刻他不能跟梅・韋蘭在聖奧古斯丁的沙灘上嬉戲？他假裝工作太忙的鬼話也騙不了人。像萊特布爾先生主導的這種傳統律師事務所，主要業務在管理大型資產和「保守的」投資，事務所的職員中總是有兩三位家境富裕又胸無大志的年輕人，每天花幾個鐘頭坐在辦公桌前處理這些瑣事，或只是看看報紙。雖然他們應該有份正當職業，但賺錢這殘酷的事實仍被人視為有損身分。從事律師這份工作，一般而言還是比經商更適合紳士。但這些年輕人不是真的希望在法律專業上有一番作為，而且甚至根本沒有一展鴻圖的野心。在他們身上，一種敷衍搪塞的習氣已經蔓延開來了。

亞徹每當想到自己也開始有這種習氣，就不寒而慄。他確實有別的嗜好和興趣，他前往歐洲度假旅行，結交梅口中的「聰明人」，同時就像他之曾跟奧蘭絲卡夫人說過，希望自己能嘗試「瞭解」他們。然而，日後一旦他結婚了，他過去曾經驗過的狹小生活圈，會變成甚麼模樣呢？他已經目睹許多年輕人曾經擁有像自己一樣的夢想，雖然可能不像自己這般熱烈積極，卻也逐漸陷入長輩們那種安逸奢華的日常生活。

他請信差從辦公室送封便箋給奧蘭絲卡夫人，詢問今天下午是否方便拜訪她，並且請她將回函送到俱樂部。但他在俱樂部沒有收到她的回音，隔天也還是毫無音訊。這意外的沉默莫名地使他懊喪。次日早晨雖然他在花店櫥窗看見一束豔麗的黃玫瑰，但他只是任由它們留在那兒。到了第三天早晨，他才收到奧蘭絲卡伯爵夫人捎來的一封短信。令他感到驚訝的是那封信從斯庫特克利夫寄出，范德路登夫婦將公爵送上返回歐洲的輪船後，便立刻回到那個地方。

「我逃走了。」她在信的開頭突兀地以這句話寒暄，完全忽略一般人會寫的問候語。「我在劇院見到你的隔天，這些好心人收留了我。我只想靜下心來好好想想。你說得對，他們是好人，在這裡我覺得到很安全。真希望你也在這裡。」她最後以慣用的「敬啟」二字結束這封短箋，並沒有提到返回城裡的時間。

那封短箋的口吻令亞徹頗感驚訝。奧蘭絲卡夫人想逃離甚麼？她又為甚麼需要覺得安全呢？他最初想到的是國外傳來了某種卑鄙的威脅，但接著又想到自己並不清楚她的寫信風格，也許這可能純粹是誇飾的寫法。女人常常喜歡誇大，尤其她還無法行雲流水地使用英文，她說起話來經常像是從法語直譯過來。這麼說，她所謂的「我逃走了」開場白，也許只意味她想逃避無聊的社交應酬而已。這個可能性很大，因為他認為她是個善變的人，很容易厭倦短暫的娛樂。

想到范德路登夫婦已經是二度帶她去斯庫特克利夫度假，而且這次還沒有特定的歸期，他不由得感到新奇。斯庫特克利夫莊園的大門難得敞來迎接訪客，少數享有這種特權的人，最多也只是度過一個冷清週末。但是亞徹上次去巴黎的時候，曾看過拉比錫創作的一齣精采好戲《培里尚先生的海上旅途》2。他想到培里尚先生從冰河救出來那位年輕人後，就對那位年輕人產生一種固執且不能割捨的情感。范德路登夫婦就是從那片彷彿冰川的厄運中，拯救奧蘭絲卡夫人。雖然這也是因為她本身具有許多吸引人的地方，但亞徹知道讓人想繼續拯救她的真正原因，就是那股類似培里尚先生的決心。

得知她離開了，亞徹心裡有某種難以隱忍的失望之情，又想到前一天他才拒絕瑞吉·奇弗斯夫婦邀約他去哈德遜別墅度過下週日的邀請，那兒只距離斯庫特克利夫幾英里之遙。

---

2 《培里尚先生的海上旅途》（*Le Voyage de M. Perrichon*, 1860）是猶金·拉比錫（Eugène Labiche, 1815–1888）創作的喜劇，在法文課程中常閱讀此部作品。

他很久以前就已經充分享受過瘋狂的派對，跟朋友在「高岸」肆意喧鬧，像是出海、乘破冰船、乘雪橇、雪地長途步行等，以及一些無傷大雅的打情罵俏、惡作劇。他剛才收到倫敦書商寄來的一箱新書，原本想在家裡跟這些戰利品度過安靜的星期天，他此時卻走進俱樂部的寫字間，匆匆寫了封電報，隨即囑咐僕人立刻發出。他知道瑞吉太太不在意客人臨時改變心意，她那棟寬敞的大房子總是能再騰出一個房間。

15

紐蘭・亞徹星期五夜晚上抵達奇弗斯家，週六照例盡心履行了在海班克度週末的各種活動。

早晨與女主人以及少數幾位比較大膽的賓客乘破冰船兜風。下午則和瑞吉「逛了一圈農場」，而且在精緻的馬廄內聽了一場深刻講述的養馬經。下午茶過後，他在映照著溫暖爐火的大廳角落陪一位小姐說話。她曾經說，聽到他與梅訂婚的消息宣布以後，心都碎了，現在卻欣然說著她自己的婚姻計畫。最後近午夜時，他幫忙一位訪客在床邊擺設金魚，又裝扮成竊賊，躲到在一位神經質姨媽的浴室裡，凌晨再加入一場從育嬰室蔓延至地下室的枕頭大戰。但是，星期日午餐過後，他便借了一臺輕便雪橇，行駛至斯庫特克利夫。

人們總說范德路登家在斯庫特克利夫的房子是一幢義式別墅。從未去過義大利的人信以為真，有些遊歷過義大利的人也如此認為。這棟房子是范德路登先生年輕時建造的，那時他剛才歐洲壯遊回來，即將和露意莎・達戈列小姐結婚。房子是一座壯觀方正的木造建築，凹凸槽壁漆成淡綠色和白色，柯林斯式門廊環繞，各扇窗戶之間嵌上半露的方柱。

從宅院所在的高地往下延伸，是一座接一座的花壇，邊緣均設有扶欄和蕨壺樹，如雕花般延展至一座形狀不規則的小湖。湖邊沿岸舖上柏油，種植罕見的松柏。左右兩側是不生雜草的一流草地，點綴著「標本」樹（每一株樹種都屬不同品種），一直綿延到遠方的大草坪，草坪上裝置精緻的鑄鐵裝飾。下方一塊窪地上，則是第一位莊主於一六一二年建造的一棟四房石屋。

在一片白雪及冬夜灰濛天空的襯托下，這棟義式別墅陰森地矗立著，即使是夏季，仍然巍峨得難以靠近；即使是最放肆的錦紫蘇，也始終跟他可怕的大門保持三十英尺以上的距離。此時，亞徹整按下門鈴，那鈴聲彷彿在一座陰森陵墓中迴響。管家終於來應門了，他詫異的程度，宛如人最後的安息中被人喚醒。

幸虧，亞徹始終是親戚，所以雖然他很唐突的造訪，仍能得知奧蘭絲卡伯爵夫人已經外出，三刻分鐘以前，她跟范德路登夫人一起去做午后禮拜了。

「范德路登先生在家，先生，」管家繼續說：「但我想他現在也許午休未醒，或是在閱讀昨天的《晚間郵報》。早上從教堂禮拜回來後，我聽他說午休後要讀晚報。先生，如果您希望，我可以去書房門口聽聽看……」

亞徹婉謝他的好意，說自己想去跟那些女士們碰面。管家聽了如釋重負，慎重把門關上。馬伕從馬廄中取出雪橇，亞徹穿過邸園走到主道上。斯庫特克利夫村雖僅只一哩半之遙，但他知道范德路登夫人從不步行，因此他必須沿著主道走，才能遇見她們的馬車。然而，在與主道交叉的小徑上，他突然看見一個穿著斗篷的纖細身影，前面有隻大狗跑著。他快步走向前，奧蘭絲卡夫人則停下腳步，微笑迎接他。

「啊，你來啦！」她從暖手筒抽出手來。

那身紅斗篷使她變得活潑爽朗，就像從前的愛倫．明格小姐。他握著她的手，微笑回答：「我來看看妳想逃離些甚麼。」

她臉色泛紅，口中說道：「啊，那麼……你馬上就會知道了。」

這般回答令人費解。「甚麼意思啊——妳是說，妳也不清楚要逃離甚麼？」

她聳聳肩，動作形似她的女僕娜塔莎，接著以輕鬆的口吻回答：「我們繼續往前走好嗎？做完禮拜後，我覺得好冷。再說有你在這裡保護我，還有甚麼好怕的？」

一股熱血湧上他的額頭，他抓住斗篷的一角，「愛倫，到底怎麼了？妳一定得告訴我才行。」

「哦，馬上就告訴你。我們先來賽跑吧！我的腳都快凍僵了。」她嚷嚷，然後拉起斗篷飛奔雪地，大狗兒在她身旁興奮跳躍吠叫。亞徹駐足看了一會兒，雪地上那道閃耀的紅色身影像流星，心情頓時雀躍了起來；接著他開始追逐她，兩人在通往邸園的柵門前會合，一起笑著喘氣。

她微笑抬頭看他，「我就知道你會來！」

「所以妳期待我來囉。」他回答，對於兩人的嬉戲、交談異常興奮。樹上白雪皚皚白雪閃耀，宛如散發神祕光芒。他們踏雪而行時，大地彷彿在他們腳下吟歌。

「你從哪兒來的？」奧蘭絲卡夫人問道。

他告訴她後，又說：「那是因為我收到妳的回信了。」

她停了一會兒，口氣中透出一絲冷淡說：「是梅叫你照顧我的。」

「我不需要別人叮囑我這麼做。」

「你的意思是，我是如此無助，也缺乏自我保護的能力？你們肯定都把我想成可憐蟲了！但這裡的女人似乎都不……似乎都不覺得有這樣的需要欸，一個個像是天堂裡得到祝福的人。」

他低聲問：「甚麼樣的需要？」

「啊，不要問我！說了你也不懂。我跟你沒有共同語言。」她任性頂撞他。

這句回答彷彿劈頭給他一頓重擊，他麻木地站在小徑上，低頭看著她。

「如果我和你沒有共同語言，那我在這裡做甚麼呢？」

「哦，我的朋友！」她輕輕把手放在他的手臂上。他誠摯央求道：「愛倫，妳為何不告訴我發生了甚麼事？」

她又聳聳肩，「天堂何曾發生過任何事？」

他沉默不語，他們就這麼默默走了幾碼路程。最後她終於開口說：「我想告訴你……但是能在哪裡說呢？在哪裡呢？在那座宛如神學校的森嚴宅子裡，一分鐘都無法獨處。所有門扉都敞開著，隨時都有僕人進來倒茶、添柴火或送報紙！難道在美國的房子裡，一個人沒有地方獨處嗎？你們總是羞怯提防，卻又事事公開。我常覺得自己又回到了修道院，又或者是在舞臺上，站在一群禮貌得可怕、卻又從不喝采的觀眾。」

「啊，妳不喜歡我們了！」亞徹喊道。

他們這時經過首任莊主建造的那棟石屋三，這座屋子的矮牆和方形小窗緊緊簇擁在中央主煙囪的四周。百葉窗全都開啟著，亞徹透過一扇剛刷洗過的窗戶，瞥見屋內的火光。

「為甚麼這房子開放了呢！」他說。

她站著不動，「不是那樣，只有今天開放。因為我想看看這間石屋，於是范德路登先生才請人升火、開窗，以便我們今天早上從教堂回來時，順道在這裡歇息一下。」她奔上臺階，試著打開門。「門還沒上鎖，真幸運！進去安靜談談吧。范德路登夫人剛乘馬車去萊茵貝克探訪她的老姑媽了，我們應該可以在這間屋裡待上一小時。」

他跟著她走進那條狹窄的走道，他的情緒因剛才她的一番話而相當低落，現在卻又瞬間失去理智般雀躍起來。這棟溫馨樸實的小房子，嵌鑲板和黃銅器在爐火照耀中閃閃發亮，就像施了魔法似的迎接他們。廚房煙囪下一個老舊鉤架上掛著一只鐵壺，鐵壺下面還有一大盆猶存餘火的灰燼。瓷磚壁爐前，擺放兩把相對的燈心草坐墊扶手椅；牆邊的餐具架上，放著一排排荷蘭的台夫爾特青白色陶瓷餐具[1]。亞徹屈身把一根圓木丟到餘燼上。

奧蘭絲卡夫人把斗篷丟在一旁，坐進其中一把椅子。亞徹靠在煙囪上看她。

「妳現在終於笑逐顏開了。不過妳寫便箋給我時，卻不太快樂。」他說。

「沒錯。」她停頓少頃，「但是你在這兒，我就會覺得快樂了。」

「我不能在此逗留太久。」他回答，緊閉著雙唇，努力做到適可而止。

「我知道你不會。但我是個不顧未來的人，及時行樂。」

這些話像一種誘惑瀰漫他全身，為了迴避這般誘惑，他從壁爐邊走開，站著窗前凝視外頭雪地中的黝黑樹幹。但她彷彿也挪動了位置，因為亞徹仍能透過自己與樹幹間的空隙，見到她的身影，面帶慵懶的笑容倚近爐火。亞徹的心放肆狂跳著。若想逃離一切的人是她，為逃避他而出走該怎麼辦？如果她特意等兩人單獨來到這間密室、告訴他這個消息，他又該怎麼辦呢？

---

1 台夫爾特是荷蘭東印度公司設置的六個據點之一。當時中國的瓷器引進荷蘭，並發展成了荷蘭著名的台夫爾特藍陶。威廉親王曾在此地短暫居住，並被刺死在如今位於市中心的親王庭院的地方。

「愛倫，如果我真的幫得上忙……如果妳真的希望我過來，就告訴我究竟是怎麼一回事，說說看妳究竟想逃離甚麼？」他追問。

他說話時沒有改換姿勢，甚至不曾轉頭看她。若真要發生甚麼事情，那就讓它來吧。他們之間橫隔著一整個屋間，隔著這段距離，他仍盯住屋外的雪景。

她沉默了很長一段時間，在這期間，亞徹想像著，幾乎聽見她的聲音，她躡手躡腳潛行到他背後，輕盈的雙臂摟住他的脖子。當他激動的等待時，心臟顫動地期盼這個奇蹟到來，卻無意間瞥見一位身穿毛領大衣的男子子出現，正沿著小徑往石屋走來——這個人是朱利斯・貝爾福。

「啊！」亞徹喊，又笑出聲來。

奧蘭絲卡夫人跳了起來，挨近他，手伸進他的手裡；但是當她向窗外瞥了一眼後，又把身體縮了回去，臉色蒼白。

「原來是這麼回事啊？」亞徹嘲弄她。

「我根本不知道他在這兒。」奧蘭絲卡夫人輕聲低語。她的手仍扣著亞徹的手。但他卻掙脫出來，大力推開石屋的門，走到小徑上。

「喂，你好啊，貝爾福，在這裡！奧蘭絲卡夫人正等著你呢！」

段時光。

翌日清晨，在回紐約的路途上，亞徹疲憊不堪，回味著他在斯庫特克利夫最後的那刻

雖然他看見貝爾福和奧蘭絲卡夫人在一起時，心裡惱怒，但貝爾福一如往常擺出不可一世的姿態。他忽視人的方式，足以讓人覺得——如果夠敏感的話——自己彷彿隱形人似的不存在。當他們三人漫步走過邸園的時候，亞徹有種靈魂出竅的奇異感覺，雖然這傷了他的自尊心，倒也剛好給他如鬼魂般從旁觀察未注意過的事物。

貝爾福用他慣常的從容自信，走進石屋，但他的微笑仍抹不去兩眼間皺的那道紋路。很明顯，奧蘭絲卡夫人事先不知道他要來，雖然她跟亞徹說的話暗示了這個可能性；無論如何，她離開紐約時應該並未告知他行蹤，這種不告而別顯然使他惱火。他出現在斯庫特克利夫，表面上的理由是他前一晚剛發現一棟尚未上市的「完美小屋」，非常適合奧蘭絲卡夫人居住，如果她趕緊購入，立刻會被別人搶走了。他故作姿態人聲嚷嚷，責怪她行蹤不明，讓他像無頭蒼蠅般四處尋覓她的蹤跡，就像搜尋那間小屋時一樣。

「如果那條透過電線通話的新玩意兒再完美一點，我這會兒可能坐在俱樂部的爐火邊烤暖腳丫子，我就能在紐約告訴妳這些事，不必踏上雪地追著妳跑了。」他埋怨。企圖掩飾氣憤的真正理由。奧蘭絲卡夫人藉機巧妙地轉移話題，談起那個神奇的發明；將來或許有一天，兩個人可以在距離遙遠的兩端術道，跟另一條街的人說話，或不可思議地，隔著城

鎮聊天呢。這讓他們三人立刻想到埃德加・愛倫・坡和儒勒・凡爾納[2]撰寫的那些神祕又充滿未來感的奇幻故事。這些總明人每次消磨時間談到新發明時，總會說一些陳腔濫調，認為太早相信新發明的奇蹟是個很傻的想法。最後這個電話的話題陪他們平安抵達大宅。

范德路登夫人還未回到家。當貝爾福跟著奧蘭絲卡伯爵夫人進屋時，亞徹向他們告辭，離開去取雪橇。雖然范德路登夫婦一向不歡迎不速之客，至於貝爾福應該還是會受邀一起用餐，之後再送他去車站搭乘九點鐘的火車回紐約，但除此之外，他應該不會受到其他款待了；畢竟這兩位主人認為一位未攜帶行李出門的紳士，不應該在外頭過夜，再說，對於像貝爾福這種交往甚淺的人，他們也不太可能提出留宿的邀請。

貝爾福明白這點，而且也已經猜到情況會如何。他長途跋涉，僅為了得到小小的報酬，可見得他有多麼急躁，足以確定他正在追求奧蘭絲卡伯爵夫人。貝爾福追求美女只有一個原因──他早已厭倦枯燥乏味又膝下無子的家庭生活，除了長期獲得慰藉之外，他總

---

2 埃德加・愛倫坡（Edgar Allan Poe, 1809－1849），美國作家及詩人，以懸疑驚悚小說聞名於世。儒勒・凡爾納（Jules Gabriel Verne, 1825－1905），法國小說家，《地心歷險記》（*Voyage au centre de la Terre*）等書被譽為科學小說之始祖。

是按照口味在社交圈裡獵豔。他顯然就是奧蘭絲卡夫人極欲逃避的男人。問題在於，她逃避是因為厭惡他糾纏不清？還是因為不確定自己是否能抗拒貝爾福的追求。當然，除非她所謂的逃離純粹只是障眼法——她出走紐約不過個幌子而已。

亞徹不認為實情真是如此。他雖然只見過奧蘭絲卡夫人幾次，但他漸漸開始覺得自己可以讀懂她的表情，或聽出她聲音中的情緒。不論表情或語調，她都顯得頗為厭惡貝爾福的突然來訪，甚至是驚愕。但是話說回來，如果她離開紐約是為了跟貝爾福在此幽會，豈不是很荒唐？倘若真的如此，她將不再是自己感興趣的對象，讓自己的命運和粗鄙的偽君子牽扯在一起，無異於自甘墮落的行為：與貝爾福婚外情的女人，她將無可救藥地沉淪，終至萬劫不復。

不！假如她能看清楚貝爾福這個人，或甚至鄙夷他，但是仍然因為他的條件比周遭男士優越，而備受吸引，那可就更糟糕一千倍了。貝爾福的優勢在於：他熟悉歐美世界及上流社會的習俗，他與藝術家、演員及那些名士熟識，交往甚密，而且根本不在意本地社會的狹隘偏見。貝爾福的確粗俗、缺乏教養又喜歡炫富，但由於他的生活環境及精明的本性，使他比許多在品格及社會地位上都比較優越的紳士，更值得交談，因為上述那些紳士的眼界局限於曼哈頓和中央公園。一個見過世面的人，怎麼可能感覺不到這種差異，而不深受其吸引呢？

雖然奧蘭絲卡夫人曾說他倆沒有共同的語言，但那純粹只是氣話；亞徹明白，在某些方面而言確是如此。但貝爾福瞭解她話裡的含義，並且對答如流；貝爾福的人生觀、語調和態度，簡直是奧蘭絲卡伯爵那封威脅信的粗俗版；這點對於奧蘭絲卡伯爵的妻子來說，也許是不利的短處。然而，亞徹太聰明了，不認為像愛倫・奧蘭絲卡這樣的年輕女子，有必要懼怕任何會使她回憶往事的事物。她大概認為自己完全痛恨過去的一切，可是過去讓她深受著迷的事物，至今仍令她著迷，即使那有違她的意願。

於是，亞徹在痛苦的公平判斷中，釐清貝爾福、貝爾福受害者關係的來龍去脈。他強烈渴望能夠指引奧蘭絲卡夫人，從夢中清醒過來，有時候他甚至覺得，奧蘭絲卡夫人不過是希望有人喚醒她。

那天晚上，他打開從倫敦寄來的一箱書，全是他迫不及待想看的書。其中有赫伯特・史賓塞的一本新作、多產作家阿爾豐斯・都德另一本精彩故事集，以及一部叫作《米德鎮春天》的小說，是近日頗獲好評的有趣作品。為了好好享受這些書，他已經婉拒了三個晚餐邀約。雖然他翻閱這些書頁，享受著愛書人的愉悅，卻一個字也讀不進去，他放下一本又一本書，突然間在書堆中看到一冊小詩集；當初因為書名《生命之屋》[3]的書名很吸引他，所以訂購了這本書。他翻閱時，沉浸在以往從未在其他書中感受到的氛圍，如此溫暖豐富，又有難以言喻的溫柔，賦予人類最初情感新鮮、難以忘懷的纏綿之美。整個夜晚，他沉浸在這些醉人的篇章裡，尋覓一位女子的身影，那位女子的臉龐就是愛倫・奧蘭絲卡的幻影，翌日清晨醒來時，他望著對街那棟棕色石屋，想起他在萊特布爾先生事務所裡的辦公桌，以及懷恩教堂中的家族座席，便覺得他在斯庫特克利夫邸園裡度過的幾個鐘頭，變成夜間的幻影般，虛無飄渺。

早餐桌上，珍妮在喝咖啡的時候說：「天啊，紐蘭，你臉色好蒼白！」他母親也說：「紐蘭，我注意到你最近一直在咳嗽，是不是工作太累了？」這兩位女士均深信，由於紐蘭幾位合夥人的專橫霸道，必定會讓年輕人負責那些最筋疲力竭的公務，而他也從不認為有必要向她們說明真相。

之後的兩三天真是度日如年。日常生活的滋味可真是苦澀，有時候甚至覺得好似被活埋在自己的未來中。奧蘭絲卡伯爵夫人毫無音信，那棟完美小屋也是如此。雖然曾在俱樂

3　但丁・加百列・羅塞蒂（Dante Gabriel Rossetti, 1828－1882）的十四行詩集。

部見到貝爾福，但彼此也只是隔著惠斯特牌桌點頭打招呼。直到第四個晚上，才在回家時看到一封短箋，信中只有「明天傍晚過來吧，我非向你解釋不可。愛倫。」寥寥數語。

亞徹正要外出用餐，隨手將短箋塞進口袋，對她的法式英文莞爾一笑。晚餐過後，他去看了場戲，直到午夜。回家後才又將奧蘭絲卡夫人的信拿出來，仔細看了好幾遍。回信方式有許多種，他激動得徹夜難眠，仔細斟酌各種回覆方式。天亮以後，終於決定收拾行李箱，跳上當天下午開往聖奧古斯丁的船。

16

亞徹在路人指引下，沿著聖奧古斯丁沙塵漫布的主要街道，抵達韋蘭先生的房子，看見梅・韋蘭正站在木蘭樹下，陽光灑落在她的髮梢。他不禁納悶自己為甚麼等了這許久才來。

這裡才是真實，這裡才是現實，這裡才屬於他的人生。而他向來認為自己鄙視專制的束縛，竟然因為怕別人說他偷懶度假，不而敢離開自己的辦公桌！

她開口的第一句話是：「紐蘭，發生了甚麼事嗎？」他心想，如果她能立刻從他眼神中看出他的用意，那就更具「魅力」了。但當他回答：「對，我發現自己必須見妳。」梅臉上喜悅的紅暈悄然抹去驚訝的神色。他知道會獲得這家人的寬容和諒解，萊特布爾先生的不悅也隨即會消融他們的笑容中。

時間雖然尚早，但這條大街上也只允許彼此拘謹的問候，亞徹渴望能與梅獨處，以便細細傾訴他的柔情與熱切。韋蘭家的早餐時間較晚，還有一個小時才用餐，所以梅沒有邀請他進屋，而是提議到城外的老橘子園走走。她剛才在河上划了一會兒的船。金色陽光織成的瀲灩波紋，好像也將她網在裡頭了，風吹亂她銀絲般閃耀的髮絲，她的秀髮拂過蜜棕色的雙頰。她年輕清澈的雙眸好像更明亮了，含有青春的澄澈。當她踏著步伐走在亞徹身旁時，臉上表情就像大理石雕刻而成的年輕運動員，那麼平靜祥和。

這個景象對於神經緊繃的亞徹來說，就像蔚藍天空和悠悠的河流一樣，令他感到慰藉。他們坐在橙子樹下的長凳上。他摟住她，並親吻了她。這一吻就像在烈日照耀下暢飲甘甜清泉。但他可能感情過於濃烈，抱得太緊了，因此她臉色泛紅，彷彿被他嚇了一跳似的縮回身。

「怎麼啦？」他露出笑容。她則驚訝地看著他，回答說：「沒甚麼。」

兩人籠罩在些微尷尬的氛圍裡。她的手也抽了回來。除了那次在貝爾福家溫室短暫擁抱外，這還是他第一次親吻她的唇。他看得出來她有點不安，失去了剛才男孩般的平靜表情。

「說說妳一整天都做了些甚麼。」他雙臂交叉放在後腦杓上，把帽子往前推，遮住眩目的陽光。希望沉浸在思緒中飛馳最簡單的方式，就是讓梅談談她熟悉且單純的事情。於是他坐著靜聽她報告日常的流水帳，游泳、划船、騎馬，偶爾有一艘軍艦停泊在鎮上時，他們會去參加簡樸旅舍舉辦的舞會。來自費城和巴爾的摩的幾個風趣的人，會在旅舍野餐。塞爾福里奇・馬利一家也會來這裡待上三週，因為凱特・馬利罹患了支氣管炎。他們計畫在沙灘上建造一座草地網球場，但是只有凱特和梅有網球拍，大部分人甚至沒聽過這項運動。

她整天忙這些活動，根本無暇閱讀亞徹上週寄給她的牛皮小詩集《葡萄牙十四行詩》，不過她將〈他們如何把好消息從根特帶到艾克斯〉[1]這首詩牢記在心。因為這是亞徹朗讀給她的第一首詩。她又興奮地告訴他，原來凱特・馬利甚至從未聽過羅勃特・白朗寧這位詩人。

不久，她站了起來，喊說他們要遲到啦，早餐就要開始了。於是他們匆匆趕回那棟破舊的房子。

那座門廊未經粉刷，藍雪花和粉紅色天竺葵花叢也未經修剪，這裡是韋蘭一家人過冬的居所。韋蘭先生重視家居生活環境，所以害怕骯髒的南方旅館。於是韋蘭太太面對這幾乎無法克服的龐大開銷問題，年復一年勉強湊合出度假小屋的隨從僕役；一部分來自於不

---

1 《葡萄牙十四行詩》（*Sonnets from the Portuguese*）是伊麗莎白・巴雷特（Elizabeth Barrett, 1806－1861）創作的愛情詩集。伊麗莎白・巴雷特是詩人羅勃特・白朗寧（Robert Browning, 1812－1889）的妻子，他所創作的〈他們如何把好消息從根特帶到艾克斯〉（'How They Brought the Good News from Ghent to Aix'）是學校孩童記憶深刻的詩。

情願的紐約僕人，另一部分則雇用當地的非裔僕人2。她每年冬天都會向那些同情她的費城人和巴爾的摩人解釋說：「醫生希望我丈夫有住在家裡的感覺，如果他心情不好，天氣再好，也對他的健康無益。」

餐桌上奇蹟般布滿豐富菜餚，韋蘭先生容光煥發看著美食，對坐在餐桌對面的亞徹說：「我親愛的夥伴，你看，我們在這兒露營，真正的露營生活。我告訴妻子和梅，我想教他們如何過艱苦的日子。」

韋蘭夫婦也和女兒一樣，對亞徹的突然到訪感到意外。亞徹已事先編織好理由，於是解釋說感覺自己快得重感冒了，而這個說法對韋蘭先生而言，似乎是足以說明他為何暫時擱置工作的充分理由。

「一再怎麼小心謹慎也不為過，尤其是快接近春天的時候。」韋蘭先生在自己的盤子裡盛了許多稻黃色的薄煎餅，並淋上金黃色糖漿。「如果我在你這個年紀就小心謹慎的話，梅現在應該會在州議會的舞廳裡跳舞，不會像現在每年都跟一個生病的老人在荒野中過冬。」

「哦，爸爸，但是我很喜歡這裡啊，您知道的。如果紐蘭也能待下來，那我喜歡這裡

2 當地的非裔美國人，曾經身為奴隸，通常被僱為傭人。

勝過紐約的千倍。」

「紐蘭得待在這裡，一直等感冒痊癒好為止。」韋蘭太太疼愛的說。亞徹笑著，嘴裡說還是要顧及事業。

然而，他卻設法打了幾次電報給紐約的法律事務所，順利讓自己的感冒拖延了一個星期。而令他感到諷刺的是：萊特布爾先生縱容他，部分是由於他這個聰明的年輕合夥人成功處理好奧蘭絲卡棘手的離婚案件。萊特布爾先生曾對韋蘭太太說，亞徹先生為整個家族「提供了極大的貢獻」；曼森・明格老太太尤其感到欣慰。有一天，梅和她父親搭乘當地唯一的馬車外出兜風時，韋蘭太太乘機提起一向避免在她女兒面前談論的話題。

「恐怕愛倫和我們的想法完全不一樣。梅朵拉・曼森帶她回歐洲時，她才剛滿十八歲。你還記得她穿著黑色禮服初次在社交界的舞會露面時，造成的騷動吧？這又是梅朵拉一時興起的怪念頭；不過這次真像是預言般！那至少應該是十二年前的事了，之後愛倫沒都沒回到美國，難怪她已完全歐化了。」

「但是歐洲社會也不贊同離婚這種事：奧蘭絲卡伯爵夫人以為訴請離婚、恢復自由之身，符合美國人的觀念。」這個年輕人自從離開斯庫特克利夫以後，這是第一次提到她的名字。他發覺自己面頰泛紅。

韋蘭太太露出同情的微笑，「那就像外國人針對我們的生活習慣，所發明的那些新奇事物。他們認為我們都兩點鐘吃晚餐，而且還支持離婚！正是如此，當他們來紐約時，我覺得招待他們實在有點傻。他們接受我們的款待，回家後仍然重複同樣的蠢話。」

亞徹沒有對這番話發表評論，於是韋蘭太太繼續說：「但你能說服愛倫打消離婚的念頭，我們非常感激你。她祖母和洛弗爾叔叔拿她毫無辦法，他們兩人都寫信來說，她完全是因為受了你的影響才改變主意的——事實上她自己也跟她祖母這麼說。她非常欽佩你。可憐的愛倫，她一直是倔強又難以捉摸的孩子。不曉得她未來的命運會如何。」

「我們大家已為她設計好未來的命運，」他很想這麼回答，「如果你們寧願她成為貝爾福的情婦，而不是另外嫁某個正人君子，那麼你們肯定走在正確的路上。」

他猜想，若他真的說出這些話，而非僅止在心裡想著，韋蘭太太會說些甚麼話。他可以想像她堅定平靜的面容突然慌張起來，她經年累月處理瑣事，使她的面容有種造作不自然的權威氣場，但像她女兒那樣清純美麗的餘韻，仍然駐留在她臉上。他問自己：梅到了中年，會不會註定變成同樣那張粗厚而又純真到極點的臉？噢不，他不想要梅有那種純真，那樣的純真會讓腦袋失去想像力，也會讓內心缺乏真正的體驗！

「我的確相信，」韋蘭太太繼續說：「如果這則可怕新聞真的登上報紙，會對我丈夫造成致命的打擊。我不清楚事情的來龍去脈，但當可憐的愛倫試著想跟我討論這件事時，我只告訴她，我希望她別這麼做。我得照顧一個病人，所以必須保持開朗樂觀的心情。只是韋蘭先生非常生氣；當我們等待最後決定的那幾天早晨，他總是輕微發燒。他怕自己的女兒會發現天底下可能發生這種事。當然，紐蘭，你一定也有相同感覺。我們知道你全是為了梅著想。」

「我總是惦記著梅。」年輕人回答，起身來中斷這個話題。

他本想抓住這個私下談會的機會，說服韋蘭太太提早結婚日期。但是想不到任何說服她改變決定的理由，因此當他看到韋蘭先生和梅的馬車出現在門口時，鬆了一口氣。

他唯一的希望就是再次央求梅，於是在離開的前一天，他與梅在西班牙大使館的傾圮花園中散步。花園的環境使人想起歐洲的情景。梅戴著寬沿帽，帽緣在她明亮清澈的眼眸上投下神祕陰影，讓她看上去格外美麗，而且當他談到西班牙的格拉納達和阿爾罕布拉宮時，她燃起閃閃發亮的渴望眼神。

「今年春天我們可以去遊覽這些地方——甚至還可以在塞維亞見識復活節的慶典儀式。」他誇大地要求，希望爭取到更大的讓步。

「在塞維亞過復活節？但下週就是四旬齋了！」她笑著回應。

「我們何不乾脆在四旬齋結婚？」他回答。

她看起來十分驚訝，於是他瞭解到自己說錯話了。

「親愛的，我當然不是那個意思，但是如果可以在復活節過後不久結婚，這麼一來，四月底就可航行出發。我確信可以安排好事務所的工作。」

想到這個可能性，她如夢似的微笑起來，但他看得出來，僅僅是夢想就能滿足她了，就像聽他朗讀詩集，那些美好的事情永遠不會發生在現實中。

「啊，紐蘭，請繼續說下去。我喜歡聽你描繪未來。」

「但為甚麼只局限於描繪呢？為甚麼不能讓一切成真？」

「親愛的，當然可以，明年就會美夢成真。」她緩緩地說。

「妳不想早日實現它嗎？我還是不能說服妳改變心意嗎？」

她低下頭，帽沿擋了他的注視。

「為甚麼我們還要再虛度一年呢？看著我，親愛的，妳不明白我多想娶妳為妻嗎？」

她靜默不動，然後才抬起頭看他，眼中充滿了失望，他不由得略微鬆開摟在她纖腰的手。但是突然間，她的表情變得高深莫測。「我不確定自己的理解是否正確，」她說：「你想早點結婚，是不是……因為你不確定自己是否能繼續愛我？」

「老天！或許吧，我不知道。」亞徹從座位上跳來，勃然大怒。

梅．韋蘭跟著站起來，他們倆面對面。她那女性的氣質與尊嚴漸漸強烈。兩人沉默了半晌，似乎都因為這始料未及的談話而驚慌。接著她低聲說：「若是如此……有第三者嗎？」

「第三者！妳我之間？」他緩緩重複她的話，彷彿聽不懂含意，需要對自重複一遍這個問題。她似乎聽到他話中的踟躕，又繼續用更沉重的口吻說：「紐蘭，我們坦白面對吧。有時候我覺得你變了，尤其是在我們宣布訂婚以後。」

「親愛的，妳在胡說些甚麼傻話！」他恢復鎮靜後喊道。

她以虛弱的微笑面對他的抗議，「不是的話，談談也無妨。」她停頓一會，以高尚的舉止抬起頭，又說：「或者，即使真是如此，為甚麼我們不能談談呢？你很可能輕易犯下錯誤。」

他低頭，注視著他們腳下陽光小徑上的樹葉黑影。「錯誤總是很容易犯下，但若是我犯了妳說的那種錯誤，那我還會催妳趕快跟我結婚嗎？」

她也朝地上看，一面用她遮陽傘的尖端去擾亂樹葉的影子，一面尋思該如何回答。最後她說：「會的。你可能是想……『徹底』解決這個問題。這也是一個解決方式。」

她沉清晰的敘述令他感到意外，但沒有讓他覺得冷淡無情。他看到她帽緣下蒼白的側顏，以及堅毅緊閉的雙唇上方，鼻翼微微顫動。

「所以呢」他問，在長凳上坐了下來，設法裝出嬉戲的樣子，皺起眉頭看她。

她坐回位子後繼續說：「你不應該認為女孩總是像父母心目中那樣天真。每一個人都會聽、會觀察，也會有自己的感受和想法。當然，早在你說你喜歡我之前，我就已經知道你有另外一個感興趣的對象。兩年前在新港，大家都在談論這件事。有一次我看見你們兩個人同坐在舞會的陽臺上……當她回到屋裡時，臉上的表情好悲傷，我替她感到難過。在我們訂婚後，我才回憶起這件事。」

她的聲音細微到變成了喃喃自語，她不斷緊握又鬆開遮陽傘的把手。亞徹將手放在她的雙手上，輕輕按住，他終於釋然，有種說不出的輕快感覺。

「我親愛的傻孩子，就因為那件事啊？要是妳知道真相就好了！」

她立刻抬起頭來，「那麼，的確有我不知道的真相嗎？」

他的手仍然放在她手上。「我的意思是，妳所提的那段往事。」

「但是紐蘭，那就是我想知道的，也應該知道的。我不能將自己的幸福，『不公平地』建築在另一個人的痛苦上。我也希望，你的想法跟我一致；否則，如果我們的生活是建築在那樣的基礎上，那會是甚麼樣的生活？」

她面露英勇犧牲的悲劇性表情，讓他覺得自己就快匍匐在她腳邊。「很久以前我就想說這話了。」她繼續說：「我想告訴你，如果兩個人真正相愛，或許在某種情形下，他們應該不顧公眾的輿論。如果你覺得自己有某種誓約……對那個我們提到的許下承諾。如果有任何履行承諾的辦法──即使是要她離婚，紐蘭，別因為我而放棄了她。」

他發現原來她擔心的是他與索利．拉許沃斯夫人那段已逝的戀情，感到驚訝，又對她的寬宏大量感到驚奇；她表現出一種拋開一切的超凡態度。若不是他心裡面壓著其他煩惱，肯定會陷於震驚中，因為韋蘭家的女兒竟然會勸他去娶往日的情婦。然而他們剛才在懸崖邊瞥見的險境，讓他心悸猶存，也對年輕女孩的神祕莫測有了全新的敬畏之心。

他幾乎說不出話來，接著才又開口說：「我們之間根本沒有誓約，也沒有那種妳所想像的——任何義務……這樣的事情往往並不像表面上那麼簡單，但這都無所謂了，我愛妳的寬宏大量，因為我的感覺跟妳一樣，我認為每一個狀況必須個別判斷，而且是按照它本身的是非曲直判斷。拋開那些愚蠢的慣例……我的意思是，每個女人都有權利享有自由……」他站起來，驚訝於自己思想上的轉折，微笑看著她說：「親愛的，既然妳懂得這麼多事情，能不能更進一步想想，我們不需要遵守這另一個愚蠢的慣例？如果妳我之間沒有第三者，也沒有任何芥蒂，只正為了爭論早點結婚、或一再拖延婚期的問題嗎？」

她高興得漲紅了臉，抬起頭注視他。當他低看她時，見到她眼中盈滿了喜悅的淚水。她好像從高高在上的女人，又回復成羞澀無助的女孩，於是他明白她的勇氣和積極都是為了別人奮戰，面對自己的問頭時卻不勇敢。顯然說出這番話所費的心力，遠遠超過她努力維持的鎮靜表面。一聽到他的保證，她立即就返回常態，好像一個冒險過度的孩子又躲進母親的懷抱一樣。

亞徹無心再乞求她了，那位曾經用清澈雙眸深深注視他的新生命已經消逝無蹤，實在太令人失望了。梅似乎察覺到他的失望之情，但不曉得該如何安慰他，於是他們站起來，默默往回家的路上走去。

「你不在家時，你的表姊奧蘭絲卡夫人來拜訪過母親。」亞徹晚上返家後，妹妹珍妮如是對他說。

這位年輕人正與母親和妹妹一起用餐，聽了這話很感意外地抬頭，看見亞徹太太正低頭佯裝正經地注視盤中的食物。她並不覺得自己的蟄居會讓世人遺忘她，因而紐蘭認為她應該有點生氣自己竟然對奧蘭絲卡夫人的拜訪如此驚訝。

「她穿了件縫有黑玉鈕扣的波蘭黑絲絨連衫裙，搭配一副綠色猴皮製的小巧暖手筒。我從來沒有看過她穿得這麼時髦。」珍妮繼續說道，「她自己一個人來，週日午餐過後不久就到了。還好那時客廳已經升好火。她帶了一款新名片盒過來，說因為你待她太好了，所以想認識我們。」

紐蘭笑著說：「奧蘭絲卡夫人談到朋友時總是這麼說。她很高興又回到自己人身邊。」

「沒錯，她也是這麼告訴我們的。」亞徹夫人說。「她似乎很慶幸自己回到這裡。」

「母親，我希望妳可以喜歡她。」亞徹太太抿起嘴，接腔說道：「她的確盡力討人歡心，即使她拜訪的人是一位老太婆。」

「母親覺得她不是個單純的人。」珍妮插嘴說，視線停留在哥哥臉上，

「那只不過是我這個老古板的看法，還是親愛的梅深得我心。」亞徹夫人說。

「啊，」她兒子回答：「她們是截然不同的人。」

亞徹離開聖奧古斯丁的時候，曾受韋蘭家的請託，帶許多口信給明格老夫人。因而他回到紐約一、兩天後便去拜訪她。

老夫人異常熱情地接待他，很感激他說服奧蘭絲卡夫人放棄了離婚的念頭。而當他告訴老夫人自己沒有向事務所請假就匆匆趕去聖奧古斯丁，就只為了見梅一面時，她發出厚實的咯咯笑聲，用那雙圓滾滾的手輕拍他的膝蓋。

「啊！所以你不守規矩了？我猜奧格斯塔和韋蘭八成拉長了臉，好像世界末日到了吧？但我確定小梅應該比較能理解，是嗎？」

「我希望她懂，偏偏她還是不肯答應我這次要求的事情。」

「當真如此？你的要求是甚麼呢？」

「我希望她答應四月嫁給我。我們為甚麼要再虛度一年的光陰呢?」

曼森．明格太太噘起嘴做了個佯裝正經的鬼臉，又用她邪惡的眼皮向他眨了眼：「我猜又是那句老話：『你去問媽媽吧。』啊，這些姓明格的都是一個樣子！墨守成規，從來無法讓他們改變。當我蓋這棟房子時，一般人還以為我會搬到加州去呢！以前從來沒有人曾經在第四十街以上蓋過房子——我說：這話是不錯的，但是在哥倫布發現新大陸以前，也沒有任何人曾在曼哈頓南面海岸線以上蓋過房子。他們一個也不想特立獨行，像怕天花一樣，怕跟別人不一樣。啊，親愛的亞徹，謝天謝地我只是鄙俗的史派瑟家人，但是我自己的子孫當中，除了小愛倫以外，沒有一個像我。」她停頓片刻，繼續瞇著眼盯著他看，然後像上了年紀的人一樣，總是前言不搭後語，問道：「哎呀，你怎麼不娶我的小愛倫呢?」

亞徹笑說：「因為，我無法娶她啊。」

「當然，真是可惜啊。現在一切都太晚了，她這輩子的人生完了。」明格老夫人講話的口氣，就像老年人無關痛癢、悠然自得的口吻，好似把年輕人的希望鏟進泥土裡。亞徹心寒了一陣，急忙說道：「明格老夫人，您能不能運用影響力，去說服韋蘭夫婦?我對漫長的訂婚期十分沒有耐心。」

老凱瑟琳微笑看著他，讚許道：「嗯，我看得出來，你的眼睛可尖了。當你還小時，便要人先服侍你。」她仰頭大笑，臉頰下巴如小浪濤般起了漣漪。當她背後的門簾被掀開時，她喊道：「啊，是我的愛倫來了！」

奧蘭絲卡夫人微笑走向前，她的臉清亮又快樂，當她一面傾身接受祖母的親吻時，一面愉悅把手伸向亞徹。

「親愛的，我剛才還跟他說，你怎麼不娶我的小愛倫呢？」

奧蘭絲卡伯爵夫人看著亞徹，依舊面帶微笑，「那他怎麼回答？」

「哦，我的寶貝，這個留給妳自己去找答案吧！他剛去佛羅里達看他的甜心。」

「我知道。」雙眼依然望著他。「我曾去拜訪你母親，問你去哪兒了。我送給你一封短箋，可是遲遲沒有收到回音，擔心你生病了。」

他喃喃說自己臨時起意，離開得很匆促，原本想聖奧古斯丁回信給她。

「當然，一旦到了那裡，你就把我拋到九霄雲外了。」她繼續笑著看他，好像刻意掩飾她的冷漠。

她的態度刺傷了亞徹，他心想：「倘若她還需要我，也已經決定不讓我察覺了。」他想謝謝她去拜訪他母親，但在這位老祖母精明目光下，欲言又止，顯得相當拘泥。

「瞧瞧他，迫不急待想結婚，竟然蹺班趕去哀求那個傻女孩！戀愛中的情人都是這個樣子，當年英俊的鮑伯‧史派瑟就是用這個方法，把我可憐的媽媽拐走的，雖然他在我還沒出生之前就厭倦了她……只要再等八個月，我就出生了！不過話說回來，年輕人，你不是史派瑟，算你跟梅的運氣好。只有我可憐的愛倫流著他們的奇怪血統，其他人都是典型的明格人。」那位老夫人輕蔑地說。

亞徹察覺到坐在她祖母身旁的奧蘭絲卡夫人，仍然滿懷思緒打量著他。她的眼神已不再那麼愉悅，接著她非常溫柔地說：「當然了，奶奶，我們可以一起說服他們，讓他們如願以償。」

亞徹起身準備離開，與奧蘭絲卡夫人握手道別時，感受到她正在等候他提起那封尚未答覆的信。

「我何時可以見到妳？」當她陪他走到房門口時，他問。

「隨時都可以，但如果你還想再看我那棟小房子，就得盡快。下週我就要搬家了。」回憶起在那間低矮客廳燈光下與她共度的時光，就感到一陣心痛襲來。雖然只是短短的幾個小時，卻充滿濃烈的回憶。

「明天晚上？」

她點點頭，「好的，就明天吧。但請早點來，我晚上要出門。」

隔天是週日，倘若她在週日晚上要「出門」的話，那麼當然只可能去勒繆・史卓特斯夫婦家。他有些氣惱，並非因為她要去那個地方（寧願看到她去真心喜歡的地方，而不是范德路登家），而是因為那是個肯定會遇見貝爾福的場合，她八成也早預料到會如此——或許，她可能正是為了與他見面。

「好吧，那就是明天晚上了。」他複述道，暗自決定不會早到。晚點到她家的話，就可以阻止她去史卓特斯太太家，又或是自己抵達的時候，她已經離開。他仔細斟酌了，覺得這是最簡單的解決之道。

他按下紫藤下方的門鈴，不過八點半而已。這比他原先預計的時間早了半個小時——因為有強烈的不安感催促著。然而，他又想，史卓特斯太太家週日晚宴並不像舞會，她的賓客似乎會盡可能克服懶散，往往會提早出現。

只是他沒料到，走進奧蘭絲卡夫人家玄關時會瞧見幾頂帽子、幾件外套。如果她邀請客人過來用餐，又為何吩咐他早點來呢？仔細看過娜塔莎放置他衣帽旁邊的那些衣物，好奇心取代了他的憤怒。

事實上，他從未在任何體面人家的宅邸看過這樣的大衣，再看一眼便確定都不屬於朱利斯・貝爾福的東西。其中一件是廉價的黃色粗毛絨長大衣，另一件則是舊得褪色的連帽斗篷，有點像法國人所謂的「披肩斗篷」。這件衣服似乎是專門為身材高大的人裁製，明顯已經有歲月的痕跡，而且它墨綠色的摺領還散發出一股潮濕的木屑氣味，暗示它曾長時間掛在酒吧牆上。斗篷上面放著一條灰色圍巾和一頂仿製牧師帽的奇特軟帽。

亞徹挑起眉毛疑惑看向娜塔莎，娜塔莎也挑眉回看他，認命說聲：「請進！」同時推開客廳的門。

年輕人立刻發現女主人不在客廳裡，驚訝地發現到火爐旁邊站著另一位女士。這位女士又高又瘦，身材鬆垮，一身披掛著環圈與流蘇，素色衣服上的設計充滿繁複格紋、細條紋及寬條紋，這個款式實在令人完全摸不著頭緒。她的髮絲還未完全灰白就已經失去光澤，配戴著西班牙髮簪，以黑色蕾絲巾綁成髮髻，穿戴一雙留有補綴痕跡的露指長手套，覆蓋她罹患風濕的雙手。

她身旁圍繞著雪茄煙霧，站著那兩件外套的主人。他們兩位都穿著晨衣，顯然從早晨下床就沒有換過衣服。他發現其中一個人竟然是奈德．溫瑟，著實感到驚訝。另一位年紀較大的男士，他則不認識。從他龐大的身軀來看，應該是那件「披肩斗篷」的主人。這位老男士衰弱的獅子頭上是蓬亂的灰髮。他揮舞雙臂，彷彿想抓住甚麼東西，像在賜福給一群跪倒在前的信眾。

他們三個人一起站在壁爐前的地毯上，眼睛緊盯著一大束豔麗的紅玫瑰，花束上繫著一撮紫羅蘭，這束玫瑰花放在奧蘭絲卡夫人慣常坐的沙發上。

亞徹進來的時候，那位女士正斷斷續續地感嘆：「在這個季節，這束玫瑰花一定價值不斐──不過當然是它所代表的心意更為重要。」

他們三人看到亞徹出現，都感到很驚訝，那位女士隨即走向前，伸出她的手。

「親愛的亞徹先生，就快成成我的表親了！」她說：「我是曼森侯爵夫人。」亞徹行禮致意後，她繼續說道：「我的愛倫讓我在這兒住幾天。我剛從古巴回來，跟一些西班牙朋友在那兒過冬，他們都是有趣的名流，是西班牙古王朝最尊貴的貴族，真希望你也有機會認識他們！但我們的好友卡弗博士把我喚回紐約來了，你不認識卡弗博士吧？他是愛谷協會的創辦人。」

卡弗博士向亞徹點了點他那顆獅子頭，侯爵夫人接著說：「啊！紐約、紐約──這裡的精神生活實在太貧乏了！不過，我看你倒是認識溫瑟先生。」

「哦，的確。我認識他一段時間了。但並不是透過那個管道。」溫瑟乾笑道。

侯爵夫人帶著責難的神情，搖搖頭，「何以見得？溫瑟先生。願聆聽者，聖靈必至。」

「聽……哦，聽啊！」卡弗博士大聲抱怨說道。

「亞徹先生，請坐。我們四個人剛才一起享用愉快的晚餐。我的孩子上樓更衣了。她在等你，待會兒就下來。我們正在欣賞這些美麗的花朵，等她下樓時，一定會很驚豔的。」

溫瑟仍然站著，「我恐怕非走不可了。請轉告奧蘭絲卡夫人，她拋棄我們這條街後，我們必定會覺得悵然若失。這棟房子宛如是沙漠中的綠洲。」

「啊，但是她不會拋棄你。詩歌和藝術都是她生命的泉源。溫瑟先生，你寫詩吧？」

「哦，不是，不過有時也會讀讀詩。」溫瑟說，他向大家點點頭，便離開了。

「真是個刻薄的人啊，有點孤僻，但很機智聰明。卡弗博士，你覺得他聰明嗎？」

「我從不想聰明這類的事。」卡弗博士嚴肅回應。

「啊！你從來不想聰明這類的事！亞徹先生，他對我們這些軟弱的俗人是多麼無情啊！他只活在精神生活中；他今晚正在準備要在布蘭克家發表的演說。卡弗博士，你動身前往布蘭克家以前，可有時間告訴亞徹先生你深具啟發性的發現──有關『直接契約』的發現？哦，不，已經快九點鐘了，那麼多人在等著聽你演說，我們實在不能耽擱你的時間。」

卡弗博士似乎對最後這句話有點失望，但他對照了奧蘭絲卡夫人的小旅行鐘和自己那只笨重的金錶後，不情願地撐起他龐大的身軀，準備離開。

「親愛的朋友，待會兒還可以見到妳嗎？」他向侯爵夫人問道，對方微笑回應：「愛倫的馬車一到，我就過去找你，希望能在演講還沒開始前趕到。」

卡弗博士若有所思看著亞徹，「或許，如果這位年輕紳士對我的經驗感興趣，布蘭克太太可能會歡迎妳他帶他一道過去？」

「哦，親愛的朋友，若是有可能的話——我想她應該會很高興。但是愛倫恐怕在等著亞徹先生呢。」

「那麼，」卡弗博士說，「真是太可惜了。這是我的名片。」他遞給亞徹一張用哥德字體印刷的名片：

亞嘉森・卡弗
愛之谷
基塔斯夸塔密，紐約

卡弗博士鞠躬告辭以後，侯爵夫人可能是婉惜或釋然地嘆了一口氣，再次示意亞徹坐下。

「愛倫馬上就下樓了。在她出現以前，我很高興能跟你一起享受這安靜的片刻。」

亞徹輕聲表示幸會。侯爵夫人繼續用低沉的聲音說：「我都知道了，親愛的亞徹先生——我的孩子告訴我，你為她所做的一切，你明智的忠告、勇敢的堅持——謝天謝地，一切都還不算太遲！」

亞徹相當尷尬地聽著。他想著，自己私下干預她私事的事情，還有誰沒聽奧蘭絲卡夫人提過？

「奧蘭絲卡夫人言過其實了，我純粹是依照她的要求，提供她一些法律上的意見而已。」

「啊！但這麼做的同時，你不知不覺中已經成為、成為……我們現代人怎麼稱呼呢，亞徹先生？」這位女士嚷嚷著，斜歪著頭，神祕地垂下眼簾，「你有所不知，那個時代也有人向我求助。事實上有人找過我幫忙呢，從大西洋的另一邊！」

她往背後瞄了一眼，就像是害怕隔牆有耳，接著又將椅子往前挪了挪，拿起一把小象牙扇遮住雙唇，悄聲說：「就是伯爵本人啊，我可憐、氣憤、瘋癲的傻奧蘭絲卡。他只希望她回家，只要她願意，所有條件都依她。」

亞徹一躍而起，驚呼：「天啊！」

「你很震驚？這也難怪，我可以理解。雖然可憐的斯坦尼斯拉總說我是他最好的朋友，但我不會替他說話的。他也無意替自己辯解——他跪著苦苦哀求她，我親眼所見。」她輕拍自己削瘦的胸口，說：「我這裡還有他的信呢。」

「一封信？奧蘭絲卡夫人看過這封信了嗎？」亞徹結結巴巴地說，腦子裡因為這則令人震驚的消息而頭暈目眩。

曼森侯爵夫人輕輕搖頭。「時間、時間；我需要點時間。我瞭解我的愛倫——她高傲又倔強。或許應該這麼說，不輕易原諒人？」

「可是，老天，原諒是一回事，回到那個地獄，又是另一回事……」

「啊，沒錯。」侯爵夫人默認。「所以她是這麼形容的——我敏感的孩子！但是在物質方面，亞徹先生，如果只考慮這方面，你知道她放棄了甚麼嗎？那些放在沙發上的玫瑰花——種植在尼斯那塊無與倫比的梯田庭園中，包括溫室及戶外，種滿好幾畝。還有珠寶——歷史價值的骨董珍珠、翡翠及貂皮，但是她一點也不在乎這些！她真正關心的是藝術和美，她生活的重心就跟我一樣。還有那些生活上的東西，像是名畫、無價的傢俱、音樂、睿智的談話——啊，年輕的朋友，請恕我無禮，這都是你們這裡的人所想像不到的！她曾擁有這一切，還有許多傑出人物向她致敬。她告訴我紐約人覺得她不美——天啊，她的肖像畫已經被畫過九次了。歐洲最著名的藝術家都爭相畫她，懇求這份榮幸。難道這些都不算甚麼嗎？還有那位愛慕她的丈夫的懺悔，也是如此嗎？」

侯爵夫人講到激動處時，臉上因回憶起過往而出現心醉神迷的表情，如果不是亞徹已經先被驚愕住了，一定會笑出聲來。

如果有人事先告訴他：初見到梅朵拉‧曼森的第一印象是撒日使者的化身，他肯定會大笑。但是此刻他根本沒有心情笑，對他而言，這位夫人就像直接從愛倫‧奧蘭絲卡剛逃脫的那個地獄來的。

「她還不知道……這些事情吧？」他突然問道。

曼森夫人將一隻紫色的手指放在唇上說，「還沒直接告訴她，不過她是否已經猜到，誰又曉得？其實，亞徹先生，我一直在等著見你。自從我聽說你堅決採取的立場，以及你對她的影響力以後，我便希望能得到你的支持，說服你……」

「她應該回去？我寧願看著她死去，也不願她回去！」

「啊……」侯爵夫人咕噥道，沒有明顯的不悅。她靜坐在扶手椅上片刻，那把古怪的象牙扇在她戴著露指手套的指開闔、又開闔。突然間，她抬起頭聆聽著。

「她來了。」她急促的低，又指向沙發上那束花說：「亞徹先生，我想，你比較喜歡那樣做囉？畢竟，婚姻是婚姻……我的姪女仍然是個有夫之婦……」

18

「梅朵拉姑媽，你們倆在密謀甚麼啊？」奧蘭絲卡夫人邊走進客廳時大聲說道。她打扮得像要去參加舞會，全身閃耀著柔和的光芒，好像這件禮服是由燭光編織後成。她抬高頭，彷彿是一位美女在向一屋子的競爭對手提出挑戰。

「親愛的，我們正在說這裡有件讓妳驚喜的美麗玩意兒。」曼森夫人回道，起身頑皮指著那束花。

奧蘭絲卡夫人倏忽停下腳步，注視那束花。她面不改色，但是有道像夏日閃電的白色怒氣一閃而逝，「啊，」她以亞徹從未聽過的刺耳聲音吼道：「誰這麼荒唐送這束花？為甚麼送花束？而且偏偏挑選在今天晚上？我又不是去參加舞會，也不是一個剛訂婚的女孩。但有些人就是那麼荒唐可笑。」

她轉身走到門口，喊道：「娜塔莎！」

那位無所不在的女僕立刻出現。亞徹聽見奧蘭絲卡夫人刻意說得很慢，似乎是為了要讓他聽懂，故意謹慎說著義大利語：「來——把這束花扔到垃圾桶去！」

可是當娜塔莎抗議地瞪大眼睛時，她又說：「算了！錯又不在這些可憐的花。讓男僕把這束花送到隔壁第三家的溫瑟先生家，就是那位剛在這兒吃晚餐的憂鬱紳士。他的妻子生病了——看到這束花或許心情會好點……妳說男僕出去了嗎？那麼親愛的，妳親自跑一趟吧！披著我的斗篷，趕快跑過去。我希望這束花馬上從我眼前消失！還有，千萬別說花是我送！」

她把自己的歌劇院絲絨斗篷披在女僕的肩膀上，轉身回到客廳，用力關上門。她的胸部在蕾絲花邊下劇烈起伏，有一瞬間，亞徹覺得她快要哭了，她卻縱聲大笑，看一眼侯爵夫人後，又看看亞徹，突然說：「你們兩個——已經變成朋友了嘛！」

「這得由亞徹先生來說，親愛的。妳在更衣打扮時，他一直耐心等候著。」

「是啊，我給了你們足夠的時間。我的頭髮老是不聽話。」奧蘭絲卡夫人說，舉起手摸摸她假髻上束起的鬈髮，「但這倒提醒我，卡弗博士已經離開了，妳去布蘭克家要遲到了。亞徹先生，可以麻煩你送我姑媽上馬車嗎？」

她跟著侯爵夫人走進門廊，看著姑媽穿上那堆鞋套、披肩和肩巾，站在門口臺階上喊道：「記得，讓馬車十點鐘回來接我！」隨後走回客廳。當亞徹再次走進客廳時，發現她正站在壁爐邊，仔細照著鏡子。一位女士稱呼自己的女僕「親愛的」，還讓她披著自己的斗篷出去辦事，在紐約上流社會是非比尋常的事。置身於這種隨心所欲、奧林匹克競賽速度般行事的世界中，亞徹感到一股美妙的刺激感。

他走近她背後時，奧蘭絲卡夫人絲毫未動，有一瞬間，他們的目光在鏡中相遇。她接著轉過身來，窩在沙發的角落，嘆息說：「還有時間抽菸。」

他遞給她菸盒，又為她點燃一片紙捻。火苗燃起照耀在她臉上之際，她含笑的眼睛瞥了他一眼，然後說：「你覺得我發脾氣時怎麼樣？」

亞徹稍停片刻，然後突然下定決心似地說：「那讓我明白了，妳姑媽剛才講的那些關於妳的事情。」

「我就知道她在講我的事，所以呢？」

「她說妳過去習慣的那些事情，例如顯赫的場合、享樂和興奮刺激的活動，都是我們這裡無法提供給妳的東西。」

奧蘭絲卡夫人淡淡的笑容消失在她嘴邊吐出的那圈煙霧中。

「梅朵拉是個無可救藥的浪漫主義者，這讓她在許多方面得到了補償！」

亞徹再度遲疑了，然後大膽說道：「妳姑媽浪漫的想像是否一向真實？」

「你的意思是，她說的是真話嗎？」侯爵夫人的姪女思索著，回答：「嗯，我會說她所講的每一件事裡，幾乎有真也有假。可是你為何這樣問？她都跟你說了些甚麼？」

他移開目光，看向爐中的火焰，才又回來看她那容光煥發的容貌。想到這是他們在爐邊共處的最後一個夜晚，他的心頭驀然凜冽；而且，不久後，馬車就要來接她走了。

「她說……她聲稱，奧蘭絲卡伯爵請求她勸妳回到他身邊。」

奧蘭絲卡夫人沒有回應，只是靜靜坐著，半抬起的手裡仍拿著香菸。臉上的表情也毫無變化。亞徹想起自己先前曾留意到她從不展現驚訝的表情。

「那麼，妳已經知道了？」他脫口而出。

她沉默許久，時間久到菸灰落了下來，她用手將菸灰揮到地上。「梅朵拉曾暗示過有封信。可憐的人！梅朵拉的暗示……」

「她突然來訪，是因為妳丈夫的請託嗎？」

奧蘭絲卡夫人似乎也在思考這個問題。「誰知道呢！她告訴我，她是為了卡弗博士的『聖靈召喚』而來，我擔心她會嫁給卡弗博士……可憐的梅朵拉，一天到晚想嫁人。但也許是古巴那些人厭倦她了！我想她在那邊是受雇拿錢伴遊。說真的，我也不曉得她為甚麼要來紐約。」

「但是妳真的相信她身上有一封妳丈夫的信？」

奧蘭絲卡夫人再次陷入沉思，然後說：「畢竟，這是預料中的事。」

亞徹起身，走過去靠在壁爐上。他忽然心神不寧，覺得他們共處的時光所剩無幾，因而緊張得說不出話來，他隨時都可能聽見馬車歸來的車輪聲。

「妳知道嗎，妳姑媽認為妳應該會回去？」

奧蘭絲卡夫人很快抬起頭，她的臉燙紅著，一直透紅到頸子和肩膀。她鮮少臉紅，所以顯得很痛苦，似乎真的被燙傷了。

「外界對我有許多殘酷的評價。」她說。

「噢，愛倫——請原諒我，我真是個傻瓜。」

她露出微微笑容：「你太緊張了，你也有自己的煩惱，我知道你認為韋蘭家對於婚事的作法，實在太不通情理，我也贊同你的看法。歐洲人無法理解我們美國人的婚期為何要拖這麼久，唔，我想，他們可能不像我們這樣冷靜吧。」她說「我們」時，稍微加重了語氣，隱約透出諷刺的意味。

亞徹察覺出她的絃外之音，但不敢接下去說話。畢竟，她可能只是故意轉移話題，而且他剛才最後那幾句話顯然讓她傷心，他覺得現在只能跟隨她的心意了。但隨著時間分秒流逝，讓他不顧一切——他再也無法忍受他們之間隔著言語上的障礙。

「沒錯，」他突然開口說：「我到南方去懇求梅在復活節過後結婚。實在沒有理由到那個時候還不能結婚。」

「梅很愛你——但你仍舊不能說服她嗎？我還以為她夠聰明，不會成為這種荒唐迷思的奴隸。」

「她是很聰明，也沒有成為迷思的奴隸。」

「嗯，那麼……我就不明白了。」奧蘭絲卡夫人看著他。

他面紅耳赤，急忙說：「我們坦誠談了這件事……幾乎是頭一回這樣。她認為我急躁的態度是個不好的徵兆。」

「老天爺……不好的徵兆？」

「她認為這表示對我沒有自信會一直愛她。總之，她認為我之所以想盡快結婚，是因為想逃離一位……我更愛的人。」

奧蘭絲卡夫人好奇地思索這件事情：「如果她這麼想的話，那為甚麼還不急著結婚呢？」

「因為她不是那種人，她如此的高尚，她更堅持維持這麼長的訂婚時間，以便給我時間……」

「給你時間去找另一個女人，然後拋棄她？」

「如果我想這麼做的話。」

奧蘭絲卡夫人向前挪動身體，凝視著爐火。亞徹聽見寂靜街道上傳來馬車逐漸接近的蹄蹄聲。

「那的確是很高尚。」她說著，聲音略帶沙啞。

「沒錯，不過也很荒謬。」

「荒謬？因為你並沒有喜歡另一個女人。」

「因為我並不打算娶別人。」

「啊。」又過了一段很長的沉默，最後她終於抬頭望著他，問道：「那個另一位女人……她愛你嗎？」

「哦，根本沒有另一個女人。我的意思是，梅心中想像的那個女人，從來不存在。」

「那麼，你到底為甚麼如此著急呢？」

「妳的馬車到了。」亞徹說。

她半站起身來，茫然看了四周。不加思索的拿起身旁沙發上的摺扇和手套。

「是啊，我想我該走了。」

「妳要赴史卓特斯太太家嗎？」

「對。」她微笑補充：「我必須去歡迎我的地方，否則就太寂寞了。你何不隨我一起去呢？」

亞徹覺得不計一切也要留住她，讓她待在自己身邊，她今晚的時間都是屬於自己的。他無視於她的問題，只是繼續靠在壁爐邊，緊盯住她拿手套和摺扇的手，彷彿想看看自己是否能夠讓她放下那些東西。

「梅的猜測是對的，」他說：「的確有另一個女人——不過，不是她心中想的那位。」

愛倫・奧蘭絲卡未作回應，靜靜坐著。過了片刻，他坐到她身旁，握著她的手，輕輕掰開她的手指，手套和摺扇都輕聲落在他倆中間的沙發上。

她站了起來掙脫他，走到壁爐的另一側，皺起眉頭說：「啊，別跟我調情！太多人做過這種事了。」

亞徹臉色驟變，也站了起來。這是她給他的最難堪指責。「我從來就沒有想過跟妳調情，」他說：「而且永遠也不會。可是如果我們兩人存有半點可能，妳會是我想娶的女人。」

「我們兩人存在半點可能？」她毫不掩飾驚訝之情，望著他說：「你還說這種話——當你親自抹滅了這個可能的時候？」

他瞪著她看，宛如在黑暗中摸索，僅憑著一束光線，照亮那晦暗迷惘的道路。

「我抹滅了這個可能……？」

「是你，就是你！」她喊道，雙唇顫動，像個快落淚的孩子般顫抖。「就是你讓我放棄離婚的念頭——因為你告訴我離婚的決定有多麼自私、罪惡，還說我必須犧牲自己，維持婚姻的尊嚴……避免讓家族曝光在醜聞的傷害中。因為我的家庭即將成為你的家族——為了梅的緣故、為了你自己著想，我照你的話去做了，照你說服我的方式去做了。」她忽然大笑了起來：「我坦誠，我是為了你，才放棄離婚！」

她又跌坐沙發裡，蜷曲在那身節日穿的褶紋華服的漣漪中，像個受挫的化裝舞會賓客。亞徹仍然站在壁爐旁，繼續靜靜凝視她。

「老天，老天，」他喃喃低語：「當我想到……」

「當你想到？」

「啊，還是別問我想到甚麼！」

他仍盯著她看，看見火燒似的紅暈漸漸從脖子爬上她臉龐。她直挺挺坐著，正襟危坐面對著他。

「我想問你。」

「嗯，好吧。妳之前叫我讀的那封信裡有些事情……」

「我丈夫的那封信？」

「是的。」

「那封信裡沒寫甚麼可怕的事情，一丁點也沒有！我只是害怕帶給這個家族——帶給你和梅——惡名和流言蜚語。」

「老天！」他又喃喃道，把臉埋進雙手中。

隨後，靜默籠罩他們，無可挽救的事情已成定局，沉甸甸壓在他們身上。亞徹覺得好似被自己的墓碑壓垮擊倒了，在無盡的未來中，看不到能減輕心頭重擔的東西。他仍然站著，臉還是沒有抬起，被捂住的雙眼繼續盯著無邊的黑暗。

「至少我愛過妳……」他吐露出這句話。

他猜想，在壁爐另一邊的沙發角落，她還蜷縮在那裡，傳出了孩子般的抽泣聲。他驚訝萬分，於是走到她的身旁。

「愛倫！妳真傻！為甚麼哭了呢？沒有甚麼無法挽回的事情，我還單身，妳不久也會是的。」他將她摟進懷裡，她的面頰吻起來像潤濕的花朵，他們所有空虛徒勞的恐懼全都消失無蹤，如同太陽底下的鬼魂。令他吃驚的是只要一碰觸到她的肌膚，一切都變得無比簡單，他剛才竟然站在屋裡的另一端，跟她爭辯了五分鐘之久。

她也熱情回報他的每個吻，但片刻之後，他感受到懷中的她漸漸變得僵硬，她隨即推開他，站起身來。

「啊，我可憐的紐蘭——我想事情已成定局了，改變不了甚麼。」她直言說道，從壁爐邊低頭看著他。

「它改變了我整個生命。」

「不，不！絕對不行。你已經和梅・韋蘭訂婚，而我又是有夫之婦。」

他也站了起來，漲紅著臉，堅決說道：「胡說！說這種話太遲了。我們不能自欺欺人。先不談妳的婚姻，難道妳認為經歷這一切之後，我還會娶梅嗎？」

她默默站著，削瘦的手肘放到壁爐上，她的側影倒映在背後的玻璃上。假髻上的一個髮髻鬆脫，落在頸上，她看起來很憔悴，甚至有點蒼老。

「我不認為，」她終於開口說，「你能向梅提出這個問題，對吧？」

他毫不在意地聳聳肩，「事已至遲，無法再回頭。」

「你說這句話，因為這是此刻最容易說的話，而不是實話。事實上，現在我們註定只能按照原本的決定，其餘念頭都嫌太晚了。」

「啊，我不懂妳的意思！」

她勉強露出憐憫的微笑，表情卻沒有舒展開來，反而皺起眉頭。「你不懂，是因為你還不明白因為你的存在如何改變了我的生活。哦，從一開始──早在我知道你所為我做的事之前，你就改變了我。」

「我所做的一切？」

「沒錯，起初我不知道這裡的人躲避我，不知道他們全都認為我是個糟糕透頂的人。他們甚至拒絕參加宴會，不願意跟我共處一室。我後來才知道，你如何說服你母親跟你一起去范德路登家，以及你如何堅持在貝爾福家的舞會上宣布你訂婚的消息，如此一來，我就有兩個家族支持我，而不是僅有一個……」

聽到這句話，他不禁大笑起來。

「你想想看，」她說：「我是多麼愚蠢，又後知後覺！直到有一天奶奶不小心說出口，我才知道。在那之前，紐約對我而言等同帶平靜與自由，就像是回到溫暖的家。我當時很開心回到自己人身邊，而且我遇到的人都很親切和善，也很開心見到我。但是從一開始，」她接著說下去，「我就覺得其他人不像你這麼友善，沒有人跟我說一些聽得懂的道理、勸我去做那些起初很困難也很不必要的事。那些好人不會勸我，我覺得他們從未想要這麼做。但是你瞭解我、你懂，你感受過外面世界拉扯、限制個人的金鎖鍊，甚至你也痛恨社會對個人的要求，你痛恨用背叛、殘酷及冷漠所換來的報福。這是我以前從不知道的事情，而這比我以前知道的任何事，都還要美好。」

她用低沉而平和的聲音說著，沒有淚水，也看不出情緒激動。但從她嘴裡吐露出的每個字，都像是滾燙的鉛塊壓在他的心坎上。他躬身坐著，臉埋進掌中，盯著爐邊的地毯以及從她裙襬邊緣露出的緞質鞋尖。突然間，他跪下，親吻了那隻鞋。

她俯身湊向他，雙手放在他的肩膀上，雙眼深情注視著他，在她的注視下，他凝結不動。

「啊，我們不能讓你已經做的事前功盡棄！」她喊道，「我現在已經無法回到以前的思考方式。只有放棄你，我才能夠愛你。」

他的雙臂仍渴望地伸向她，她卻向後退縮。仍然凝視彼此，但她的話語無形中築成了一道牆的距離，將他們分開；他的憤怒與時爆發開來。

「那貝爾福呢？他會取代我嗎？」

說出這句話後，他料想會面對憤怒的回答，也希望她的憤怒能在自己的怒火上澆油。但是，奧蘭絲卡夫人只有臉色變得更蒼白，垂手站在那兒，微微低頭，就像她平時深思問題時的模樣。

「他現在正史卓特斯太太家等妳，妳怎麼還不去找他？」亞徹冷笑。

她轉身搖鈴，女僕應聲走進來時，她吩咐說：「我今晚不出門了，讓馬車去接侯爵夫人吧。」

門再度闔上時，亞徹繼續以苦澀目光看著她，「何必做這種犧牲呢？既然妳都說寂寞了，我沒有權不讓妳去交朋友。」

她濕漉漉的眼睫下露出一絲微笑：「我現在不寂寞了。我過去曾經很寂寞、曾經害怕，可是那種空虛和黑暗已經不復存在。現在當我回到自己的世界時，就像一個小孩走進永遠燈火通明的房間。」

她的語調及神情始終散發一股淡然氣息，令人難以接近。於是亞徹再度抱怨：「我不懂妳！」

「但你卻懂梅！」

聽到這句反駁的話時，他臉紅了，眼睛仍盯著她，「梅準備好放棄我了。」

「甚麼！三天前你才下跪向她乞求趕快結婚？」

「她拒絕了，讓我『有權』……」

「啊，你讓我明白這個字眼有多麼醜陋。」她說。

他感到無比的疲憊、意志消沉，於是轉過頭去。他覺得自己在陡峭崖壁上掙扎了數個小時之久，而現在，當他終於奮力爬到山頂時，卻又鬆脫手，一頭墜入黑暗的深淵。

如果他能再度摟她入懷，必然能一掃她的論據。只是她仍然與他保持著距離，神情和態度含有一股無法捉摸的冷漠，他畏怯地感受到她的真誠。最後，他只能再次開口懇求。

「如果我們按照現在這樣，往後的情形會更加糟糕——對每個人都很不利——」

「不、不行，千萬不行！」她幾乎像是在尖叫，彷彿驚嚇到了。

此時，門鈴長長的叮噹聲響徹整棟屋子。他們並未聽見馬車行駛到門口的聲音，因而都站著靜止不動，驚訝地看著彼此。

房間外，只聽見娜塔莎的腳步聲穿過走廊。打開外面的門，片刻之後拿著一封電報走進來，交給奧蘭絲卡伯爵夫人。

「鄰居那位太太看到花非常高興。」娜塔莎說，整理身上的圍裙，「她還以為是丈夫送的，掉了些眼淚，說他怎麼會做這種傻事。」

女主人微笑著接下黃色信封。她撕開信封，拿到燈下看。當門再度關上時，她將那封電報遞給亞徹。

電報是從聖奧古斯丁發來的，指名要給奧蘭絲卡伯爵夫人。他讀著信：

外婆的電報奏效了。爸爸媽媽同意在復活節後結婚。正在發電報給紐蘭，興奮得難以言喻。愛妳。滿懷感激的梅。

半小時後，亞徹打開自家的前門，在玄關小桌上那疊信件最上方，發現也有一封類似的信。熟悉的信封裡也是來自梅・韋蘭的訊息，裡頭寫道：

父母同意復活節過後的週二正午舉行婚禮。地點是懷恩教堂。八個伴娘。請與牧師聯絡。我好高興。愛你的梅。

亞徹把那張黃色紙頁揉成一團，好像如此就能抹去它捎來的消息。他拿出一本小日誌，用顫抖的手翻開它，卻找不到他想要的東西，於是又將那封電報塞進口袋，走上樓去。

一道光線從小門廳透了出來，是珍妮的更衣間和起居室。她哥哥急躁地敲著門。門打開了，妹妹穿著那件古老的紫色法蘭絨睡衣、頭上簪著髮夾站在他面前，她的臉色既蒼白又憂慮。

「紐蘭！那封電報沒有甚麼壞消息吧？我刻意在等你，以防萬一……」（他的信件總逃不過珍妮的眼睛。）

他不理會她的問題。「聽著，今年復活節是哪一天？」

她好像驚愕於如此異教徒般的無知。

「復活節？紐蘭！怎麼啦，當然是四月的第一個星期。怎麼了？」

「第一個星期？」他又翻閱那本小日誌本，喃喃計算日子。「妳是說第一個星期嗎？」

接著，他仰頭狂笑不止。

「看在老天的份上，到底是甚麼事？」

「沒甚麼，只是我一個月後就要結婚了。」

珍妮摟住他的脖子，將他緊緊摟在穿著紫色法蘭絨睡衣的胸前。「哦，紐蘭，真是太好了，我好高興！但是親愛的，你為甚麼笑個不停呢？安靜點，否則你會吵醒媽媽的。」

第二部
Book Two

這天春寒料峭，宜人的春風含著塵沙。兩個家庭的每位老夫人，都從衣櫃裡取出褪色的黑貂、變黃的白貂長袍，教堂前面幾排長椅傳來的樟腦味，幾乎掩蓋了聖壇上百合花散發的淡淡春日氣息。

紐蘭・亞徹在教區牧師手勢信號下，步出禮堂，伴郎倍他站在懷恩教堂聖壇的臺階前。

這個信號表示已經看到載著新娘和她父親的馬車了。當然，新娘父母進教堂後，他們還會在大廳停留一會兒整理服飾、詢問儀式流程。此時伴娘群早就像復活節的一簇鮮花，在前廳徘徊等候。在這個必然耽擱的等候時刻，人們期待新郎單獨面對教堂眾的賓客，證明他迫不及待的心情。亞徹就像履行其他儀式般，順從履行了這項儀式。十九世紀的紐約社會依然保存這些宛如亙古時期的儀式。每件事都很輕鬆，也很痛苦，端視你怎麼看待「自己承諾要走的那條道路」。伴郎慌忙之下發出的每道指令，他都執行了，就跟以前那些他指示過的新郎們一樣虔誠，走出同一座迷宮。

到目前為止，他理所當然認為自己完成所有的義務。伴娘的八束白色丁香花和紫羅蘭準時送達了，八位婚禮男儐相的黃金鑲藍寶石袖釦、伴郎的貓眼石領巾夾也是如此。他熬了大半夜，試著擬出不同措辭的謝函，感謝男性朋友及過去舊情人送來最後一批禮物；奉贈主教和牧師的禮金也安放在伴郎口袋裡；他的行李和待換的旅行衣物已經送到曼森・明格老夫人家裡，也就是舉行婚禮的地方，還有他蜜月旅行要穿的裝束。準備帶領這對新人前往未知目的地的火車包廂已訂妥——在遠古的儀式中，守密新婚之夜的地點，是其中最神聖的禁忌之一。

「戒指收好了嗎？」小范德路登・紐蘭耳語，他沒有擔任伴郎的經驗，所以對於自己擔負的重責大任緊張不已。

亞徹像他見過的許多新郎一樣，用他沒有戴上手套的右手摸摸深灰色背心上的口袋，再次確認那只小金戒（戒環裡刻著：「紐蘭致梅，一八七一年四月一日」）在口袋裡。接著，他又換回原來的姿勢，左手拿著高禮帽和黑針繡飾的珍珠灰手套，緊盯著教堂大門。韓德爾的〈結婚進行曲〉[1]迴盪在仿石質的教堂圓頂上方，隨著樂音，許多已經淡忘

1　德國作曲家喬治・腓特烈・韓德爾（George Frideric Handel, 1685–1759）創作的結婚進行曲。

的婚禮片段又浮現出來，他站在同樣聖壇臺階上，興高采烈又事不關己地，看著別的新娘翩翩走進教堂，走向別的新郎。

「多麼像歌劇的首場演出啊！」他在同樣的包廂裡（不，是教堂長椅上）看到同樣的面孔，在心裡猜想：當最後一聲喇叭響起時，塞爾福里奇・馬利太太會不會戴著同一頂飾有鴕鳥毛軟帽，而貝爾福太太會不會戴著同樣的鑽石耳環、露出同樣的微笑，或是，在天堂裡，是否已為她們安排好合適的前排座位。

這之後還有時間細看第一排座位的熟識面孔，女士們因好奇與興奮而生氣勃勃的，男士們則因必須在午宴前穿上長禮服、婚宴時爭奪食物而緊繃著臉。

新郎想像瑞吉・奇弗斯可能免不了會說：「婚宴是在老凱瑟琳家舉辦的，真糟糕啊。但我聽說洛弗爾・明格堅持讓自家廚師掌廚，所以如果吃得到的話，味道應當不錯。」他還想像希勒頓・傑克森會權威的加上一句話：「我親愛的夥伴，你聽說了嗎？喜宴會按照英國最新流行的方式舉辦，在小桌上用餐呢。」

亞徹的目光稍稍停留在左邊長椅上的母親，她剛挽著亨利・范德路登的手臂進教堂，躲在香蒂莉面紗[2]後面輕聲哭泣，雙手放在她祖母的貂皮手套裡。

他望著他妹妹，心想：「可憐的珍妮！她即使拉長脖子，也只能看見前排座位上的人，而這些人大多數都是紐蘭家族、達戈列家族一些衣著邋遢的人。」

在白色緞帶分隔出的親戚座位區，他瞧見身材高大、面色紅潤的貝爾福，正帶著傲慢的眼神打量女士們。在他身旁坐著他妻子，夫妻倆都穿戴銀色栗鼠皮毛和紫羅蘭花飾。在距離白色緞帶較遠的另一側，勞倫斯．萊弗茲頭髮梳得油亮，似乎在守護那位主持婚禮的隱形「優雅女神」。

亞徹猜想，以萊弗茲對婚禮的標準來看，他的挑剔的目光發現了多少瑕疵。隨後他突然想到，自己也曾經非常重視這些細節。那些曾是他生活重心的事情，如今看起來就像反諷幼稚人生的滑稽劇；或者像中世紀學者無止盡辯論的形上學。婚禮前的幾個小時，大家對於結婚禮物是否應「展示」出來，進行一場激烈討論。亞徹覺得難以置信，一群成年人竟會為了這點小事吵得面紅耳赤，而且這件事最後竟然是由於韋蘭太太的一句話，才歸納

2　香蒂莉（Chantilly）面紗以十七、十八世紀生產手織蕾絲品聞名的法國小鎮香蒂莉為名，曾深受路易十五情婦巴依夫人和路易十六王后瑪麗安東妮所喜愛。

出否定的結論，她憤怒得流下眼淚說：「我乾脆直接讓那些記者進來屋裡好啦！」亞徹也曾經對於眼前所有事情，懷有明確積極的評價；認為所有關乎這個小家族的行為方式及習俗，都深具意義。

「但自始至終，我想真實活著的人們一定活在某個地方，經歷、面對真實的事物……」

「他們來了！他們來了！」伴郎興奮地叫著，然而新郎早就知道了。

教堂大門輕輕開啟，這只是馬車行老闆布朗先生（此刻是身穿禮服，偶爾客串教區牧師的角色）在引導一大隊伍進場前，先查看裡面場地的舉動。門隨即又輕輕關上。再過了一會兒，門隆重地被推開了。教堂響起一片低語聲：「女方進場了！」

韋蘭太太挽著長子的手臂先進場。她紅撲撲的大臉端莊得體，穿戴鑲著淺藍色飾布的紫紅緞衣和藍色鴕鳥羽毛裝飾的小緞帽，普遍獲得大家的好評。還沒等到韋蘭太太在亞徹夫人對面的座位坐下，觀眾早就伸長脖子去看接下來是誰進場。婚禮前一天，已傳聞曼森・明格老夫人雖然身體行動不便，堅決出席這場婚禮。這個想法很符合她冒險的性格，因而俱樂部人士打賭她能不能走入教堂並擠進座位中，賭注愈下愈高。據說她曾堅持叫她自己的木匠去看看「是否能把前排座位的板子拆下」，並測量座位前方的空間，但木匠的說法令她失望。她的家人憂心忡忡，看她忙了老半天，因為她打算坐在帶輪子的扶手椅，讓人推進教堂，像女皇般堂堂端坐在聖壇前。

她想以這種匪夷所心的方式進場，家人們感到苦惱，所以當某個聰明人想到那張椅子太大而無法通過從教堂大門到涼棚鐵柱的這段路途，他們簡直想在這位聰明人身上掛滿金牌。儘管她也想過拆掉這些鐵柱，可是讓新娘曝曬在那群拚命想接近涼棚邊的裁縫師、新聞記者面前，就連老凱瑟琳也沒有勇氣嘗試。當老夫人對女兒稍微提起這項最後計畫時，韋蘭太太驚呼：「哎呀！這樣的話，他們可能會拚命拍攝，把我孩子的照片刊登在報紙上！」面對這種難以想像的傷風敗俗之事，整個家族都同聲打了冷顫。於是老祖母只好讓步，但交換條件是婚宴必須在她家舉辦，儘管（如同華盛頓廣場的親戚所言）韋蘭家的地點較為方便，畢竟，將賓客載往偏遠地方，實在很難跟布朗講個便宜的好價錢。

雖然傑克森兄妹四處宣傳這些細節，少數一些好事者仍舊相信老凱瑟琳一定會在教堂露面。當他們發現由她的兒媳婦代替她出席時，大家的熱情才明顯退卻。洛弗爾・明格太太總是刻意穿上新裝，搭配她上了歲數的年紀，導致她滿面紅光、目光呆滯的模樣。待她婆婆沒露面所引起的騷動消退後，大家都認同她那身黑色香蒂莉薄紗搭配淡紫色緞面服、帕爾瑪紫羅蘭帽，恰與韋蘭夫人身上的藍色梅紅色相間的禮服相映成趣。而緊隨在後、挽著明格先生進場的這位女士，枯瘦憔悴又裝模作樣，留給眾人截然不同的印象；她身穿條紋服裝，身上的流蘇及飄動的圍巾全都糾結在一起。當最後這位幽靈走進亞徹的視線時，他的心糾結翻騰，進而停止跳動。

他一直以為曼森侯爵夫人還在華盛頓，因為侯爵夫人大約四週以前陪同她姪女奧蘭絲卡夫人前往華盛頓。一般皆認為：她們突然離開是由於奧蘭絲卡夫人想讓姑媽能遠離演說大師亞嘉森・卡弗博士。這位博士差點就成功說服她姑媽拉進加入「愛之谷」會員。因此在這種情形下，沒人預期這位女士會回來參加婚禮。亞徹屏息緊盯著梅朵拉奇幻的身影，睜大眼睛看走在她後面的人是誰。然而，這短短的一列隊伍到此為止，家族的次要成員皆已入座，而那八個位高䠷的男儐相彷彿遷徙的候鳥或昆蟲群聚成隊，從側門悄悄走進大廳。

伴郎低聲耳語：「喂，紐蘭，她來了！」

這句話瞬間驚醒亞徹。

他的心臟顯然停止跳動了許久，因為那隊白色和玫瑰紅色的隊伍事實上已經行進到教堂中間。主教、教區牧師及兩位穿著白衣的助理全都站定到擺滿鮮花的聖壇旁。而施波爾交響樂第一和弦[3]彷如花朵一般的音符，已輕輕灑落在新娘面前。

3　指德國作曲家路易斯・施波爾（Louis Spohr, 1784—1859）的交響樂。

亞徹睜開眼睛（只是他的雙眼真的如他想像般閉上了嗎？），感覺心臟又恢復正常運作。音樂、聖壇上百合花散發的香氣、新娘的薄紗和香橙花束如雲朵般緩緩飄近。亞徹夫人的臉龐因喜悅的啜泣而顫動，教區牧師低聲唸誦祝禱詞，八位穿著粉紅色禮服的伴娘以及八位穿著黑色禮服的男儐相，井然有序地前進。這些情景、聲音和感覺皆如此熟悉，但如今卻因為角色變換，變得那麼陌生又毫無意義，亂哄哄地充斥在他腦海中。

「我的天哪，我有把戒指帶來嗎？」他於是又重複一次新郎慣有的驚慌動作。

轉眼間，梅已翩然來到他身旁。她散發出燦爛光芒，送出一股輕柔的暖流給呆滯的亞徹。他於是挺直腰桿、望著她的眼睛微笑。

「親愛的朋友，我們今天聚集在此……」教區牧師開口說話。

婚戒戴在她手上了，主教也已經為這對新人祝禱，伴娘們皆重新排好隊伍，管風琴開始演奏孟德爾頌結婚進行曲[4]。少了這首曲子伴奏，新婚夫妻就不能出現在紐約社交界。

「你的胳臂——聽見沒，快把胳臂給她！」伴郎小紐蘭緊張地輕聲提醒，亞徹再次意

4　由費利克斯・孟德爾頌（Felix Mendelssohn, 1809–1847）所創作的傳統結婚進行曲。伊迪絲・華頓在《純真年代》一共描述了三首知名的結婚進行曲。

識到自己又神遊到遙遠的地方；他納悶著，是甚麼將他送往那裡去的呢？也許是因為那一眼——也許是在教堂翼廊那些不知名的群眾間，他瞥見一頂帽沿露出的黑色鬈髮。但稍一回神，立刻發現那一綹鬈髮屬於一位陌生長鼻子女士所有，完全跟他腦海中的那位女子迥然不同。不禁自問：是否已經出現了幻覺？

此刻，他階同新婚妻子正緩緩步出教堂，隨著孟德爾頌輕快的韻律行進，美好春日正召喚他們穿越敞開的大門。韋蘭夫人的栗色馬匹繫著大大的白色緞飾花結，在涼棚走道的另一端騰躍，吸引大家的目光。

馬車夫的領子上也繫著一個更大的白色緞飾花結。亞徹幫梅披上斗篷，跳上那輛馬車坐在梅身旁。梅面帶喜悅微笑看著他，他倆在她的薄紗下十指交扣。

「親愛的！」亞徹說道；之前那個黑暗深淵又在他面前裂開，他覺得自己再次沉入其中，愈來愈深。但此時，他以平靜欣喜的聲音說：「我當然以為自己弄丟了戒指。要是可憐的新郎沒有經歷過這種體驗。婚禮就不算完整。但是，妳真的讓我等了好久，妳知道的！讓我有時間去想一件件可能發生的可怕事情。」

在途經第五大道時，她竟然轉身摟住他的脖子，他感到驚訝不已。她說：「不過，只要我們在一起，就不會發生任何可怕的事了，紐蘭。不是嗎？」

這一天的每項細節均經過無比周詳的計畫，婚宴結束後，新婚夫妻有足夠時間換上旅行裝束，在笑容滿面的伴娘群、揩拭眼淚的父母陪同下，步下明格家的寬敞臺階，並依照傳統，在大家灑白米、拋出彩帶祝福之下，新婚夫妻登上馬車。他們還有整整半個鐘頭的時間，乘車前往火車站，並像個經驗豐富的旅行家，先在書報攤買最新一期的週刊，悠閒坐進預定的包廂。梅的女僕事先已將鴿子色斗篷、從倫敦新添購的嶄新化妝包放在包廂裡了。

住在萊茵貝克的杜拉克老姑媽，已經備妥房房預備供給這對新人使用，這份熱心源自於盼望到紐約與亞徹夫人共住一週的憧憬。亞徹慶幸自己無須入住去費城或巴爾的摩旅館內的「蜜月套房」，於是欣然接受這項安排。

梅非常著迷於鄉下去度蜜月的計畫。她像孩子般興奮，看著那八位伴娘絞盡腦汁也猜不出他們的神祕旅地。「出借鄉間度假屋」是「非常英國」的作風，所以最後這項安排，使大家公認這是當年最風光的婚禮。然而，除了新郎、新娘的父母，蜜月的地點不能透露給任何人知道。當大家不斷追問時，新人的父母就會嘸起嘴神祕兮兮說：「啊，他們根本沒有告訴我們哪！」一句句屬實，因為確實沒有必要。

他們在火車包廂安頓好之後，火車飛馳過郊區無邊無際的樹林，穿梭在清麗的春色中，與梅聊天比亞徹預期中容易許多。梅無論在外表或口吻上，仍然是昨天那位單純的女孩，急著跟亞徹討論婚禮上發生的所有細節，就像伴娘和男儐相客觀討論婚禮相關事宜一般。亞徹最初以為這超脫的態度，純粹是為了掩飾她內心的激動，但她清澈雙眸只流露出寧靜的單純。這是她初次和丈夫獨處，而她丈夫就是昨日那位迷人的摯友，世上沒有人能讓她如此傾心、完全信賴。而在訂婚和結婚這整趟愉快冒險中，最令人雀躍的事，莫過於與他單獨踏上旅程了；就像成年人般，事實上應該說就像「已婚女子」。

正如亞徹在聖奧古斯丁教區花園的奇妙覺悟，這麼深沉的感觸竟能與如此單調貧乏的想像力並存。不過他仍然記得，即使在那個時刻——當她一旦擺脫心中的煎熬，就立即恢復純真的少女神態時，他是多麼的驚訝。他也瞭解到在未來的人生中，她也許能竭盡全力去應付生命中的難題；但永遠也不可能一眼就預料出事情的發展。

也許正是因為缺乏洞悉世事的天賦，她的眼眸才會如此清澈，而她的臉部表情代表某種類型的人，而非獨立的個體，她可能會獲選為扮道德女神或希臘女神的角色，流淌在她肌膚內的血液像防止衰老的防腐劑；她那永不殞滅的青春容顏，使她看起來既不冷酷也不遲鈍，只會讓人覺得天真純樸。亞徹深陷在這些思緒的同時，發覺自己正在用一個陌生人的詫異眼光看著妻子，於是開始談起婚宴的一切、明格老夫人樂得合不攏嘴的得意笑容。

梅也毫不掩飾的加入這個話題，「不過，我很意外梅朵拉姨媽竟然來了，你也是吧？愛倫寫信說她們倆的狀況都不宜旅行。但願她現在已經恢復健康了！你看到她送給我的那塊精緻古董蕾絲紗嗎？」

他知道這一刻遲早會來，然而他卻多少想借助能意志力阻擋。

「看到了……呃，它很美。」他回答，茫然注視著她，同時在心裡默想著：是否每次聽到「愛倫」這兩個字，所有他小心翼翼構築起來的世界，就會像崩塌在他眼前的紙牌屋。

「妳累不累？如果我們到的時候可以喝杯茶，那就太好了。我相信姑媽們一定將所有事情都安排好了。」他絮絮叨叨的說，同時握住梅的手。梅的思緒馬上飛翔至而貝爾福贈送的高級巴爾的摩銀製茶具和咖啡杯組，那套餐具應該能與洛弗爾・明格舅舅贈送的托盤和小碟子完美「搭配」。

在春天暮色中，火車停駛在萊茵貝克車站，他們沿著月台走向等候他們的馬車。

「啊，范德路登夫婦心腸真好，竟從斯庫特克利夫派遣僕人來接我們。」亞徹大喊；一位沉著穩重的便衣僕人迎面走來，接下女僕手中的旅行袋。

「先生，抱歉之至。」這位特使說：「杜拉克小姐家出了一點小問題，他們家的水箱昨天漏水了。范德路登先生今早得知這個消息後，立刻派遣一位女僕搭早班火車去收拾好莊主的那棟石屋。先生，您一定會覺得那間屋子非常舒適！杜拉克小姐也派了廚師過去，那裡應該會跟您在萊茵貝克時完全一樣。」

亞徹茫然盯著說話中的特使，導致對方用抱歉的語調再次說道：「那兒完全跟萊茵貝克一樣，我向您保證……。」

梅熱切的聲音突然響起，掩過那尷尬的沉默，「就跟萊茵貝克一樣嗎？莊主的那棟石屋？那可要好上一萬倍呢，不是嗎，紐蘭？范德路登先生設想得真是周到，實在太好心了。」

他們上路之後，女僕坐在馬車夫旁邊，那些華麗亮眼的新婚旅行袋放在前面的座位上，她繼續興奮地說：「真是太好了，我從來沒有去過──你去過嗎？范德路登夫婦只讓少數人看過那間屋子。但是他們讓愛倫進去過；她告訴我那是個非常溫馨的小地方，還說那是美國唯一一座會讓她感到十分幸福的房子。」

「啊，我們就是會那麼幸福，不是嗎？」她丈夫愉快喊道。

她以孩子氣的笑容回應：「哎呀，這只是我們幸運的開端而已，美妙的幸運將會永遠降臨在我們身上！」

「親愛的，我們當然得和卡弗萊太太用餐。」亞徹說。他妻子卻皺著眉頭焦慮望著他，中間隔著住宿處早餐桌上具有紀念意義的不列顛餐具。

在荒涼的秋季倫敦，飄著陰雨綿綿，紐蘭．亞徹夫婦只認識兩個人，這兩個人也是他們盡力避免去打擾的人；因為按照紐約習俗，在國外刻意引起熟人的注意，是有失「體統」的行為。

亞徹夫人和珍妮遊訪歐洲的旅途中，一貫遵守這個原則，面對那些向她們示好的旅人，她們以頑固的矜持拒人於千里之外，所以幾乎創下如下的紀錄：只跟旅館及車站服務人員說話，絕不與任何「外國人」交談。至於她們自己的同胞，除了舊識或信賴的人以外，更是毫不掩飾的露出鄙視態度。如此一來，除非巧遇奇弗斯、達戈列或明格家族的人，否則她們在旅途中，就僅是兩人緊緊相依。但是百密終有一疏，總會有意外發生。在義大利北部波札諾的某天夜晚，住在走廊對面的兩位英國女士（珍妮已經私下查明她們的姓氏、穿著及社會地位），其中一位前來敲門，詢問亞徹夫人是否有一種塗抹型藥膏；因為另一位女士——也就是是敲門人的姊姊卡弗萊太太——突然患了支氣管炎，而亞徹太太旅行時總會隨身攜帶所有家用藥品，恰巧有對方急需的藥物。卡弗萊夫人病得很厲害，再加上只有她和妹妹哈麗小姐單獨旅行，所以格外感激亞徹母女給予的無比安慰，還讓幹練女僕從旁協助照顧病人直至康復為止。

亞徹母女離開波札諾特的時候，根本沒想過將來會再見到卡弗萊太太和哈麗小姐。亞徹夫人認為刻意去打擾這兩位她偶然幫助的「外國人」，是最失禮的事情；但是卡弗萊太太姊妹絲毫不知道紐約人的這種想法，即使她們知道，也絕對難以理解，只是對於這兩位在波札諾特善待她們的「友善美國人」感激不盡。懷著這種真摯的感情，她們抓住每次與亞徹母女見面的機會；每當亞徹夫人和珍妮前來歐洲旅行時，這對姊妹便會精確打聽亞徹母女往返美國時途經倫敦的時間。這種親密的關係逐漸契合如金蘭之交，而且每回亞徹夫人和珍妮一抵達布朗旅館，總會看見兩位熱情的朋友已經在那兒等候了。她們發現這兩位朋友跟自己一樣，也喜愛在沃德箱中種植蕨類植物、編織蕾絲的流蘇花邊，以及閱讀《邦森男爵回憶錄》[1]，對於倫敦的重要牧師也有自己的見解。亞徹夫人常說：認識卡弗萊

1　邦森男爵夫人（Frances Bunsen, 1791－1876）為丈夫（Christian Charles Josias von Bunsen, 1791－

夫人和哈麗小姐以後，倫敦變得「完全不一樣了」。因此，當紐蘭訂婚時，這兩個家族的友誼已經相當親密，鑒於這種交情，「勢必」一定要將紐蘭的結婚邀請函寄給兩位倫敦女士。而這兩位倫敦友人也回寄一束在玻璃盒裡的阿爾卑斯山壓花。紐蘭和新婚妻子準備搭船前往英格蘭時，亞徹夫人在碼頭叮囑道：「記得一定要帶梅去探望卡弗萊夫人。」

紐蘭和妻子本來無意按照母親的吩咐，但是卡弗萊夫人憑藉一貫的精明，準確找到他們的行蹤，並且送來一封邀請函。梅正是為了這封邀請函，隔著餐桌上的茶和鬆餅蛋糕皺著眉頭。

「這對你來說當然沒有問題，紐蘭；你認識她們。但我在一群陌生人面前會非常害羞，再說了，我應該穿甚麼呢？」

紐蘭往後靠在椅背上，望著她微笑。她看上去愈來美愈標緻，更像戴安娜女神了。英格蘭溼潤的空氣似乎讓她的雙頰增添幾分紅潤，也柔和了她略微冷漠的少女容顏，若非如此，就是她內在幸福的喜悅在冰霜下透出閃亮光輝。

「親愛的，穿甚麼衣服呢？我記得上週才從巴黎寄來一箱衣物啊。」

860）撰寫的生平回憶錄，此書於一八七六年出版。邦森男爵為德國駐英外交官及學者。

「的確是這樣沒錯。但我的意思是，我不知道穿哪一件才好。」她微微噘起嘴，「我從未在倫敦外出用餐過，不想惹人笑話。」

「但英格蘭女士夜晚的時候，不是跟大家穿得一樣嗎？」他試著理解她糾結的情緒。

「紐蘭！你怎麼會問這麼滑稽的問題？你知道嗎，她們去劇院的時候，會穿上舊式舞會禮服，而且還不會戴帽子。」

「啊，那或許她們在家會穿新的舞會禮服。但不論如何，卡弗萊太太和哈麗小姐不會這樣。她們會戴跟我母親同款的帽子和披肩，那種很柔軟的披肩。」

「好，但是其他女士又會穿甚麼呢？」

「不會像妳穿得那麼漂亮，親愛的。」他回答，有點納悶她何時變得像珍妮一樣，對於衣飾有那種病態、執著的興趣。

她嘆口氣，向後推動椅子，「你這樣說真好，紐蘭。可是對我沒有太大幫助。」

他突然靈光乍現，「何不穿上妳的結婚禮服呢？那絕對不會出錯的，對吧？」

「噢，親愛的！要是那件禮服在這兒就好了！偏偏我已把它送去巴黎修改，以便在下個冬季穿，而設計師渥斯2還沒把禮服寄回來呢。」

「哦，那麼……」亞徹說著，同時站起身來，「妳看，霧散了。如果我們能趕緊去國家美術館，也許還可以看看那些畫。」

紐蘭‧亞徹夫婦度過三個月的蜜月旅行之後，正踏上返回紐約的歸途。梅寫給閨房密友的信中，說這趟旅行的總結是「幸福快樂」。

他們並未造訪義大利湖區，亞徹反覆深思熟慮後，覺得妻子不適合那種特殊景色。她與巴黎裁縫師來往熟識一個月後，只偏好於七月爬山、八月游泳的旅程。他們確實完成了這些事情；七月在瑞士山區茵特拉肯和格林德瓦度假，八月則在諾曼第海地岸一個叫作厄特塔的小地方度過，向他們推薦此處景點的人說：這個地方寧靜又雅致。置身在那片山巒的時候，亞徹有一兩次指著南方說：「義大利在那兒。」梅的腳下是一片龍膽花海，高興地笑著回答：「只要下個冬天你不必待在紐約，就能去一趟義大利了，那該有多好啊。」

但事際上，她對旅行興趣缺缺，比亞徹所預期的熱忱還要低。梅認為旅行（一旦她訂

2　引領潮流的英國時尚設計師查理斯‧渥斯（Charles Worth, 1825–1895），他後來成為高級訂製服的發起人。

製好服飾）只是增加散步、騎馬、游泳的機會，以及嘗試草地網球這項迷人的新運動而已。等他們終於又返回倫敦時（他們在此停留兩週，以便訂製「他的服飾」），她不再掩飾歸心似箭的航海渴望。

倫敦令梅感興趣的地方只有劇院和商店而已。她覺得倫敦劇院遠不及巴黎咖啡館的演唱精采有趣。在香榭麗舍大道盛開的七葉樹下，她初次體驗到從餐廳露臺上俯看底下那群聽眾的嶄新經驗，並盡量讓丈夫向她解說適合新娘子聽的歌曲。

亞徹已經重拾從前對於婚姻的看法。遵循傳統，完全像他周遭朋友那樣對待妻子，這麼做比實行單身時的婚姻觀理論輕鬆許多。他發覺從前自由時的想法太輕率，因為試圖解放一位渾然不覺自由受到束縛的妻子，根本毫無用處，而且，亞徹早已發現：梅只會將她自認為擁有的自由，奉獻於婚姻的聖壇上；她內心的尊嚴不會允許自己濫用這份禮物。即使將來一天（譬如上次的情況），當她鼓起勇氣收回愛和奉獻時，會覺得是出自於為丈夫著想的好意。但是，她對婚姻的看法太單純又平淡乏味，於是只有當亞徹出軌時才可能發生這種婚姻危機。他心底明白，無論發生任何事，梅都會永遠忠於自己、勇敢又無怨無悔；這也讓他必須同樣誓守這份美德。

這一切都輕易能將將他拉回往日慣有的思維。如果梅的單純是心胸狹窄的單純，就會惹惱他並會引起他的反感；可是，儘管她的性格特質非常貧乏，卻像她的容貌同樣美好，因此，梅便成為所有舊日傳統的美德女神。

梅的性情特質雖然不可能讓國外旅行趣味橫生，卻依然使她成為一位輕鬆愉快的伴侶。但是亞徹很快就發現：這些性格在適當時機就會各司其職，發揮作用。他其實不怕受到她的壓制，因為他的藝術和知性生活一如往常，將於家庭生活圈外繼續進行。況且，家庭生活也絕非一成不變的沉悶瑣碎──回到妻子身邊絕對不會像是「從曠野漫步回到悶熱的屋子」，日後一旦梅懷了孩子，兩人生活中那塊空虛角落自然會被填滿了。

他們從梅菲爾緩緩馳往卡弗萊太太和她妹妹居住的南肯辛頓旅途中，這些事情全都掠過他的腦海裡。亞徹也像推辭朋友的盛情邀約──按照家族傳統，他總是以觀光客和旁觀者的身分旅行，無視於其他人的存在。只有一次，亞徹剛從哈佛大學畢業，在佛羅倫斯與一群奇怪的歐化美國人共度幾週暢快日子。他們在豪宅中陪伴一些貴族名媛跳舞，通宵達旦；又在時髦俱樂部裡跟紈袴子弟賭博，耗盡大半日光陰。雖然這些往事對他而言是世上最快樂的事，卻跟嘉年華會一般不真實。那些沉浮於世的奇怪女子，深陷在複雜情感緋聞中，她們似乎覺得需要跟萍水相逢的人推銷自己；那些高尚的英俊的年輕軍官以及染髮的衰老才子，都是她們傾訴的對象或信賴的人，然而，這些人與亞徹成長過程中所接觸的人們大不相同；太像溫室裡昂貴又難聞的異國花卉品種，無法觸動他的遐思奇想。他絕不能將妻子引薦到這樣的社交界，況且在這次旅途中，也沒有人強烈表現出想與他作伴的渴望。

他們抵達倫敦後不久，亞徹便遇見聖奧斯特公爵。公爵一眼就認出他來，並說：「來找我吧，好嗎？」但是沒有一位腦筋清楚的美國會把這句話當真，兩人會面的事自然就沒有下文了。他們甚至設法成功避開梅的英國姑媽，這位銀行家的妻子如今仍然居住在約克郡。事實上，他們刻意把赴往倫敦的時間拖延到秋天，免得讓這些不熟悉的親戚們認為他們在社交季抵達，是想要趨炎附勢。

「卡弗萊夫人家中也許沒有甚麼人——這個季節的倫敦等於一座荒城，你打扮得太光鮮亮麗了。」亞徹對身邊的梅說道。在雙座馬車上，梅身披一件天鵝絨邊飾的天藍色斗篷，十分耀眼無瑕，讓人有某種感覺——她暴露在倫敦的塵垢中簡直會是種罪惡。

「我不想讓他們覺得我們穿得像野蠻人。」她回答，語氣中的嘲弄意味足以激怒印第安公主寶嘉康蒂[3]。亞徹再次感到驚訝，就連最不諳世事的美國女人也將衣飾的優勢視如崇高的宗教。

3　寶嘉康蒂（Pocahontas, 1595－1617）是美國維吉尼亞州印第安部落酋長的女兒。一六一三年英印戰爭時，寶嘉康蒂被英國人俘獲後信仰基督教，並選擇與英國人成婚、共同生活，成為倫敦社交界中「開化的野蠻人」，為殖民者與部族間帶來和平。

「這是她們的盔甲，」他心想，「她們對陌生人的防範，也是一種挑釁。」他也初次瞭解到：為何這位無法在頭髮繫上髮飾取悅他的妻子，也慎重完成選購、訂製大批服飾的隆重儀式。

果然不出他所料，卡弗萊夫人家的宴會是場小餐宴。除了女主人與她妹妹，他們在冷清的長型客廳中看到另一位穿戴披肩的女士、她和藹親切的牧師丈夫、一位據說是卡弗萊夫人姪子的安靜少年，以及一位身材矮小、雙眼炯炯有神的黝黑紳士；卡弗萊夫人引薦時說他是姪子的家庭教師，並說了個法文名字。

步入燈光昏暗下面貌模糊的人群中，梅．亞徹宛如隻披著黃昏餘暉的天鵝般翩翩出現。亞徹覺得她比以往更高䠷、美麗且急躁。他又發現，她臉上泛著紅暈和不安寧正象徵她極為幼稚的羞怯。

「他們到底期望我說甚麼呢？」她那雙無助的眼神正向他哀求，此刻，她那慌亂的靈魂也使在座賓客跟著焦慮起來。但即使對於自己的容貌失去信心，美貌依然能喚醒男人心底的氣慨。因此，牧師和那位法國名字的家庭教師旋即向梅表示安慰，希望她不必拘束。

儘管他們盡了一切努力，這場餐宴依舊稍嫌沉悶。亞徹注意到妻子為了在外國人面前表現出泰然自若的姿態，她談話的內涵反而變得更加空洞生硬，如此，雖然她的容貌甜美可人，談話內容卻索然無味、讓人不知如何接續下去。牧師不久就放棄談話了，但那位英語流利精湛的家庭教師卻見義勇為地慇懃支持她，直到女士們上樓前往客廳；這真讓在場的人都如釋重負。

牧師喝了一口葡萄酒後，趕著去赴另一個邀約了。那位看似生病的害羞姪子也該準備就寢了。亞徹和那位家庭教師仍靜坐對飲；亞徹突然發現自從上次和奈德・溫瑟交談後，還從未與人如此暢談過。原來，由於卡弗萊的姪子罹患肺癆，不得已從哈羅公學休學，遠去瑞士日雷夢湖的溫和氣候中休養了兩年。因為這位姪子是嗜讀書的年輕人，家人於是便把他託付給家庭教師里維埃先生照顧。後來，里維埃將他帶回英國，陪伴他一直到翌年春天這位姪子進入牛津大學為止。里維埃先生直言不諱，說到時自己就需要另謀高就了。

亞徹心想，像里維埃這類興趣廣泛又多才多藝的人，不可能長期賦閒。他年約三十歲，臉頰瘦削難看（梅一定會說他相貌平庸），但他能夠暢談自己的想法，活躍的談吐中絲毫無半分輕佻或庸俗的內涵。

他的父親早逝，生前曾擔任小外交官的職位，本來希望兒子繼承父業，但由於他熱愛文學，因此投入新聞記者的行業，接著轉為作家（顯然寫作未成功）。最後，經歷一些他未詳細描述的嘗試與世事變化，他擔任了英國少年在瑞士的家庭教師。然而在此之前，他曾經在巴黎居住了一段時間，頻繁出入作家龔古爾的住所，莫泊桑也曾勸他不要嘗試寫作（亞徹覺得這是莫大的殊榮！），他也常在母親家與梅里美交談。4他顯然長期處於貧困交加的焦慮處境中（因為他必須照顧生病的母親和未婚的妹妹），他的文學夢也隨之破滅，就物質生活而言，他的境況其實不比奈德・溫瑟寬裕，但是他生活圈中的世界如同他所言，充斥愛好思索的人，他們的精神永不匱乏；然而正是這種愛好，讓可憐的溫瑟幾乎三餐不繼，亞徹卻用一種深刻的妒嫉心，看著這位在貧困生活中燦爛度日的年輕人。

「亞徹先生，你看，為了保持心智上的自由、不讓自己鑑賞和獨立批判的能力受到壓制，不是可以罔顧一切代價嗎？正是由於這個原因，我才放棄記者的職位而從事這麼多無趣乏味的工作：當家庭教師和私人祕書。這些工作當然非常單調沉悶，但是能保持個人的精神自由，也就是法國人所謂的『忠於自我』。當一個人聽到富有內涵的談話時，可以加入談話，但不必對任何看法妥協；或者可以靜靜聆聽，在內心默默回應。啊，一場有內涵

4 艾德蒙・龔古爾（Edmond de Goncourt, 1822–1896）及朱爾斯・龔古爾（Jules de Goncourt, 1830–1870）兄弟是法文作家，他們共同經營一間沙龍。居伊・德・莫泊桑（Henry-René-Albert-Guy de Maupassant, 1850–1893）被譽為法國最偉大的短篇小說家。普羅斯佩・梅里美（Prosper Mérimée, 1803–1870）為法國現實主義作家、中短篇小說家。

的談話－實在是無與倫比，不是嗎？滿溢各種思維的氛圍，才是唯一值得呼吸的空氣所以我從不後悔自己放棄外交和新聞工作，因為它們都只是放棄自我的兩種形式罷了。」當亞徹又點燃一支香菸時，年輕人目光炯炯的眼神注視著他說：「你瞧，先生，即使住在簡陋的小閣樓也值得，不是嗎？但畢竟人都要賺錢去付清閣樓的房租。我也承認，一輩子擔任家庭教師或任何『私人』職務，幾乎跟在布加勒斯以二級祕書終老一樣可怕，令人不敢想像。有時候，我覺得自己應該放手一搏，冒險去做！例如，你覺得在美國──在紐約，我能找到任何工作機會嗎？」

亞徹驚訝的目光停留在對方臉上。一個經常拜訪作家龔古爾兄弟和福樓拜、並且認為唯有精神生活才是理想價值的年輕人！竟然想前去紐約尋覓工作！他繼續困惑地盯著里維埃先生，不知該如何告訴對方，這些長才及優越條件絕對會是他成功的阻礙。

他結結巴巴地說：「紐約……紐約……一定非得紐約不可嗎？」實在完全無法想像，他的故鄉紐約是否能提供賺錢機會給這位只追求精采對話的年輕人。

里維埃先生的黯淡皮膚瞬間浮現紅暈。「我……我以為你的城市，不是知性生活較為活躍的地方嗎？」他回道，接著好像怕亞徹誤以為自己要求提供協助，於是趕緊說：「人總是隨口說說，大多是說給自己聽的，而非真心想要說給別人聽。其實我並不著急……」他從座位上起身，看不出任何忸怩不安的跡象，又說道：「話說回來，卡弗萊夫人會覺得我應該你帶上樓了。」

回家途中，亞徹仔細勘酌這段插曲。里維埃先生與他共度的時光裡，為他注入一股清流；一開始在衝動之下，他想邀請對方隔天一道用餐，但他後來逐漸明白，為甚麼已婚男人總是不能隨心所欲地付諸行動。

他在馬車上試探地問梅：「那位年輕教師真是風趣，我們在晚餐過後愉快暢談書籍和其他事物。」

梅從夢境般的沉默甦醒過來，婚前他沒有捉摸出這般沉默的含意，但歷經六個月的婚姻生活，他逐漸抓到訣竅。

她澹淡問道：「你是說那位小法國人？他不是個很平凡的人嗎？」他猜想梅一定暗自失望，覺得在倫敦應邀去用餐，竟然只有遇見牧師及家庭教師，這種失望並非出自於勢利和虛榮心，而是老紐約人的某種觀念作祟。如果梅的父母在第五大道招待卡弗萊一家人，他們絕對會聚集一比牧師及家庭教師更具身分地位的人。

亞徹心情欠佳，於是跟梅起了口角。

「他平凡——哪裡平凡？」他反問。梅也反常犀利回答：「這還用問嗎？我想除了在他的教室以外，他處處都很平庸。像他這類人總是不擅於社交。不過，」梅為了和氣氛，又補充說道：「我想，我並不清楚他是否聰明。」

亞徹不喜歡她說出「聰明」這個字眼，反感的程度幾乎就跟她用「平凡」的字眼一樣。他擔心自己已經開始只注意梅身上的缺點，畢竟梅的觀點一直如此、從未改變，就像他生活圈中的所有人，他也總是認為自己可以忽視梅的缺點。幾個月以前，他從未認識任何對人生有與眾不同看法的「好」女人，而且男人一旦結婚，就必須娶個好女人。

他笑著結束這個話題：「啊，那我就不邀他一起用餐了！」梅卻困惑地說：「老天……你想邀請卡弗萊家的教師？」

「嗯，不會與卡弗萊夫人同一天。如果妳不願意，那我就不會邀請他用餐。但我的確很想再找他談談。他想到紐約找份工作。」

梅顯得更加驚訝和冷漠了，他幾乎可以想像，梅懷疑他罹患「懷有異國情調」的病症。

「在紐約找工作？甚麼樣的工作？紐約人不會雇用法國教師，他想做甚麼呢？」

「據我所知，主要是能享受精彩談話的工作。」她丈夫故意揶揄說道。她忍不住發出讚嘆笑聲，「哎呀，紐蘭，這實在是太滑稽了！這不是很『法國風』嗎？」

整體而言，她拒絕認真看待他邀請里維埃先生的想法，這件事便這麼落幕了，他也很滿意這種結果；否則再進行一次餐後談話，就很難迴避紐約的話題。亞徹愈想愈無想像里維埃先生置身於他所認識的紐約中，會是如何的景象。

他突然感到心寒，未來許多問題也會遭到這樣的否決，然而，他支付馬車錢後，跟著妻子長長的裙襬進屋時，他以一句陳腔濫調的話自我安慰，俗話說：「婚後六個月是最難熬的時期。」他心想：「過了這個階段，我們彼此的稜角也磨平得差不多了。」但偏偏最糟糕的是：梅已經對他施加壓力，瞄準了那個他最想保存的尖角。

那片翠綠的草坪緩緩延伸到湛藍的大海。豔紅色天竺葵和薄荷點綴在草坪四周，通往大海的蜿蜒小徑上，塗漆成巧克力色的鑄鐵花瓶錯落其間，牽牛花和天竺葵蔓延在平整的鋪石路上。

在懸崖邊緣與方形木屋之間（木屋也漆成巧克力色，陽臺的錫製屋頂卻漆成黃色、棕色相間的條紋，像是頂涼棚），兩座大箭靶擺設在灌木叢前。草坪的另一頭，面向箭靶的地方紮起一頂名符其實的帳篷，四周放置了板凳和休閒長椅。一群身穿夏天服裝的女士以及穿著灰色長禮服、頭戴高帽的紳士，站在草坪上或坐在長椅上。偶爾會出現一位身穿漿棉布服的曼妙女子步出帳篷，手上拿著弓，朝向其中一個箭靶射出箭，此時旁觀的人也會中斷交談，觀看射箭結果。

紐蘭・亞徹站在木屋陽臺上，好奇俯瞰看這個景象。在漆得閃亮的臺階兩側，各有一個藍色陶瓷大花盆擺放鮮黃色陶瓷盆架上，每個花盆都種著帶刺的綠色植物，陽臺下方則是一大排繡球花，邊緣簇擁著豔紅色天竺葵。從他身影背後客廳的法式落地窗的蕾絲帷簾，他看見光亮如鏡的鑲木地板、印花棉布椅墊、矮腳扶手椅，一張天鵝絨布桌面上的銀盤還擺滿了小飾品。

新港射箭俱樂部每年八月的聚會總是選在貝爾福家舉辦。截至目前為止，除了槌球以外，還沒有哪項運動可以與之抗衡；但近來漸漸流行網球運動，慢慢淘汰了射箭運動。然而，人們仍認為網球運動較為粗俗不雅，不適合社交場合，射箭運動又被視為展示美妙服飾及優雅姿態的絕佳機會，所以仍然佔有一席之地。

亞徹好奇看著眼前這幅熟悉的景象，令他驚訝的是，即使自己對人生的態度已經完全改觀，生活仍是老樣子。他就是在新港這個地方第一次認清自己的轉變有多大。去年冬天，當他與梅在紐約那棟弓形窗、龐貝式門廳的黃綠色新房子安頓下來後，他如釋重負的回到日常的工作崗位。重拾日常生活就像是一條鎖鏈，聯結往昔的那個自我。隨後他們沉浸在一連串令人興奮的事：他們為梅的馬車（韋蘭家的結婚賀禮）選了一匹健壯的灰色駿馬，並且搬進了永久的住宅，完全不顧家人的質疑和反對，亞徹興致勃勃布置自己的新書房，依照自己的夢想，採用黑色浮雕壁紙、伊斯萊克書櫃及「純正」的是扶手椅和桌案。他在「世紀俱樂部」又遇見溫瑟，也在「紐約客」咖啡館結識一群趣味相投的年輕人。他將大部分時間投注在法律事務上，其餘時間則外出用餐或在家中接待朋友，偶爾在歌劇院或戲院消磨夜晚，這樣的生活似乎仍算是實際，而且顯然也相當盡本分。

但是新港代表逃避責任、走進純然享樂度假的氛圍之中。亞徹曾設法說服梅到緬因海岸一座偏遠小島，度過夏天（那座小島有個名符其實的名字「荒山」），有幾個大膽的波士頓人和費城人曾在小島上的「土著」村莊裡露營，他們聽說那裡風景迷人，而且幾乎可以過著像在森林與大海中捕獵的野生生活。

但韋蘭家的人總是習慣前往新港度假，他們在崖邊擁有一棟小方屋，而他們的女婿也說不出梅不能跟他們一起去那裡度假的理由。就像韋蘭太太略為犀利的說法：既然不能讓梅穿著這些夏裝，那她又何必在巴黎不辭辛勞地試這些衣服？而亞徹對於這類說法，尚未找到反駁的說辭。

梅自己也無法理解為何丈夫對這樣舒適又愜意的度假方式，表現出如此令人費解的勉強態度；她提醒亞徹，他單身時一直很喜歡新港，既然這是不爭的事實，他也只能聲稱這次必定會比以往更喜歡紐港，因為是他們夫妻倆一起去度假。但是此刻，他站在貝爾福家的陽臺，看著蔥綠草地上那群愉悅的人們，突然不寒而慄，因為他發覺自己根本不喜歡這個地方。

這實在不是梅的錯，可憐的梅。他們旅行的時候，偶爾會出現稍微不契合的狀況，但是一回到梅熟悉的環境後，自然而然便會回到原本的和諧氣氛。他早就觀察到，梅決不會讓自己失望，事實證明果真如此。像大部分年輕男子一樣，他結婚了，因為正當他厭倦了一連串漫無目的戀愛冒險後，恰巧遇見一位完美又迷人的女孩，而她一直代表著平靜、穩定、友誼以及責無旁貸的堅定信念。

他不能說自己做出錯的抉擇，畢竟梅滿足自己期待的一切。自己娶了全紐約最美麗、最受歡迎的女人，無庸置疑是最件令人快樂的事情。更何況梅確實是一位性情甜美又最通情達理的妻子。亞徹心底一直都明瞭這些優點，對於結婚前夕那一段短暫的瘋狂事件，他的理智告訴自己那純屬最後的掙扎，已煙消雲散。他恢復理性時，對於自己想娶奧蘭絲卡夫人為妻的夢想，深覺不可思議。這段夢想藏在自己的記憶中，奧蘭絲卡夫人僅僅是一道最哀傷痛苦的魅影罷了。

但是經過這一番抽絲剝繭的審視，他的心房空蕩蕩的、滿是回音；他心想，貝爾福家草坪上那些庸庸碌碌的快樂人們就像一群孩子，在墓地裡嬉戲，這可能就是自己赫然心驚的原因吧。

他聽見旁邊傳來一陣裙裾的沙沙聲，原來是曼森侯爵夫人從客廳款款而至。一如往常，她打扮得俗麗，頭戴著一頂義大利來麥稉柔軟草編帽，帽子上還繫了許多褪色薄紗，還搭配象牙雕柄黑絲絨陽傘，滑稽地遮在形狀更巨大的帽沿上。

「我親愛的紐蘭，我不知道你和梅已經到了！你是昨天獨自來的嗎？啊！工作、工作、職責……我認識許多作丈夫的人，他們都覺得只有週末才有時間陪妻子到這裡度假。」她歪著頭苦惱、瞇眼看他：「但婚姻可是一樁漫長的犧牲，就像我過去常跟愛倫說的……」

亞徹的心瞬間猛然縮動、漏跳了一拍，這個情景似曾相識，彷彿突然「砰」的一聲關上一道門，隔絕了他與外界的世界。但這樣的隔絕必然非常短暫，因為他馬上聽見梅朵拉回答問題的聲音，那必定是發生在他恢復聲音之後。

「不，我不打算待在這裡。我要去跟布蘭克一家人待在普資茅斯寧靜居所。今天早上貝爾福慷慨地派來他那匹名駒來接我，讓我至少可以看一眼瑞吉娜的花園派對，但是我今晚就要回去過我的鄉間生活了。布蘭克一家人實在太特別了，他們在普資茅斯租了一間簡樸的老農舍，並邀請有名望的人……」她躲在帽沿下的頭略微低了一下，臉頰略泛紅暈又繼續說：「卡弗博士這週將在那裡舉辦一系列『內在心靈』講座，與這兒的世俗消遣娛樂有著天淵之別，但我一直生活在這樣的強烈對比中！對我來說，最要命的是千篇一律的單調生活。我常對愛倫說：小心單調乏味的生活，它是滋生一切致命罪惡的根源。但我可憐的孩子現在正處於反叛期，她憎恨這個世界。我想你應該知道，她婉拒新港的所有邀約，甚至拒絕跟明格奶奶生活在一起。你相信嗎？我根本沒辦法說服她陪我一起去布蘭克那兒。她現在過著不健康、不正常的生活。啊，如果當初事情還有挽回餘地時，她願意聽從我的話就好了……那時一切還有轉圜餘地……但我們還是去看這場有趣的比賽吧，聽說你的梅也是參賽者呢。」

貝爾福從帳篷走了出來，穿過草地漫步走到他們面前。他高大笨重的身軀被身上那件倫敦長禮服鈕釦扣得太緊，釦眼上插著一朵自己種的蘭花。亞徹已有約兩、三個月沒見到他了，驚詫於他身材上的變化。在熾熱的夏季豔陽下，他的臉色顯得沉重且浮腫，若非他不抬頭挺胸地走路姿態，恐怕會讓人誤以為他是位過度打扮的臃腫老人。

貝爾福此時飽受各種謠言攻擊。今年春天他駕駛自己的新遊艇進行一趟長期的西印度群島之旅。據說所到之處都有一位相貌與芬妮．琳相似的女士相伴。那艘遊艇建造於克萊德河上，內部貼有瓷磚鋪地的浴室及各種前所未聞的奢華設備，傳說花費將近五十萬鉅資。他回來時贈送給妻子一串華貴的珍珠項鍊，彷彿是用來贖罪的禮物一般。貝爾福的龐大的財產足以供他如此揮霍，但令人不安的謠言仍持續不斷，不僅在第五大道，也在華爾街流傳著。有人說他投資鐵路的事業失利，也有人說他被一個貪得無饜的同行榨乾了財產。而貝爾福對於每一次報導都以更奢侈的揮霍行為，破除關於他破產的傳聞。例如，他蓋了一座新的蘭花房、購買一批新的賽馬，又替他的畫廊添購一幅梅森尼葉[1]或是卡本諾的名畫。

1　梅森尼葉（Jean-Louis Ernest Meissonier, 1815－1891），法國知名古典派畫家，擅長拿破崙肖像畫。

他臉上掛著慣常的一抹嘲笑，走向侯爵夫人和紐蘭。「哈囉，梅朵拉！那些馬匹是不是有做好分內工作啊？四十分鐘危就抵達了？……呃，這不算太壞，因為牠總不能嚇到妳。」他與亞徹握握手，接著跟隨他們轉過身去，走到曼森侯爵夫人身旁，低聲說了幾句另一個同伴聽不見的話。

侯爵夫人用那奇特的外國話回答：「你想要做甚麼？」這句話使得貝爾福的眉頭皺得更緊了。但當他瞄到亞徹時，旋即換上祝賀的笑容，裝成一副老好人的模樣說：「瞧，梅快要奪得第一名了。」

「啊，那麼獎盃要留在自家人手上了呢！」梅朵拉回應道。此時他們已走到帳篷前，貝爾福太太披著淡紫色棉布衣和飄逸面紗，像少女般向前迎接。

梅・韋蘭也剛好從帳篷裡走出來，身穿一件白色衣服，腰間繫著一條淺綠色絲帶，帽子上搭配一圈長春藤編織花環；她看起來就跟訂婚那夜步入貝爾福家舞廳時一樣，臉蛋如同戴安娜女神般冷若冰霜。此刻，她眼底深處似乎毫無思緒，心中也不存一絲感情。雖然她丈夫知道她擁有這種天分，仍然再次為她如此超凡脫俗而驚訝不已。

梅手握弓箭，站在用粉筆劃記好的草坪白線上，然後把弓舉到肩頭上，瞄準箭靶。她的姿勢非常典雅，獲得旁觀者一片輕聲讚嘆。亞徹也感受到梅的喜悅，但是正是這種感覺常誘騙自己誤入這短暫的幸福錯覺。她的競爭對手包括瑞吉・奇弗斯太太、馬利家小姐以及索利、達戈列與明格家幾位面色紅潤的女孩；她們緊張地站在梅的背後，形成一群可愛的隊伍；褐色、金色髮絲的頭都彎緊盯著分數板，淺色棉布衣與繞著花環的帽子交錯成一道柔和的彩虹。每個女孩都如此青春貌美，沐浴在夏日豔陽下，但她們都不像他妻子一樣如女神般泰然自若。梅繃緊肌肉、眉頭微蹙一笑、全神貫注。

「天啊，」亞徹聽見勞倫斯‧萊弗茲說：「那堆人中沒有人會像她那樣持弓。」但貝爾福卻反駁：「沒錯，唯有那樣她才能射中箭靶。」

亞徹感到一陣惱怒油然升起。雖然男主人對梅的「舉止優雅」略微輕蔑的恭維，本來應該是自己期望聽到的心聲，因為一個粗鄙的人認為她缺乏魅力，只不過又一次證明她的高尚素質。然而，這些話卻令亞徹升起一陣寒顫；如果在那「高尚素質」的帷幕背後只是一片空洞呢？他注視著梅時，她剛在最後一輪射中靶心，正面色紅潤、神態自若的退出射箭場，他剎那間覺自己從未掀開過那片帷幕。

她坦率地接受對手及其他夥伴的祝賀，表現女皇般的優雅。此刻沒人能夠嫉妒她的勝利，因為她給人一種感覺：即使她輸了，也會同樣心平氣和。然而當她與丈夫目光相遇時，丈夫眼神流露出的快樂，讓她的臉龐綻放出光芒。

韋蘭夫人贈送的那輛小馬車正等著他們。上車後，由梅負責駕駛、亞徹坐在她身旁，他們在四處奔馳的馬車陣中穿梭，離開射箭場。

午後陽光仍然徘徊在那片翠綠草坪和灌木叢間。車輛排成兩行在貝勒弗大道來回奔馳，有雙座四輪馬車、雙輪小馬車、蘭道馬車以及雙人對座馬車。馬車上載著衣飾光鮮亮麗的淑女紳士們，他們或是離開貝爾福的花園派對，又或者是結束每天下午的海濱兜風行程，正準備返家。

梅突然提議：「我們去看望外婆好嗎？我想親自告訴她剛剛得獎的消息。現在離晚餐還有一段時間呢。」

亞徹默許了這項建議，於是她調轉小馬車往納拉岡塞大道走、穿過春日街，馳向郊外崎嶇的荒地。向來不在乎社會觀感又節儉成性的老凱瑟琳，早年在她年輕時，就在這塊可眺望海灣的廉價土地上建造一棟有許多尖頂及橫樑的鄉村別墅。她的陽臺在矮小的橡木林間，蔓延至星羅棋布的周圍水域。一條蜿蜒車道的兩旁種植著天竺葵花叢，其間插置著鐵柱和藍色玻璃球，直到通往條紋狀迴廊屋頂下那扇漆得光亮的胡桃木門。門後方是一條窄長廊廳，鋪設黑黃相間的星形拼花地板，廳內闢有四個方形小房間，貼著厚厚的壁紙，天花板上面有義大利民宅畫繪製的奧林帕斯山的眾神祇。當明格太太身材發福的問題開始困擾她，這其中一間房間就變成她的臥房，白天都在鄰近房間消磨時光，坐在一張放置於敞開門窗之間的巨形扶手椅上，不停揮動一把棕櫚葉製成的扇子。但由於她的胸部過於壯觀，扇子難以挨近身體其他部位，以致於搧起的風僅能讓扶手椅罩的邊穗微微飄動。

由於是老凱琳她促成亞徹和梅能提前結婚，因此她總是對亞徹表現出施恩者般的熱情。她以為他之所以急著結婚，是由於壓抑不了的熱情，而她本身就是個衝動行事的人（只要不需破費），所以每次見面，她總是像共謀者那樣親切眨眨眼、說些隱喻性的玩笑話，所幸梅似乎對於這種情況毫無感覺。

她興致勃勃地檢視那枚比賽結束後別在梅胸前的鑲鑽箭形胸針，還提起在他們那個年代，一枚金銀絲飾胸針足以讓人心滿意足。但無可否認，貝爾福辦起事情相當大手筆。

老太太咯咯笑說：「這可是件傳家寶啊！親愛的，妳將來一定要把它傳承給妳的長女。」她捏了一下梅的白皙手臂，看到梅面紅耳赤。「哎呀，哎呀，我說了些甚麼啊，讓妳的臉泛成一面紅旗？難道妳不想生女兒？只想要兒子嗎？我的天啊！她又滿臉通紅了！怎麼，我連這句話也不能說嗎？老天！當我的小孩要求我把所有神祇全繪在頭頂上時，我總是說：『太好了，有他們在我身旁，至少沒有甚麼能嚇著他們！』」

亞徹大笑出來，梅也跟著應聲而笑，兩人都笑紅了眼。

「好了，親愛的，現在跟我說說那場聚會吧，麻煩你們了。從那個傻梅朵拉口中，我別想打聽到事情。」這位老祖宗繼續說著，但梅吃驚喊道：「梅朵拉阿姨？但是我以為她要回去普資茅斯呢？」老祖宗平靜回答：「是這樣沒錯，但她得先來這裡接愛倫。啊，你們不知道愛倫今天在這兒陪我一整天吧？她選擇不在這裡度過夏天，可真是太傻了，但是我大約五十年前就已經放棄跟年輕人爭論了。愛倫啊，愛倫！」她用尖銳的蒼老語調喊著，同時試圖俯身向前看一眼戶外草坪。

但沒有僕人回應，明格太太不耐煩的用手杖敲敲光亮的地板。有一名戴著鮮豔頭巾的混血女僕應聲而來，告訴女主人她看到「愛倫小姐」沿著小徑走向海邊去了。明格老太太轉身對亞徹說：「我的好孫子，快跑去帶她回來。讓這位漂亮女士跟我說說聚會的情況。」

亞徹宛如置身夢境般站了起來。

自從他們上次離別以來，約莫有一年半的光景，亞徹常聽人提起「奧蘭絲卡伯爵夫人」這個名字，甚至熟知這段時間發生在她生活中的主要事件。也知道她在新港度過去年夏天，經常參加社交活動。但到了秋天，她突然將貝爾福費盡心力幫她尋覓的「完美小屋」轉租出去，並決定搬到華盛頓定居。冬季時，據說她在某個彌補政府社交方面不足的「外學會」大放異彩（大家總是能聽聞關於華盛頓美女的消息）。亞徹聽聞各種關於她外貌、言談、觀點和擇友等互相矛盾的說法，但就像是在聽一位逝去已久的親人軼事一樣，那麼超然疏離。直到梅朵拉在射箭比賽上突然提起她的名字，才感覺到愛倫・奧蘭絲卡是個活生生的人。侯爵夫人那番笨拙的言談，使自己憶起那間升著小爐火的客廳，那幅景象再度浮現在眼前，以及那空蕩蕩的荒涼街道上響起的馬車聲。亞徹想起曾經讀到的一則故事：幾個托斯卡尼的鄉下孩子在路邊洞穴裡點燃一捆稻草，照亮墳墓中一幅幅故人影像的彩繪壁畫。

沿著海濱的小徑，從房子這側堤岸向下延伸到濱水步道，路旁垂柳依依。亞徹透過垂柳間的縫隙瞥見閃閃發光的石灰岩崖，以及崖上塗成白色的塔樓與英勇的燈塔看守人艾達・路易斯晚年居住的小屋。越過燈塔是一片平坦水域，也看得到山羊島上醜陋的官方煙囪，金光閃閃的海灣向北延伸到種滿低矮橡樹的普魯登斯島。夕陽餘暉下，遠處康納尼科的海岸若隱若現。

一座細細的木造碼頭從柳蔭步道中築起，一直延伸到一棟寶塔狀的涼亭，亭子裡站了一位女士，她斜倚著欄杆，背對海岸。亞徹看到這幅景象時停下腳步，彷彿剛從睡夢中醒來往昔的記憶只是一場夢，現實存在於堤岸邊的那棟房子裡，正等著他：韋蘭太太的小馬車是否繞著門外橢圓形軌跡打轉；梅坐在傷風敗俗的奧林帕斯山眾神祇底下，心裡懷抱著一些希望而神采奕奕；貝勒弗大道盡頭的韋蘭別墅裡，韋蘭先生已經好換好衣服準備用晚餐，他會在客廳裡踱步，拿著懷錶，一副不耐煩的臉色——住在這家裡的每個人都清楚知道某個特定時刻應該做甚麼事。

亞徹心想：「我是誰？是別人的女婿……」

碼頭盡頭的那道身影沒有一絲移動。亞徹在堤岸中央站了許久，注視著海濱上來來往的帆船、遊艇、漁船以及吵雜的黑煤大貨船曳起的層層漣漪。涼亭內的女士似乎也沉迷於眼前這幅波光粼粼的景色。亞當斯堡的灰色堡壘下方，長長的夕陽迸裂成千萬道金色光芒，那光輝照耀在正駛出石灰岩崖及海濱夾道的一艘小帆船上。亞徹看到這一幕時，回憶起《流浪漢》的那一幕戲，哈利．蒙塔格悄悄拉起艾達．黛絲的絲帶輕輕親吻，沒讓艾達．黛絲發覺自己在屋裡。

他默想：「她還不知道我在這裡，也不會猜得到。如果換成是她站在我背後，我會知道嗎？」又突然自言自語：「如果那艘帆船駛過石灰岩崖的燈塔，她還不轉過身，我就回去。」

船隻乘著褪去的潮水向前滑行，滑到石灰岩崖前，遮住艾達．路易斯的小屋，接著行經那座掛著燈的塔樓。亞徹繼續等待，但直到船尾駛過島嶼最後一塊礁石，重現一片波光粼粼的寬敞海域，涼亭中的人影依然紋風未動。

於是他轉身，沿著小徑往山上走。

他們穿過黃昏驅車回家的路上，梅這麼說道：「真遺憾你沒找到愛倫，我本來想再見見她的。但也許她根本就不在乎，她好像變了很多。」

她丈夫目不轉睛盯著小馬抽動的耳朵，用平淡的口吻問：「變了？」

「我的意思是，她對朋友那麼冷漠無清，離開紐約和她的家，整天跟那些古怪的人混在一起。想想她跟布蘭克那家人在一起，有多麼的不自在！她說這是為了防止梅朵拉姨媽做傻事，防止姨媽嫁給可怕的人，但我有時候想，她可能覺得我們有點無聊。」

亞徹沒有回答，她繼續說下去：「我有時候會想，如果她跟她丈夫在一起，是不是會比較快樂。」她的口吻中帶著一絲冷酷語氣，亞徹從未在她坦率清脆的聲音中聽到過。

亞徹大笑了起來，「上帝啊！」看見她困惑地皺著眉頭注視著自己，亞徹補充說道：「我從來沒聽過妳說過任何冷酷的事情。」

「冷酷？」

「嗯，看那些受罰者墮入地獄的痛苦掙扎，可能是天使最喜愛的遊戲。但我想即使是祂們，也不認為人在地獄會比較快樂。」

「那麼，她曾經嫁到國外真是件遺憾的事。」梅回應道，語調冷靜，就像她母親對付韋蘭先生的怪異要求一樣，使亞徹覺得自己已經默默被貶為不通情理的丈夫。

他們的馬車沿著貝勒弗大道行駛，轉入掛著鑄鐵燈的木門柱間，表示韋蘭家別墅就在不遠處了。

別墅的窗子已透出燈光，馬車一停下來時，亞徹就看到岳父正如自己預料，手拿著懷錶在客廳中踱步，臉上帶著遠比憤怒更為有效的痛苦表情。

亞徹跟著妻子走入進屋裡時，他感覺自己心境上的奇怪變化。韋蘭家奢華的裝潢、濃郁的專屬氛圍，以及充滿這個家中需要遵守的嚴苛規矩，總像麻醉劑那樣悄然滲入他的身體。

厚重的地毯、小心翼翼的僕人、日夜滴答走的鐘錶、玄關桌几上不斷湧入的名片和邀請帖，所有這些不間斷的專制瑣事，讓人每分每秒都緊緊相繫，家裡的每一份子也都跟其他人捆綁在一起，讓任何缺乏體制或豐富的事情都顯得虛幻、不真實。如今，韋蘭家的這棟房子以及未來等著他的生活，都讓他覺得不真實、也不相干。但在岸邊那幅短暫的景象中，他站在往堤岸的半途中猶豫不前，駐足凝視的一切，卻像流在他身體裡的血液般親密。

夜晚時分，他躺在梅身邊，整夜沒有入眠，在那間印花布置的大房間裡，他看著月光斜落在地毯上，想著愛倫・奧蘭絲卡就坐在貝爾福的馬車後面，越過閃爍的海濱回家。

22

「為布蘭克家辦的派對——咦，布蘭克家？」

韋蘭先生放下刀叉，焦慮又不可置信地看著餐桌對面的妻子。韋蘭太太扶了扶金框眼鏡，以極具喜劇效果的發噱聲調高聲朗讀：

愛默生・希勒頓教授與夫人敬邀韋蘭伉儷於八月二十五日下午三點鐘光臨「星期三午後俱樂部」的聚會，與布蘭克夫人及小姐們見面。

地點：凱撒琳街，紅山牆。

懇請答覆。

「天啊！」韋蘭先生倒抽了一口氣，彷彿需要再唸一遍才能明白這件事有多荒謬。

「可憐的艾咪・希勒頓……你永遠也不知道她丈夫接下來要做甚麼。」韋蘭夫人喊道，「我想他可能才剛發現有布蘭克這家人。」

愛默生・希勒頓教授是新港上流社會揮之不去的一根刺。因為他出身於一個受人尊敬愛戴的名門望族。正如人們所言，他擁有「一切優勢」。他父親是希勒頓・傑克遜的舅舅，母親是波士頓彭尼洛家族的一員，雙方均有財有勢，且門當戶對。正像韋蘭太太經常說的——根本沒有任何理由迫使愛默生・希勒頓去做考古學家，或是任何學科的教授；也沒有任何理由讓他在新港過冬，或者做任何革命性的事情。如果他真的想與傳統決裂、藐視社交界，那麼至少不該娶可憐的艾咪・達戈列小姐。她有權期過「不一樣的生活」，並有足夠的錢添置一輛馬車。

在明格家族中，沒有人能理解艾咪・希勒頓為甚麼甘願承受丈夫怪異的行徑，讓家裡經常出現一些長頭髮的男人和短頭髮的女人；外出旅行，則帶她去猶加敦半島考察墓地，而不去巴黎和義大利。然而他們就是這樣隨心所欲過日子，而且顯然沒有察覺自己與別人有何差異。當他們舉辦一年一度的乏味花園派對時，住在克利夫的每個家庭因為希勒頓、彭尼洛、達戈列家族間的關係，不得不抽籤推派一位不情願的代表赴宴。

「真是奇跡，」韋蘭太太說：「他們竟然不是選擇賽馬會這一天！你們還記得吧，兩年前他們在茱莉亞・明格舉辦舞會那天為一個黑人舉辦宴會？幸虧據我所知，這次沒有其他活動同時進行——畢竟我們總要派幾個人去赴宴。」

韋蘭先生緊張地歎口氣，「你說幾個人……親愛人不只一個人嗎？三點鐘我必須在家吃藥呢，如果我不沒按時服藥，那麼嘗試班康的新處方也就毫無意義了。而且若是我稍後再去跟妳會合，肯定會錯過我駕車兜風的時間。」想到這兒，他再度放下刀叉，焦慮的紅暈浮上他布滿細紋的臉頰。

「親愛的，你根本不用去啊。」他妻子以一種習慣性的口吻愉快答道：「我還要到貝勒弗大道另一頭送幾張請柬，大約三點半左右才會過去，並多待一些時間，才不會讓可憐的艾咪覺得受人怠慢。」她遲疑地看了女兒一眼，「如果紐蘭下午有安排的話，或許梅可以駕車送你去兜風，試試手織的新輓具。」

韋蘭家有一項原則，就是每個人每一天、每一小時都應該像韋蘭太太說的──「有安排」。被迫「殺時間」這可怕的憂傷景象（特別是對於不喜歡惠斯特或單人紙牌遊戲的人來說），彷彿像慈善家被失業者的幽魂纏身，不得安寧一樣。她的另一項原則是──父母決不能（至少表面上）干涉已婚子女的計畫；既要尊重梅的自由又要考慮韋蘭先生宣稱的緊急情況，也只有神的安排才能解決這種難題，因此韋蘭太太自己的每一秒都安排得非常豐富。

「我當然可以駕車帶爸爸出去，我相信紐蘭會自己找點事做。」梅說，語氣溫和地提醒丈夫應該有所反應。女婿在安排生活日程上缺乏遠見，這也是經常令韋蘭太太煩惱的問題。亞徹在她家度過的這兩個星期裡，每次問及他下午準備如何打發午後時光，他經常模糊回答說：「唔，我想換個方式，節省時間，而不是把時間打發掉。」有一次，當她和梅下午必須進行一趟延遲已久的拜訪時，亞徹卻說自己要在海灘的涼亭躺一整個下午。

「紐蘭似乎從不為將來打算。」韋蘭太太有次大膽向女兒抱怨。梅平靜地回答：「是啊，不過這也沒關係，因為如果沒有特別的事情要做，他會選擇讀書。」

「啊，對，像他父親呢！」韋蘭太太贊同地說，彷彿能體諒這種遺傳怪癖似的。自此以後，紐蘭無所事事的問題也就沒再提起過了。

然而，隨著希勒頓派對日期愈來愈接近，梅開始對他表現出自然關懷。因為自己將暫時無法陪伴他，而建議他去奇弗斯家打網球比賽，或者搭乘朱利斯·貝爾福的小艇出遊。「我應該六點鐘就回來，親愛的。你知道再晚一點，爸爸決不會乘車的。」梅始終不放心，直到亞徹說想租一輛馬車，到某座島上的種馬牧場，幫她的馬車再物色一匹馬，梅才安下心來。他們已經耗費一段時日去挑選馬匹，這項提議十分令人滿意，梅看了母親一眼，彷彿在說：「妳瞧，他跟我們一樣知道如何安排自己的時間。」

首次提到愛默生的邀約那天，亞徹心裡就產生去種馬牧場選馬的念頭；但他一直沒說出來，彷彿這項計畫藏著祕密，一旦說出來就會妨礙計畫的實行。儘管如此，他還是提前預定了一輛馬車和一對能夠在平奔馳十八英里的車行老馬。兩點鐘時，他匆匆離開餐桌，跳上輕便馬車離開。

天氣十分宜人。從北方吹來的微風趕著一朵朵白雲掠過湛藍天空，藍天下滾動著閃閃發光的大海。此時，貝勒弗大道空蕩蕩，亞徹在米爾街角放下馬車夫後，轉往老濱海大道，驅車穿過伊斯特曼海灘。

他感到一陣莫名的興奮。宛如學生時期在那些半天假期裡，他總會興奮前往某個陌生地方。他讓兩匹馬慢慢跑，預計三點鐘之前就可抵達離天堂崖不遠處的種馬場，所以，大致看過馬匹後（若看得上的話，也可以試一試馬），仍然剩下四個小時的寶貴時間供他享用。

一聽說希勒頓的派對，他就暗自思量，曼森侯爵夫人肯定會隨布蘭克一家到新港來，那麼，奧蘭絲卡夫人可能會借此機會探望祖母。無論如何，布蘭克的住處很可能會空無一人，他就可以滿足自己的好奇心，不顯唐突地看看這間房子。他也不確定自己是否想再見到奧蘭絲卡夫人；但自從上次在海灣步道看到她之後，他莫名地想看看她住的地方，就像追隨腦海中那個影像的一舉一動，猶如凝視涼亭中那道真實的身影那樣。這種渴望日夜困擾著他，一種無法磨滅的渴望就像病人突發奇想，想要吃一種曾經嚐過卻早已忘記的食物或飲料。他無法考慮其他事，也無法預料它會導致的結果，因為他並不期盼與奧蘭絲卡夫人交談或聽聽她的聲音。他僅僅覺得，倘若能把她在這世界上走過的地方，連同海天相擁的那段景色烙印在腦海裡，那麼，剩下的世界也許就不會如此空虛了。

到了種馬場後，才看了一眼，他就明白沒有中意的馬匹；然而，他還是在裡面轉了一圈，證明自己並沒有倉促行事。但到了三點鐘，他便甩開馬韁，踏上轉往普資茅斯的小路。風已經停了，地平線上的一層薄靄，預示將在退潮後悄悄淹沒薩康內特地區，他周圍的田野、樹林全都籠罩在金色陽光裡。

他駕車一路行駛果園裡灰色木造農舍、乾草田和橡樹林；還途經許多村落，村裡教堂的白色尖頂聳入昏暗天空。最後，他停車向田間耕作的幾個人問路，轉進一條小巷，兩旁矮坡長滿菊花和黑莓，巷子盡頭是一條碧波粼粼的河流，亞徹在河的左岸一排橡樹及楓樹前，看到一幢搖搖欲墜的長型房子，護牆板上的白漆都已經脫落了。

大門入口處的路旁有一間敞開的小棚屋，新英格蘭人用它來貯存農具，或是訪客綁牲口的地方。亞徹跳下馬車，把兩匹馬牽進棚屋裡，將牠們繫在木樁上，轉身朝向屋子走去。屋前的一片草坪已經變成乾草場，但左側那片太過茂盛的矩形花園裡則種滿大麗花和赭色玫瑰花叢，環繞著一個幽靈般的格架涼亭。涼亭原本是白色，頂端有一尊丘比特木雕，祂手上的弓箭消失無蹤，卻仍然徒勞無功地瞄準前方。

亞徹倚在門前一會兒，環顧四周沒半個人影，敞開的窗戶裡也沒傳出任何聲響。一隻灰色紐芬蘭犬在門前打盹，看來也跟那尊丟了箭的丘比特一樣是個無用的守護者。令人困惑，這個安靜又破敗的地方竟是愛熱鬧的布蘭克家住的住房子。但是亞徹確信自己沒有找錯地方。

他在那兒佇立良久，心滿意足地觀看著眼前景象，漸漸落入它昏昏欲睡的魔法中。他最後還是打起精神，感覺到時間流逝。他是不是看夠了就驅車離開呢？他猶豫不決地站在那兒，究然又想看看房子內部，如此他就可以想像奧蘭絲卡夫人的起居室了。他可以毫無顧忌地走上前去按門鈴；假如像他推測的那樣，奧蘭絲卡夫人已經跟其他人一起參加宴會，那麼他就可以輕而易舉報上姓名，請求進去客廳寫張便箋。

然而他沒有付諸行動，反而穿過草坪，轉向矩形花園。他走進花園時，看見涼亭裡有件色彩鮮艷的東西，馬上認出那是把粉紅色陽傘，那把陽傘像磁鐵般吸引著他：他很確定那把傘屬於奧蘭絲卡夫人。他走進涼亭，坐在東倒西歪的椅子上，拾起那把絲質陽傘，細看雕花的傘柄；那是一柄用稀有木頭製成的陽傘，散發出一股香氣。亞徹舉起傘柄，放到唇邊。

他聽見花園對面傳來一陣窸窸索索的聲響。他定住不動，雙手緊握傘柄，任憑那個聲音愈來愈近而不抬眼去看。他早知道這情景遲早會發生……

「啊，是亞徹先生！」一個年輕脆亮的聲音喊道。他抬頭瞧見布蘭克家最小卻最高大的女兒站在面前：金髮碧眼、皮膚黝黑，穿著髒兮兮的棉布衣服，臉頰上一塊紅色印痕彷彿向人宣告她剛剛才離開枕頭。她睡眼惺松地盯著他看，友善而又困惑。

「天哪，你從哪兒來的？我一定在吊床上睡熟了。大家都去新港了。你按門鈴了嗎？」她前言不搭後語地問道。

亞徹比她更慌亂，「我……沒有……是這樣，我正要去按門鈴呢。我到這座島上物色馬匹，順便駕車來這兒看看是否能遇見著布蘭克夫人和你們家的客人。但屋裡似乎空蕩蕩的，所以我坐在這裡等候。」

布蘭克小姐驅走了睡意，興致昂然地看著他，「家裡是沒人。媽媽不在、侯爵夫人也不在——大家都不在，只有我留下。」她的目光流露出淡淡的責備。「你不知道嗎？今天下午希勒頓教授與夫人幫媽媽和我們全家舉辦一場花園派對嗎？可惜我不能去，因為我喉嚨痛，媽媽怕會等到傍晚才能搭車回家。你說還有甚麼比這更掃興的事呢？當然啦，」她又快樂地補充說：「如果知道你要來，我就不會那麼在意了。」

她笨拙賣弄風騷的跡象愈來愈明顯，亞徹鼓起勇氣插嘴問道：「可是奧蘭絲卡夫人，她也去了新港嗎？」

布蘭克小姐驚訝地看著他，「奧蘭絲卡夫人！難道你不知道她已經被人叫走了嗎？」

「被叫走了？」

「哎呀，我最漂亮的陽傘！我把它借給了大笨鵝凱蒂，因為這把陽傘剛好搭配她的緞帶，八成是那個粗心傢伙把傘丟在這裡了。我們布蘭克家的人都像……真正的波希米亞人！」她用那隻有力的手拿回陽傘，將玫瑰色的傘在頭上撐開來。「對，愛倫昨天被叫走了。哦，你知道，她讓我們喚她愛倫。你知道，波士頓發來一封電報，她說大概要去兩天。我真喜歡她的髮型，你也喜歡嗎？」布蘭克小姐隨意漫談。

亞徹繼續目不轉睛地看著她，彷彿她是可以看穿的透明人。他眼中看到的只是一把廉價陽傘——在布蘭克小姐傻笑的頭上撐著粉紅色傘頂。

過了片刻，他試探地追問：「妳是否碰巧知道奧蘭絲卡夫人為甚麼去波士頓呢？希望不是壞消息吧？」

布蘭克小姐親切地消除對方疑慮。「哦，我想應該不是。她沒跟我們提起電報的內容，我想她不願意讓侯爵夫人知道。她看起來真浪漫，不是嗎？當她朗讀〈傑拉爾丁女士的求婚〉這首詩時，是不是會讓人想起名伶史考特希登夫人？你從沒聽她朗讀過吧？」

亞徹腦海裡的思緒翻湧，彷彿倏忽間，他未來的一切全都展現在面前：沿著無止盡的空白深處望去，他看到一個逐漸渺小的男人身影，他徒然度過一生。他望著四周未經修剪的花園、搖搖欲墜的房子以及暮色漸濃的橡木林。這原本是他有機會見到奧蘭絲卡夫人的地方，她卻走遠了，甚至這把粉紅色陽傘也不是屬於她的……

他皺著眉猶豫不決地說：「我想，妳可能還不知道，我應該……明天就要去波士頓。如果能設法見到……」

儘管布蘭克小姐依然面帶笑容，但亞徹感覺到她已經對自己失去興趣。

「哦，那當然，你人真好！她住在派克旅館，這種季節的波士頓想必會把人熱壞了。」

在這之後，亞徹僅斷斷續續聽進他們之間的談話。他只記得自己堅定拒絕等待她的家人回來、一起用喝杯茶再回去的懇求。

最後，在這位女主人陪伴下，他走出那尊丘比特木雕，解開馬韁繩駕車離開。在小巷的轉角，他看見布蘭克小姐正站在門口揮動那把粉紅色陽傘。

23

翌日清晨，亞徹步出秋河號火車，出現在熱氣蒸騰的波士頓仲夏裡。鄰近車站的街道彌漫著啤酒、咖啡和腐壞水果的氣味，一位穿著襯衫的人穿梭街道，他親切恣意的神態宛如從走道通往洗手間的乘客。

亞徹租了一輛馬車前往「薩默塞特俱樂部」吃早餐。甚至高級住宅區也同樣出現骯髒的景況，而歐洲那些城市即使天氣再熱，也不會墮落到這樣的地步。穿著印花布的門房斜靠在有錢人家的臺階上晃蕩，公園看起來就像是共濟會野餐的遊樂場。即使亞徹曾竭力想像愛倫．奧蘭絲卡曾處於各種環境中，但從沒想過有哪個地方，會比這被熱浪淹沒、遭人遺棄的波士頓更不合適她。

他津津有味、慢條斯理享用早餐。他胃口極好，先吃了一片甜瓜，然後在等吐司和炒蛋的空檔，一邊讀著早報。自從昨晚跟梅說今天必須到波士頓出差，當晚就必須搭乘秋河號的火車出發，隔天晚上才回紐約時，他整個人就充滿了全新的活力與精神。大家一直認為他要在週一返回紐約，但顯然是命運在作怪，當他從普資茅斯探險歸來後，一封來自辦公室的信放在門玄關桌几上，命運顯然為他臨時改變的計畫提供充足的安排。如此輕而易舉辦妥事情，他甚至感到羞愧；這使他聯想到勞倫斯‧萊弗茲為獲得自由而施展的巧妙伎倆，心中一度滋生短暫的不安感。但這並未困擾他太久，因為他此時已經無心細細琢磨這些了。

早餐過後，他點燃一支香菸，瀏覽著《商業廣告》。此時進來了兩三個熟人，他們彼此寒暄問候；畢竟這還是同一個世界，儘管他有某種偷偷溜出時空網的奇異感覺。

亞徹看了看錶，發現時間已是九點半，便起身走進寫字間，在裡面寫了幾行字，請信差租車送往派克旅館，並等待回覆。接著又坐下翻開另一張份報紙，試著計算搭車到派克旅館需要多久時間。

「那位女士外出了，先生。」他突然聽到身旁的服務生這麼說。他結結巴巴地重覆說：「外出了……？」彷彿這句話是用一種陌生語言通知的。

亞徹起身走到玄關。鐵定是弄錯了，她這個時間決不會外出。他氣惱於自己的愚蠢而漲紅了臉，為甚麼沒有一抵達就派人送信過去呢？

亞徹拿起帽子和手杖，逕自走到街上。這座城市突然變得很陌生，空曠又荒蕪，他彷彿是來自遙遠國度的旅人。他站在門前的臺階上躊躇了一會兒，然後決定去派克旅館——萬一那位信差聽錯了消息，她一定還在那裡呢。

亞徹舉步穿過公園，看到她正坐在樹下的第一張長凳上。她頭上撐著一把灰色絲綢陽傘——他怎麼會想像她撐著粉紅色陽傘呢？他走上前去，詫異地看到她無精打采地坐在那兒，一副無所事事的寂寞樣子。她低垂著頭，側影對著他，黑色帽子下的髮結低低繫在頸子上，撐著傘的手上戴著皺皺的長手套。他又向前走了一兩步，她也轉過頭來，看到了他。

「哦！」她出聲了。亞徹生平第一次看見她臉上露出驚訝表情，但旋即又轉為疑惑又滿足的淡淡微笑。

「哦……」當亞徹站在那裡低頭看她時，她再次低聲說，但語氣已有不同。

她並沒有站起來，而是在長凳上讓出一個位置。

「我來這兒出差，剛剛才到。」亞徹解釋說，不知道為什麼，他突然開始假裝意外見到她。「但妳究竟在這個荒涼的地方做什麼呢？」實際上卻不知道自己在說些甚麼，覺得自己似乎從很遠很遠的地方向她叫喊，而她可能在自己趕上以前，再度消失。

「我？哦，我也是來辦事的。」她回答，轉過頭來面對著他。亞徹幾乎聽不到她說的話，只察覺到她的聲音及一個令人震驚的事實——原來她的聲音未曾留在自己腦海裡。他甚至不記得那低沉的音調與略帶粗啞的子音。

「妳改變了髮型。」亞徹說，心裡怦怦跳，彷彿吐出甚麼無法挽回的話。

「改變髮型？沒有；只是娜塔莎不在身邊時，我自己盡可能整理的。」

「娜塔莎？她沒跟著妳來嗎？」

「沒有，我自己來的。因為只來兩天，沒必要把她帶來。」

「妳自己一個人住在派克旅館？」

她露出以前那種揶揄的眼神，「你覺得這很危險嗎？」

「不，不是危險。」

「但是不合常規？我明白了，我想是這樣的。」她沉吟了片刻。「我之前都沒想過這一點，因為我剛才做了件更不合常理的事情。」她眼神中略帶嘲諷意味「我剛剛拒絕拿回一大筆錢，一筆屬於我的錢。」

亞徹從長凳上跳起來，往後退了一兩步。她收起陽傘，坐在那兒，心不在焉拿傘往鋪石地上畫著圖案。接著亞徹又馬上回過神，站在她面前。

「有人來這兒見妳了？」

「對。」

「帶著這項提議？」

她點了點頭。

「而妳拒絕了——因為附加條件？」

「我拒絕了。」她過了一會兒說道。

他又坐回她身邊。「是甚麼條件？」

「噢，不是甚麼苛刻的條件，只是偶爾坐在他餐桌的首席。」

又是一陣沉默。亞徹的心臟正以一種前所未有的奇異方式停止跳動，他坐在那兒，徒勞地尋找話講。

「他希望妳回去——不惜任何代價？」

「嗯……代價很高，至少對我來說是一筆巨額。」

他又停頓片刻，焦急地搜尋他覺得必須問的問題。

「妳來這兒是為了見他？」

她瞪大眼睛，接著爆發出一陣笑聲。「見他——我丈夫？在這裡？這個季節他總是待在考斯或巴登。」

「他派人過來？」

「對。」

「帶來一封信？」

她搖搖頭說：「不，只是口信。他從來不寫信。我想我總共就收過他一封信而已。」提到這件事，她雙頰緋紅，亞徹也滿臉通紅。

「他為甚麼從不寫信？」

「他何必寫？有祕書的人何必親自寫信？」

年輕人的臉更紅了。她說出這個話的口吻彷彿沒比這個更顯而易見的事。一時間，他幾乎就要脫口而問：「那麼，他是派祕書來囉？」對於奧蘭絲卡伯爵寫給妻子的唯一一封信的記憶，仍覺得歷歷在目。他再次沉默片刻，接著再大膽提問。

「那個人呢？」

「你指的那位信差嗎？」奧蘭絲卡夫人依然微笑著，「按照我此刻的決心來看，早就該走了，他卻堅持要等到明天傍晚以後……以防……萬一……」

「所以妳外出是為了仔細考慮這種可能性？」

「我出來透透氣，旅館裡太悶了。我要搭乘下午的火車回普資茅斯。」

他們默默無語坐著，沒有望向對方，而是直盯著前面路過的行人。最後，她的目光再次轉到他臉上，「你一點也沒有變。」

他很想回答：「我變了，直到我再度看到妳。」但他沒將話說出口，反而驟然站起來，看看周圍這座又髒又悶熱的公園。

「這裡真是糟透了。我們何不到海邊走走？那裡有風，會涼快些。我們也可以搭船去亞利港。」她抬起頭猶豫地望了他一眼。他又繼續說：「星期一早晨，船上不會有甚麼人。我搭傍晚的火車離開，返回紐約。我們何不去搭船呢？」亞徹低頭堅持道，忽然又說了一句：「我們彼此不是都已經盡全力克制自己了嗎？」

「哦！」她低聲回答，站起身來重新撐開陽傘，向四周打量一番，彷彿在跟眼前的風景商量似的，接著才確定不能再待下去。然後又把目光轉回他臉上，「你千萬不可以對我說這類的話，」她說。

「妳喜歡我說甚麼，我就說甚麼，或者甚麼都不說也行。除非妳讓我說，否則我決不開口。沒關係，我只想聽妳說話。」他結結巴巴地說。

她取出一只帶著琺瑯瓷鍊的金面小懷錶。

「啊，別看時間。」他脫口而出，「給我一天！我想讓妳忘記那個人。他幾點會來？」

她再次臉紅，「十一點。」

「那妳應該馬上跟我去。」

「你不必擔心——如果我不去的話。」

「妳也不必擔心——如果妳來的話，我發誓我只想聽聽妳的近況、瞭解妳最近做了些甚麼。自從我們上次見面，都現在都已經過了一百年了吧，下次見面可能又是幾百年後。」

她依舊舉棋不定，目光焦慮地望著他的臉，質問他：「那天我在奶奶家，你為甚麼沒到海灘上接我？」

「因為妳沒回頭——因為妳不知道我在那兒。我對自己發誓，只要妳不回頭，我就決不過去接妳。」他意識到這句話太幼稚而笑了出來。

「但我是故意不回頭看的。」

「故意？」

「我知道你在那裡。當你們駕車到我奶奶家的時候，我認出那匹馬，所以才到海邊去。」

「盡妳所能的避開我？」

她低聲重複他的話：「盡我所能的避開你。」

他又放聲大笑起來，這次是因為男孩子的滿足感。「哎，妳瞧，這是沒用的。我還要告訴妳，」他繼續說下去，「我到這兒要辦的事情就只是來找妳。可妳瞧，我們必須動身了，否則會錯過我們的船。」

「我們的船？」她困惑地皺著眉頭，旋即嫣然一笑。「哦，可是我必須先回旅館一趟，留張便箋……」

「妳喜歡留多少便箋，就寫多少便箋。妳可以在這裡寫。」他取出便箋盒和一支新式原子筆。「我還有信封呢，妳看，萬事都俱備了！來，把這放在妳的膝蓋上，我馬上可以讓筆乖乖聽話。等等！」他用力拿著筆敲敲椅背。「就像把溫度計的水銀甩下來，純粹是個小把戲。好了，現在試試看。」

她笑著，然後在亞徹鋪在便箋盒上的紙開始寫了起來。亞徹走開幾步，兩眼幸福、視而不見地盯著路過的行人，那些路人卻停下腳步觀賞這罕見的景象：一位穿著時髦的女士伏在公園長凳上寫信。

奧蘭絲卡夫人將信紙放進信封裡，寫上名字，裝進口袋中。接著她也站了起來。

他們往回走向畢肯街。在俱樂部附近時，亞徹瞧見之前幫他送信到派克旅館的馬車，車夫正在街角的消防栓前，沖洗臉龐以解除送信的疲勞。

「我跟妳說過了，一切都是命中註定！妳看，這兒有輛出租馬車！」他們都大笑了起來，因為在這座依然把出租馬車場看作新奇「舶來品」的城市裡，能夠在這個節骨眼找到一輛公用馬車，簡直是奇蹟！

亞徹看了看錶，發現還有時間先驅車到派克旅館，再去搭船。他們急忙乘車穿過那片熱氣騰騰的街道，車子停在旅館前。

亞徹伸手要拿那封信。「讓我送信進去吧？」但奧蘭絲卡夫人搖搖頭，跳下車來，不久就消失在那些玻璃門後。時間還不到十點半，可是，如果那位信差等不及她的答覆，又不知該如何打發時間，剛好坐在她進門時所看到的那些喝冷飲的旅人當中，那可怎麼辦？

他等著，在赫迪克馬車前來回踱步。一位眼睛跟娜塔莎相似的西西里青年提議幫他擦靴子，一位愛爾蘭女子要賣給他桃子。每隔幾分鐘，玻璃門就會打開來，走出幾位熱到把草帽遠遠推到腦後的男人，當他們經過他身旁時，總會瞄他一眼。他納悶那扇門怎麼開得這麼頻繁，而且從裡面走出來的人竟都如此相似，全都像此時此刻來自世界各地一直進出家旅館旋轉門的旅人。

這時，突然出現一張與眾不同的臉，從他視線中一晃而過，因為他已走到踱步範圍的盡頭，他轉身折回旅館時看見那張臉，在幾種典型的面孔中，包括倦怠的瘦臉、驚詫的圓臉、溫和的長臉，這一張張張迥然不同的臉孔。那是張年輕男子的臉，臉色異常蒼白，可能是由於熱浪或焦慮，或者是兩種都折磨著他，但不知為何，那張臉看上去卻更加機敏、生動、清醒；也許是因為它迥然不同才顯得如此。片刻間亞徹似乎抓住了一根記憶的游絲，但它卻迅速消失，隨著那張逝去的臉飄走了。顯然那是張外國商人的臉，尤其在這樣的環境下顯得更像外國人。那個人消失在人流中，亞徹重新開始他的巡視。

他不願讓旅館的人讓人看見自己拿著錶，在缺乏錶所估算的時間，他認定奧蘭絲卡夫人這麼久還沒出現，只可能是遇上了那位信差，並被他攔住了。想到這裡，亞徹心中憂慮萬分。

「如果她不馬上出來，我就進去找她。」他說。

大門再度被打開，她來到他身邊。他們坐進馬車，馬車啟動時他掏出懷錶一看，才發現她只離開了三分鐘。鬆動的車窗發出卡噠卡噠的嘈雜聲，他們根本無法交談。一路上就這麼在鵝卵石路上顛簸，直向碼頭奔去。

船上空著一半位子，他們並肩坐在座位上，覺得幾乎無話可向對方傾訴，或者更確切地說，沉浸在這種與世隔絕、身心解脫的幸福沉默裡，一切已盡在不言中了。

槳輪開始轉動，碼頭與船隻逐漸消失在熱霧中，此時亞徹覺得過去熟悉的舊傳統也都隨之消失。他很想問奧蘭絲卡夫人是否也有同樣感覺：覺得他們正要起程遠航，永遠不再回來了。但他始終不敢說出這些話，害怕破壞支持她對他那種微妙的信任。事實上，他也不想辜負這種信任。他們親吻的記憶曾日日夜夜灼燙著他的雙唇，甚至昨天前往普資茅斯的途中，對她的思猶如火一般炙熱；然而此刻她近在眼前，他們正一起漂向未知的世界，親近得彷彿已經達到了那種輕輕一碰身體，就會立即瓦解的深層境界。

船離開港口向大海駛去時，一陣微風吹來，水面上掀起泛著油污的長長波浪，隨後又變成浪花飛濺的漣漪。熱霧仍然籠罩在城市上空，他們眼前卻是一片平靜水波的清新世界，陽光照耀遠處燈塔聳立著的海岬。奧蘭絲卡夫人倚著船欄，張開雙唇吸吮著這份清涼。她把長長的面紗纏在帽子周圍，這樣反而讓臉露了出來，亞徹被她寧靜、愉悅的表情震懾住。她似乎將他們這次探險視為理所當然的事，毫不擔心會意外遇上熟人，更糟糕的是，也不由於這種可能性而過度興奮。

在旅館的簡陋餐廳裡，亞徹原本希望他們能夠獨處，可惜卻發現有一群唧唧喳喳、模樣天真的青年男女。老闆告訴他們那是一群到此度假的學校教師。一想到必須在這麼嘈雜的環境中談話，亞徹的心不由得往下一沉。

「這不行，我去要間私人包廂。」他如此說道。

奧蘭絲卡夫人沒提任何異議，當他去找包廂時，她靜靜等候著。

那間包廂設在木制長廊上，窗外就是大海。屋間簡陋卻很涼爽，餐桌上罩著一塊粗糙的格子桌布，放著一瓶醃黃瓜和裝在紗罩裡的藍莓派。一眼便能看出，這是最適合情侶幽會的地方。亞徹覺得自己看見奧蘭絲卡夫人坐下時，由於理解這間包廂的安全性，流露出莞爾笑容。對於一個逃離丈夫的女人，而且據說是跟另一個男人逃走的——很可能早已非常熟悉「將所有事情視為理所當然」的藝術。然而她那鎮定自若的神情卻遏止了他的嘲諷。她是如此沉穩、安靜又坦然，說明她已經掙脫所有世俗束縛，並讓他覺得，他們彷彿像兩位有許多話要談的老朋友，尋覓一處僻靜的地方是件非常自然的事……

24

他們悠閒地享用午餐，暢快談話，偶爾其會出現短暫的沉默。因為魔咒一旦破除，他們都有很多話要說，但有時候，話語又變成默默溝通的伴奏。亞徹盡量不提自己的事，他並非有意這麼做，而是因為不想漏失奧蘭絲卡夫人過往的每件事。她倚靠著桌子，下巴放在緊握交疊的雙手上，敘說她這一年半以來所發生的事情。

她漸漸厭倦人們口中的「社交界」；紐約確實是友善的地方，殷勤好客到令人難以忍受的地步；她永遠也不會忘記大家當初是如何歡迎她回來，然而經歷最初的新奇經驗之後，她發現自己太「格格不入」，無法在意紐約社會所在意的事情。所以，她才決定要去華盛頓試試看，在那裡應該可以遇見形形色色的人，聽到各種見解。總之，她或許應該在華盛頓安頓下來，幫可憐的梅朵拉尋覓一個家；當她最需要照顧和保護，以免受到婚姻傷害時，卻把所有親戚的耐心都消耗殆盡了。

「那位卡弗博士……妳不擔心他嗎？聽說他一直跟妳們待在布蘭克家。」

她微笑著說：「哦，這個危機已經過去了。卡弗博士是個絕頂聰明的人，他需要一個富有的妻子來支持自己的計畫，而梅朵拉只是個改變信仰的招牌廣告。」

「轉換成哪種信仰？」

「就是熱衷於各種新奇又瘋狂的社會計畫啊。你知道嗎？我對於那些計畫更感興趣，勝過於盲從傳統、恪守別人的傳統，譬如在我們朋友間看到的那些情況。我認為，如果發現美洲就只是為了把它變成另一個國家的翻版，實在是太愚蠢了。」她隔著桌子大笑，「你能想像哥倫布歷經艱辛，就只是為了要跟塞爾福里奇．馬利夫婦去看歌劇嗎？」

亞徹臉色一變。「那麼貝爾福……妳也會跟貝爾福說這些感受嗎？」

「我很久沒見到貝爾福了。但我以前常跟他說，他能夠理解這些感受。」

「啊！我一直想要跟妳說這些，妳不喜歡我們，而喜歡貝爾福，都是因為他跟我們截然不同。」他看著這空蕩蕩的房間，又向外看那片空曠的海濱，以及岸邊那排荒涼的白色小屋，繼續說道：「我們真是愚蠢至極，沒有個性、單調乏味。」突然間，他蹦出一句話：「我想，妳為甚麼不回去呢？」

她的眼神黯淡下來，亞徹等待她會憤怒反擊。但她只是靜靜坐著，彷彿正在仔細思量他的話。亞徹開始害怕她回答說自己也曾經想過。

終於，她開口說：「我想是因為你。」

說這句話時，她完全不帶一絲感情，沒有比這個更不動聲色的告白了，或者說更能激發聽者的虛榮心。亞徹面紅耳赤，既不敢動彈也不敢開口說一句話，彷彿她的話會化成某種珍稀的蝴蝶，稍有一點小動作就會讓那對受驚嚇的翅膀振翅而飛，但如果不去驚擾牠，就會招引一群蝴蝶聚集。

「至少，」她繼續說，「是你讓我瞭解，這些愚蠢背後還存在一些細緻敏感又優雅的事物，甚至是那些我在另一種生活中所喜愛的事物，只要與之相比，也都相形見絀了。唉，我也不清楚該如何說明白，」她皺起苦惱的眉頭。「但似乎我以前從不知道，為了獲得雅致的樂趣，可能要付出多少艱辛及屈辱。」

「『雅致的樂趣』是值得追求的事情！」他想如此回答，但看到她懇求的眼神，於是他保持沉默了。

「我想要……」她繼續說對去，「完全坦誠相對，不只對你，還有我自己。許久以來，我一直期待有這樣的機會，能告訴你，你曾經如何幫助我，如何改變了我……」

亞徹蹙緊眉頭，瞪大眼睛，笑著打斷她的話：「那妳知道嗎？妳又是如何改變了我？」

她臉色也有些蒼白，「改變了你？」

「沒錯，妳對我的影響力遠比我對妳的影響力還要大。我聽了一個女人的話，才去娶了另一個女人。」

她蒼白的臉瞬間泛紅，「我以為……你答應過，今天不講這些事。」
「啊，果然是女人！妳們全都不想認真看清楚壞事。」
她壓低聲音說：「對梅來說，這是件壞事嗎？」
亞徹站在窗前，敲打著推起的窗框，覺得每根神經都感受到她提起表妹名字時的眷戀之情。
「因為這是一件我們永遠要掛懷的事情，不是嗎？你自己的表現不也這麼說嗎？」她繼續固執地追問。
「我自己的表現？」他重述道，茫然的雙睛仍注視著大海。
「如果不是的話，」她痛苦的專注在自己的思緒中，繼續說：「如果為了不讓別人夢想幻滅或痛苦，因而放棄或錯失一些事情，實在不值得如此。那麼我回家的理由、讓我的往昔生活由於沒人關心，而顯得貧乏和可憐的一切，不就都虛假不存在了……」
他轉過身來，「如果是這樣，妳就更沒有理由不回去了？」他下此結論。
她兩眼絕望地注視亞徹，「哦，真的沒有理由了嗎？」
「如果妳把全部賭注都押在我的婚姻上，那就沒有。我的婚姻，」他口氣粗暴，「不會成為把妳留住的一道風景。」她默默無語。亞徹接著說：「那有甚麼意義呢？妳讓我開始認識真正的人生，但又要我繼續過那種虛假的生活。這是任何人都無法忍受的——事情就是這樣。」

「哦，別這麼說，我也正在忍受這一切呢！」她大聲喊，熱淚盈眶。

她的雙臂垂在桌邊，任憑亞徹凝視她的臉，像是鋌而走險般不顧一切。那張臉孔彷彿將她整個人都袒露了出來，包括裡面的靈魂。亞徹愣在那兒，震懾於這張臉的表情，不知所措。

「妳也……啊，一直以來妳也是嗎？」

她任由淚珠緩緩流淌下來，作為答覆。

他們之間仍然隔著半個房間的距離，而且彼此都沒有移動的意思。很奇特，亞徹感覺到自己毫不注意她的肉體存在，若不是她一隻手突然伸到桌上，吸引了他的目光，他根本不會察覺到她身體的存在。亞徹就像那次在第二十三街小屋中一樣，直盯著她的手，以免自己總是去看她的臉。他的想像力圍繞著這隻手盤旋，宛如在漩渦的邊緣打轉。但是亞徹仍然不想靠近她。他知道愛撫激起的愛情面貌，也曾縱情於這樣的愛情。然而這種比肉體還要難分難解的愛，更貼近心靈，身體的接觸也無法滿足。亞徹唯恐自己任何一個動作都可能會抹去她言談中的聲音及印象，現在他唯一的心思是永遠將不再感到孤單了。

但是片刻之後，一種荒廢時光的感覺又控制住他。他們在這兒無比親近又與世隔絕，卻也分別被自己的命運捆綁，彷彿隔了半個世界。

「這有甚麼意義呢?既然妳準備回去!」他突然喊道。宛如「我究竟該怎麼留住妳」的絕望吶喊。

她靜靜坐著,低垂眼簾。「哦,我現在還不會走!」

「還不會?那麼,到某個時候就會走囉?妳已經預定了時間?」

聽到這兒,她抬起清澈的雙眼,「我答應你,只要你不放開手,我就留下來。只要我們還能像這樣看著彼此,我就留下來。」

他頹然坐進自己的椅子。她真正的意思是:「你只要舉起一根手指頭,就能讓我回去,回到那些你已明瞭又令人厭惡的一切,回到你幾乎猜測到的那些誘惑中。」他心裡完全明白箇中之意,彷彿她明白說出了那些話。這個念頭使他懷著感動又虔誠的心情,默默坐在桌子的這一邊。

「妳會過著甚麼樣的生活啊!」他嚷嚷道。

「哦,只要這樣的生活也屬於你的一部分。」

「只要這樣的生活也屬於我的一部分?」

她點了點頭。

「那麼對我們兩人來說,這就是全部了?」

「是啊,這就是全部了,不是嗎?」

聽完這句話後，亞徹從椅子上一躍而起，將一切拋諸腦後，只記得她甜美的臉。她也站了起來，沒有走向他，也沒有躲開他，只是很平靜，彷彿已經達成最棘手的任務，她現在只需要等待了。她是那般沉靜，所以當亞徹向她走近時，她伸出的雙手無意阻擋他，反而是引導他；她的雙手落入亞徹的掌握中，她伸開前臂不是想僵硬地阻止他，只是將他隔絕在一定的距離之外，讓她那張已經投降的臉孔講完剩餘的話。

也許他們這樣站了很久，也許只有幾秒鐘時間，但這已足夠讓她的緘默道盡她想說的一切，同時也使亞徹感覺到唯有一件事最重要——他絕不能輕舉妄動，否則就會讓這次相會成為最後的邂逅。自己必須把他們的未來交給她安排，只能請求她牢牢抓住且不放手。

「不要——不要難過。」她說，聲音有點嘶啞，同時把手抽了回去。他回答：「妳不會回去了——妳不回去了嗎？」宛如這是他唯一無法忍受的事情。

那群那群嘰嘰喳喳的教師正整理行裝，準備三五成群地奔向碼頭；沙灘對面的防波堤前停著那艘白色船隻，隔著陽光閃耀的水面，波士頓隱約出現在朦朧霧靄中。

25

重新回到船上，在其他乘客面前，亞徹感覺到一股寧靜的情緒，這種情緒在支持他的同時，也讓他感到詫異不已。

根據任何現今的價值標準來看，那一天算是荒謬的失敗。他甚至沒有親吻奧蘭絲卡夫人的手，也沒從她口中乞求到一句對未來的承諾。然而，對於厭倦不美滿的愛情、又與熱愛對象分開已久的男人來說，他覺得自己尷尬地獲得平靜與滿足。她完美掌握了他們對人忠誠與對自己坦誠之間的平衡，對此，他感到既激動又平靜。尤其這種平衡並非事先精心設計，而是來自於她問心無愧的真誠，她的眼淚及躊躇可以作證。於是他心中充滿溫柔的敬畏。如今危機都已經過去了，他感謝命運，自己沒利用虛榮心或游戲人間的複雜心思去誘惑她；甚至當他們在「秋河車站」握手告別時，亦是如此。他獨自轉身離去，依然堅信他們這次相會所挽救的，遠比犧牲的還要多。

亞徹漫步回到俱樂部，獨自坐在空蕩蕩的圖書室，心中再三回味他們廝守在一起的分分秒秒。他很清楚，而且仔細檢視過後，心中愈來愈清楚，如果她最後決定返回歐洲，回到她丈夫身邊，也不會是由於過去生活的誘惑；儘管對方提出更加優渥的條件。不，唯有當她覺得自己變成亞徹的誘惑、成為背離他倆共同訂立目標的誘餌時，她才會離開。她的選擇是留在他附近，條件是他不能要求她更靠近一步；能否安全又隱密地將她藏在那兒，完全取決於亞徹自己。

在返回紐約的火車上，這些思緒依然縈繞在他心頭，就像一片金色霧靄包圍著他，透過這層霧靄，他周圍的人看起來既遙遠又面目模糊。他有某種感覺：即使他和身旁乘客交談，他們很可能也聽不懂他想要表達的情緒。他陷在這種魂不守舍的狀態，第二天清晨醒來，才發現自己已經走在紐約九月天悶熱的現實中了。長長列車上一張張熱昏頭的面孔川流而過，他繼續透過那片金色的霧濛緊盯他們的身影。但正當他要走出車站的時候，其中一張臉孔驟然逼近，愈來愈清晰。他立刻想起：這是他前一天曾見過的年輕人，在派克旅館外面注意到的那張臉，難以歸類又不像美國旅館中常見的臉孔。

此刻同樣的感覺再度湧現，又讓他覺得曾相識。那位年輕人站在車站，一副外國旅客嘗盡美國旅行苦頭的樣子，左顧右盼、無所適從，接著他朝亞徹走來，舉起帽子式意，用英語說：「先生，我們一定在倫敦見過面吧？」

「啊，沒錯，是在倫敦！」亞徹好奇又同情地握住對方的手。「所以，你最後還是來紐約了？」他大聲說道，目光驚訝地注視少年卡弗萊的法國教師，看到那張機敏的臉龐顯得十分憔悴。

「啊，沒錯，我的確來了。」里維埃先生撇嘴笑說：「但我不會待太久，後天就回去倫敦了。」他戴著平整手套的手抓著小行李箱，站在那兒看起來一臉焦急困惑，幾乎求助似的緊盯亞徹的臉。

「先生，既然我有幸遇見你，是否可以……」

「我正想跟你說呢。一塊兒去吃午飯，好嗎？我是說到市中心去，如果你肯到我的辦公室來找我，我一定帶你去附近一間很美味的餐廳。」

里維埃先生顯然既感動又驚訝。「你真是太客氣了。不過我只想請教你，該怎麼找到交通工具。這兒沒有挑夫，好像也沒人聽得懂……」

「我知道，我們美國的車站一定讓你困惑不已。你要找挑夫，他們卻給你口香糖。不過請跟我來，我幫你找一輛車。記得啊，請務必來找我吃一頓午餐。」

經過一番明顯可見的猶豫，那位年輕人再三道謝，用一種全無說服力的口氣說自己已經有約了。但是當他們走到街道時，心情比較安定之後，他問是否方便在下午前去拜訪。

亞徹正處於仲夏時節工作清閒的淡季，他跟對方約定好時間並寫下地址，法國人連聲道謝，把地址放進口袋裡，使勁揮動他的帽子。一輛馬車接他離開，亞徹隨後也走開了。

里維埃先生準時出現在亞徹的辦公室，儘管他刮了鬍子，也熨平衣服，看起來仍然相當憂鬱、嚴肅。亞徹獨自坐在他的辦公室裡，那位年輕人還沒就座即突然開口說：「先生，我想昨天在波士頓曾見過你。」

這句話不足以證明甚麼，亞徹正準備表示肯定時，他的話旋即被訪客的目光中斷了；他的眼神略帶詭譎又瞭然的含意。

「想不到，真是太湊巧了。」里維埃先生繼續說：「我們竟會在我目前捲入的狀況中相遇。」

「是甚麼狀況？」亞徹問道，有些粗鄙地揣測他是否需要錢。

里維埃先生繼續用試探性的目光打量他，「不像上次見面時所說。我來這裡並不是為了找工作，而是肩負特殊使命……」

「啊！」亞徹喊道。這兩次相遇瞬間在腦海中聯結起來。他停頓一下，仔細思考後恍然大悟，里維埃先生也保持沉默，彷彿知道自己透露的內容已經足夠。

「一項特殊的任務。」亞徹終於重複說道。

年輕法國人攤開手掌，稍微向上舉起。他們兩人繼續隔著辦公桌彼此注視，直到亞徹突然回神說道：「請坐。」里維埃先生點頭致謝，在較遠的那張椅子坐下來，再度靜靜等待。

「你是想跟我談論這項任務嗎？」亞徹終於開口問對方。

里維埃垂下頭說：「不是為了我自己。那方面我已經自行解決了。我想，如果可以的話——想跟對你談談奧蘭絲卡伯爵夫人。」

亞徹幾分鐘前就猜到對方會說出這些話，但當這些話真的說出口時，仍不免覺得有股熱血衝上腦門，像在灌木叢中被一根彎倒的樹枝絆倒。

「那麼，你這次是為誰而來呢？」他說。

里維埃先生態度堅定地回答這個問題。「嗯，恕我冒昧，是為了她而來。或者應該說，是為了抽象的正義。」

亞徹譏諷地琢磨對方的回答，然後說：「換句話說，你是奧蘭絲卡伯爵的信差？」他漲紅著臉，但發現里維埃蒼白的臉變得比自己還紅。

「他沒有派我來見你，先生。我來找你，完全出於不同立場。」

「在這種情況下，你又有何權力站在其他立場？」亞徹反駁說。「信差就是信差。」

這位年輕人思考了一下，「我的任務已經結束。從奧蘭絲卡夫人的答覆來看，我的任務失敗了。」

「這個我幫不上忙。」亞徹仍然以嘲諷的口吻回答。

「不，你有辦法幫我……」里維埃先生停住不說，那雙仍慎重戴了手套的手轉了轉帽子，盯著帽子的襯裡，然後又看著亞徹的臉。「你有辦法幫忙的，先生，我相信你可以幫我，讓我的任務也在她家人那邊失敗。」

亞徹向後挪動椅子，站了起來。「啊，我才不會呢！」他大聲喊道，雙手插在口袋裡，站在那兒怒氣沖沖地低頭瞪那個矮小的法國人。對方雖然也站了起來，仍比亞徹的視線還要矮一兩寸。

里維埃先生的臉色比平常愈加蒼白，白得幾乎超過膚色能及的變化程度。

「到底為甚麼，」亞徹繼續咆哮，「你會認為……我猜你來求我，是因為我跟奧蘭絲卡夫人的親戚關係，我哪裡會採取跟其他家族成員相反的立場呢？」

此刻，里維埃先生表情上的變化是他唯一的回答方式。他的表情從膽怯漸漸變成完全的沮喪：對於他這種足智多謀的年輕人來說，鮮少會落入束手無策、一籌莫展的窘境。

「哎，先生……。」

「我不明白，」亞徹繼續說下去，「還有那麼多與伯爵夫人關係更親密的人，你為甚麼偏偏選上我。我更不明白你憑甚麼認為，我會輕易接受你奉命帶來的觀點。」

里維埃先生態度謙遜地接受這番抨擊。令人感到不安。「先生，我想提出來的觀點純粹是自己的觀點，而不是奉命向你傳達的。」

「那我就更沒有必要洗耳恭聽了。」

里維埃再次看著自己手中的帽子，彷彿在想：最後這句話是否明顯提醒他應該戴上帽子走人。後來，他突然下定決心似的說：「先生，請你告訴我一件事好嗎？你是質疑我在此的權利，還是你認為這整件事情已經落幕了？」

他沉靜堅定的態度反而讓亞徹覺得自己的咆哮很幼稚，里維埃先生成功讓人佩服他。亞徹稍微紅了臉，再次回座，同時示意那位年輕人坐下。

「抱歉。但是為甚麼這件事還沒落幕呢？」

里維埃愁眉苦臉地看著他。「這麼說，你也同意家族其他成員的意見，認為面對那個我帶來的新提議，奧蘭絲卡夫人似乎會回到丈夫身邊？」

「我的天啊！」亞徹大聲喊道。

他的訪客低聲確認此事。「見她之前，我按照奧蘭絲卡伯爵的指示，先去見洛弗爾・明格先生。到波士頓之前，我曾跟他談過好幾次。據我所知，他代表他母親的看法，而曼森・明格老夫人對整個家族具有極大影響力。」

亞徹坐著一言不發，他覺得彷彿攀附在一塊鬆動的懸崖邊。發現自己被排除在這些談判之外，甚至不讓自己知道這些事情，感到十分驚訝，所以對於剛剛得知的訊息反而見怪不怪了。剎那間他恍然大悟，若這個家庭不再與他商量，那是因為某種根深柢固的家族本能警告他們：他已經不站在他們這邊了。然後，他突然明白射大會那天，從曼森・明格家坐車回家時，梅曾說的那句話：「也許，愛倫還是跟丈夫在一起會比較快樂。」

即使亞徹因為這些新發現而心煩意亂，他仍舊記得自己當時發出一聲憤慨的吼叫，從此之後，他妻子未曾提起奧蘭絲卡夫人的名字。她漫不經心提及這件事，無疑是想試探他的意向。顯然梅已經向家族報告這個結果了，因此之後，亞徹就被悄悄排除在外。他相當佩服這個家族紀律讓梅遵從此一決定；他知道，假如這個決定違背梅的良心，梅決不會這麼做。但是梅可能跟家族成員的看法一致，認為與其分居，還不如讓奧蘭絲卡夫人做個不快樂的妻子，並認為與紐蘭商量論這件事毫無用處，他有時桀驁不馴，無視常規，讓人很為難。

亞徹抬起頭，看到訪客憂慮的眼神。

「先生，難道你不知道——你可能不知道吧——她的家人開始懷疑，他們是否有權勸說爵夫人拒絕她丈夫的提議。」

「你帶來的提議？」

「我帶來的提議。」

亞徹真想對里維埃大聲吼叫：不管你知道或不知道些甚麼，都與你毫不相干。但里維埃目光中謙恭又堅定的神情讓他否決自己的結論。因此，他用另一個問題回答那位年輕人的提問：「你跟我說這件事的目的是甚麼？」

他立刻聽到答案：「請求你，先生；我全心全意請求你。哦，別讓她回去——別讓她回去！」里維埃大聲喊道。

亞徹愈加震驚地看著里維埃。毫無疑問，他的苦惱絕對真誠，他的決也很堅定，他顯然已經決定不顧一切表明自己的心點。亞徹思索著。

「可否請問，」亞徹終於開口，「你原本就站在奧蘭絲卡夫人這邊嗎？」

里維埃先生臉紅了，但眼神並未閃爍不定。「不是的，先生。我當初誠懇地接受了任務。我當時真心認為——毋庸向你贅述——奧蘭絲卡夫人恢復她的身分、財富以及她丈夫帶給她的社交地位，對她比較有利。」

「所以我想，若非如此，你不太可能接受這項任務。」

「沒錯，我不會接受。」

「嗯，那麼後來呢？」亞徹再次住口，他們又再次互相打量。

「啊，先生，見過她、聽過她的想法之後，我才明白她待在這裡更好。」

「你明白了……？」

「先生，我忠實履行了我的任務，也陳述伯爵的提議，說明瞭他的提議，未附加我個人的意見。伯爵夫人善意地耐心聽我說完，她好心地接見我兩次，而且不帶偏見地考慮我轉達的提議。正是在這兩次談話的過程中，我改變心意，用不同角度看待這件事情。」

「我能否知道，是甚麼因素改變了你的想法？」

「純粹只是因為看到她身上的轉變。」里維埃回答。

「她身上的轉變？這麼說你以前就認識她囉？」

年輕人的臉又紅了。「我以前常在她丈夫家見到她。我認識奧蘭絲卡伯爵已經很多年了。你可以設想，他不會派陌生人去執行這項任務吧。」

亞徹的目光不覺轉向辦公室那道空白牆壁，停留在一本掛在牆上的日曆，日曆上印著美國總統的嚴肅肖像；亞徹內心裡想：這番談話竟然發生在他管轄下的幾百萬平方英里土地上。真是件令人難以想像的怪事。

「改變——是甚麼樣的轉變呢？」

「啊，先生，如果我說得明白就好！」里維埃停頓了一下，「我想……我以前從未發現過，她是美國人，而像她這樣的美國人——你們這樣的美國人，對於某些社會所認可的事情，或者至少普遍接受利益交換的妥協關係，可能會覺得不可思議，完全不可思議。假如奧蘭絲卡夫人的親屬瞭解這些事情，他們絕對會跟她的意見一致，絕對不會同意她回去了。而且，他們似乎認為她丈夫希望她回去，足以說明他強烈渴望家庭生活。」里維埃停頓了一下，又繼續說：「然而事情絕非如此簡單。」

亞徹回頭望了一眼美國總統的肖像，又低頭看著他的辦公桌，桌上散亂的文件。他有一度說不出話來，期間，他聽見里維埃的椅子向後挪動，察覺到這位年輕人站了起來。當他又抬頭看時，只見他的訪客跟他一樣情緒激動。

「謝謝你。」亞徹僅僅說了這一句話。

「沒甚麼好謝的，先生。倒應該是我……」里維埃突然停頓下來，彷彿說話對他而言也很困難。「但是我想——」他的聲音變得比較鎮靜了，「再補充一件事，你剛才問我是否受雇於奧蘭絲卡伯爵。近日我的確受雇於伯爵。幾個月前，由於個人因素——必須照顧家裡的老弱婦孺，我回到伯爵身邊。但是當我決定來這兒跟你說這些事的那一刻起，我認為自己已經被解雇了。我回去之後，將會這麼說，並向伯爵說明理由。就這樣了，先生。」

每年到了十月十五日這天，第五大道家家戶戶都會敞開百葉窗、鋪設地毯，掛起三層窗簾。這項居家儀式將在十一月一日這天結束，社交界也開始觀望並摩拳擦掌。到了十五日這天，社交季盛大展開，歌劇院與劇場推出新的劇碼，晚宴邀約逐漸增多，各式舞會也開始擇定日期。每年大約這個時候，亞徹夫人總會批評：紐約真是變化太大了。」

在希勒頓先生與蘇菲小姐的協助之下，亞徹夫人站在旁觀者的超然角度，觀察社交界。她能夠尋覓其中浮現出來的每一點瑕疵，以及社交界井然有序的生態中冒出來的每一根雜草。亞徹從少年時代開始，就期待母親一年一度評判，聽她列舉自己粗心遺漏的每項細微衰敗跡象。在亞徹夫人的心目中，紐約的改變總是每下愈況，而蘇菲．傑克森小姐亦衷心贊同這項觀點。對亞徹夫人來說，紐約只會愈變愈壞，對此，蘇菲．傑克森小姐也深有同感。

見多識廣的希勒頓．傑克森先生，總是保留自己的看法，饒富興味地聆聽女士們的哀嘆，但就連他自己也從未否認紐約的變化。紐蘭．亞徹婚後的第二年冬天，也不得不承認，如果說紐約還沒變化，如今也已經開始變化了。

這些觀點一如往常，在亞徹夫人的感恩節晚餐中提起。這一天，當她表面上感謝主這一年的恩賜時，她總習慣對自己的生活進行一番審視——雖稱不上痛苦卻很悲傷，接著想不出有何值得感謝。無論如何，上流社會已經走樣——倘若上流社會依舊存在的話——上流社會早已被視為招致《聖經》詛咒的奇異景況。而且實際上，每個人都明白為甚麼艾希摩牧師選擇《耶利米書》的那一段話作為感恩節布道辭[1]。艾希摩牧師是聖瑪竇教堂的新任牧師，他獲選的原因是他思想「前衛」，他的布道內容思想大膽、用辭新穎。當他抨擊上流社會時，總是談到它的「趨勢」。對亞徹夫人而言，這些話既可怕又令人著迷，她感覺到自己也是這趨勢中的一分子。

「艾希摩牧師的話無疑是對的，的確有一股明顯的潮流存在，」她說：「就像房子的裂縫，是某種看得見、摸得著的東西，。」

「可是在感恩節這天說這個，未免有點奇怪。」傑克森小姐發表意見說。女主人揶揄

1　《耶利米書》第二章第二十五節：「我說：『你不要腳上無鞋，喉嚨乾渴。』你倒說：『這是枉然。我喜愛別神，我必隨從他們。』」

說：「哦，他的意思是要我們對僅有的一切心存感激。」

亞徹過去對母親一年一度的預言總是微笑以對，但是今年聽到他們列舉的那些變化，也不得不承認，這種「趨勢」顯而易見。

「就說在服裝上的奢侈吧！」傑克森小姐開始說：「希勒頓帶我去看首場歌劇，說真的，我只看到珍．馬利是唯一穿著去年禮服的人，但那件禮服修改過前襟。據我所知，她兩年前才從渥斯訂購那件禮服，因為我的裁縫師常去那兒，她在正式穿上這些巴黎服飾前，總會先讓我的裁縫師修改。」

「唉，珍．馬利跟我們還是同一代人呢。」亞徹夫人歎道。生活在當今時代，女士們一走出海關就到處炫耀在巴黎選購的服裝，而不像她們那代人總是先把衣服鎖在衣櫃裡擱置。她們的作法可不是件令人羨慕的事。

「是啊，她是少數人之一。在我年輕的時候，」傑克森小姐回應：「穿上最新流行的時裝會被人認為很粗俗。艾咪．希勒頓總跟我說，波士頓的規矩是要把在巴黎選購的服裝擱置兩年再穿。巴克斯特．潘尼洛老太太出手一向闊綽，她過去每年都選購十二套服裝，兩套絲綢、兩套緞子衣，外加六套府綢及頂級的喀什米爾羊毛衣，都屬於長期訂購。她病了兩年後過世，遺留四十八套從沒拆封過的渥斯服飾。服喪期過了之後，她的女兒們在交響音樂會穿上第一批，一點也不顯得太過前衛。」

「唉，波士頓倒底比紐約保守。不過我總覺得，女士們先把巴黎服裝擱置一季再穿，這樣的規矩還是比較得體。」亞徹夫人妥協說道。

「那是貝爾福開創的新風氣，新服裝一寄到，就立刻讓他妻子穿上。我得說，瑞吉娜必須煞費苦心，才不至於讓自己看起來像……像……」傑克森小姐看了大家一眼，瞧見珍尼瞪大了眼睛，於是這句話便含糊帶過去了。

「不像她的競爭對手。」希勒頓·傑克森先生接話，那口氣簡直像在講一句至理名言。

「哦，哦……」女士們喃喃說道。亞徹夫人又繼續說話，部分原因是想中斷這個禁忌話題，移開女兒的注意力，「可憐的瑞吉娜！恐怕她的感恩節過得並不愉快。你聽說關於貝爾福投機生意的傳言了嗎，希勒頓？」

希勒頓先生漫不經心地點點頭。大家都聽聞了傳言，他不屑去證實眾人皆知的事情。一陣陰鬱的沉默降臨在餐桌上。沒有一個人真正喜歡貝爾福，所以總是往最壞層面去猜測他的私生活，雖然不全然是不愉快的事。然而他財務上的污點也讓妻子家族蒙上恥辱，實在太令人震驚了，就連他的敵人都無法幸災樂禍。亞徹時代的紐約社會可以容忍私人關係中的虛偽，但在商業方面卻一絲不苟，要求絕對的誠實。已經很久一段時間沒有出現過知名銀行家背信的醜聞。大家仍然記得最後一次類似事件發生時，那些企業家遭到社會唾棄的情景。不論貝爾福的權勢、他妻子的聲望多麼崇高，都會遭到同樣下場。倘若她丈夫非法投機的傳聞屬實，即使達拉斯家族聯合起來，也無力挽救可憐的瑞吉娜。

他們接著轉向較不糟糕的話題，然而他們談論的每一件事似乎皆印證了亞徹夫人感受到的那種趨勢，正在逐漸加速中。「當然啦，紐蘭，我知道你讓親愛的梅去參加史卓特斯太太的週日宴會。」亞徹夫人開口說道。

梅高興地插嘴說道：「哦，您知道，現在大家都到史卓特斯太太家，外婆上次的宴會也邀請她了呢。」

亞徹心想，這就是紐約人因應轉變的方式：大家全都假裝視而不見，直到轉變徹底結束後，再從心底想像它們發生於前一個年代。但是再固若金湯的城堡也免不了出現背叛者，當他（往往是位女士）舉手投降，並交出鑰匙後，再假裝城堡堅不可摧又有何用呢？人們一旦品嘗過史卓特斯太太輕鬆愉快的週日款待，就很難再呆坐家中去回想她家的香檳嚐起來就像鞋油。

「我知道，親愛的，我知道。」亞徹夫人嘆息說：「我想只要人們拚命追求娛樂，總是免不了這種事。但我還是無法諒解妳表姊奧蘭絲卡夫人，因為她是第一個站出來支持史卓特斯的人。」

年輕的亞徹太太頓時滿臉通紅，這讓她丈夫及在座的每個人都大吃一驚。「哦，愛倫……」她喃喃說道，口氣中既有指責又有袒護的意味，宛如她父母在說：「哦，布蘭克那家人……」

自從奧蘭絲卡夫人堅持拒絕丈夫的主動建議，讓全家人震驚且不可置信後，每次提到她的名字時，都是用這種口氣說話。但是話從梅的口中說出卻格外引人深思。亞徹以一種陌生的眼光看著她，有時候，當她的態度與周圍氛圍串通一氣時，這種感覺就會油然而生。

他母親今天卻少了對周圍氣氛的敏感度，仍堅持說：「我向來認為，像奧蘭絲卡伯爵夫人這種生活在貴族階層的人，理應幫助我們維持社會優勢，而不是忽視它。」

梅依舊滿臉通紅，這番話除了暗示奧蘭絲卡夫人不忠於上流社會，似乎還有另外的含義。

「我毫不懷疑在外國人眼中，我們大家全都是一個模樣。」傑克森小姐苛刻地說。

「我覺得愛倫不喜歡交際，可是誰也不知道她究竟喜歡甚麼。」梅接著說，似乎一直在尋找某種不置可否的說辭。

「唉，嗯……」亞徹夫人又嘆了口氣。

人人都知道奧蘭絲卡伯爵夫人不再受到家人寵愛，就連她最忠實的擁護者曼森・明格老太太都無法為她拒絕返回丈夫身邊的行為辯護。明格家的人並沒有公開表示他們的不滿；他們的團結意識太強烈了。如同韋蘭太太所說，他們只是讓可憐的愛倫找到屬於自己的位置，而令人痛心與不解的是，那個位置卻是在幽暗深淵之中，大部分是在布蘭克家以及那些「搞寫作的傢伙」舉行的亂七八糟儀式中。令人難以置信的是，愛倫確實罔顧自己的機會與特權，簡直成為了「波希米亞人」。這樣的情況讓大家更加認為：她沒回到丈夫身邊是個致命的錯誤。畢竟，一位年輕女子的歸宿應該是在丈夫的庇護之下，尤其她是處於那種情況之下……唔……那種誰都沒興趣探究的情況下離家出走的。

「奧蘭絲卡夫人可是深受紳士們喜愛呢。」蘇菲小姐擺出一副表面上息事寧人，實際卻暗地裡煽風點火的語調說話。

「是呀，像奧蘭絲卡夫人這樣的年輕女子，總會遇到這種危險啊。」亞徹夫人悲傷地同意。做出這番結論後，談話告一段落，女士們拎起裙襬往燈光明亮的客廳走去，而亞徹與希勒頓先生則移步到那間哥德式書房。

在壁爐前坐定後，傑克森先生拿出他美妙的優質雪茄，藉以撫慰晚餐的不足，然後自命不凡地滔滔不絕。

「如果貝爾福一旦破產。」他說：「很多事情必定隨之被挖掘出來。」

亞徹立刻抬起頭；每次只要一聽見這個名字，他就會清晰回想起貝爾福的龐大身影，貝爾福穿著昂貴皮草和皮靴、在斯庫特克利夫雪地上闊步行走的模樣。

「肯定會挖出最骯髒的污泥。」傑克森繼續說：「他的錢不全都花在瑞吉娜身上呀。」

「噢，也不盡然如此，對嗎？我相信他會逢凶化吉。」亞徹說道，他想結束這個話題。

「也許吧，也許。據我所知，他今天要去見幾位最有影響的人物。」傑克森先生勉為其難表示認同。「當然啦，希望他們能幫他度過難關——至少這一次。我可不願意看到可憐的瑞吉娜因為破產而在國外寒酸的度假村度過餘生。」

亞徹默不作聲。他覺得，賺取不義之財的人無論下場有多麼悲慘，本來就應該受到殘酷報應，所以他的心思幾乎沒放在貝爾福太太的厄運上，而是又回到眼前的問題；當他們提到奧蘭絲卡夫人時，梅的臉紅了，這是甚麼意思呢？

距離亞徹與奧蘭絲卡夫人一起度過的那個仲夏之日，已經四個多月了，這段期間亞徹未再見到她，知道她已經回到華盛頓，回到她與梅朵拉共同租賃的那間小屋。他曾寫過一封信，僅僅簡短的幾句話，問他們何時能再相見，豈知她的回信更加簡短，只說：「還不行。」

自此之後，他們之間沒再通信。亞徹彷彿已經在心中築起一座聖殿，她就在裡面掌管自己的祕密心思與欲望，漸漸地，這座聖殿變成了他真實生活的背景、他唯一進行理性活動的地方。他把他讀過的書、滋養他的思想和感情，以及他的判斷與見解，全都帶進這座殿堂。在它的外面，也就是他實際生活的環境中，某種不真實感、無法滿足的缺憾卻與日俱增，跌跌撞撞地與那些熟悉的偏見和傳統觀念發生碰撞，就像一個心不在焉的人撞倒自己屋裡的傢俱。心不在焉——正是他目前的狀態；他看不到周圍人們覺得真實存在的東西，所以有時候當他發現大家仍然認為他還在場時，自己也會嚇一跳。

他注意到傑克森先生正在清喉嚨，準備進一步披露內情。

「當然，我不知道你妻子的家人對於大家……嗯，針對奧蘭絲卡夫人拒絕她丈夫最新提議的看法，究竟瞭解多少。」

亞徹沉默不語，傑克森先生拐彎抹角繼續說下去：「很可惜，實在很可惜——她竟然拒絕了。」

「可惜？老天，怎麼說呢？」

傑克森先生低頭看自己的腿，又一直往下看自己平整的短襪及下面那雙發亮的便鞋。

「嗯，從最基本的問題開始說吧，現在她準備靠甚麼生活呢？」

「現在？」

「假如貝爾福……」

亞徹立刻從椅子上跳起來，他的拳頭砰的一聲打在黑胡桃木寫字臺的邊緣。墨水在銅製雙槽墨水罐中晃動。

「你到底想說甚麼，先生？」

傑克森在椅子上稍微換了個姿勢，平靜打量著亞徹那張暴怒的臉。

「唔，根據相當可靠的消息來源——事實上，是老凱瑟琳本人——當奧蘭絲卡夫人拒絕回到丈夫身邊之後，她家裡便大大削減了她的零用金，而且由於她拒絕回去，還喪失了結婚時贈予給她的那筆錢——假如她回去，奧蘭斯卡準備把這筆錢轉到她名下。既然如此，親愛的孩子，你還問我到底是甚麼意思？」傑克森和氣地回答。

亞徹走到壁爐前，彎身將菸灰彈到爐子裡。

「對奧蘭絲卡夫人的私事，我一無所知，不過我不需要知道，就懂得你在暗示甚麼。」

「哦，我可沒有暗示甚麼。是萊弗茲，是他在暗示。」傑克森打斷他的話。

「萊弗茲——那個向她求愛、碰了一鼻子灰的傢伙！」亞徹鄙夷地喊道。

「啊，是嗎？」對方急忙說，彷彿這正是他設下的圈套，好讓他說出實情。傑克森仍然安坐在火爐旁，那雙老狐狸般的目光像鋼環般緊緊鎖住亞徹的臉。

「哎呀，哎呀，她沒在貝爾福垮臺之前就回去，真是太可惜了。」傑克森再次接話。「假如她現在離開，又假如貝爾福破產，那只會證實大家的看法。況且這可不只是萊弗茲一個人的看法。」

「哦，她現在不會回去，決不會！」亞徹話剛說出口，立刻覺得這正是是傑克森等候的答案。

老紳士仔細打量著他。「這就是你的意見吧？嗯，你當然知道情況。但是大家都瞭解梅朵拉手頭剩下的那筆小錢全落在貝爾福手裡。我想不出這兩位女士沒有他幫忙，該怎麼生活，這還真讓人無法想像。當然，奧蘭絲卡夫人說不定還能讓老凱瑟琳的態度軟化下來。雖然老凱瑟琳一直堅決反對奧蘭絲卡夫人留下來，但她愛給多少零用金就能給多少。不過大家都知道這位老夫人最捨不得花錢，再說，家族其他成員留下奧蘭絲卡夫人的意願不是很高。」

亞徹怒火中燒，但也只能暗自焦急；他正處於一個男人明知自己在闖禍，卻仍一意孤行的狀態中。

他發現傑克森先生立刻就看出：他並不瞭解奧蘭絲卡夫人與祖母及其他親屬的分歧，而且，對於家人們不再找亞徹商量這件事的理由，這位老紳士已經自行歸納出結論。這件事讓亞徹警覺自己必須小心行事，但是關於貝爾福的那些影射，惹得他氣憤得不顧後果。然而，儘管他不在意個人安危，仍須提醒自己：無論如何，傑克森先生仍在他母親的屋下，依然是他的客人。老紐約人一絲不苟的注重待客之道，絕不容許自己與客人的討論變成爭執。

「我們上樓加入我母親她們，好嗎？」當傑克森先生將菸蒂丟進手邊的銅製菸灰缸時，亞徹唐突地提議說。

駕車回家的路上，梅始終異常地安靜。黑暗中，亞徹仍能感覺到她那威脅性的紅暈布滿全身。亞徹猜不透這樣的威脅意味著甚麼，但如果是由於奧蘭絲卡夫人的名字所引起的，就足以讓亞徹提高警覺了。

他們相偕上樓，亞徹轉身走進書房。平時她總會跟著他進去，可是亞徹聽見她繼續穿越走廊，走進臥室。

「梅！」他不耐煩地大聲喊道，於是她又走回來了，輕輕瞥他一眼，對他的口氣有些驚訝。

「這盞燈又在冒煙了。我以為僕人們應該留意把燈芯剪整齊些。」他神經質地抱怨說。

「抱歉，以後不會再發生了。」她回答。用她從母親那兒學來的堅定愉快口吻。這讓亞徹更加惱火，覺得自己開始像年輕的韋蘭先生一樣被玩弄了。她彎腰去撚低燈芯，當燈光照在她白皙的肩膀及輪廓分明的臉孔時，亞徹心想：「她真年輕！這種日子還要沒完沒了過多少年啊！」

他懷著一種恐懼，感覺到自己年輕氣盛及奔騰的血液。「聽我說，」他突然間說：「我可能得去華盛頓待幾天，就在近期，大概下星期吧。」

她的手仍停留在燈鈕上，慢慢轉過身來。燈火的熱力讓她臉上恢復了一絲紅潤，但是當她抬起頭時，臉色又變得蒼白了。

「要出差？」她問道，那語氣彷彿暗示不可能有其他原因，而且還是未經思索的提問，就像是幫亞徹說完那句話而已。

「當然是出差。有件要提交最高法院的專利權案子……」他說出那位發明家的姓名，接著又用勞倫斯・萊弗茲一慣的能言善道添加細節；梅則專心聽著，不時說聲：「喔，我瞭解了。」

「換個換環境對你有好處。」等他說完以後，她簡單回應。「你一定得去看看愛倫。」她又說了一句，一面帶著坦然的微笑直視他的眼睛。她講話的語氣就像在敦促他別忘記某種令人厭煩的家庭義務。

這是他們兩人針對這個話題唯一所講的話，然而按照他們所受訓練的那套規矩，這句話的真正含義卻是：「你當然明白，我知道大家對愛倫的那些說法，並且真心同情我的家人盡力讓她回到丈夫身邊所做的努力。我也知道基於某種理由，你沒有主動告訴我，你曾經勸她反抗這一切、反抗家裡所有的長輩，包括我們的外祖母都一致贊同的作法。而且，正是由於你的鼓勵，愛倫才公然違抗大家的心意，才招致傑克森先生今晚大概已經告訴你的那些批評、那個讓你如此氣憤的暗示……那似乎是你不想聽的暗示。但既然你不想從別人那裡聽到暗示，那乾脆讓我親自給你一個吧，用我們這種有教養的人相互溝通不愉快事件的唯一方式；讓你明白，我知道你到華盛頓去是為了看愛倫，可能就是特意為了這個目的才去呢。既然你已經打定主意去見她，那麼我希望你是在我充分同意之下而去見她——

藉此機會讓她明白，你慫恿她去做的那些行為，可能會導致甚麼樣的結果。」

這番無聲訊息最後那幾句話傳達給亞徹時，梅的手仍放在燈鈕上。她把燈光調弱些，取下燈罩，對著將熄未熄的火苗吹了口氣。

「吹一下，氣味就不會那麼難聞了。」她像個幹練的家庭主婦解釋說。走到門口時她轉過身，停下來等候亞徹親吻。

第二天，關於貝爾福的處境，華爾街有更令人安心的報導，雖非十分明確，卻比較樂觀。大家皆明白，若遇到緊急狀況，他可以向有力人士求援，而且他也成功辦到了。這天晚上，當貝爾福太太戴著新的祖母綠項鍊，面帶招牌微笑出現在歌劇場上時，社交界頓時放下心中大石，鬆了一口氣。

紐約人絕不寬恕生意場中的不法行為，對於這種行為的譴責可謂毫不留情。迄今，這項大家墨守的規矩尚無例外，違反廉潔法規的人皆須付出代價；大家也明白，即使對象是貝爾福夫婦，也同樣會祭出這條法則，但是要將他們獻在祭臺上，仍然相當痛苦且麻煩。貝爾福夫婦若消失在他們緊密的小社交圈中，將會留下非常大的空缺，而那些過於無知或毫不在乎道德問題的人，已經提前哀嘆紐約將失去最好的舞廳了。

亞徹早已打定主意要去華盛頓，只是在等待他對梅說的那件訴訟案開庭，以便讓開庭日跟他的前往華盛頓的日期相符。偏偏隔週的星期二，萊特布爾先生告訴他訴訟案可能會延遲幾週。他那天下午回家時，仍已下定決心無論如何都要在翌日傍晚前往華盛頓。所幸梅不太可能察覺，梅對他的工作一向沒有興趣，所以無從得知案子延期的事，假設真的知道了，即使在她面前提起當事人的名字，她也不會記得。無論如何，他都不能再延遲去見奧蘭絲卡夫人的時間；他有太多事情要跟她說了。

星期三早晨他抵達辦公室時，萊特布爾先生滿面憂愁來找他；貝爾福最後還是「無法度過難關」。但他藉由散布不實傳言，讓存款人安心，所以截至前一天傍晚，大量的存款仍存進銀行，隨後，令人不安的報導再度傳遍全城，結果大家開始向銀行擠兌，因此今天銀行可能會提早關門。人們紛紛不齒貝爾福卑鄙的行徑，他的失敗極可能成為華爾街有史以來最不名譽的事件。

這場災難的嚴重程度使萊特布爾先生臉色慘白、一籌莫展。「我一生中見過很多糟糕的情況，但沒有一次比這次更糟糕。我們認識的每個人多多少少都會遭受損失。貝爾福太太會怎麼樣？她又能怎麼辦？我也很同情曼森・明格太太。唉，都到了這把年紀，真不知道這件事會對她造成多大影響，她一直很信任貝爾福，還把他當成朋友呢！還有達拉斯家族的全部親戚，可憐的貝爾福太太跟你們每個人都有親戚關係。她唯一的機會是離開她丈夫——但誰又會對她說這種話呢？留在丈夫身邊就是她的本分。但幸好，她似乎一直都不知道丈夫私下的那些缺點。」

敲門聲響起，萊特布爾先生猛然轉過頭去。「甚麼事？別來打擾我。」

一位職員遞給亞徹一封信，便退出去了。亞徹認出那是他妻子的筆跡，打開信封閱讀：

你可以盡快進城嗎？外婆昨晚輕微中風，不知為何，她提前得知銀行的可怕消息。洛弗爾舅舅出門打獵了，而且這件事讓可憐的爸爸神經緊張，發起燒來，不能離開他的臥房。媽媽很需要你，我也希望你立刻動身，直接來外婆家。

亞徹將信函遞給他的合夥人看，幾分鐘後，他便坐上擁擠的公共馬車，緩慢向北駛去。他在十四街轉乘第五大道搖搖晃晃的公共馬車，正午過後，這輛緩步的馬車才將他載往老凱瑟琳家門口。在一樓客廳窗前，平時老凱瑟琳習慣坐的位置，此刻換成她女兒韋蘭太太較瘦小的身形。韋蘭太太看見亞徹時，露出憔悴臉色，有氣無力地歡迎他。梅在門口迎接他。這座一向光鮮亮麗豪宅突遭逢疾病襲擊，而出現奇特現景況：椅子上一堆堆披肩和皮裘，桌上擺著醫生的提袋和外套，旁邊堆著一疊沒人理會的信件及邀請函。

梅臉色蒼白，但仍面帶微笑，簡略交代情況：班康醫生剛剛又來了第二趟，對病情抱著較樂觀的看法，而明格老太太勇敢活下去並恢復健康的決心，讓家人放心許多。梅帶亞徹進到老夫人的起居室，裡面那扇通往臥室的門已經關上，厚重的黃緞門簾也已拉下。韋蘭太太在這裡低聲向亞徹敘述這場可怕災難的細節。昨天晚上似乎發生一件神祕又可怕的事情。大約八點鐘時，明格老太太剛結束她平時餐後玩的單人紙牌遊戲，門鈴就響起了，一位戴著厚厚面紗的女士求見，僕人當時沒認出是誰。

管家聽出聲音很熟悉，於是推開起居室的門通報道：「朱利斯・貝爾福太太來訪。」接著關上門；這兩位女士談話大約過了一個鐘頭，當明格老太太的鈴聲再度響起時，貝爾福太太已經悄然離去。只見老夫人獨自坐在那張大椅子上，臉色慘白得可怕，示意管家扶她進臥室。那時候，她看起來雖然痛苦，但仍完全能夠控制身體及神智。混血女傭扶她上床，跟往常一樣端來一杯茶，一一收拾屋子裡的東西後才離開。但是到凌晨三點時，鈴聲再度響起，兩個僕人聽到這不尋常的鈴聲急忙趕來（因為老凱瑟琳平時睡得像嬰兒一般甜），發現他們的女主人頭靠在枕頭上，臉上掛著歪斜的笑容，一隻小手從大胳臂上無力垂下。

這次中風顯然是輕度中風，因為她還能清楚說話，表達自己的意思，而且經過醫生第一次診療後，很快就開始恢復臉部肌肉的控制能力。然而，這樣的警訊已經讓全家人驚恐萬分，但從明格老太太斷斷續續的話中得知真相後，他們全都憤慨不已。瑞吉娜・貝爾福太太請求明格老夫人——簡直是厚顏無恥！——支持她丈夫，幫他們度過難關，照她的說法：不要「拋棄」他們，而事實上是希望他們全家人幫忙掩蓋、開脫他們的醜惡行徑。

「我跟她說：『名譽』終究是『名譽』，『誠信』終究是『誠信』，在曼森・明格家裡、我還沒被人抬出這個家以前，絕對永遠不會變。」老太太用半癱瘓病人的沙啞聲音，在女兒耳邊斷斷續續說道：「當她說『可是舅媽，我的名字、我的名字是瑞吉娜‧達拉斯』時，我說：『讓妳穿金戴銀的人是貝爾福，如今讓妳蒙辱的人也是貝爾福。』」

韋蘭太太淚流滿面、帶著極大的驚恐轉述了這段話。由於不得不正視這不愉快又不名譽的事件，而臉色慘白、形容憔悴。這位可憐的夫人悲嘆道：「要是我能瞞住你岳父就好了！他總是說：『奧格絲塔，發揮點善心。不要摧毀我最後的幻想。』唉，我怎麼瞞得住這些可怕的事件呢？」

「媽媽，畢竟他看不到這些事。」女兒提示說。韋蘭太太則嘆氣道：「啊，沒錯。感謝老天，他現在躺在床上。班康醫生答應讓他躺著，直到媽媽病情好轉。而瑞吉娜也已經不知去向了。」

亞徹坐在靠近窗邊的位置上，茫然看著空蕩蕩的街道。顯然，他被召喚來這裡，不是為了提供實質上的幫助，而只是給予這些驚魂未定的夫人們精神的支持。她們已經發了通電報給洛弗爾‧明格，另外也派人通知住在紐約的家族成員。這期間，她們無事可做，只能悄聲談議論貝爾福可恥事件所造成的後果，以及他妻子的無恥舉動。

洛弗爾‧明格太太一直在另一間房裡寫信，現在才又過來加入討論。這些年長女士們一致認為，在她們那個年代，若是丈夫在生意上做出無恥行徑，妻子唯一能做的就是悄悄跟他一起銷聲匿跡。「可憐的史派瑟外婆，梅，就是妳的曾外婆。她就是個活生生的例子。」韋蘭太太隨後又補充說，「妳曾外公的財政困難是私人問題，不知道是打牌賭輸了，或是替別人擔保，我一直不清楚，媽媽從不肯提這件事。但她在鄉下長大，因為她母親在這些風波後不得已離開了紐約。她們獨自在哈德遜河畔生活，年復一年，直到媽媽十六歲。外婆絕對不會像瑞吉娜那樣要求家人『支持』她。雖然說個人的榮辱根本無法與催毀數百個無辜民眾的醜聞相比。」

「是啊，瑞吉娜若是躲起來不露面，會比央求別人支持更得體。」洛弗爾・明格太太贊同地說。「我聽說上星期五看歌劇時，她戴的祖母綠項鍊是『鮑爾與布萊克珠寶店』那天下午剛送去的試戴品，我懷疑項鍊是否還能收得回來。」

亞徹無動於衷地聽著異口同聲的閒言閒語。財務上的清廉是紳士的首要法則，這已經在他心中根深蒂固，即使感情用事也無法削弱它。像勒姆爾・史特拉斯這類投機分子可以靠無數見不得人的買賣，建立數百萬的鞋油店，但對於老紐約金融界而言，最高尚的規範是無瑕的誠實。因此，貝爾福太太的命運沒有觸動亞徹的心。跟她那些親戚相比，他無疑更為能她感到遺憾，但是他認為夫妻之間或許順境能同甘，在逆境中更應該堅不可摧。正如萊特布爾先生所說，當丈夫遇到困難時，妻子應該站在他那邊。而且，上流社會絕不會站在他那邊，貝爾福太太厚顏的臆斷，幾乎讓她變成了幫兇。紐約上流社會絕不容許：一個女人請求自己家族幫忙掩蓋丈夫的醜聞，因為一個機構般的家族絕不能做出這種事情。

那名混血女傭請洛弗爾・明格太太到走廊，後者旋即皺著眉頭回來了。

「她要我發電報給愛倫・奧蘭斯卡。當然，我已經寫信給愛倫了，還有梅朵拉。可現在看來似乎還不夠，我得馬上她發封電報給她，叫她一個人回來。」

聽到這項消息後，大家一片沉默。韋蘭太太認命地嘆口氣，梅則從座位上起身，去收拾散落在地上的幾張報紙。

「我看這封電報非發不可。」洛弗爾・明格太太繼續說道，似乎希望有人反對她的話。

梅轉身回到屋子中央。

「當然一定得發電報。」她說。「外婆知道自己想做甚麼，我們必須滿足她的所有要求。舅媽，我來為妳寫這封電報好嗎？如果現在就發電報，愛倫可能趕上明天早晨的火車。」她將那名字的音節說得特別清晰，像在敲響兩只銀鈴似的。

「嗯，但沒辦法立刻就發電報，賈斯伯和配膳男僕都出門送信、發電報了。」

梅嫣然一笑，轉向她的丈夫。「這兒還有紐蘭待命呢。紐蘭，你願意去發電報嗎？午餐前還有點時間。」

亞徹站起身，喃喃說自己隨時可以出發，於是梅坐到老凱瑟琳黑檀木桌前，用她大而不順暢的字體寫起電報訊息，寫好後仔細吸乾墨水，交給亞徹。

「真是可惜呀，亞徹，」她說，「你和愛倫要錯過彼此了！」她轉過身來面對母親及舅媽，「紐蘭為了一件即將提交最高法院的案件，必須去一趟華盛頓。我想，洛弗爾舅舅明晚就會回來了，而且外婆身體也漸漸好轉，應該不需要讓紐蘭放棄事務所的這項重要任務吧？」

她停頓下來，彷彿正在等待回答。韋蘭太太急忙說：「噢，當然不需要，親愛的。妳外婆最不希望他這麼做了。」當亞徹拿著電報訊息走出房間時，聽到岳母又說道──可能是對著洛弗爾．明格太太說道：「可是她究竟為甚麼要讓妳發電報給愛倫．奧蘭絲卡？」梅清晰的聲音回答道：「也許是為了再次敦促她，她終究還是要回到丈夫身邊。」

外面的大門在亞徹身影之後關上了，他快步朝電報局走去。

28

「奧、奧……這個名字到底要怎麼拼？」那位嚴厲的小姐問。在西聯電報局裡，亞徹剛把梅手寫的電報訊息遞給銅製窗口內的小姐。

「奧蘭絲卡……奧、蘭、絲、卡。」他重複說，拿回那封電報訊息，在梅潦草字跡上重新寫清楚。

「在紐約電報局，這個名字不常見到，至少在這一區是如此。」他突然聽到一個聲音，亞徹轉頭過去，看到勞倫斯‧萊弗茲站在他身旁，捻著修剪整齊的鬍子，假裝一副根本沒有去看電報內容的樣子。

「哈囉，紐蘭，我猜可以在這裡遇見你。我剛聽說明格老夫人中風的消息。我在回家的途中正好看見你轉進這條街，便追著你過來了，我想你是從她家出來的吧？」

亞徹點點頭，一面再把電報訊息塞進窗口。

「病得不輕吧？」勞倫斯‧萊弗茲繼續說：「我想你是要發訊息給家人。既然你們連奧蘭絲卡夫人也通知了，我猜想一定很嚴重。」

亞徹繃緊的嘴唇變得僵硬，他感到一股野蠻的衝動，想揮拳打他身邊那張徒有其表的英俊長臉。

「怎麼說？」他質問道。

萊弗茲向來以迴避爭論為名，他聳聳眉毛，裝出一副譏諷的怪表情，警告對方窗口後面那位小姐正看著他們。那副表情提醒亞徹，再也沒有比當眾發火更糟糕的舉止了。

亞徹從未如此不在乎「舉止」，但是他想傷害勞倫斯・萊弗茲的念頭純屬一時衝動。在這種情況下，將他與愛倫・奧蘭絲卡的名字聯想在一起，無論是基於甚麼理由，都令人難以置信。亞徹付完電報費後，他們兩人就一起走到街上。亞徹控制住自己的脾氣以後，開口說：「明格老夫人已經好多了，醫生認為不需要太擔心。」萊弗茲裝出一副寬慰的表情，並問他是否聽說關於貝爾福的負面傳聞。

當天下午，所有報紙都在報導貝爾福經營的失敗消息，這讓曼森・明格老太太中風的消息成為次要的新聞，而只有極少數瞭解這兩個事件關聯性的人，才知道老凱瑟琳的病症絕非因為肥胖與年齡所導致。

整個紐約都籠罩在貝爾福不名譽的風暴中，正如萊特布爾先生所說，他記憶中紐約從未發生過比這更糟糕的事件，甚至在這間法律事務所創辦人萊特布爾的記憶中，也未曾發生過這種情形。貝爾福的銀行明知會倒閉，竟然還全天接受客戶的存款；由於銀行許多客戶都屬於紐約的大家族，因此貝爾福的詐斯竟顯得格外諷刺。如果貝爾福太太不曾說出這次不幸是「友情的試金石」，那麼大家或許會基於同情她，而不那麼怨恨她丈夫。她卻說了這些話（尤其她夜間造訪曼森．明格老太太的目的傳出去後），大家認為她的惡劣心腸遠遠超過她丈夫，況且還不能以自己是「外國人」的藉口，求得人們的原諒。然而，對於那些證券財產未受損害的人來說，想起貝爾福是個外國人，反而求得自我安慰。但是倘若南卡羅萊納州的達拉斯家支持貝爾福，並且油腔滑調地說不久後他將東山再起，那麼，外國人的爭議便不復存在，大家也就別無選擇，只能接受婚姻是牢不可破的事實。上流社交界必須設法在失去貝爾福夫婦的情況下繼續存在，這個醜聞總會有個結果——除了這場災難的不幸受害人，像是梅朵拉．曼森、可憐的蘭寧老小姐，以及另位幾位受騙的良家婦女，這一切還沒結束；當初他們若是早聽亨利．范德路登先生的話就好了……。

「貝爾福夫婦現在最好的後路是，」亞徹夫人的語氣像是在宣告診斷結果，並歸納出處方箋，「就是到北卡羅萊納州，瑞吉娜的那間小房子裡居住。貝爾福多年來一直養著賽馬，他最好豢養拉車的快馬。我敢說，他具備一名成功馬販的所有條件。」大家皆同意她的說法，但沒人願意放下身段去問貝爾福夫婦今後的打算。

曼森．明格老太太隔天病情好轉，說話的嗓音也已經恢復，足以下達命令，今後不准在她面前提起貝爾福夫婦；甚至當班康醫生回診時，她還問為何整個家族都對她的健康狀況如此大驚小怪，究竟是怎麼回事。

「如果像我這個年紀的人晚上還能吃下雞肉沙拉，還能期望她的健康有多好？」醫生於是及時調整她的飲食，原先診斷為中風的病症也轉變為消化不良。雖然老凱瑟琳的聲音堅定，卻尚未完全恢復人生的態度。隨著老年人與日增長的淡泊，雖然不曾減少她對鄰居的好奇心，但讓她原本就漠不關心別人困境的清況，更加嚴重了，於是也輕易將貝爾福的的災變拋諸腦後。這是她生平第一次關注自己的病症，也開始漸漸喜歡那些她從前根本不屑一顧的家族成員。

尤其是韋蘭先生，有這份榮幸，吸引了她的注意。在她的女婿當中，她原本最忽視韋蘭先生。雖然他妻子盡一切所能將他描述成一位擁有堅強性格及超群才智的人（如果他「願意」），大家總是一笑置之。但現在，這位過分擔憂健康而出名的人，卻因此備受關注，明格老太太甚至下令，等韋蘭先生退燒後立刻便立刻來見她，研究飲食的問題。凱瑟琳現在第一次認識到：絕不可輕忽發燒。

傳喚奧蘭絲卡夫人的二十四小時之後，就接到她的電報，說她將在次日傍晚從華盛頓趕來。亞徹恰巧在韋蘭家午餐的時候，應該由誰去澤西城接她的問題立刻被提出來討論。韋蘭家的家務事本來就像前哨部隊在困境中掙扎一樣，所以大家熱烈討論這個問題。大家一致認為韋蘭太太不能去澤西城，因為她那天下午必須陪丈夫去見老凱瑟琳，再說也沒有辦法騰出馬車，因為韋蘭先生是岳母病後第一次去探望她，萬一稍有感覺「不適」，馬車可以隨時送他返家。至於韋蘭家的兒子們當然必須「進紐約城」，而洛弗爾‧明格先生今天應該會從狩獵場趕回來，明格家的馬車被派去接他。當然，即使梅可以乘坐自己的馬車過去，也不能讓梅在冬日傍晚獨自搭船到澤西城。然而，如果讓奧蘭絲卡夫人自己回來，沒有家人去車站接她，未免顯得太冷酷無情──顯然也違背老凱瑟琳的意願啊。韋蘭太太厭煩的聲音暗示，只有像愛倫這種人，才會總是讓家人陷入進退兩難的處境。「事情總是一樁接著一樁，」這位可憐的夫人哀嘆，難得出現抱怨命運的口氣，「媽媽也不想想去接愛倫有多麻煩，非要她立刻回來。這只讓我覺得是一種病態的心願，她一定不像班康醫師說的那麼健康。」

這些話都是未經思考而說出口，就像人厭煩時碎碎叨叨的無心之言。而韋蘭先生卻馬上抓住這個話柄追問。

「奧格絲塔，」他臉色變得蒼白，放下叉子說：「是甚麼原因讓妳覺得想班康醫生不如以往那麼值得信賴？妳在檢查我跟妳母親的身體時，妳發現他不像從前那麼盡認真盡責嗎？」

這次輪到韋蘭太太臉色蒼白了，因為她一時失言而造成的後果，開始在她眼前展開。

但她還是設法勉強掛上笑容，在說話之前又盛了一勺焗烤牡蠣，然後努力裝出她慣有的那副愉快面孔，說：「親愛的，你怎麼會這麼想呢？我只是在想，媽媽既然堅決認為愛倫回到丈夫身邊是她的職責，怎麼現在又突然要見她？而且外面一堆兒孫輩，媽媽一個都不找，實在有點奇怪。但我們千萬別忘了，媽媽雖然依舊精力充沛，畢竟已至耄耋之年了。」

韋蘭先生額頭上的疑慮仍未消除，混亂的想像力顯然又集中到她的最後一句話。「沒錯，妳母親已經年事已高，而聽說班康可能並不擅長替老年人醫治。如妳所說，事情總是一樁接著一樁。我想再過十年或十五年，我得花工夫另覓新醫生了。未雨綢繆總是比事到臨頭好。」他做了這個簡單的決定以後，才抓起眼前的叉子。

「可是說到底，」韋蘭太太離開餐桌，帶領大家走進那間裝飾著紫緞和孔雀石的後客廳，接著又開啟這個話題：「我還是不知道愛倫明天傍晚如何抵達這裡。我希望至少能在二十四小時前，先把事情情安排得妥妥當當。」

亞徹原本正專心凝視一幅鑲在八角形烏木框裡的畫，木框外圍嵌著瑪瑙浮雕裝飾，畫裡有兩位紅衣主教對飲的畫。他聞言後，就回過神來。

「要我去接她嗎？」他提議，「如果梅能先派馬車到碼頭，我可以輕易地及時離開辦公室。我就可以準時抵達跟梅會合。」他說話時，心臟劇烈地跳動。

韋蘭太太感激之餘，如釋重負的吁了口氣。而梅這時已經走到窗口，也轉身對他嫣然一笑，表示讚賞。「媽媽，您看，事情總是能在二十四小時前安排妥當。」她說，彎下身去親吻母親憂鬱的額頭。

梅的馬車在門口等候，由她接送亞徹到聯合廣場，他再從那兒轉乘百老匯大道的公用馬車回辦公室。當她在馬車內坐好後，說：「我不想提出新的問題讓媽媽擔心。但是你明天就要去華盛頓，該怎麼接送愛倫回紐約呢？」

「哦，我不去華盛頓了。」亞徹回答。

「不去了？為甚麼？發生甚麼事了？」她的音像銀鈴般清脆，充滿妻子的關懷。

「訴訟案推遲……延期了。」

「延期？奇怪了！我今天早上看到萊特布爾先生捎給媽媽的一封短箋，說他明天為了一件重要的專利案，必需跑一趟華盛頓，要到最高法院抗辯。這件大案子就是你說的那件專利案，不是嗎？」

「嗯，正是那件案子。但總不能整間辦公室的人都去啊，萊特布爾先生今天早上才決定要去。」

「那麼，這件案並沒有延期囉？」她一反常態地緊追不捨，亞徹感覺血液湧上了面頰，到他的臉部，彷彿為她有失一切傳統美德的樣子，感到難為情。

「沒有延期。但我的部分延期了。」他回應，詛咒自己當初告訴她要去華盛頓時，為何要解釋多餘的原因。他依稀記得讀過這句話：「聰明的騙子編造細節，最聰明的騙子則甚麼都不提。」向梅說謊的難過心情，遠遠不及她努力假裝自己沒有識破他的謊言。

「我晚一點才會去，『湊巧』可以幫你們家。」他試圖用一句戲謔的話來掩飾。當他說話時，覺得她正盯著自己看，所以他轉過頭來，目光迎向她的眼神，以免顯得在迴避她的注視。

兩人的目光交會了片刻，但那目光也許注入太多的無聲之語，傾注對方的眼中，多到兩人都不願承受。

「是啊，真是太湊巧了。」梅愉快贊同道：「你可以去接愛倫，你沒看到媽媽多麼感謝你願意這麼做。」

「哦，我非常樂意這麼做。」

馬車停住了。他下車時，她靠在他身上，並把手放在他手上。「再見，親愛的。」她說。她的雙眼如此湛藍，讓他不禁心想，那是否透過淚水而閃耀出來的藍色光芒。

他轉身走開，匆匆穿過聯合廣場，心中像唸著禱歌般重複：「從澤西城到老凱瑟琳家，車程整整兩個鐘頭。需要整整兩個鐘頭……或許更久。」

29

梅的深藍色馬車（馬車上依然掛著婚禮裝飾）在碼頭跟亞徹會合，堂而皇之地將他送往澤西城的賓州車站。

那是個陰沉的降雪午後，不斷發出隆隆聲響的火車站已點燃煤燈。當他在月臺上來回踱步，等待從華盛頓行駛過來的快車時。突然想起有人認為總有一天哈德遜河底下會開鑿一條隧道，賓州來的火車就可以直達紐約。他們這群人都屬於夢想家，預言有朝之日，將會建造出五天即可橫越大西洋的船艦、飛行船、電力照明、不需電線的電信設備，以及其他天方夜譚般的奇跡。

「只要還沒建設隧道，我一點也不關心他們的哪個夢想可以成真。」亞徹心想。他像青春少年，懷著幸福洋溢的心情幻想奧蘭絲卡夫人從火車上走下來；他從遠遠的地方，在一張張毫無意義的臉孔中發現她。她挽著他的手，跟隨他走進馬車，一路上奔馳而逝的馬匹、滿載貨物的車輛、大聲吆喝的馬車夫，與他們擦肩而過，接著再搭上寂靜得不可思議的渡輪，雪花紛飛，他們並肩坐在渡輪上，然後進入穩定行駛的馬車中，大地似乎悄悄從他們腳下滑行、滾向太陽的另一邊。真是不可思議，他有好多事想跟她說，他想像著這些事將以甚麼樣的順序溜出他的嘴啊……。

火車的轟隆聲愈來愈近，宛如滿載獵物的怪獸走進巢穴那樣，蹣跚駛入車站。亞徹往前擠過人群，茫然盯著列車一扇又一扇的車窗。驀然間，他看見奧蘭絲卡夫人蒼白又驚訝的臉龐就在眼前，而忘記她模樣的窘迫感覺再度湧上心頭。

他們走近對方、雙手交握，亞徹挽起她的手臂。「往這邊走——我安排了馬車。」他說。之後的情景就像他的夢境。他扶她登上馬車，放妥她的行李，接著大略說明她祖母的病情，又讓她瞭解貝爾福的情況（她好心的說：「可憐的瑞吉娜！」一聲調如此柔和，頗令他感動。）與此同時，馬車也從混亂的車站中竄出，緩慢沿著滑溜的波道，向碼頭的方向駛去。沿路上搖搖晃晃的煤車、受驚的馬匹、凌亂的運貨車及一輛空的靈車，令人心驚肉跳——啊，那輛靈車！靈車經過時，愛倫閉上眼睛，緊緊抓住亞徹的手。

「但願這不是預兆——可憐的奶奶！」

「噢，不、不——她已經好多了，快要康復了，真的。妳看，靈車已經過了！」他喊道，好像這麼說就會否極泰來。她的手仍然握在他手中，當馬車搖搖晃晃著通過渡輪船甲板時，他俯身解開她的棕色手套，像親吻聖物般吻她的手掌。她淺淺一笑，把手抽回來。亞徹接著說：「妳沒想到今天我會來吧？」

「哦，沒有。」

「我原本打算到華盛頓看妳，我全都安排好了——差點就跟妳在火車上錯過了。」

「哦！」她喊道，彷彿被千鈞一髮的危機嚇到了。

「妳知道嗎，我都快想不起妳的模樣了？」

「幾乎想不起我的模樣了？」

「我的意思是……該怎麼說才好呢？我——總是這樣，每次妳出現在我眼前，都讓我再重新認識妳一次。」

「哦，是的，我懂！我懂！」

「我……對妳來說，也是如此嗎？」他繼續追問。

她點點頭，看向窗外。

「愛倫……愛倫……愛倫！」

她沒有回答。亞徹則靜靜坐著，望著愛倫的側臉映照在窗外雪花紛飛的暮色中，逐漸模糊。他心想，在這漫長的四個月裡，她到底都做了哪些事呢？畢竟，他們對彼此的瞭解實在太少！這段短暫的寶貴時光不斷消逝，他竟忘了自己想跟她說的話，只能無言思索他們之間遙遠又親近的奧祕；如同此時此刻，他們雖然並肩坐著，卻看不到彼此的臉。

「這輛馬車真漂亮！是梅的嗎？」她突然從窗戶邊轉過臉來問。

「是的。」

「那麼，是梅派你來接我的囉？她真是太好心了！」

他沒有立刻回應，突然暴躁地說：「我們在波士頓見面的隔天，妳丈夫的祕書來見過我。」

他從未在寫給她的短信中提及里維埃先生來訪的事，他原本想把這件事埋在心底。但她提醒他倆正坐在他妻子的馬車裡，這激怒他報復的衝動。他倒是想看看，當她聽見里維埃的名字，是否會比自己聽到梅的名字更不高興！她的反應一如往常平靜，就像前幾次自己試圖干擾她一貫的神態，絲毫沒有露出驚訝表情。於是他立刻得到結論：里維埃一定寫了信給她。

「里維埃先生去見過你了？」

「是的，妳不知道嗎？」

「不知道。」她簡短回答。

「但妳對這件事不感到意外？」

她遲疑片刻：「為甚麼我要感到意外呢？他在波士頓時曾經說過他認識你。我想，他應該是在倫敦認識你的吧。」

「愛倫，我想問妳一件事。」

「好。」

「我見過他之後，就想問妳這件事，但不知道如何在信裡問妳。妳離開丈夫時，是里維埃幫妳逃走的嗎？」

他的心跳都快停止了。她還是會以同樣鎮靜的神情回答這個問題嗎？

「沒錯，我欠了他很多。」她回答，平靜的聲音沒透露出一絲顫音。

她的語氣如此自然，接近淡漠，亞徹混亂的思緒也因此開始沉澱下來。她再次以坦然直率，讓他發覺自己並沒有將傳統拋到九霄雲外，仍然如此愚蠢的守舊。

「我想，妳是我見過最誠實的女人！」他大聲說。

「哦，不是的。不過，我可能是最不會大驚小怪的女人吧。」她回答，聲音透著一絲笑意。

「不管妳怎麼說，妳總是能看到事情的本質。」

「啊，我只能如此。不得不直視蛇髮女妖。[1]」

「可是她並沒有害妳變成瞎子！妳能看清楚，她不過是普通的老妖怪吧。」

「她並不會害人瞎了眼，只會吸乾人的眼淚。」

這句話制止亞徹剛要說出口溜到嘴邊的懇求，那番話好像發自她內心深處，是他無法

1 戈爾貢（Gorgon），即希臘神話中三個蛇髮妖怪之一，一頭蛇髮，見到她即化為石頭。

理解的。渡輪緩慢前進，漸漸靜止，船頭猛然撞在碼頭的木樁上，震得馬車搖晃了一下，於是，亞徹和奧蘭絲卡夫人撞進彼此的懷裡。亞徹感受到她肩膀壓在身上的力量，渾身一陣顫抖，於是伸手臂摟住她。

「如果妳沒瞎，那麼妳應該看得到，事情不能再這樣下去。」

「甚麼不能再這樣下去？」

「我們在一起……卻又不能結合。」

「的確，你今天不應該來接我。」她說話的口氣變了，突然轉過身來伸開雙臂摟住他，吻上他的唇。此時此刻，馬車開始移動了起來，碼頭上一盞煤燈的光線照進車窗內。她抽身離開，等待渡輪停妥，馬車奮力從擁擠的馬車陣裡擠路前行，他們兩人沉默坐著，動也不動。一直等馬車行進到街上後，亞徹急忙開口說話。

「別怕我……妳不需要像這樣縮在角落，我要的不是偷偷吻妳。妳看，我甚至不會試著去碰妳的衣袖。我瞭解妳不想讓我們的感情淪為一般見不得光的私情。昨天我還說不出這樣的話，因為自從我們分開以來，我一直渴望再見到妳，每一份思念都化成熊熊烈火。但現在妳終於來了，妳遠遠不止於我記憶中的那樣，而我對妳的渴望也不只是偶爾一兩個小時的相聚，然後就只能無止盡的苦苦等待。我現在能夠像這樣靜靜坐在妳身邊，是因為我心中懷有另一個美夢，默默相信美夢可以成真。」

片刻之間，她默不作聲，接著幾乎像是喃喃低語，「你說『相信美夢可以成真』是甚麼意思？」

「怎麼了──妳知道美夢一定會成真，不是嗎？」

「你我結合的夢想嗎？」她突然發出一陣苦笑，「你倒選了個好地方，跟我說這些話！」

「妳的意思是說，我們坐在我妻子的馬車嗎？那我們下車走路如何？妳應該不會介意這點雪吧？」

她又笑了，但笑聲溫和了些：「不，我不會下車走路的，因為我要盡快趕到奶奶那裡。現在你坐在我身邊，我們應該要看現實，而不是夢想。」

「我不知道妳所謂的現實是甚麼。對我來說，這就是唯一的現實。」

她聽了這番話後沉默許久。這段時間馬車沿著一條昏暗小路前行，然後轉入明亮的第五大道。

「所以，你想讓我跟你在一起，當你的情婦？──既然我不能成為你的妻子。」

這個直白的提問讓他驚訝不已。「情婦」是他那個階級的女性最羞於啟齒的詞彙，即使是她們談話的主題十分接近時。他注意到奧蘭絲卡夫人說出這個詞時，彷彿已相當熟悉它。他不禁懷疑，在她已經逃脫的那段可怕生活中，是否常聽這個詞彙？她的問題制止了他的衝動，他支支吾吾地說：「我想……我想跟妳逃到某個世界，逃到一個不存在這類詞彙的地方；我們在那裡只是兩個相愛的人，是彼此生活的全部，其他事情都不再重要。」

她深深嘆了口氣，隨即又笑了起來。「噢，親愛的，那個地方在那裡呢？你去過嗎？」他繃著臉一言不發，她又繼續說下去：「我知道很多人試圖找尋這樣的地方，但相信我，他們全都下錯了站了，像是波隆納、比薩或蒙地卡羅這幾個地方，事實上這些地方跟他們原本的舊世界根本沒有差異，只是更狹猛、骯髒和墮落而已。」

他從未聽過她用這樣的語氣說話，想起她剛剛說過的一句話。「沒錯，蛇髮女妖的確吸乾了妳的眼淚。」他說。

「唉，她也打開了我的視野。說她弄瞎人的雙眼是一種誤解，其實正好相反，她只是撐開人的眼瞼，讓他們永遠不會再墮入幸福的黑暗中。中國不是也有這樣的酷刑嗎？應該有。啊，相信我，那是個痛苦的小地方！」

馬車穿過第四十二街。梅那匹壯碩的馬兒像肯塔基的快馬似的，載著他們一路向北行。亞徹眼看時間一分一秒飛逝，他們只講了些空洞的話，心裡悶得快喘不過氣了。

「那麼，妳對我們的事到底有甚麼打算呢？」

「我們？從這個意義上看，根本就沒有『我們』！我們唯有在此彼此相隔遙遠時，才能彼此靠近。如此，我們才能真正在一起。否則我們只是……愛倫・奧蘭絲卡表妹的丈夫紐蘭・亞徹，和紐蘭・亞徹妻子的表姊愛倫・奧蘭絲卡；這兩個人試圖在信任他們的人背後，偷偷尋歡作樂。」

「唉，我可不是那種人。」他咕噥著。

「不，你不是！你從未跨越那條線，但我卻跨越了。」她用一種奇怪的聲音說：「而且我知道那是甚麼樣的景況。」

他靜靜坐著，啞然無語，因為心中無法形容的苦痛而感到一陣恍惚。接著，他在黑暗中摸索那個向車夫傳令的小鈴鐺。他記得梅想停車時，拉了兩下鈴鐺。他拉了鈴，馬車旋即在路邊停下。

「我們為甚麼停在這裡呢？這不是奶奶家！」奧蘭絲卡夫人喊道。

「不是，我想在這裡下車。」他支吾道，同時開門，跳到人行道上；街燈光線映照下，看見她滿臉詫異，以及她直覺想留住他的動作。他關上車門，倚靠在車窗片刻。

「妳說得對，我今天不該來的。」他壓低聲音說話，以免讓馬車夫聽見。她俯身向前，似乎有話要說，但他已指示車夫啟程了。

馬車駛離時，他獨自站在街角。雪已經停了，凜冽刺骨的寒風呼嘯而來，吹刮著他的臉頰，他突然覺得睫毛上掛著又硬又冰的東西，才發覺自己流淚了，寒風冰凍了他的淚水。

他把雙手插進口袋裡，快步沿著第五大道走回家。

30

那天晚間，亞徹下樓用餐時，發現客廳空無一人。

自從曼森•明格老夫人病倒之後的這段日子，只有他跟梅單獨用餐。家族所有的聚會都延期了。由於梅一向比他守時，所以沒看到她在座位上準備用餐，不免感到訝異。他知道梅在家，因為他剛剛更衣時聽見她在房裡走動的聲音，不禁猜想有甚麼事耽擱了，讓她遲遲未下樓。

他已經養成推敲事情的習慣，好讓自己的思緒緊密連結現實。有時候，他似乎能夠瞭解岳父專注於瑣事上的原因；或許很久以前，韋蘭先生也曾有過夢想和逃避的念頭，於是透過瑣碎的家務事來抵抗這些念頭。

當梅出現時，亞徹覺得她很疲憊。她換穿一件低領蕾絲束腰服，按照明格家的禮數，是最拘禮節的服飾。她的頭髮像平日一樣盤繞成一圈圈鬈髮；相形之下，她的臉色蒼白無血色，但仍然她一如往常的溫柔，眼神依舊散發著碧藍光彩。

「親愛的，你怎麼啦？」她問，「我原本在外婆家等你，結果愛倫獨自來的時候，說你有急事去辦，半途就下車了。應該沒有甚麼事吧？」

「只是因為忘了處理幾封信件，我想在晚餐前先處理好。」

「啊。」她說，停頓片刻，「可惜你沒去外婆家……那些信件應該很緊急吧。」

「沒錯。」他回應，訝異於她仔細追問。「再說，我不知道為甚麼一定要去妳外婆家。我不知道妳也在那兒。」

她轉身走到壁爐前的那面鏡子前。她站在那裡，舉起她修長的手臂整理一綹滑落的髮。亞徹感覺她的態度有些無精打采，又有點僵硬，心想他們單調乏味是否也讓她感到沉重，但旋即又想起今天早晨離家前，她站在樓梯上喊，說她會在外婆家跟他會合，再一起駕車回家，他也欣然說「好」，但之後他的心沉溺在自己的思緒裡，竟忘了他們的約定。他現在很內疚，但也感覺有點惱怒，因為他們結婚都快兩年了，她卻仍然為了這麼點小事而嘔氣。他厭倦了生活在這種無窮無盡的冷淡蜜月期中，明明熱情不再，卻仍要維持那些苛求。如果梅直接吐露出不滿的情緒（他猜想應該有很多怨氣），他也許可以一笑置之，但偏偏她在從小的教養中養成了習慣，只能將假想出來的創傷埋藏在斯巴達式的微笑背後。

為了掩飾自己的不悅，他詢問起明格老夫人的病況。她回答說外婆情況持續好轉，不過，為了只爾福夫婦的最新消息而有點煩心。

「甚麼消息？」

「他們似乎要留在紐約定居。我猜他打算改行做保險業方面的生意。他們正在找間小房子。」

這件事很荒謬，顯得不值得他們多加討論，於是他們直接去用餐，話題仍圍繞在平日的那些話題，但亞徹發覺他妻子絕口不提奧蘭絲卡夫人，也不提老凱瑟琳如何接待她。他其實為此感到謝天謝地，卻隱約有一股不祥的感覺。

餐後，他們上樓到書房喝咖啡。亞徹點燃一根雪茄，從書架取下一本法國歷史學家米榭勒[1]的書。自從梅一看到他翻開詩集就要叫他高聲朗讀，他晚上便開始改看歷史書；他不是討厭自己的聲音，而是因為他總能預先猜到她會下甚麼評語。他們訂婚那段期間，梅只是重複附和他的話（如今他才發覺這個事實）。後來當他不再說出自己的見解時，她開始試著提出自己的觀點，但每次都破壞了他看書的樂趣。

1 朱爾・米榭勒（Jules Michelet, 1798－1874），法國著名的歷史學家，曾在其著作《法國簡史》（*Histoire de France*）中首度採用「文藝復興」（Renaissance）一詞，被學術界稱為「法國最偉大的民族主義和浪漫主義歷史學家」。

梅看見他選了一本歷史書，便拿起針線籃，拉了一把扶手椅到綠色燈罩的檯燈旁，取出正在為亞徹的沙發而刺繡的新靠墊。她其實不擅長刺繡女紅，她那雙能幹的手專屬於騎馬、划船和戶外活動，但由於所有的妻子都會為丈夫繡靠墊，所以她也不想錯過這個愛丈夫的表現機會。

她位置選得極好，亞徹只要稍一抬頭，就能看到她俯身在繡架上。她挽到手肘的袖子從結實的渾圓手臂滑落下來，左手那顆藍寶石訂婚戒在寬面黃金結婚戒上閃閃發亮，右手則緩慢費力地在帆布上刺繡。她的坐姿讓燈光完全飄落在白皙的額頭上；亞徹沮喪地在心裡偷偷告訴自己：他永遠都會知道那額頭裡的思緒，在未來無盡的歲月中，她永遠不會表現出乎意料之外的情緒，包括新的想法、脆弱的感情，又或者是冷酷或激動。她的詩意和浪漫已經在他們短暫的戀愛期中消逝殆盡，因為愛情不復存在，這些附加功能也就消失無蹤了。她現在日漸成熟，簡直變成她母親的翻版，而且在這個轉變過程中，也悄悄地將他變成另一位韋蘭先生。他放下書本，不耐煩的站起來，於是她立刻抬起頭來。

「怎麼啦？」

「房子裡很悶，我需要一點新鮮空氣。」

他曾經堅持書房裡的窗簾應該裝在桿子上，以便來回拉開、闔上，夜晚時可以拉開，而不是像客廳的窗簾那樣用帶環箍住、固定在鍍金檐板上。他拉開窗簾，推起窗戶，往外面冷冰冰的暗夜探出脖子。只要不看坐在他桌邊檯燈下的梅，看看其他房子、屋頂和煙囪，就可以感受除了自己之外的其餘生命；紐約之外仍有其他城市；自己的世界之外還有整片天地，這些足以讓他神清氣爽、呼吸順暢。

他側身出去在黑暗中待了幾分鐘後，聽見梅說：「紐蘭！快把窗戶關上。如果感冒會要命的！」

他拉下窗，然後轉過身。「如果感冒會要命的！」他重複著，還想要說：「可是我早就沒命了——我已經死了。我已經死了好幾個月。」

在玩弄這些字眼時，某個瘋狂的念頭瞬間湧上心頭：如果梅死了，又會怎麼樣呢？要是她快死了——不久就死了——他就可以恢復自由之身！亞徹站在那兒，在那間溫暖又熟悉的房間裡看著梅，那股希望她死的感覺如此奇特、誘人且難以抗拒，所以他一時之間沒驚覺到這股念頭多麼邪惡。他只覺得可以讓他病態的靈魂找到新的寄託。沒錯，梅可能會死，人總是難逃一死；像她這麼健康的年輕人也可能會死。她可能會死，如此他就能重獲自由。

她抬頭望著他，從她瞪大的雙眼，亞徹發現自己的眼神肯定有些奇怪。

「紐蘭！你生病了嗎？」

他搖搖頭，然後走向他的扶手椅，於是她又埋頭刺繡。當他經過她身旁時，把手放在她頭髮上輕聲細語：「可憐的梅！」

「可憐？為甚麼可憐？」她勉強笑著說。

「因為我不該開窗，以免讓妳擔心。」他回答時笑了起來。

她沉默片刻，依然低頭做著女紅，非常小聲地說：「只要你開心，我就不會擔心。」

「啊，親愛的，如果我不能把窗戶全打開，我永遠也不會快樂的！」

「在這樣的天氣裡？」她抗議道。

他嘆了口氣，重新埋首於他的書本裡。

六、七天過去了，亞徹沒聽到任何關於奧蘭絲卡夫人的消息。他逐漸明白只要自己在場，就絕不會有任何一位家人提到她的名字。他也沒試著去找她，因為老凱瑟琳的床邊不斷有人駐守，和她見面幾乎不可能。在這種不確定的情況下，他也只好任由自己朦朧過日子，讓思緒漂流在某個角落。自從那天他側身探出窗外冰冷黑夜時，他已暗自下定決心。他的決心如此堅定，才能不動聲色的耐心等待。

後來有一天，梅跟他說曼森・明格老夫人要見他，這個要求沒有不尋常之處，因為老夫人正穩定康復中，而且她總是公開說在所有孫女婿中，她最鍾愛亞徹。梅高高興興地傳達這個訊息，因為她很驕傲老凱瑟琳欣賞自己的丈夫。

亞徹聽完妻子的話後，停頓片刻，又義不容辭地說：「好吧，我們今天下午一起去嗎？」

妻子流露出喜悅，不過她立刻回答：「哦，你還是一個人去吧，外婆經常見到同一張臉孔，會感到厭煩的。」

亞徹按下明格老夫人的門鈴時，心臟怦怦猛跳。他巴不得隻身前來，因為這次拜訪肯定有機會可以跟奧蘭絲卡伯爵夫人私下說幾句話。他早就決心要等待時機成熟，而現在機會來臨了。亞徹站在大門口的臺階上，心想她一定在大廳旁那個房間的黃花緞門簾後面等他，再過一會兒，就可以見到她了，在她引他進病房以前，他們還能夠說說話。

他只想問一個問題，聽到答案後，他就清楚應該怎麼辦了。他只想問：何時回華盛頓去？而她大概無法拒絕回答這樣的問題。

但在那間黃花緞房間後頭等待他的，卻是一名混血女僕。她潔白的皓齒如鋼琴白鍵般閃亮。她推開拉門，引他到老凱瑟琳面前。

老太太坐在床邊一張王座般的扶手椅，身旁的桃花木茶几上擺著一盞銅鑄檯燈，檯燈上有顆雕刻燈球和綠色紙燈罩。手邊可及之處沒有任何一本書或報紙，也沒有任何女紅的形跡。明格老太太唯一的嗜好是聊天，她根本不屑假裝出對刺繡有興趣的樣子。

亞徹發現中風沒有在明格老太太的臉上留下半點扭曲症狀，她只是面色略顯蒼白、贅肉的皺摺看起來有些暗沉而已。她穿戴一頂室內女帽，蝴蝶繫在雙下巴之間，細棉布方巾罩在寬鬆的紫色晨衣上。她仍舊像那位精明又和藹的老祖先──面對餐桌上的美味，貪圖口腹之慾。

她那雙小手像寵物般舒舒服服窩在龐大的大腿旁，她伸出其中一隻，對女僕喊道：「別讓任何人進來。如果我的女兒來了，就說我睡著了。」

女僕退下後，這位老太太轉過臉來，面向她的孫女婿。

「親愛的，我是不是難看得嚇人啊？」她快活的問，一面伸手去摸搆不著的胸前衣領布摺。「我女兒都跟我說，我這把年紀了，好不好看已經無所謂了。」

「親愛的，妳比以前更漂亮了！」亞徹用相似的語氣回答。她聽了仰頭大笑。

「唉，但是還是比不上愛倫那麼漂亮啊！」她突然說出這句話，面不懷好意向他眨眼。他還沒不及回答時，她又說：「那天你到碼頭接她時，她是不是非常漂亮啊？」

他笑了起來。她繼續說：「是不是因為你說她非常漂亮，所以她才半路趕你下車呀？我年輕的時候，除非迫不得已，否則男人是不能丟下漂亮姑娘不管的！」她又喀喀笑了，笑聲停歇後，幾乎像在抱怨般，說：「她沒嫁給你真是太可惜了，我常跟她這麼說，這樣我就不需要這麼擔心了。但是，有誰想過不讓老奶奶操心呢？」

亞徹正納悶她是否因為生病，腦筋變糊塗了，她又突然大聲說：「哎呀，總之事情已經解決了。不管家裡其他人怎麼說，她都會跟我住在一起！這事就這麼決定了。她才待不到五分鐘，我就要下跪求她留下……過去二十年來，我一直弄不清楚問題的癥結啊！」

亞徹靜靜聽著，她又繼續說：「你也知道他們一直勸我，當然是想要說服我。洛弗爾、萊特布爾、奧格絲塔・韋蘭，還有其他人都要我不再給她零用金，直到她明白回到奧蘭絲卡伯爵身邊，才是她的職責。當那個祕書還是甚麼人帶來最後一項提議時，他們還以為已經說服我了。我承認，那筆金額的確很可觀，但畢竟，婚姻是婚姻，金錢是金錢，這兩種東西各有用途。我當時不知道怎麼回答……」她突然停頓下來，深深吸一口氣，彷彿說話很費力一樣：「但是當我一看見她，就說：『妳這隻討人喜愛的鳥兒！再把妳關關進那個籠子？絕對不可能！』現在事情已成定局，只要她奶奶還有一口氣在，她就要待在這裡照顧她奶奶。未來的路應該不會很順利，但她不在乎，當然囉，我已經要求萊特布爾，要給她足夠的零用金。」

亞徹聽得熱血沸騰，一時之間心情紊亂，分不清這個消息是讓他痛苦還是快樂。他原本已經毅然決定好未來的方向，一時之間竟無法調整思路。但他逐漸明白，他本來會遭遇的困難暫時延遲了，機會還奇蹟般出現！他不禁喜上眉梢；如果愛倫同意搬回來跟祖母住，那必然是因為終於認清自己根本不可能放棄他，這就是她的答覆——即使他竭力催促，她仍不願意採取極端的方式，所以接受了權宜之計的退讓。他又陷入那種不期而至的欣慰中：一位準備不惜冒險孤注一擲的男人，突然嚐到化險為夷的甜頭。

「她不會回去——她根本不可能回去！」

「啊，親愛的，我知道你一直支持她，這就是我今天請你來一趟的原因，所以當你漂亮的妻子提議說跟你一塊兒來的時候，我對她說：『不行，親愛的，我非常想見紐蘭，不想讓任何人分享我們在一起的快樂。』因此聽我說，親愛的……」她盡力把頭向後仰，直到下頦能支撐的程度，直視他的雙眼：「你瞧，我們還有一場仗要打。家裡面的人都不想讓她待在這裡，他們會說因為我生病了，現在是個衰弱的老太太，才被她說服。我的病還沒有完全康復，沒辦法一個個對付他們，所以你得幫我。」

「我？」他支支吾吾的回答。

「就是你，有何不可？」她立即反問，那雙圓眼睛瞬間變得像小刀一樣銳利，雙手從扶手椅上激動舉起，一把抓住他的手，蒼白指甲像鳥爪般攫住他，她再次追問：「有何不可？」

在她日光灼灼的注視下，亞徹恢復了沉著。

「呃，我沒辦法，我太微不足道了。」

「你可是萊特布爾的合夥人，不是嗎？你必須聯合萊特布爾去說服他們，除非你有不能幫我的理由。」她堅持說。

「哦，親愛的，我敢打賭，即使沒有我的幫助，您也可以對付他們所有人，不過，只要您需要，我當然會全力以赴。」他向她保證。

「那麼我們可就安全了！」她嘆口氣，頭向後仰靠在靠墊上，臉上露出老謀深算的微笑，接著又說：「我早知道你會支持我，因為當他們談論回家才是她應盡的責任時，從來沒有提到你說過的話。」

在她銳利目光的可怕審視下，他有點退縮了，甚至很想問：「那梅呢？他們引述過她的話嗎？」但後來還是覺得不問為妙。

「奧蘭絲卡夫人呢？我甚麼時候可以見到她？」他說。

老夫人咯咯笑著，瞇著眼做了個頑皮的手勢，說：「今天不行，拜託，一次只見一個人。奧蘭絲卡夫人外出了。」

他臉色泛紅，感到有些失望，於是她繼續說：「我的孩子，她出門去了──她搭我的馬車去探望瑞吉娜．貝爾福了。」

她停頓片刻，等待這句話產生的效果。「我已經讓步到這個地步啦。她到這裡的第二天便戴上她最好的帽子，非常冷靜的跟我說，她要去見瑞吉娜．貝爾福。我說：『我不認識她，她是誰啊？』她回答：『是妳的姪孫女，一個最不幸的女人。』我回答：『她的丈夫是個惡棍。』她回說：『啊，我丈夫也是，但我所有家人都叫我回去他身邊。』哎呀，這可讓我說不出話來，所以只好讓她去了。後來有一天她跟我說雨勢太大，她不能走路過去，想借用我的馬車。我問她：『妳借我的馬車要做甚麼？』她說：『去見瑞吉娜表姊。』——表姊！瞧，親愛的，我望向窗外，一滴雨也沒下，但我理解她的用意，便讓她搭我的馬車過去了……畢竟，瑞吉娜是個勇敢的女人，她也是，而我一向最欣賞『勇氣』。」

亞徹彎下腰，深深親吻那隻仍放在他手上的小手。

「哎，哎、哎！年輕人，你當自己在吻誰的手啊？你妻子的嗎，希望是？」這位老夫人嘲弄地喊。當他起身告辭時，她在後面喊著：「向你妻子轉達說外婆愛她，但可別跟她提我們今天談的事情。」

31

老凱瑟琳說的話著實讓亞徹嚇昏頭了。奧蘭絲卡夫人應她祖母的召喚，匆忙從華盛頓趕來紐約，這本來是一件理所當然的事，但她現在竟然決定留奧蘭絲卡夫人在家，尤其是明格老夫人幾乎完全痊癒了，這個個決定就很難解釋了。

亞徹確信奧蘭絲卡夫人的決定與財務狀況毫無關係。她與丈夫分居時，得到的那筆小錢的確切數目，就明格家的標準來看，若是短缺祖母給她的零用金津貼，靠那筆錢根本無法過日子。而且現在跟她一同生活的梅朵拉．曼森又破產了，那筆微薄的錢也難以維持兩個女人的基金開銷。不過亞徹相信，奧蘭絲卡夫人並非基於金錢利益考量，才接受祖母的提議，並不是私利所驅。

她跟那些習慣坐擁大筆財富的人一樣，具有恣意慷慨與隨性揮霍的性格，毫不在意金錢，但即使缺乏親戚們認為不可或缺的東西，她也可以過日子。洛弗爾．明格太太和韋蘭太太常感嘆，任何享受過奧蘭絲卡伯爵豪門奢華生活的人，就會絲毫不關心「怎麼過日子」這件事。再加上，如亞徹所知，她的零用金已中斷了好幾個月，這段期間，她也不曾

她也不曾試圖去博取祖母的寵愛；因此，如果她改變心意，肯定另有原因。

他無須到遠處去尋找原因。那天從渡輪回家的路途中，她曾說他倆必須分隔兩地。但她當時說這句話特，依偎在他胸前。他明白這些話實無刻意賣弄風情、玩弄男人的心機。她跟他都奮力對抗命運，努力堅持自己的決定，絕不可能背叛那些信任他們的家人。然而她回紐約的這十天裡，亞徹始終沉默也未曾嘗試去見她，她也許已經從中猜到他正在做關鍵一步的決定—沒有退路的一步棋。她思及此，或許突然害怕自己的怯懦，因此，她可能覺得在這般情況下，最好還是接受妥協方案、採取最保險的方式。

一個鐘頭以前，亞徹按下明格老夫人家門鈴時，曾幻想著未來已然一片澄澈。他打算能和奧蘭絲卡夫人單獨說幾句話，如果沒辦法，就從她祖母那裡打聽她將搭乘哪一班火車回華盛頓，前去跟她會合、一起回華盛頓或任何她想去的地方。他自己則屬意去日本。無論如何，她都會立即瞭解：無論她去哪裡，他都會緊緊相隨。他準備留一封信給梅，斷絕一切關係。

原本在他的想像中，自己擁有足夠的勇氣，而且還迫不及待儘快採取斷然的行動。只是當他聽說事情的發展驟然轉變後，他頭一個反應竟是覺得釋懷。現在，當他離開明格老夫人家，走路回家時，卻覺得自己愈來愈憎惡眼前的事物。在他走的這條路上，幾乎沒有他不熟悉的事物，只是他從前走在這條路時，還是個無拘無束的男人，無須向任何人負責，還可以帶著超然的心情，悠遊於遊戲人間所需的謹慎、推諉、隱瞞和妥協，並且自得其樂。這個遊戲過程被稱作「保護女人的名譽」，也是部最精彩的小說，再加上長輩餐後閒聊的話題，他早就熟悉故事情節中的每項細節。

他現在試圖從全新觀點看待這件事，他發現自己在這個遊戲中所扮演的角色乎太過渺小。事實上，他曾偷偷帶著愚弄的心情旁觀索利．拉許沃斯太太如何玩弄她那癡情又愚鈍的丈夫；她那些含笑、逗弄、迎合、提防、永無止盡的謊言——白天夜晚交替著謊言，每次觸摸、每一抹眼神都是一個謊言，每次愛撫和爭執都是一個謊言，每一句話、每一回沉默，全都是謊言。

整體而言，妻子對丈夫玩這種把戲，較為輕鬆且不卑鄙。眾所周知，男人對女人的忠誠度似乎較低，畢竟妻子是男人的附屬品，她們熟諳被奴役者的手段，所以總是能藉用心情憂鬱和神經過敏，來當作擋箭牌，有權利不承擔太大責任；即使在最拘謹的上流社會中，被嘲笑的對象永遠是丈夫。

在亞徹的小圈子裡，沒人嘲笑被欺騙的妻子，而且對於婚後繼續拈花惹草的男人，也予以某種程度的鄙夷。在農作物的輪栽循環中，受認可種植野麥的季節唯有一季，絕對不可超過一次野燕麥季節。

亞徹向來贊同這項觀點，在他心中，萊弗茲是個卑劣之人。但愛上愛倫．奧蘭絲卡並不代表他要成為萊弗茲那樣的男人。亞徹發現自己生平第一次面對這個「各別特殊狀況」的可怕爭論。愛倫・奧蘭絲卡夫人如此與眾不同，而他自己也不像其他男人，因此他們的處境絕不同於其他人的情況；只要他們過得了自己那關，就不須接受其他人的裁決。話雖然這麼說，但再過十分鐘他就要踏上自家門階了。那兒有梅、禮俗、名譽感，以及所有他周圍的人貫於信奉的舊式禮教……。

他在街道轉角猶豫不決，於是沿著第五大道繼續走下去。

在這冬季的夜晚，他前方矗立一棟漆黑的大宅邸。當他驅前時，不禁想起過去常見到它燈火火輝煌、門前臺階上搭著棚子、鋪設地毯，兩排馬車排隊在路邊等著。就是那個延伸到小巷內的漆黑溫室裡，他初次與梅接吻；在無數燭光熠耀的舞廳裡，他見到她宛如戴安娜女神的高眺、銀光閃閃的身影。

但如今，這棟宅邸卻黯黑得像墳墓一樣，只有地下室還透出微弱昏暗的煤燈、樓上其中一間沒放下百葉窗的房間也透出亮光。亞徹走到轉角，瞧見曼森・明格老夫人的馬車竟然停在門前。如果希勒頓・傑克森恰巧經過這裡，他就有了蜚短流長的機會了！當老凱瑟琳提及奧蘭絲卡夫人對待貝爾福太太的態度時，亞徹深受感動，同時也讓紐約義正嚴辭的譴責顯得格外無情。但他也清楚明白：那些端坐在俱樂部和豪宅客廳裡的那些人會如何批評愛倫・奧蘭絲卡拜訪貝爾福太太這件事。

他停下腳步，抬頭看那扇亮著燈光的窗戶。顯然那兩位女士一起坐在那個房間裡，而貝爾福可能到別處尋求慰藉了。據傳聞，他甚至已經和芬妮・琳離開了紐約，不過貝爾福太太的態度說明這則報導不足採信。

亞徹幾乎獨享第五大道的夜景。此時大多數人都留在家裡、更衣準備用餐，他暗自慶幸大概不會有人瞧見愛倫走出來。他才剛閃過這個想法，門開啟了；愛倫走出門來，背後那道昏暗燈光像是有人幫忙提燈，照應她下樓。她轉身跟那個人說了句話，接著大門就關上了，她步下臺階。

「愛倫。」她走到人行道上時，亞徹低聲喚道。

她驚訝地停下腳步。值此時刻，他見到兩位穿著時髦的年輕人走過來，他們穿的外套及白領帶上那條絲巾摺法，讓他感覺格外眼熟。亞徹不禁納悶，像他們這種有身分的年輕人怎麼會這麼早就外出赴宴。他倏忽想起，數間房屋之遙，便是瑞吉・奇弗斯的宅邸，而奇弗斯家今夜舉辦大型宴會，邀請賓客去觀看《羅密歐與茱麗葉》的主角艾德萊・妮爾森1，這兩位男士想必就是應邀前去看劇的賓客。他們從路旁燈下走過的時候，他認出這兩人分別是勞倫斯・萊弗茲和小奇弗斯。

此時此刻，亞徹感覺從愛倫手心中傳來一股沁人心脾的暖流，怕別人目睹她出現在貝爾福家大門口的擔憂，頓時消失得無影無蹤。

「現在我可以見到妳了，我們可以在一起了。」他脫口而出，幾乎不知所云。

「啊，奶奶已經告訴你了？」她回答。

他注視她的時候，察覺到萊弗茲和奇弗斯走到街角的另一邊，悄悄穿越第五大道，謹慎的迴避他們。他自己也常展現出這種男性默契，現在卻厭惡這種共謀縱容。她真的認為他倆可以這樣生活下去嗎？如果不是，她還有其他想法嗎？

「明天我非和妳見面不可，去一個我們可以獨處的地方。」他說，聲音聽起來幾乎像在發脾氣。

她躊躇著，朝馬車走去。

「但我得住在奶奶家，至少目前為止必須這樣。」彷彿覺得她必須解釋自己為何改變

1 艾德萊・妮爾森（Adelaide Neilson, 1846－1880），為英國女演員，以扮演茱麗葉一角聞名於世。

心意。

「去一個我們兩人可以獨處的地方。」他堅持說。

她輕笑一聲，這讓他有些氣惱。

「在紐約？可是這裡沒有教堂……也沒有古蹟。」

「但這裡有美術館啊，就在公園。」見她一臉困惑，他如此解釋。「明天下午兩點半，我會在大門入口處等妳。」

她沒有回答，迅速轉身登上馬車。馬車駛走時，她身子向前傾，他彷彿看見她在黑暗中揮了揮手。心中五味雜陳，在她離開的身影後凝望著，亞徹似乎覺得自己不是在跟心愛的女人說話，而是跟另一個人，這個女人能讓他感受到早已厭倦的愉悅；他憎恨自己只會用這種平庸的字眼。

「她會來的！」他語氣近乎輕蔑地自言自語。

大都會博物院畫廊當天展出熱門的「渥爾夫收藏系列」油畫。這座博物館是棟由鑄鐵及彩釉瓦建築而成的瘋狂建築物，其中一個主要的畫廊中，盡是展示奇聞軼事的油畫。他們沿著小徑漫步到人跡罕至的「塞斯諾拉古文物」[2]展覽室。

他倆獨享這個陰鬱的隱蔽之處，坐在環繞著中央調節暖器的長椅上，靜靜注視裝設在黑檀木上的玻璃櫃，看著裡面的特洛伊遺跡出土文物。

「真奇怪，」奧蘭絲卡夫人說：「我以前怎麼從來沒來過這裡。」

「啊……我想，總有一天這裡會變成一間了不起的博物館。」

「是啊。」她心不在焉的回答。

她站起來漫步在展覽廳，亞徹仍坐在那兒，注視她身影輕盈移動，即使她穿著厚重的皮大衣，體態仍像個少女。她的皮帽上別出心裁地插著蒼鷺翅，一綹深色鬈髮螺旋般平貼在耳際的臉頰，像一縷藤蔓。他的心，就像他們初見相遇時，完全被這些讓她與眾不同的精緻細節深深吸引住。他隨即站起來，走到她駐足的玻璃櫃前。櫃子裡擺滿殘缺破碎的小物件，譬如無法辨識的家用器皿、裝飾品和個人物品等等，有些材質是玻璃、有些是陶器或是褪色的銅製品，還有一些經過歲月洗禮的不明材質。

2 塞斯諾拉（Luigi Palma di Cesnola, 1832－1877），義大利裔美國軍官、外交官。塞斯諾拉熱愛考古學，在他派駐賽普勒斯期間，曾挖掘出許多文物，而後出任美國大都會藝術博物館的主管。

「看了真令人心寒，」她說，「經過一段時間後，甚麼事都不重要了……就像這些小東西一樣，對於被遺忘的人來說，曾經重要的必需品，現在卻貼著『不可考』的標籤，擺在放大鏡下供人猜想。」

「妳說的沒錯，可是與此同時……」

「啊，與此同時……」

她身穿海豹皮長大衣，站在那兒，雙手插在圓圓的小型暖手筒裡，面紗像透明面具那樣垂落到鼻尖，那束他送給她的紫羅蘭也隨著她急速的呼吸而微微顫動。實在是不可思議啊，這樣和調的線條與色彩，仍舊難逃歲月的改變。

「與此同時，只要是任何跟妳有關的一切……都很重要。」他說。

她若有所思的看著他，然後轉身回到長椅上。他坐在她身邊等待著，但當他然到遠處空曠的展示廳傳來腳步聲時，立即感受到時間所剩不多。

「你想跟我說甚麼？」她彷彿也接收到時間緊迫的壓力。

「我想跟妳說甚麼？」他回答，「唉，我只是想，妳害怕，所以才回紐約。」

「害怕？」

「害怕我到華盛頓去。」

她低頭看著暖手筒，亞徹看得出來她雙手不安的絞動。

「嗯，是不是？」

「嗯，是的。」她說。

「妳害怕？妳明白了？」

「是的，我知道……」

「嗯，那麼？」他緊追不捨。

「嗯，那麼，現在這樣比較好，不是嗎？」她嘆出一聲長長的疑問語氣。

「比較好？」

「這樣，我們帶給別人的傷害會少一點。畢竟，這不正是你一直期盼的嗎？」

「妳的意思是說，讓妳待在這裡——近在眼前，卻又遙若天邊？只能這樣偷偷幽會？這跟我心中所想恰好相反，那天我已經跟妳說過，我想要甚麼了。」

「你依然認為這樣……更糟嗎？」她遲疑片刻。

「糟糕一千倍！」他停了一會兒又說：「跟妳說謊很容易，但其實我厭惡這樣。」

「啊，我也是！」她鬆了一口氣似地喊道。

他不耐煩站了起來，「啊，那麼……換我來問妳，妳覺得更好的辦法應該是甚麼呢？」

她低著頭，雙手仍在暖手筒裡緊握又鬆放。腳步聲愈來愈近了，戴著一頂穗飾帽的警衛無精打采地走過展覽室，像縷鬼魂無聲無息走過墓地。他倆同時盯著對面的玻璃櫃看。

當警衛消失在那些木乃伊和大理石棺後側，亞徹才再度開口說話。

「妳認為怎麼樣比較好？」

她沒有回答問題，只是喃喃說：「我答應奶奶跟她住在一起，是因為我覺得在這裡會安全些。」

「以便妳逃離我？」

她微微低下頭，沒有看他。

「防止自己繼續愛我嗎？」

她的側臉絲毫未動，但他看到一滴淚珠滑落她的眼簾，垂掛在她那片面紗。

「不會鑄成無法挽回的傷害。我們不要落入別人的後塵！」她提出異議。

「甚麼別人？我不想假裝跟我的同類有甚麼不同。我有相同的需求和渴望。」

她膽怯地看了他一眼。而他見到一抹淡淡紅暈襲上她臉頰。

「我應該……去找你一次，然後回家？」她突然大膽低沉質問。

亞徹感到一陣熱血湧上腦門。「我最親愛的！」他輕聲叫喚，一動也不動，彷彿把他的心捧在手掌中，宛如一杯盛滿水的杯子，稍稍一動就會溢出水來。

但他倏忽聽清楚最後一句話，整個臉色陰沉下來。

「回家？妳說回家是甚麼意思？」

「回到我丈夫家。」

「妳希望我會同意？」

她抬起困惑的雙眼看著他，「否則還有別的辦法嗎？我不能待在這裡，對那些善待我的人撒謊啊。」

「正因為如此，我才要求妳跟我一起離開啊！」

「然後因此毀了他們的人生？他們是幫我重獲新生的人啊。」

亞徹心裡有說不出的失望，他一躍而起、低頭看著她。他本來可以輕易說：「好，來吧，來我身邊一次吧！」如果她同意了，她會把做決定的權力交給他，到時說服她別回到丈夫身邊，就不是件難事了。

他卻欲言又止。她如此真摯，讓他不忍心將她推入這種尋常的陷阱。他自忖：「如果我讓她來，也必須放她走。」但他無法想像那個後果。

他看見她的睫毛陰影映在濕潤臉頰上，不由得動搖了。

「畢竟，」他又開口說：「我們都有各自的人生……不可能的事，再怎麼想也沒用。妳看待許多事都能夠不帶任何偏見，如妳所說，已經習慣直視蛇髮女妖，而我不明白為何妳不敢面對我們的問題，看清楚實際情形；除非妳覺得不值得為此犧牲。」

她也站了起來，蹙起的眉頭下雙唇緊閉。

「那麼，就算是這樣吧。我得離開了。」她從胸前拿出小懷錶看。

她轉身離開，他追上前去，抓住她的手腕。「啊，那麼，就來找我一次吧。」他說，一想到自己即將失去她，便轉過頭去。在那一、兩秒的時間裡，他們幾乎像仇敵般直瞪著彼此。

「甚麼時候？」他追問：「明天？」

她猶豫著，「後天吧。」

「我最親愛的！」他又低聲叫喚。

她掙脫開來，但他們仍彼此對望了片刻。他看到她原本非常蒼白的臉頰，散發著來自內心深處的光暉。他的心因敬畏而狂跳，深覺這是他生平第一次從眼神裡感受到愛。

「哦，我快遲到了，再見。不！別再走近一步。」她喊道，匆匆走過長形的展示間，彷彿映照在亞徹眼中的光輝嚇了她一跳。等她走到門口時，才又轉身揮手道別。

亞徹獨自走回家，跨進家門時，夜幕已低垂。他看著玄關裡那些熟悉的擺飾，就像從墳墓向外看這些東西。負責打理客廳的女僕聽見他的腳步聲，奔上樓梯點燃階梯間的煤燈。

「亞徹夫人在家嗎？」

「先生，她不在家。亞徹太太午餐過後就搭馬車出去了，到現在還沒回來。」

他鬆了一口氣，走入書房，一屁股坐進自己的扶手椅。女僕跟隨他進入書房，把閱讀燈搬了過來，又添加幾塊煤炭。她離開時，亞徹仍然一動也不動的坐著，手肘擱在膝蓋上，下巴撐在交握的雙手上，雙眼緊盯赤紅的爐火。

他坐那裡，腦中一片混亂，絲毫沒有察覺時間流逝，沉浸在深沉又悲傷的驚愕中；彷彿生命沒有加快，而是停止了。他像是遭遇到厄運似的、一遍又一遍重複說：「事情非得如此不可……非得如此不可。」由於這和他夢想的相差太遠，刺骨冰水彷彿澆淋到著他的滿腔熱血。

門輕啟了，梅走進來。

「我回來得太晚了……沒讓你擔心吧？」她問，手擱在丈夫肩膀上，難得親密地撫摸輕揉。

他訝異地抬起頭來，「已經很晚了嗎？」

「超過七點了，我還以為你早就熟睡了！」她含笑著說，同時解開帽子的別針，將那頂絲絨帽放在沙發上。她的臉色看起來比平常蒼白了一點，卻散發罕見的神采奕奕。

「我去看外婆，正準備離開的時候，愛倫恰巧散步回來，所以我又留下來陪她聊了很久。我們已經很久沒好好聊天了……」她坐進自己慣坐的扶手椅，面對著他，手指邊梳理散亂的頭髮。他猜想她在等他開口說話。

「真是一次盡興美好的談話。」她繼續說，亞徹覺得她那活潑的笑容略為刻意，「她真討人喜歡，就像以前的愛倫。我想自己近來對待她有些不太公平，我有時候想……」

亞徹站起來，身體靠在壁爐邊，燈光照不到他。

「噢，妳認為？」見到她停住不說，他重複說。

「啊，或許我沒有公正看待她。她是那獨特──至少表面上看來如此。她喜歡跟一些奇怪的人來往，似乎想讓自己受人矚目。我想這大概是她在歐洲時的放縱生活所造成的，我們對她來說，肯定都太枯燥乏味了。但我不想有失公允的評斷她。」

她再次停頓，因為難得講出這番冗長的話，而有點喘不過氣來。亞徹只見她坐在那兒，雙唇微啟、雙頰紅潤。

亞徹看著她，不禁想起在聖奧古斯丁教區花園時，她那張容光煥發的臉。他開始注意到她內心暗藏著企圖，似乎想抓住超出她能力範圍所及的某件東西。

「她恨愛倫，」他心想，「但又想克服這樣的感覺，想讓我幫助她。」

這個想法感動了他，一時之間他幾乎要打破他們之間的沉默，乞求她原諒。

「你瞭解的，不是嗎？」她繼續說，「你瞭解家裡的人為甚麼有時被她激怒？最初我們都盡力幫助她，但她似乎不瞭解。現在她又去探望貝爾福太太，還搭外婆的馬車去！我擔心她已經得罪了范德路登夫婦。」

「呵呵。」亞徹不耐煩笑著應付一下。他們之間那扇敞開的門扉又闔上了。

「該換衣服了，我們不是要外出用餐飯嗎？」他離開爐火邊時說。

她也站了起來，但仍待在爐火邊。當他走過她身旁時，她突然迎向前，好似要留住他；他們的雙眼注視著彼此，他看到梅的眼睛依然泛著藍光，就像那天他離開她駕車去澤西城的時候一樣，熱淚盈眶。

她張開雙臂，摟住他的脖子，臉頰緊貼在他的臉上。

「你今天還沒吻我呢。」她輕聲說，他發覺懷中的梅正在顫抖。

「在杜樂麗宮，」希勒頓・傑克森先生，帶著回憶往事的笑容說：「大家公開接受這樣的事情。」

說話地點是在麥迪遜大道范德路登家的黑胡桃木餐廳，時間是紐蘭・亞徹參觀博物館的翌日傍晚。范德路登夫婦從斯庫特克利夫進城，這次他們將在紐約待上幾天，因為聽聞貝爾福破產的消息，匆忙間趕回來的。這可悲的事件發生後，紐約上流社會陷入一片混亂，因此亟需范德路登夫婦待在城內坐鎮。此時此刻，正如亞徹夫人所說，在歌劇院露露面、甚至敞開自家大門，是他們「對這個社會應盡的義務」。

「親愛的露意莎，我們絕不能讓勒繆・史卓特斯太太那樣的人自以為可以取代瑞吉娜的地位。那些新人就是在這種節骨眼上，闖進來取得立足之地。史卓特斯太太初次抵達紐約那年冬天，水痘正流行，才讓許多已婚男子趁著妻子忙著照顧幼小的孩子時，溜到史卓特斯太太家裡。露意莎，妳和親愛的亨利絕對要像往常一樣，阻止這種事情發生啊。」

范德路登夫婦對於這樣的召喚，總是無法充耳不聞，儘管百般無奈，依然勇敢回到城裡，敞開宅邸大門，發出邀請函，宣布舉辦兩場餐宴、一場晚宴。

這天晚上，范德路登夫婦邀請了希勒頓・傑克森、亞徹夫人以及紐蘭夫婦，跟他們一同去歌劇院聆聽今年冬天首演的《浮士德》。在范德路登家的屋簷下，事事少不了應有的禮節。雖然僅有四位客人，仍須準時七點鐘用餐，如此一來，他們才能慢條斯理享用一道道菜餚，紳士們猶然有閒暇坐下抽根雪茄。

昨晚過後，亞徹直到現在才就見到妻子。他今天一早就到辦公室，一頭埋進這段時間日積月累的瑣事，再加上，下午時又有某位資深合夥人突然要求他加班，因此他很晚才回到家；此時，梅已先去了范德路登家，再派遣馬車回家接送他。

此刻，隔著斯庫特克利夫的康乃馨和一道道菜餚，他驚訝於她既蒼白又疲憊，但是眼神仍然閃閃發亮，格外活潑的談話。

女主人提出希勒頓・傑克森最熱愛的話題（亞徹猜想她應該是故意提起這個話題），貝爾福這次的破產，或甚至是貝爾福面對破產後的態度，依舊是客廳裡這群衛道之士熱烈討論的話題。當他們進行全盤的審視和譴責後，范德路登夫人用審慎的目光看著梅・亞徹。

「親愛的，據說有人看見妳外婆明格老夫人的馬車停在貝爾福太太家門口，我聽說的這則消息是真的嗎？」值得注意的是，她不再用教名稱呼那位觸犯眾怒的女士。

梅臉頰都紅了，亞徹夫人急忙插嘴說：「如果真是如此，我想明格老夫人應該不知情。」

「啊，妳的意思是……？」范德路登夫人不再多言，嘆了口氣，然後瞄了丈夫一眼。

「恐怕是，」范德路登先生說：「奧蘭絲卡夫人心腸太善良，輕率的跑去探望貝爾福太太。」

「或者是因為她總偏愛那些特殊人士，」亞徹夫人冷冷說這句話的同時，露出無辜眼神，緊緊盯住兒子的眼睛。

「我不願這樣看待奧蘭絲卡夫人，這實在令人感到遺憾。」范德路登夫人說。亞徹夫人喃喃說道：「啊，親愛的，而且還是妳兩次接待她去斯庫特克利夫之後！」

傑克森先生趁著這個時機高談闊論。

「在杜樂麗宮，」他再度重舊話重提，看著大家充滿期待的眼神圍著他，「對於某些事情的標準過於寬鬆。假如你問莫尼[1]的錢從哪兒來的！或是誰為宮廷裡的某位美人償還債務……」

1　莫尼（Duke Charles-August de Morny, 1811—1865）法國貴族與政治家，曾任內務大臣。

「親愛的希勒頓先生，我希望……」亞徹夫人說：「你不是在暗示我們也採取這種標準吧？」

「我絕對不是在暗示些甚麼，」傑克森先生冷靜回答：「不過奧蘭絲卡夫人受外國文化薰陶，可能讓她不太講究……」

「唉！」兩位年長的女士齊聲長嘆。

「儘管如此，也不該將她祖母的馬車停在一個拖欠債務的騙子家門口！」范德路登先生抗議道。亞徹猜想，他如此憤怒，應該是想起自己送到第二十三街那座小房子的幾籃康乃馨。

「當然，我總說她看事情的角度非比尋常。」亞徹夫人總結。

一抹紅暈又湧上梅的額頭，她望向桌子對面的丈夫，突然說：「我相信愛倫是出於一番善意。」

「輕率的人總是出於善意。」亞徹夫人說，彷彿這件事實依然難以減輕她的罪過。這句話使范德路登夫人喃喃說：「如果她能先和別人商量一下……」

「哎呵，她從不這麼做呀！」亞徹夫人接著回答。

這時候，范德路登先生看了他妻子一眼，他妻子微微朝向亞徹夫人的方向頷首示意。接著，三位女士拖著光鮮亮麗的衣服翩翩走出餐廳，男士們則坐下來享受雪茄。在歌劇夜，范德路登先生招待客人是短雪茄，不過那雪茄的品質絕佳，使必須準時離開的客人們個個惋惜不已。

第一幕結束時，亞徹離開朋友，往俱樂部包廂後方走去。他瞧見許多奇弗斯、明格和拉許沃斯家族的肩膀，那個場景跟兩年前的那天晚上一樣──他初次與愛倫・奧蘭絲卡相逢。他半期待今天她會再次出現於明格老夫人的包廂裡，但是那包廂空無一人。他靜靜坐著，眼睛緊盯著那個包廂，直到妮爾森夫人的清亮女高音聲調劃破寂靜：「**我愛你……不，我愛你……**」。

亞徹轉向舞台，臺上仍然布置著巨型玫瑰花和紫羅蘭，同一位高大的金髮受害者正受到那位矮小的棕髮男子引誘。

他的目光從舞臺望向馬蹄形頂端。梅夾坐在兩位年長女士中間，如同兩年前那晚，當時，她坐在洛弗爾・明格夫人與那位剛返家的「外國」表姊中間。那天晚上，她穿著一身雪白的禮服，亞徹剛才沒有注意她穿戴甚麼，現在才看清楚她穿著那件藍白綢緞搭配古典蕾絲的結婚禮服。

老紐約的社會習俗規定，新娘在婚後一、兩年要穿上這身貴重禮服亮相。據他所知，他母親一直把自己的禮服收藏在棉紙包裡，希望有朝一日珍妮可以穿上它；雖然可憐的珍妮已經到了適合穿戴珍珠灰府綢的年紀，不再適合當伴娘了。

亞徹突然想到，自從他們夫妻從歐洲返家後，梅就鮮少穿上她的新娘禮服，所以今晚頗驚訝看見她穿上這件禮服，不禁比較起她現在的外貌和兩年前他滿懷幸福憧憬注視的那個年輕女孩。

雖然說梅的體態略微粗壯，但她那女神般的體態早就預示到這點了。她挺直的運動員體態以及女孩般的天真表情依然如故，除了他最近觀察到的一絲絲疲憊外，她幾乎跟訂婚之夜撫弄鈴蘭花的那位女孩如出一轍。這個事實格格外讓亞徹動了惻隱之心。她如此天真無邪，簡直像小孩子信賴的擁抱一樣令人感動。接著，他又想起潛藏在淡漠冷靜下的熱情寬容。他回想起當他催促她提早在貝爾福家舞會上宣布訂婚消息時，她那種理解的目光；聽到她在教區花園裡說的那些話：「我不能把自己的幸福建立在另一個人的痛苦上。」他心中升起一股克制不住的渴望，想告訴她實情，乞求她寬容的原諒，乞求那份他曾經拒絕過的自由。

紐蘭．亞徹是位沉靜且能自制的年輕人，遵從這個小社交圈的紀律幾乎已成為他的第二天性。他深深憎惡任何駭人聽聞、引人側目的事情──任何范德路登先生、俱樂部人士譴責為粗鄙的事情。但他突然間無視於俱樂部包廂的存在，忘了范德路登先生以及長久以來將他包圍在禮俗的溫暖保護層中的一切。他穿過劇院後方那個半圓形走道走，打開范德路登夫人的包廂，彷彿像在開啟那扇通往未知世界的門。

「我愛你！」狂喜的瑪格麗特激昂高唱。當亞徹走進來時，包廂裡的人驚訝地抬起頭看他；亞徹已經違返了社交圈的一項規則：獨唱時段不可走進包廂。

他靜悄悄從范德路登先生和希勒頓・傑克森先生之間，俯身向他太太低聲耳語：「我頭痛欲裂，但別跟其他人說，我們回家好嗎？」

梅諒解地看他一眼，只見她跟母親悄悄說了幾句話，她母親聽後同情點點頭。接著，她低聲跟范德路登夫人說抱歉，表示得先走一步；在瑪格麗特跌進浮士德的懷抱之際，從座位起身。亞徹幫梅穿上斗篷時，注意到那兩位夫人交換了意味深長的微笑。

等他們駕車離開劇院時，梅羞怯地把手放在他手上。「聽到你不舒服，真感到難過。恐怕他們又讓你在事務所工作勞累過度了。」

「不，不是這樣的。妳介意我開窗嗎？」他不安回應道，隨手拉下旁邊這側的窗戶。他坐在車內凝視路過的街道，感覺身旁的妻子默默無聲地監視他、審問他，而他則緊盯一棟棟路過的房屋。

到家門口的時候，她的裙子鉤住馬車的階蹬，倒向他懷裡。

「妳沒有跌傷吧？」他問道，手臂扶住她。

「沒有，但是我可憐的衣服……瞧，我把衣服扯破了！」她喊著，彎下身拉起沾滿污泥的裙擺，然後跟著他步上臺踏、走入玄關。僕人沒想到他們這麼早就回來了，因此樓梯上只點了一盞微微發光的煤燈。

亞徹上樓添亮那盞燈，又用火柴點燃書房壁爐兩側的煤燈。窗簾已經先拉上，房間裡溫馨的氛圍讓他極度不安，就像在執行一項難以啟齒的任務，卻不巧撞見熟悉的面孔。

他注意到梅的臉色很蒼白，於是問她想不想喝點白蘭地。

「哦，我不想喝。」她說話時臉上泛起一陣紅暈。「你不需要趕快上床休息嗎？」當他打開桌上的銀製盒子，拿出一根雪茄時，梅又這麼問道

亞徹放下香菸，走到火爐邊那張他慣常坐的椅子。

「不用，我的頭沒有那麼痛。」他稍停片刻，「但我想跟妳說件事，一件非常重要的事……我必須馬上跟妳說。」

她原本已坐進扶手椅，聽到這句話抬起頭。「是嗎，親愛的？」她回道。語氣非常輕柔，這讓亞徹不禁納悶，為何她聽到這段開場白口氣竟會如此溫柔。

「梅！」他開口說，站在離開她數步之遙的距離望著她，好似他們之間的距離是一道無法跨越的鴻溝。在這舒適的靜謐中，他不尋常的聲音聽起來稍微怪異，「我必須跟妳說件事……關於我自己……」

她靜靜坐著，絲毫沒有動靜，連眼睛也沒眨一下。她的臉仍然非常蒼白，但臉上的表情出奇平靜，這個表情似乎來自某種神祕的內在力量。

亞徹壓抑湧到嘴邊的那些迂腐自責的話，決定大膽吐露出來。不做無謂的自責或辯解。

「奧蘭絲卡伯爵夫人……」他開了話題，可是梅一聽到這個名字便舉起手來，似乎示意他別再說下去。此時，煤燈的光線折射在她黃金婚戒上。

「噢，我們今晚為甚麼要談愛倫呢？」她嘟嘟嘴，語氣略微不耐煩。

「因為我很早以前就應該說了。」

她的表情依然平靜，「親愛的，這樣真的值得嗎？我知道有時候自己對她並不公平——也許我們都曾經這樣。當然，你比我們都瞭解她，畢竟你一直對她很好。可是事情都已經過去了，現在又有甚麼好說的呢？」

亞徹茫然看著她。他懷疑束縛自己的那種不真實感，莫非也傳染給他妻子？

「都過去了……妳這句話是甚麼意思？」他結結巴巴的含糊問道。

梅那雙清澈的眼睛仍看著他：「怎麼……因為她很快就要回歐洲了。外婆已經同意、也理解了，同時做好了安排，讓她不必再依靠丈夫……」

她突然停頓下來，亞徹用一隻顫抖的手抓住壁爐一角，靠著壁爐支撐住身體，做無謂的努力，試圖控制他紛亂的情緒。

「我以為，」他聽見妻子平穩的聲音繼續說，「你今天晚上都在辦公室忙著處理事務。

這件事是今天早上才安排好的。」在亞徹瞪著前方、視而不見的目光下，她低垂眼簾，臉上又掠過一抹難以捉摸的紅暈。

他知道自己的目光一定讓人無法忍受，於是轉過身，將手肘擱在壁爐頂層，雙手掩面。他的耳朵怦怦作響，分不清是血管中的鼓動聲音，還是壁爐上的鐘正在滴答敲打。鐘緩緩走了五分鐘，梅坐在那兒不動也沒吭聲。一塊煤炭滾落下來，亞徹聽見她起身將煤炭放回去，終於轉過來面對她。

「這不可能！」他叫喊。

「不可能……？」

「妳怎麼知道……妳剛才跟我說的事情？」

「我昨天見到愛倫。我跟你說過我在外婆家見到她。」

「她不是那個時候跟妳的吧？」

「不是，今天下午我收到一封她寄來的信。你想看嗎？」

他啞口無言。她隨後走出房間，旋即又走回來。

「我以為你知道了。」她坦然地說。

她把那張信紙放在桌上，亞徹伸手拿起那張紙。那封信上只有寥寥幾行字：

親愛的梅，我終於讓奶奶明白，這次探訪只是單純的探親。她一向都是如此仁慈大方。她現在瞭解，如果我回歐洲就得獨自生活，或者應該說—和梅朵拉姑媽相互照應，因為姑媽會跟我一起回歐洲。我必須趕回華盛頓收拾行李，我們搭乘下星期的船離開。我離開後，妳一定得好好照顧奶奶，就像妳一直都這麼照顧我一樣。愛倫。

又：如果我的朋友想勸我改變主意，請轉達他們：我不會改變主意的。

亞徹反覆看了兩、三遍信，然後把信丟下，縱聲大笑。

他的笑聲也讓自己嚇了一跳。他想起那天半夜收到梅通知婚期提前的電報，珍妮看他高興得前俯後仰，那副令人不解的模樣著實嚇了她一跳。

「她為甚麼要寫這封信？」他費盡力氣才忍住笑聲。

梅用一貫坦誠的態度回答：「我想，是因為昨天我們昨天聊了很多事情……」

「哪些事？」

「我跟她說自己恐怕沒有公平對待她……總是不太能理解她在這兒有多辛苦，孤零零在這些人之間生活，雖然這些人都是親戚，但又很陌生。大家都自認為有資格批評她，卻又都不明白實際情況。」她停頓了一下，「我知道你一直是她可以信賴的朋友，我也希望她知道，我跟你一樣，我們對她的感情都是一樣的。」

她猶豫片刻，像是在等待他說話，然後又緩緩說：「她瞭解我想跟她說這些話的原因，我想她瞭解所有事。」

她走到亞徹面前，把丈夫冰冷的手按壓在她的臉頰上。

「我的頭也痛了。親愛的，晚安。」她轉身走向門口，拖著那件扯破又沾上污泥的結婚禮服，走出房間。

正如亞徹夫人微笑跟韋蘭太太所說，對年輕夫婦而言，婚後第一次舉辦大宴賓客是樁大事。

自從紐蘭・亞徹夫婦成家以來，已非正式招待過許多朋友。亞徹喜歡邀請三、五位朋友到家裡用餐，梅則依循她母親經營婚姻形象中的榜樣，欣然接待賓客。亞徹懷疑，倘若由她自己作主，她是否會邀請任何人來家裡，不過他早已放棄從塑造她的傳統教養中，嘗試剖析出她真實的自我。一對住在紐約的年輕夫妻理應舉辦大量非正式的娛樂活動，而一個韋蘭家的人嫁到亞徹家，尤其必須遵從這項傳統。

但是大型晚宴又另當別論了。僱用一位大廚、借調兩名男僕、準備羅馬潘趣酒、亨德森花店的玫瑰花、鍍金邊菜單卡片。正如同亞徹夫人所說，備妥羅馬潘趣酒，宴會就會變得不同凡響了。重點不是酒本身，而是它所象徵的各種含義——至少要有一道野鴨或鱉肉、兩道湯、冷熱甜點各一道，賓客會身穿短袖露肩長禮服。

年輕夫婦用第三人稱發出第一份邀請函，總是件饒富趣味的事情，受邀的賓客很少拒絕他們的邀請，即使是那些經驗豐富的箇中老手和熱門人物亦然。雖然如此，范德路登夫婦在梅的請求下，願意參加她為奧蘭絲卡伯爵夫人舉辦的告別宴會，被公認為是一項成就。

在這個重要宴會的午後，婆婆和岳母都聚集在梅的客廳，亞徹夫人正在「蒂芬尼」最厚的燙金紙上書寫菜單，韋蘭太太則監督起擺飾棕櫚樹和立燈的工作。

亞徹從辦公室回家時天色已晚，到家時看到她們仍坐在客廳。亞徹正專注於桌上的賓客姓名卡，韋蘭太太則在斟酌鍍金沙發往前搬動的效果，以便在鋼琴與窗戶之間騰出一個角落。

她們告訴他梅正在餐廳檢查長桌中間的薔薇花和孔雀草，以及燭臺間每只鏤空銀籃裡的糖果。鋼琴上擺放一大籃蘭花，是范德路登夫婦派人從斯庫特克利夫送來的花。簡而言之，面臨一場如此重要的盛宴，一切均已按部就班準備妥當了。

亞徹夫人慎重核對賓客名單，用她那支尖頭金筆一一勾點每個名字：「亨利．范德路登、露意莎、洛弗爾．明格夫婦、瑞吉．奇弗斯夫婦、勞倫斯．萊弗茲和葛楚——（沒錯，梅邀請他們是應該的）——塞爾福里奇．馬利夫婦、希勒頓．傑克森、凡．紐蘭夫婦（時間過得真快啊！他當你的伴郎彷彿是昨天的事啊。）——還有奧蘭絲卡伯爵夫人——沒錯，我想就是這樣了……」

韋蘭太太以疼愛的目光打量著女婿：「紐蘭，沒人能嫌棄說你和梅沒幫愛倫舉辦一場風光的送別宴會啊。」

「哦……嗯，」亞徹夫人說：「我想梅希望她表姊告訴那些外國人，我們並不是一群野蠻人。」

「愛倫一定會很感激的。我想她應該今天早上就到了。這場宴會將成為她最後的美好回憶，搭船離開的前一天夜晚通常都很沉悶。」韋蘭太太愉快地繼續說。

亞徹轉向門口，他岳母喊道：「快進去看看餐桌那邊，叫梅不要太累了。」但是他假裝沒聽見，爬上樓梯躲進自己的書房。書房看起來就像一張陌生臉孔，假裝出一副彬彬有禮的鬼臉。他發現有人殘酷「收拾」了書房，深思熟慮放上了菸灰缸和松木盒，以便讓紳士們在書房吞雲吐霧。

「啊……」他心想，「反正不會一直都是如此。」然後走進他的更衣室。

一轉眼，奧蘭絲卡夫人離開紐約已經十天了。在這十天裡，亞徹未收到她捎來的半點音訊，僅僅收到一把包裹在紙張裡的鑰匙，她在信封袋上親筆寫下地址，密封好後，寄到他的辦公室。她如此婉拒他的最後請求，原本可看作一場尋常遊戲的典型步驟，亞徹卻寧願選擇另一種詮釋方式。她仍然在跟命運對抗，她即將回到歐洲，但並不是回到丈夫身邊。因此，沒有任何事情可以阻止他跟隨她的腳步，前去歐洲。一旦他踏出那無法挽回的一步，向她證明一切皆已成定局、無法反悔，他相信她不會趕他走。

這種對未來的信心，支撐他能夠安心扮演目前的角色，可以暫時不寫信給她、或流露出任何痛苦懊悔的跡象。依他看來，他們之間這場極為隱祕無聲的遊戲，他穩操勝券，於是他決定等待。

但是，也有些難以忍受的時刻，譬如奧蘭絲卡伯爵夫人離開的第二天，萊特布爾先生派他負責處理曼森．明格老夫人想為孫女設立的信託基金細節。亞徹跟這位資深合夥人一起審查各項條款，時間長達數小時之久。他隱約覺得自己被派來商量這件事情，並非因為他是表親的這一層關係，而是另有原因，要等到討論結束後才會揭露出來。

「唉，伯爵夫人不能否認這是相當慷慨的安排。」萊特布爾先生看著這份協議書綱要，喃喃說出這個結論。

「各方面？」亞徹帶著一絲嘲諷意味回應：「你是指她丈夫提議說，要把她的錢歸還給她嗎？」

萊特布爾先生微微挑起他的濃眉，「親愛的先生，法律就是法律，再說你妻子的表姊當初是依據法國法律結婚的，她理應明白那是甚麼意思。」

「即使她知道，但後來發生的事……」亞徹不再繼續說下去，因為萊特布爾先生把筆桿抵放到他皺起的大鼻子上，目光低垂，臉上表情猶如一位年高德劭的老紳士，希望年輕晚輩瞭解「德行與無知不是同義詞」。

「親愛的先生，我無意為伯爵的罪惡找藉口，但是另一方面……我也不願自找麻煩……嗯，事情尚未發展到以牙還牙的地步……況且還有那位年輕的護花使者……。」萊特布爾先生打開一個抽屜，拿出一份文件遞到亞徹面前。「這份報告是祕密調查後的結果……。」由於亞徹沒有顯露出想察看那份文件或是拒絕的意思，這位資深律師有點冷淡地繼續說：「我不能說這就是最後的結果，你瞧，事情還沒有結束呢，不過見微知著……整體而言，獲得這麼有尊嚴的解決方式，對所有人來說都算是圓滿的結果。」

「是啊，非常圓滿。」亞徹贊同，將文件遞回去。

一、兩天過後，曼森・明格老夫人召見亞徹，他的靈魂更加疲累了。

他發覺老夫人心情低落又滿腹牢騷。

「你知道她拋下我了嗎？」她一見到亞徹立刻開口說道，沒等亞徹回答，又說：「哦，別問我為甚麼！她舉出一連串理由，我一個也記不得啦。我覺得她無法忍受枯燥乏味的生活。總之，奧格絲塔和我媳婦也都這麼認為。但我認為這不應該全怪她。奧蘭絲卡伯爵是個大渾蛋，但跟他在一起生活絕對比紐約第五大道還要有趣。我們家人絕對不會承認這點，他們認為第五大道是個安樂天堂。可憐的愛倫當然不想回到丈夫身邊，她一再堅決表示這點。所以她準備跟那愚蠢的梅朵拉定居巴黎……哎呀，巴黎就是巴黎，即使沒錢，也能養一輛馬車。不過……她像隻快樂小鳥，我會很想念她。」兩滴淚珠從老人乾枯的眼眶滴落，順著豐滿的臉頰流淌，消失在她胸前的深淵中。

「我只有一個要求，」她最後說：「他們以後別再來打擾我啦，該讓我好好享清福了……」她帶點渴求的意味，向亞徹眨了眨眼睛。

這天晚上他回家後，梅說她想為表妹舉辦一場告別餐宴。自從奧蘭絲卡夫人那晚匆匆趕回華盛頓後，他們夫婦就再也沒有提到她的名字。亞徹驚訝地看著妻子。

「餐宴……為甚麼呢？」他追問，只見她臉色泛紅。

「你喜歡愛倫，我以為你會高興。」

「妳這麼說真的很好，但我實在不明白……」

「紐蘭，我真的想辦這場宴會。」她靜靜站了起來，走到書桌前，「這些是已經寫好的邀請函。媽媽幫我寫的，她覺得我們應該為愛倫餞行。」

她停頓一下，略微尷尬，但仍然微笑著。亞徹剎那間明白，站前眼前的梅是「家族」的化身。

「哦，好吧，我們就設宴吧。」他回答，開始茫然看著手上的賓客名單。

餐宴前，亞徹走進客廳，梅彎身靠近爐火，試著慢慢聚攏好，設法在異常乾淨的瓷磚內點燃柴火。

高掛的燈全都點燃了，范德路登先生送來的蘭花也顯眼地放進現代款式的瓷器和銀質器皿裡。大家都認為紐蘭・亞徹太太的客廳室布置得相當成功。鍍金竹製花架裡及時更換了報春花和菊花，擋住前往凸窗的通道（老派的人往往喜歡擺設一尊米羅的維納斯青銅雕像）；淺色錦緞沙發和扶手椅四周巧妙圍繞幾張絨布小桌几，桌上擺滿各種銀質玩具、陶瓷動物和花邊相框；罩著玫瑰燈罩的立燈聳立在棕櫚樹之間，彷彿盛綻的熱帶花朵。

「我想愛倫從沒見過這房間點上燈的模樣。」梅說道，她點燃好木柴後，紅著臉抬起頭來，用一種她大家都能理解的驕傲目光環顧四周。她放在煙囪旁的黃銅火鉗鏗鏘一聲掉落下來，音量掩蓋丈夫的回答。他還來不及放妥火鉗，就聽到范德路登夫婦抵達的通報聲。

由於大家都知道范德路登夫婦喜歡準時開動，其他賓客陸陸續續跟著抵達。賓客幾乎佔滿了房間。亞徹正忙著向塞爾福里奇・馬利太太展示一幅韋伯霍文[1]的畫作〈綿羊習作〉，那是韋蘭先生送給梅的聖誕禮物。驟然間，他看見奧蘭絲卡夫人正站在他身旁。

1　韋伯霍文（Eugène Joseph Verboeckhoven, 1798－1881），比利時畫家、雕刻家，畫作多以風景、動物與肖像為主題。

她的臉色異常蒼白，她的黑髮看起來更加濃密了。也許實際上是因為她脖子上戴了串一圈圈的琥珀珠項鍊，他突然回憶起童年曾在派對上一起跳舞的小愛倫．明格，那時梅朵拉．曼森初次帶著她回到紐約。

不知是否琥珀珠項鍊襯得她的臉色較差，或是她的衣服搭配得不夠好。她的臉龐看起來黯淡無光，幾乎有點難看，他此刻卻比以往更加愛她。他們握手時，他彷彿聽見她說：「是的，我們明天就要搭『俄羅斯號輪船』離開……」接著，又有幾次毫無意義的開門聲響，過了片刻，傳來梅的聲音：「紐蘭！已經宣布開始用餐了，你不帶愛倫進來嗎？」

奧蘭絲卡夫人把手放在他臂上。他注視到那隻手未戴上手套，他又想起那晚他倆坐在第二十三街的小客廳時，自己如何凝視這隻手。她臉上的美似乎全都藏在那白皙纖細的手指和帶著小圓窩的指關節上。他心裡自言自語：「就算只是為了再看到她的手，我也應該隨她而去。」

唯有以招待「外國賓客」的名義而舉辦的宴會，范德路登夫人才願意忍受身分被貶低、坐在男主人的左側。這次送別宴會又完全突顯奧蘭絲卡夫人的「外國人身分」，因此范德路登太太和藹可親的接受更換座位，明顯表示她贊同這樣的安排。有些事情非做不可，而且還要做得大方又徹底。按照老紐約的規矩，為一位將被除名的女性親屬舉辦家族聚會，就屬於這些非做不可的事情之一。既然奧蘭絲卡伯爵夫人前往歐洲的日期已定，韋蘭家和明格家都盡力表達他們對奧蘭絲卡夫人永恆不變的情感。坐在餐桌首席的亞徹驚訝看著大家心照不宣又默默徹底進行的活動，這讓她又重獲大家喜愛，也平息了人們對她的抱怨，她的過去也被接受了；現在的她在家人支持下散發光芒。范德路登夫人盡她最大程度的熱忱，向奧蘭絲卡夫人釋出一點善意，而坐在梅右側的范德路登先生，他看向桌面康乃馨的目光，明顯表現出自己專程派人從斯庫特克利夫送來鮮花，是合理之舉。

亞徹在這個場合中似乎微不足道，這個情況頗為怪異；他彷彿飄浮在天花板和吊燈之間，不清楚自己在這個活動中應該發揮甚麼作用。他的雙眼逡巡一張張平靜豐潤的臉孔，這群人看似無害，全都專注於享用梅準備的野鴨，好像一夥沉默的共謀家；他自己和他右手邊那位臉色蒼白的女人就是他們陰謀的共同目標。他忽然恍然大悟，數不盡的零星小光點終於彙集成一道清澈的亮光，這群人認為他跟奧蘭絲卡夫人就是一對戀人，是「外國」詞彙中特有的情人定義。他猜想幾個月以來，自己一直是無數雙眼睛默默觀察、無數隻耳朵耐心監聽的對象。也才明白在不知不覺中，這些人已經成功分開了他跟他的共犯。現在整個家族的人都站在妻子那邊，假裝甚麼事都不知道，也未曾猜想過任何事，這次的宴會純粹只是梅亞徹誠心誠意為表姊送行的一點心意。

這就是老紐約人「殺人不見血」的方式，專屬於那些懼怕醜聞更甚於疾病、重視體面，認為「體面」比勇氣更重要，他們覺得沒有甚麼比「出盡洋相」更缺乏教養，當然那些惹出這類事端的人最沒教養。

這些思緒逐一掠過他的腦海，亞徹覺得自己就像是軍營中的囚犯。他看著在座的人，從他們說話的語調，看得出俘虜他的人一個個冷酷無情。他們一面吃著佛羅里達的蘆筍，一面談論貝爾福夫婦。他心想：「這只不過是在告訴我，我的下場會如何……」暗示與影射比直接行動更可怕，沉默比激烈言辭更惡毒。一種將要面臨死亡的感覺向來襲來，彷彿闔起家族墓穴的那扇門。

他笑了出來，恰巧迎上范德路登夫人驚駭的目光。她擠出一絲笑容問：「你覺得這很可笑嗎？當然，我想可憐的瑞吉娜想待在紐約的想法，實在也有可笑之處。」

亞徹喃喃回應：「當然。」

這時，他開始注意到奧蘭絲卡夫人旁邊的賓客與右手邊的女士談話片刻。同時也看見正經八百坐在范德路登先生、塞爾福里奇・馬利先生之間的梅，她隔著桌子向他使了個眼色。顯然他這個男主人不能整頓飯都不跟右手邊的女士說話。於是他轉向奧蘭絲卡夫人，而她報以蒼白的微笑，似乎在說：「哦，我們一起撐過去吧！」

「這趟旅途累嗎？」他說話的聲音如此自然，就連他自己都感到意外。她回答說「恰好相反」，她很少有這麼舒適的旅程。

「但你知道的，火車上那令人不敢恭維的悶熱。」她又補充說道。於是他回應，等她抵達那個即將前往的國家，就無須再受罪。

「我從來都沒有忍受悶熱的經驗，」他話中帶著強調語氣，「卻曾經在四月時搭乘火車，從卡萊到巴黎的旅途中，有過快凍僵的經驗。」

她回答說這並不奇怪，但又說畢竟還是有辦法，可以想辦法多帶一條毯子，而且每一種旅行都有它的困難之處。對於這個說法，他突然回答，與遠走高飛的幸福相比，這點辛苦根本算不了甚麼。她臉色驟變，他又突然提高嗓門說：「我是說不久之後，我自己也要出門旅行。」她臉上掠過一陣驚恐，於是他側身向瑞吉・奇弗斯喊道：「我說，瑞吉，想不想去環遊世界啊，不如下個月就走？你敢我就敢。」瑞吉的妻子聽到這句話，立刻尖聲說她沒辦法放瑞吉出門，因為在她為盲人療養院舉辦瑪莎・華盛頓舞會之前，也就是復活節那週結束之後，她才能考慮讓瑞吉去環遊世界。她丈夫溫和的表示到那個時候，自己也得開始練習國際馬球賽了。

但是曾經搭乘私人遊艇環遊世界的賽爾福里奇・馬利一聽見「環遊世界」這幾個字，便抓住機會告訴大家好幾個關於地中海港口太淺的驚人例子；接著他又說這些事也沒甚麼，因為當你遊歷過雅典、士麥拿和君士坦丁堡之後，還有甚麼地方值得一遊呢。馬利太太則說她實在很感激班康醫生，因為他要他們保證不去拿坡里，因為那裡流行熱病。

「但如果要好好遊歷印度，你一定得花上三週的時間。」她丈夫接著說，急切想說明自己不是膚淺的旅人。

此時，女士們起身走向客廳。

書房裡，勞倫斯・萊弗茲無視在場幾位更具分量的人士，逕自掌控主導權。

他們的話題仍舊跟平常一樣，又回到貝爾福夫婦身上。范德路登先生和賽爾福里奇・馬利先生坐在扶手椅上（無須任何說明，大家都曉得那是專門為他們保留的座位），他們也靜靜聆聽萊弗茲這個年輕人的猛烈抨擊。

萊弗茲從沒像現在這樣滿懷高貴情操，他推崇基督精神、歌頌家族的神聖。義憤填膺的情緒使他言詞犀利，顯然認為如果大家都效法他、依照他所說的話行事，那麼上流社會就決不會軟弱到接受像貝爾福這樣的外國暴發戶——不會的，各位，即使他娶的不是達拉斯家的人，就算娶范德路登或蘭寧家的女兒，也絕對不會如此。萊弗茲忿怒質問，如果不是因為貝爾福當初設法潛入某個家庭（就像勒繆・史卓特斯太太跟隨他的腳步一樣），他怎麼可能有機會與達拉斯家聯姻？如果上流社會願意接平民女子，雖然不會帶來任何益處，但傷害也不大。不過，一旦容忍出身不明、沾惹不義之財的人，最終結局將會全盤崩潰——而且為期不遠。

「如果按照這種速度發展下去，」萊弗茲大發雷霆說，他的樣子似是一個穿著普爾西裝2的年輕預言家——只是還沒有被石頭砸過，「我們就快看到自己的孩子爭先恐後，就為了受邀拜訪騙子的家，跟貝爾福的私生子結婚啦。」

「哎，我說別誇大其辭了！」瑞吉．奇弗斯和亞徹抗議，而塞爾福里奇．馬利先生看起來一臉驚愕，范德路登先生敏感的面容則露出痛苦和厭惡的表情。

「他有孩子嗎？」希勒頓．傑克森先生喊道，還豎起耳朵聽著。萊弗茲一笑置之，那位老先生在亞徹耳邊絮絮叨叨：「真是怪了，這些傢伙老是想糾正別人的錯誤。家裡有糟糕廚師的人，總愛跟你嚷嚷說他們外出用餐就會中毒。但是我聽說，我們的朋友勞倫斯這頓長篇大論的謾罵，也不是沒有迫切的原因；據我所知，這次是打字員……」

他們的談話從亞徹耳邊飄過，彷彿像無知無覺的河流不斷流啊流，而且不知何時才會停止。他從身旁那些臉孔看見興致盎然甚至快樂的表情。他聽著那位年輕人的笑聲，以及范德路登先生和馬利先生精心讚美馬德拉斯葡萄酒。他隱約感受到大家對他很友善，就像獄警看管囚犯時，試著感化他的階下囚。察覺到這一點，亞徹追求自由的決心更加堅定。

2　英國裁縫師亨利．普爾（Henry Poole）在一八〇六年創立了同名西裝品牌，營業至今，亨利．普爾西裝曾為世界各地的王公貴族、政要人士訂製高級西服。

他們隨後前往客廳，加入那些女士，他看到梅眼神中的得意目光，讀出她自認「一切進展順利」的信心。梅從奧蘭絲卡夫人身邊站起來，范德路登夫人立刻招呼奧蘭絲卡夫人，請她坐在自己高踞而坐的鍍金沙發上。塞爾福里奇．馬利太太也走過來加入她們。亞徹看清楚這邊也正在進行恢復名聲、清淨污點的陰謀。支撐他周圍小圈子的隱密組織決心表示：從未質疑過奧蘭絲卡夫人行為不檢點或亞徹的幸福家庭。眼前這些和藹可親又冷酷無情的人，毅然決然假裝自己從未聽聞、猜疑或甚至想像任何與此相反的可能性。從他們互相掩護的精心設計，亞徹再一次瞭解紐約社交會認定「他是奧蘭絲卡夫人的情人」。他窺見妻子眼中閃爍勝利的光輝，第一次瞭解到她也這麼認為。發現到這個事實，他心中的惡魔不禁流露笑容，當他費盡力氣與瑞吉．奇弗斯太太和小紐蘭太太討論瑪莎．華盛頓舞會時，內心不斷迴響魔鬼般的笑聲。那個夜晚就這麼流逝，宛如無知無覺的河川流啊流，不知該如何停歇。

終於，他看見奧蘭絲卡夫人起身告辭，知道她很快就要走了，於是試著回憶他在餐宴中跟她說過的話，卻一句也記不得了。

奧蘭絲卡夫人走向梅那兒，她款款移步時，其他人圍繞著她。這兩位年輕女士握手，接著梅傾身親吻她表姊。

「她們兩個人，我們的女主人當然比較漂亮。」亞徹聽見瑞吉．奇弗斯低聲對年輕的小紐蘭太太說話，他又想起貝爾福曾經嘲笑梅缺乏魅力的美貌。

片刻之後，他已經站在玄關，將奧蘭絲卡夫人的斗篷披在她肩上。儘管心亂如麻，他卻下定決心今晚不說任何驚擾她的話。既然他深信已無任何力量能阻撓自己，他便擁有足夠信念，任由事情順其自然。但當他陪伴奧蘭絲卡夫人走到玄關時，突然渴望能在馬車和她獨處片刻。

「妳的馬車在這裡嗎？」他問，就在此時，從容穿黑貂皮大衣的范德路登夫人輕聲說：「我們送親愛的愛倫回家。」

亞徹的心抽緊了一下。奧蘭絲卡夫人一手抓住斗篷和扇子，向他伸出另一隻手。「再見了。」她說。

「再見——但我應該很快就會在巴黎跟妳見面。」他大聲回道，覺得自己彷彿喊出這句話。

「哦，」她喃喃說，「如果你和梅能來巴黎的話……」

范德路登先生走上前去，向她伸出自己的手臂，亞徹則轉身招呼范德路登夫人。驀然間，他在那輛幽黯的大馬車中隱約看見一張鵝蛋臉，目光炯炯。接著，她離開了。

他踏上門前臺階時，正好碰見勞倫斯・萊弗茲攙他妻子走下樓。萊弗茲拉住男主人的袖子，後退好讓葛楚通過。

「嘿，老兄，我跟大家說明晚約你在俱樂部用餐，你不介意吧？多謝啦！老好人，晚安。」

「晚宴一切都進行得好順利，是吧？」梅從書房門口問他。

亞徹頓時間回過神來。最後一輛馬車馳走以後，他便上樓回到書房，把自己關在房裡，希望仍逗留在樓下的妻子會直接回她房間。可是她竟然站在那裡，臉色蒼白憔悴，但又散發著過度疲勞剩餘的異常精力。

「我可以進來談談嗎？」她問。

「當然，如果妳想聊聊的話，可是妳應該很睏了。」

「沒有，我還不是很睏，只想陪你坐一會兒。」

「好啊，」他說，然後把她的椅子拉近火爐邊。

她坐下來，他也坐回自己的椅子上，很長一段時間內，他們兩人久久沒有說話。亞徹最後終於打破沉默，「既然妳還不累，又想聊聊，那我有件事一定要跟妳說，那天晚上我本來就想跟妳說的……」

她瞬間看了她一眼，「是啊，親愛的，是關於你自己的事嗎？」

「是關於我的事。妳說不累，唉，但我累了，非常累……」

她頓時變得擔憂，溫柔說道：「哦，紐蘭，我就知道遲早會這樣，你工作太過勞累了！」

「也許是那樣吧，但不管怎樣，我想好好休息。」

「休息？放棄律師事務所的工作？」

「我想離開，不管怎樣馬上——馬上離開這兒，一趟長途旅行，遠走高飛、遠離一切……」

他停頓下來，知道自己失敗了；他本來想以淡漠口氣說自己像個渴望改變的男人，卻又因為太過疲憊，而不想接受即將來臨的改變。但是無論他做甚麼事，那根渴望的弦總是強烈震動著。「遠離一切……」他又重複說這句話。

「遠走高飛？譬如去那裡呢？」她問。

「哦，我不知道，印度……或是日本。」

她站起來，他低著頭坐著，手撐著下巴，感覺到她身上那股溫暖的香氣的身體撲襲而來。

「那麼遠嗎？可是親愛的，恐怕你不能這麼做……」她顫抖的聲音說：「除非你帶我一起去。」他仍然沉默不語，但她繼續說下去，語調平穩清脆，每個音節都像小錘子敲打他的腦袋，「只要醫生允許我去的話……但他們恐怕不會答應。因為，紐蘭，今天早晨，我確定了一件我一直在期盼的事情。」

他抬起頭來瞪著她看，一臉厭煩。她則蹲下來，滿臉紅潤，臉龐埋在他的膝上。

「哦，親愛的。」他擁她入懷，冰冷的手撫摸她的髮絲。

沉默許久後，他只聽見內心的魔鬼發出刺耳笑聲。然後梅離開他的懷抱，站起來。

「你沒猜到嗎？」

「對──我、不，我是說，我當然希望……」

他們彼此互望，再度陷入沉默。然後他移開目光，突然問：「妳跟別人說過這件事嗎？」

「只有媽媽和你母親。」她停頓了一下，臉頰泛紅，匆忙補充一句：「還有愛倫。我跟你說過，那天下午我們談了很久……她對我真好。」

「啊！」亞徹低聲喊，心跳幾乎停止。

他發覺妻正認真注視他，「紐蘭，你介意我先告訴她嗎？」

「介意？為甚麼呢？」他努力保持鎮定，「但那是兩個星期以前的事，不是嗎？我以為妳直到今天早上才確認這件事。」

她的臉頰更紅了，但仍鎮定看著他的凝視：「對，那時候我還不是非常確定，但我跟她說有了『好消息』。你瞧，我說對了！」她大聲回應，那雙藍眼睛閃爍勝利的淚水。

34

紐蘭・亞徹坐在他東三十九街住宅的書房寫字檯前。

他剛從大都會博物館新畫廊開幕典禮回來，各個年代的戰利品堆滿了寬敞空間，一群群上流人士川流於一系列按科學分類的寶藏室。這個景象突然觸動了塵封往事，他生鏽已久的記憶彈簧開啟了。

「啊，這原本是塞斯諾拉古文物展覽室。」他聽見某個人這麼說。那一瞬間，他身邊的一切事物都消失了。他獨自坐在暖氣爐邊一張真皮沙發上，而一個穿著海豹皮長大衣的修長身影沿著古老博物館簡陋走廊，漸漸消逝在遠處。

這個景像又勾起許多聯想，此時此刻，他再用全新的眼光看著這間書房；這三十多年來，這裡一直是他獨自冥思及全家人閒談的地方。

這是他生命中大多數真實事件發生的地點。約莫二十六年前，他妻子就是在這裡向他婉轉透露自己懷有孩子的喜訊，並且帶著新一代年輕女性會加以嘲笑的嬌羞面容。他們倆的長子達拉斯由於體質太過孱弱，無法在嚴冬到教堂去受洗，於是他們的老朋友紐約主教就在這間書房為兒子舉行受洗。長久以來，這位高尚莊嚴又無可取代的主教，是他所屬教區的驕傲和光彩；在這兒，達拉斯第一次跌跌撞撞走過來叫了聲「爸」，梅和奶媽則在門後面笑著；在這兒，他們第二個孩子瑪麗（長得特別像她媽媽）宣布她將與瑞吉・奇弗斯家族最不聰明但也最可靠的兒子訂婚；同樣在這間書房，亞徹隔著婚紗親吻了女兒，然後一起下樓搭乘汽車到懷恩教堂。雖然整個世界的根本都已蛻變，「懷恩教堂婚禮」依然是不變的傳統。

他和梅總是在這間書房談論孩子們的未來，包括達拉斯和他弟弟比爾的學業、瑪麗無可救藥地漠不關心「成就」，卻非常熱衷於運動與慈善事業，還有既好動又充滿好奇心的達拉斯，他對於「藝術」有懵懂的喜好，但最終進入紐約一間新興的建築事務所。

如今的年輕人都已經不再受法律和商業束縛，開始涉躐各式各業的新領域。如果他們不熱衷於政治活動或市政改革，很可能就會去研究中美洲考古學、建築學或景觀工程，或是對獨立戰爭前的建築物表現出強烈興趣，進而認真鑽研，並且改造喬治亞式建築風格[3]，反對無意義使用「殖民時期」這個名詞。現在除了郊區那些經營食品雜貨的百萬富

3　喬治亞式（Georgian）建築是漢諾威王朝的前四任君主喬治一世至喬治四世統治期間（1714－

豪，早就沒人擁有「殖民時期」的宅邸了。

但是最重要的——亞徹有時將它視為最重要的事件——某天晚上在這間書房裡，紐約州長大老遠從奧爾巴尼過來用餐並過夜。席間談話時，他看著男主人、握起拳頭猛力敲桌子，咬著眼鏡說：「去他的職業政客！亞徹，你才是這個國家真正需要的人。如果想清理乾淨馬廄，像你這樣的人就必須挺身而出。」

「像你這樣的人……」亞徹曾經對這樣的措辭多麼激動啊！他曾經熱情起身響應這個召喚！簡直就像奈德・溫瑟當年叫他捲起袖子、踩進田裡的骯髒爛泥。但是如今這句話是從一位以身作則的大人物口中說出時，他實在無法抗拒，並且追隨他的號召。

亞徹回想起往事，不敢肯定像自己這樣的人真的是這個國家所需要的人才，至少在西奧多・羅斯福[4]總統所說的軍事服務方面，他並非如此。事實上，他確實有理由認為自

1830），在英國出現的建築風格，在美國則復興於十九世紀晚期。這種建築以對稱、希臘羅馬的古典建築比例為特色，外部鮮少有多餘的裝飾，呈現出沉穩的風格。

4 西奧多・羅斯福（Theodore Roosevelt, 1859－1919），人稱老羅斯福，為美國第二十六任總統，也是三大「進步總統」之一。他任內曾建立資源保護政策、公平交易法案，對外則實施擴張政策，增強

已不適合從政，因為他曾在州議院擔任一年議員，之後再次參選時未獲當選。慶幸的是，他退回去做一份不具名聲但對社會有益的市政工作，之後他又重拾紙筆，偶爾為一份試圖振興這個冷漠國家的改革派週刊投稿。沒有多少值得回顧的往事，不過憶起他那一代的同類年輕人，他們總是汲汲營營於狹隘的賺錢、娛樂和交際，社交界限制了他們的狹隘視野；雖然他覺得自己的貢獻渺小，但對這個新社會而言，自己的助益還算有價值，就如同每一塊磚頭對於一道堅固的牆都是同等重要。他對大眾生活的貢獻甚微，天生是位沉思及業餘藝術愛好者。但他曾經思索過一些重要的事情，值得高興的重大事情，並且因為一位偉大人物的友情，而引以為傲、視作力量的泉源。

總之，他等同於人們開始稱呼的「好公民」。過去許多年裡，紐約每一項新運動，例如慈善、市政或藝術性的運動，都會徵求他的意見並商請他掛名。在興建第一所殘障兒童學校、改建藝術博館館、創辦「葛羅利埃俱樂部」5、舉行新圖書館的開幕典禮、或籌辦

軍力，干涉中南美洲事務。羅斯福總統曾因調停日俄戰爭，獲得一九〇六年的諾貝爾和平獎。

5 尚・葛羅利埃・德・塞維埃爾斯（Jean Grolier de Servières, 1489－1565）為法國著名愛書人，紐約一八八四年創立的葛羅利埃愛書俱樂部以他為名，是目前北美現存歷史最悠久的愛書俱樂部，收藏

新的室內樂協會時，若遇見任何問題，大家總會說：「去問問亞徹。」他的日子過得相當充實又體面；他認為這大概就是一個人追求的全部了。

他知道自己欠缺某樣東西——生命的花朵。但如今他認為那是難以得到，而且不可能發生的事情，為這種事發牢騷就像沒中彩券頭獎而絕望一樣。千萬張彩券裡，就只有一張頭獎，他中獎的機率實在太渺茫了當他想到愛倫．奧蘭絲卡時，心情寧靜又超脫，就像想到書中或畫裡鍾愛的人物，所有他失落的事物都融合成她的幻影。這個幻影儘管虛無縹緲，卻足以讓他不再去想其他女人。當梅驟然逝世時——她照顧小孫子時被感染肺炎而過世，他真心哀悼妻子。他們長久生活在一起，讓他明白即使婚姻是項乏味的責任，但只要能維持這個責任的尊嚴，也就無所謂了；如果失去尊嚴，那麼婚姻就會淪為一場醜陋的慾望之爭。回首前塵，他向過去的自己致敬，但也為之哀悼；畢竟，過去的生活風格也有美好的一面。

他環顧書房，達拉斯翻修過這間房，他重新換上英式銅板雕刻、齊本德爾的書櫃、幾盞精心挑選的宜人藍白燈罩電燈，接著目光又回到那張他始終捨不得丟掉的相片——那是

許多關於印刷、裝禎、插畫的書籍。

他擁有梅的第一張照片，擺放在老舊的寫字檯上，仍然佔據墨水檯旁邊的位置。

她站在那裡，身材高䠷、玲瓏有致，穿戴一身漿過的細棉布衣和樸素的寬邊草帽，如同他在教區花園橘子樹下看到她時的模樣。往後的歲月，她一直保持著那天的模樣，幾乎沒有轉變：寬厚、忠誠、永不疲倦，但極度缺乏想像力、難以成長，所以渾然不覺她年輕時代的那個世界已經瓦解又重組。由於堅毅又開朗的盲目，讓她覺得周遭事物依然未變。由於她缺乏察覺事物變化的能力，結果她的孩子們也跟亞徹一樣，都向她隱瞞自己的看法。從一開始，這樣的情況便具有共同的藉口，大家假裝跟她一樣，亞徹這個父親和孩子們不知不覺間聯合起來，假裝出某種家人間絕無惡意的偽善。因此她臨終時，仍然相信這個世界非常美好，就像她自己的家一樣充滿愛與和諧，離開人世；她相信，無論發生甚麼事，紐蘭還是會繼續向達拉斯灌輸他父母那輩的原則和偏見，這些諄諄教誨曾塑造他父母那輩人的成就；當亞徹隨她而去時，達拉斯之後也會繼續把這份神聖的使命和信念傳給小比爾。至於瑪麗，她對這個女兒充滿把握，就像她對自己有十足信心。因此，將小比爾從死亡邊緣挽救回來而犧牲了自己的生命，她安詳躺在亞徹家族聖馬克教堂的墓穴裡。很久之前，亞徹夫人就已經安然躺在此處，躲過她兒媳婦沒察覺到的可怕「時代潮流」。

梅的相片對面擺設一張她女兒的照片。瑪麗．奇弗斯跟她母親一樣高䠷美麗，只是粗腰平胸、稍微駝背，符合變化後的時尚流行標準。如果梅．亞徹那條天藍色腰帶也能將瑪麗・奇弗斯的腰圍束成二十吋，瑪麗可能就無法盡情發揮她的運動天分。她們兩人在這點差異上，格外具有象徵性：梅的人生就像她的身材一樣備受束縛，而瑪麗雖然也非常傳統、也不比母親聰明，但她的生活比較開闊、觀點法也比較寬容。看來，新秩序也有它的優點。

電話鈴聲嘀嘀響起，亞徹從相片移開目光，轉身拿起手邊的聽筒。以前啊——他們離那樣的日子多麼遙遠了啊，當時紐約快速溝通的唯一途徑是穿著銅釦衣的小信差，全靠那兩條腿送信呢！

「芝加哥那邊有人要跟您通話。」

啊，一定是達拉斯打來的長途電話。達拉斯服務的公司派他去芝加哥商談一個計劃，跟一位年輕又有許多想法的百萬富翁洽談湖畔大廈的建築計畫。他的公司常派達拉斯去執行這類計畫。

「喂，爸爸，我是達拉斯。聽著，你覺得星期三搭船出海遠行如何？是『茅里塔尼亞號』。沒錯，就在下週三。我的客戶希望我先去觀賞一些義大利的庭園後，再做最後決定，他希望我儘快搭乘下一班船過去。我必須在六月一日以前回來。」他的聲音頓時轉變為開朗的笑聲，「所以，我們動作得快點。爸爸，我需要你的幫忙，請務必跟我一起去。」

達拉斯簡直像在這間書房裡說話，聲音如此靠近又那麼自然，就像他慵懶斜靠在爐火邊他最愛的那張扶手椅上。由於長途電話變得像電燈及五天可橫渡大西洋的航行一樣理所當然，他已經對這事實不再驚訝。但是達拉斯的笑聲還是嚇了他一跳，這件事對他來依然奇妙無比，隔著遙遠距離，達拉斯的笑聲越過森林、河流、山脈、草原、喧囂的城市及庸庸碌碌的幾千幾百萬人，竟然能傳遞出：「當然，不論發生甚麼事，我一定得在六月一日前趕回來，因為我和芬妮．貝爾福決定在五號結婚。」

他的聲音再度響起：「你需要考慮嗎？不，一分鐘也不需要考慮，現在馬上答應吧。有何不可呢？我倒想聽聽，如果你能舉出一個理由——不，我就知道。那麼一言為定了？我相信你明天第一件事就是去按康納德辦公室的門鈴呢。你最好先訂一張從馬賽回來的船票。聽著，爸爸，這可能是我們最後一次這樣一起旅行了——哦，好極了！我就知道你會答應。」

芝加哥那邊的電話掛斷了。亞徹站起身，開始在房間裡來回踱步。

是啊，這孩子說的對，這將是他們父子最後一次像這樣旅行了。達拉斯結婚以後他們還會有很多次旅行，身為父親，他對此深信不疑，因為他們父子倆就像志同道合的夥伴。無論別人怎麼看芬妮．貝爾福，他都不覺得她會影響他們之間的親密父子情，相反，根據他的觀察，覺得她會自然融入他們。然而，改變終究是改變，仍然會有歧異，即使亞徹很滿意未來的媳婦，他仍然渴望把握最後一次跟兒子獨處的機會。

除非他內心深處早已捨棄旅行的嗜好，否則沒有理由不把握這次機會。梅不喜歡到處走動，除非有正當理由，例如帶孩子去海邊或山上休閒，否則她想不出其他理由，要讓自己離開東三十九街的住家，或韋蘭家舒適的新港居所。達拉斯取得大學文憑之後，她覺得出門旅行六個月是自己應盡的責任，因此安排了一趟傳統旅行，遊歷英國、瑞士和義大利。由於時間有限（誰也不知道為甚麼），他們略過了法國。亞徹想起當時要求達拉斯考慮白朗峰、放棄蘭斯和沙特時，達拉斯生氣的模樣。但是瑪麗和比爾想爬山，而且他們在參觀大教堂時，便已經偷偷在達拉斯背後呵欠連連了。梅一向公平對待兒女，堅持他們必須在運動和藝術愛好間維持平衡。她也確實建議丈夫在巴黎待兩週，等他們「走訪」完瑞士以後，再到義大利湖畔跟他們會合。但是亞徹拒絕了。他說：「我們全都要在一起走。」梅很欣慰，他為達拉斯立下如此優秀的榜樣。

她逝世已將近兩年，亞徹沒理由繼續過著以前的生活。他的孩子都勸他去旅行，瑪麗．奇弗斯一直認為他應該到國外去「看看畫展」，她相信這種治療方式的神祕療效。但亞徹發現習慣、回憶以及對新事物的畏懼牢牢束縛住自己。

此刻，他回首前塵往事，清楚看到自己陷入墨守常規的窠臼之中。善盡職責的最糟糕後果，就是當你去做其他事情時，都會明顯變得不適應了。至少他這一代的男性如此認為。對與錯、誠實與欺騙、高尚與粗鄙之間的界線，全都壁壘分明，對於出乎預料之外的事情，不留一絲空間。但有時候，容易受環境壓抑的想像力會突然超越日常水平，去審視自己漫長曲折的命運。亞徹就這般靜坐在那兒，思索感慨著……。

他成長的那個小世界、從小接受的那些規範準則束縛了他，如今還剩餘什麼呢？他想起可憐的勞倫斯・萊弗茲多年前在這間書房說過相當諷刺的預言：「如果事情按照這個速度繼續發展，我們的孩子便會跟貝爾福的私生子結婚啦。」

這正是亞徹的大兒子——達拉斯是他一生的驕傲，他將要跟芬妮・貝爾福結婚，而且沒人覺得奇怪或加以指責。就連達拉斯的姑媽珍妮（她看起來簡直跟年輕時一模一樣）也從粉紅色絨盒中取出她母親的翡翠和子珠首飾，用她顫抖的雙手送給準新娘。芬妮・貝爾福非但沒有因為沒收到巴黎珠寶店的訂製珠寶套組而露出失望表情，反而讚嘆這些珠寶的古典美感，還說自己戴上這些首飾後，感覺像是一幅伊莎貝的袖珍畫像。

芬妮・貝爾福在雙親逝世後，十八歲那年開始現身紐約社交界，她就像三十年前的奧蘭絲卡伯爵夫人一樣，贏得紐約社交界的歡心。只不過上流社會並沒有不信任或畏懼她，而是欣然接納。她美麗、風趣又多才多藝，還再需要甚麼呢？沒有人心地狹窄到去翻舊帳；她父親的過去和她的出身幾乎已被遺忘。唯有年長的人猶然依稀記得紐約商業圈中貝爾福破產的軼事，或是貝爾福在妻子死後悄悄娶了聲名狼藉的芬妮・琳，並且帶著新婚妻子與美麗的小女兒，離開這個國家。後來聽說他在君士坦丁堡，接著又到了俄國；十多年後，美國遊客曾在布宜諾賽利斯受到他的盛情款待，他在那裡掌管一家大型保險公司。他和妻子在事業顛峰期逝世。他們的孤女最後來到紐約，由梅・亞徹的弟媳婦——傑克・韋蘭太太照顧，因為傑克被指定為這個女孩子的監護人。透過這層法律關係，讓她與紐蘭・亞徹的孩子成為了表親，因此，當達拉斯宣布訂婚消息時，沒人感到意外。

這件事清楚說明世事變化之大。如今人們都人太忙碌了，忙著改革和各種「運動」、追逐流行、崇拜偶像，以及忙著輕薄無聊之事。他們沒有多餘時間去關心左鄰右舍。當這個社會的浮塵都在同一個不停旋轉的萬花筒裡，那麼，某個人的過去又算得了甚麼？

紐蘭・亞徹從旅館窗戶望著巴黎街頭壯觀又歡樂的景象，感覺自己的心彷彿躁動著青春的熱情與迷惘。

在他日益寬鬆的外套下，那顆心已許久未曾如此劇烈跳動了，他下一分鐘就覺得胸口一陣空虛、太陽穴變得異常灼熱。他想著，達拉斯看到芬妮・貝爾福小姐時，是否也是如此呢——最後斷定應該不會。他心想道：「他的心跳肯定會加速，但節奏絕對不一樣。」他又想起這個年輕人在宣布訂婚消息時，神情冷靜鎮定，似乎理所當然認為家人一定會贊同這件婚事。

「兩代人之間的差異在於，這些年輕人都將『得償所願』視為理所當然，而我們從前總認為事事不會盡如人意。只是，我想……如果事前就已經很有把握的事，仍然會讓人的心狂跳不已嗎？」

那是他們抵達巴黎的第二天。銀光閃閃的凡登廣場上方，春日陽光從敞開的窗扇照耀進來，亞徹沐浴在陽光中。當他答應跟達拉斯出國時，只要求一項約定：停留巴黎期間，不能勉強他去看那些新式「宮殿」。

「哦，好吧，當然可以。」達拉斯溫順地同意了，「我會帶你到那種舊式的好地方，譬如說布里斯托……」亞徹聽他這麼形容不禁啞口無言，因為那是棟百年歷史的皇宮居所，在他口中變成像是一間舊式旅館，人們僅僅為了奇特有趣的過時設施、殘留的地方色彩而造訪它。

在最初那幾年焦躁不安的日子裡，亞徹常常想像自己重返巴黎的畫面，後來，他的幻想和憧憬逐漸褪色，他只想試著用奧蘭絲卡夫人生活的場景，去看這座城市。夜深人靜時，待家人入睡後，他會獨自坐在書房，幻想巴黎的情景，召喚七葉樹大道上的明媚春光、公園裡的鮮花和雕像、花車上吹來陣陣的紫丁花香、大橋下滾滾的波濤，以及藝術、知識和歡樂的生活填滿他賁張的血脈。如今，那番景象燦爛地展現在眼前，他看著它的時候，竟覺得自己卻步、古板且無法適應了；那個他曾經夢想過的堅毅偉大的人，他如今已比不上，自己只是個白髮蒼蒼的渺小人物……。

達拉斯興高采興烈的把手放在他肩膀上，說：「嘿，爸爸，這裡很不錯吧。」他們靜靜站著那兒望著窗外，接著那位年輕人繼續說：「對了，我要告訴你一個訊息：奧蘭絲卡夫人今天五點半會在家等我們過去。」

他漫不經心的述說這項訊息，口氣輕鬆得就像在傳達任何一個普通的消息，像是在交代明晚前往佛羅倫斯火車站的時刻那樣。亞徹看著他，覺得自己在達拉斯那雙快樂年輕的眼神中，看到他外曾祖母明格老夫人居心不良的促狹目光。

「哦，我沒告訴你嗎？」達拉斯繼續把話說完，「芬妮要我發誓，在巴黎時一定要完成三件事：買到拿德布西的最新作品6、去看大木偶劇以及探望奧蘭絲卡夫人。你知道，當貝爾福先生送芬妮到巴黎過聖母升天節時，她待芬妮非常好。芬妮當時在巴黎沒有任何朋友，奧蘭絲卡伯爵夫人很好心，假日總是帶她四處逛逛。我想奧蘭絲卡夫人和第一位貝爾福太太一定交情深厚。而且，她還是我們的表親呢。所以我今天早上出門之前，撥了通

6 德布西（Achille-Claude Debussy, 1862－1918），法國作曲家，時常挑戰傳統音樂的法則，重視音樂的色彩、影像感，來捕捉事物的印象或情緒，被視為印象樂派或象徵主義音樂的代表。

電話給她，說我們會在這兒停留兩天，想去拜訪她。」

亞徹繼續盯著他看，「你跟她說我在這兒？」

「當然啦，有何不可呢？」達拉斯古怪的聳聳眉。因為亞徹不再回答，他就將手伸進父親的臂彎裡，像信賴的夥伴那樣，按了按父親的手。

「爸爸，告訴我，她是甚麼樣的人呢？」

亞徹在兒子坦然目光的注視下，覺得自己臉紅了。

「快點，說說看呀，你跟她是好朋友，對吧？她是不是很惹人憐愛？」

「惹人憐愛？這我不知道，但她的確與眾不同。」

「啊，就是這樣！總是這樣，不是嗎？當她出現的時候，總是好特別。不知道為甚麼會有這種感覺。這正是我對芬妮的感覺。」

他父親向後退了一步，放開他的手臂。「對芬妮的感覺？可是我親愛的朋友——我倒希望如此呢！只是我看不出——」

「得了，爸爸，別那麼老古板了！她是否『曾經』是你的芬妮呢？」

達拉斯的身心靈都屬於全新世代，他是紐蘭和梅的第一個孩子，但他們卻教不會他最基本的保守含蓄。每當有人提醒他謹言慎行，他總是抗議說：「為甚麼要搞神祕呢？這只會讓人更想挖掘真相。」但亞徹看著他的眼睛時，窺視到玩笑下的一片孝心。

子這麼說。

「哎呀，就是你會願意為她拋棄一切的女人——只是你沒那麼做。」他那令人驚奇的兒子這麼說。

「我沒有那麼做。」亞徹用莊重的語氣回應。

「對啊！你看你多守舊，我的好傢伙。可是媽媽說過……」

「你母親？」

「是啊，她去世前一天晚上說的。你記不記得？那天她把我一個人叫到床邊，她說她很放心讓我們兄妹跟著你，而且永遠都會很放心。因為有一次，她放手讓你去做自己想做的事，但最後你放棄了最想做的那件事。」

亞徹靜靜聽著這段陌生的訊息，目光茫然盯著窗外陽光燦爛、人潮洶湧的廣場。最後他喃喃說道：「她從來沒讓我去做。」

「沒錯，我忘了，你們從不要求對方做任何事，不是嗎？也從不跟對方傾訴過任何事。你們只是坐著默默觀察彼此，猜想對方心裡在想些什麼。實際上，就像聾啞療養院！唉！我敢打賭，你們那一代的人太瞭解對方的心事，比我們瞭解自己的程度還多。我說，爸爸，」達拉斯突然停住，「你沒生我的氣吧？如果是的話，我們和好吧，到亨利飯店去吃頓午餐！午餐過後，我得趕到凡爾賽去呢。」

亞徹沒有陪兒子去凡爾賽，他下午想獨自在巴黎四處逛逛。他必須好好整理這一生累積下來的遺憾與心痛回憶。

過了一會兒，他不再為達拉斯的鹵莽傷心了。知道有人終究猜到他的心思並寄予同情，似乎取走了自己心中的一道鐵箍……而且這個人竟然是他的妻子，讓他有股難以言喻的感動。達拉斯雖然充滿愛心和洞察力，但他無法理解這樣的情感。對這個孩子來說，這段插只是一樁無謂的掙扎、浪費力氣的可憐往事。但真的只是這樣嗎？亞徹坐在香榭麗舍大道旁的長凳上沉思，任由生命之河川流而逝……。

幾個小時之後、幾條街外，愛倫・奧蘭絲卡等著他前往。她始終沒有回到丈夫身邊。幾年前他過世後，她的生活方式也沒有任何改變。現在再也沒有甚麼阻礙能分開她跟亞徹了。今天下午，亞徹就要去見她了。

亞徹起身穿過協和廣場和杜麗樂花園，往羅浮宮的方向走。她曾經說過那是她常去的地方，他突然想去她最近或曾經到過的地方，以便消磨跟她見面前的這段時光。午後陽光燦爛奪目，他漫步過一間又一間畫廊，那一幅幅畫作散發出快被遺忘的光彩，悠長的美感灌注了他的靈魂。畢竟，他的生命已經飢渴太久了……。

剎那間，在提香7一幅光燦奪目的畫作前，他發現自己喃喃自語：「可是我才五十七歲……」接著便轉身離開。如果要追求夏日熱情的夢想，雖然可能為時已晚，但在她身旁靜靜享受友誼的果實，肯定還不算太遲。

他回到旅館跟達拉斯會合。父子倆一起穿過協和廣場，走過通往眾議院的大橋。

達拉斯不知道父親心裡在想甚麼，一路上興奮說著凡爾賽。他曾在一次假日旅行中匆匆流覽過，因為他試圖將上次跟家人一起去瑞士旅行而錯過的所有景點，結果滿腔的熱情、過分自信武斷評論，卻使他滔滔不絕的敘述漏洞百出。

亞徹愈聽愈覺得兒子的見識不足、辭不達意。他知道這孩子感覺並不遲鈍，但是達拉斯的能力與自信來自於平等看待命運，而不是居高臨下的主宰者。亞徹沉思：「就是這樣，他們覺得自己能夠應付世事、知道該怎麼走自己的路。」他視兒子為新世代的代表，新生的一代已經拋棄所有舊地標，就連所有路標和危險信號也不例外。

達拉斯突然間停下腳步，抓住父親的手臂，「哎呀，天啊！」

---

7 提香（Tiziano Vecellio, 1488－1576），義大利文藝復興後期威尼斯畫派的代表畫家，擅長運用鮮明的色彩，為西方藝術帶來深遠影響。

他們已經走進傷殘戰士醫院前方綠意盎然的廣大空地。曼薩爾式屋頂[8]飄浮在茁壯中的樹木之上、長形的灰色建築之前，並完整吸收了午後的豔陽。那屋頂飄浮著，就像是法國人光榮的象徵。

亞徹知道奧蘭絲卡伯爵夫人住在離傷兵醫院附近某條大道的廣場上，在他的想像中，那塊街區應該相當安靜幽僻，讓人幾乎忘了照耀這街區的核心光輝。如今，透過某些天馬行空的聯想，那道金色光芒在他眼中成為照亮她住所的一片光輝。過去將近三十年歲月，她的生活（雖然他知道的那麼少）就在這麼的濃厚氛圍中度過，他覺得這種光輝太濃烈、太刺激了。他想到她必然駐足過的戲院、看過的畫、經常造訪的富麗古舊宅邸、交談過的人們，以及那些仍然保有古典作風舉止的社會菁英，他們提出來的各種理念、新奇想像與想法。他突然想起那位法國青年對他過說的話：「啊，高雅盡興的談話——可是無與倫比，不是嗎？」

亞徹已經將近三十年沒見過里維埃先生了，也沒人提起過他。從此可以推斷，亞徹對

8　曼薩爾式屋頂（Mansart）由十七世紀法國建築師曼薩爾（Francois Mansart，1598－1666）普及，因此以他的姓氏命名，特色是每面由兩種坡度組成，下部較上部為陡。

於奧蘭絲卡夫人的生活幾乎一無所知。他們已分離了大半輩子的時間，在這段漫長歲月裡，她在一群他陌生的人之間、生活在一個他只能模糊猜想的社會、難以完全瞭解的背景中生活。這段日子裡，他一直懷著年輕時的記憶，讓她活在自己的腦海中。但是必定有更可靠的朋友陪伴在她身邊。或許她也珍藏著關於他的特別回憶，但即便如此，必定也像一件擺在幽暗小禮拜堂裡的遺物，無暇天天去祈禱……。

他們已經走過傷殘戰士醫院前的廣場，沿著建築物側面的大街往下行走。這塊街區除了光輝的歷史，畢竟只是個安靜的地方。如此美麗景象只留給那些少數傷殘戰士們居住，可以想見巴黎是多麼的豐富精彩。

天色漸漸幻化成一團柔美的霞霧，黃色電燈在這裡、那裡閃爍著，行人稀少，往他們要轉進去的小廣場。達拉斯再次停下腳步，抬頭仰望。

「肯定就是這裡了。」他說，手悄悄伸進父親的手臂。亞徹對於這個舉動雖然感到羞怯，但沒有躲避。他們站在一起抬頭看著兩棟房子。

那是棟現代建築，沒有顯著特色，但有許多扇窗戶，乳黃色的正面十分寬闊，設有賞心悅目的陽臺。有個遮陽篷撐開在某個上層陽臺中，高掛在廣場的七葉樹上方，彷彿陽光才剛剛消逝。

「不知道是哪一樓層？」達拉斯猜想著，探頭進入門房的屋子，然後走回來說：「是五樓。一定就是那個還撐開遮陽篷的那一間。」

亞徹依然駐足不動，盯著上面的窗戶看，彷若他們已經抵達朝聖之旅的終點。

「哎呀，你看都已經快六點了。」他兒子最後提醒他。

父親看了一眼樹下的一張空椅。「我想到那裡坐一會兒。」

「怎麼了？你不舒服嗎？」他兒子嚷道。

「哦，我很好，可是我想拜託你一個人上去。」

達拉斯猶豫著，滿臉困惑。「咦，爸爸，你的意思是你不上去了嗎？」

「我不知道。」亞徹緩緩回答。

「如果你不上去，她不會諒解你的。」

「上去吧，孩子，也許我隨後就來。」

達拉斯在黃昏的微光中深深看了父親一眼。

「但是我該怎麼跟她說呢？」

「親愛的，你不是總知道該說些甚麼嗎？」他父親微笑回應。

「好吧，那我就說你是個老古板，寧願爬五層樓梯，也不要搭電梯。」

他父親又笑了，「只要說我是老古板就夠了。」

達拉斯又看看他，做了個含有不可思議意味的手勢，便消失在拱形門廊下。

亞徹到長凳上坐下，繼續凝視那座遮陽篷下的陽臺。他計算著兒子搭電梯到五樓、按門鈴、走進門廊和被引進客廳的時間。他想像達拉斯踏著自信的步伐，笑容開朗地走進去，此時有人問說，他的兒子跟他長得是否相像。

他試著去想像已經在客廳裡的那些人——因為正值社交季，屋裡可能不止一人——在這群人中間，有一位面容蒼白又憂鬱的女士迅速抬起頭來、微微起身，伸出一隻戴著三枚指的纖細小手……。亞徹思忖，她應該坐在靠近爐邊的沙發角落，背後的桌子插著杜鵑花。

他突然聽見自己說：「對我來說，停留在這裡比上樓去還要真實。」時間一分一秒流逝，他深怕最後一絲的真實影子也會隨之而逝，於是牢牢坐在長凳上。

他獨坐許久，蒼然暮色漸濃，但他的眼睛從未離開那座陽臺。最後，燈光從那扇窗透了出來，一位男僕出現在陽臺上、收起遮陽篷、闔上百葉窗。

彷彿這個就是他一直在等待的信號。紐蘭．亞徹慢慢站起身，獨自走回旅館。

Classic Novels
經典小說

純真年代
The Age of Innocence

作者　伊迪絲・華頓（Edith Wharton）
譯者　賈士蘅
發行人　王春申
編輯指導　林明昌
營業部兼任編輯部經理　高　珊
主編　王窈姿
責任編輯　黃楷君
封面設計　吳郁婷
校對　黃楷君、趙蓓芬
印務　陳基榮
出版發行　臺灣商務印書館股份有限公司
地址　23150 新北市新店區復興路 43 號 8 樓
電話　(02) 8667-3712 傳真：(02) 8667-3709
讀者服務專線　0800056196
郵撥　0000165-1
E-mail　ecptw@cptw.com.tw
網路書店網址　www.cptw.com.tw
網路書店臉書　facebook.com.tw/ecptwdoing
臉書　facebook.com.tw/ecptw
部落格　blog.yam.com/ecptw

局版北市業字第 993 號
初版一刷：2016 年 04 月
定價：新台幣 380 元

ISBN 978-957-05-3040-7

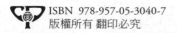

純真年代
伊迪絲・華頓（Edith Wharton）著；賈士衡譯
初版 . -- 新北市：臺灣商務出版發行
2016.04
面； 公分 . --（經典小說）
譯自：The Age of Innocence
ISBN 978-957-05-3040-7

1. 美國文學 2. 小說
874.57
105003369